KB148538

유재현 온더로드 · 06

시네마 온더로드
영화로 보는 아시아의 역사

시네마 온더로드 : 영화로 보는 아시아의 역사

초판 1쇄 발행 _ 2011년 6월 15일
초판 2쇄 발행 _ 2012년 7월 15일

지은이 · 유재현

펴낸이 · 유재건
펴낸곳 · (주)그린비출판사 | 등록번호 · 제313-1990-32호
주소 · 서울시 마포구 동교동 201-18 달리빌딩 2층 | 전화 · 702-2717 | 팩스 · 703-0272

ISBN 978-89-7682-124-9 03810
이 도서의 국립중앙도서관 출판시도서목록(CIP)은 e-CIP 홈페이지(http://www.nl.go.kr/ecip)에서
이용하실 수 있습니다.(CIP제어번호:CIP2011002210)

이 책의 저작권은 저자와 독점 계약한 (주)그린비출판사에 있습니다.
저작권법에 의하여 한국 내에서 보호를 받는 저작물이므로 무단전재와 무단복제를 금합니다.
책값은 뒤표지에 있습니다. 잘못 만들어진 책은 서점에서 바꿔 드립니다.

그린비 출판사 나를 바꾸는 책, 세상을 바꾸는 책
홈페이지 · www.greenbee.co.kr | 전자우편 · editor@greenbee.co.kr

유재현 온더로드 · 06

영화로 보는
아시아의 역사

시네마
온더로드

유재현 지음

ㅇB
그린비

| 일러두기 |

1 인명이나 지명, 작품명은 2002년 〈국립국어원〉에서 펴낸 '외래어 표기법'에 근거해 표기했다.
  단, '호치민'이나 '양조위'와 같이 관례적으로 널리 쓰이고 있는 표기는 관례를 그대로 따랐다.

2 '외래어 표기법'이 제정되지 않은 캄보디아어와 라오스어의 경우 현지음에 준하여 표기했다.

3 국내에 수입·소개된 영화의 경우, 수입·소개 당시의 제목으로 표기했다.

4 단행본·정기간행물·신문 등에는 겹낫표(『 』)를, 영화·논평·연극·기사·단편소설 등에는 낫
  표(「 」)를, 노래에는 작은 따옴표(' ')를 사용했다.

머리말

세상에는 밤하늘의 별처럼 많은 영화들이 만들어지고 있지만 어떤 영화들은 접근불가의 영역에 있다. 아시아 영화가 그렇다. 때로는 언어가 철옹성의 장벽으로 버티고 있고, 제법 알려진 영화인데도 홍콩이거나 방콕, 싱가포르와 자카르타, 쿠알라룸푸르, 라말라를 헤매고도 그 나라 감독이 만든 영화를 좀처럼 구할 수 없는 경우도 있다. 할리우드 영화가 국가와 인종을 초월해 공통의 관심사로 부상하는 이면에는 그렇게 국가(또는 인종) 간의 영화적 단절이 존재한다. 이건 불공평하기 짝이 없는 현실인데, 우리는 할리우드 덕분에 태평양 건너 미국이란 나라의 서부개척사이거나 배심원제와 상하원제, 뉴욕을 비롯해 어지간한 미국의 대도시는 물론 중서부 지역의 초지(草地) 풍경에 대해서까지도 손금처럼 꿰고 있으면서, 정작 타이베이이거나 자카르타, 마닐라, 뭄바이, 카불, 암만 등지의 모든 일에 대해서는 철저하게 바보에 가깝다. 터무니없이 부풀려 홍보되고 있는 이른바 한류(韓流)와 상관없이 '그쪽의 우리'도 남한에 대해 바보이기는 매한가지이다. 전 지구적 차원에서 벌어지고 있는 이런 단절의 배후에 코카콜라나 맥도널드와는 차원이 다른 (할리우드)영화의 제국주의적 광포함이 버티고 있음은 의심할 여지가 없다.

영화는 영화일 테니 할리우드 영화가 할 수 있다면 아시아나 아프리카, 라틴아메리카의 영화도 할 수 있지 않을까. 뤼미에르 이래 영화보다 큰 힘을 발휘한 미디어는 없었으니까 희망을 가질 법하지만, 현실을 말한다면 아시아 영화라고 해도 일부 예외를 제외한 대개의 영화는 할리우드 영화와 크게 다르지도 않다. 방콕이나 자카르타, 쿠알라룸푸르 또는 마닐라의 극장 간판 일부를 차지하고 있는 자국 영화들은, 저마다 자국 관객들의 문화적 취향을 반영해 조금씩 다르긴 하지만, 할리우드 영화의 자장 아래 전일적으로 놓여 있다. 자못 독특한 것처럼 여겨지는 발리우드(Bollywood; 인도 영화산업을 통칭하는 말) 영화 또한 이 점에서는 명백한 한계를 보이고 있다. 할리우드 영화의 속성을 제국주의의 문화 도구라고 본다면, 아시아 영화이건 라틴아메리카, 아프리카 영화이건 대개는 그 논리 아래 무릎을 꿇고 같은 논리를 재생산하고 있다. 결론을 말한다면 할리우드 영화의 광포함에 대적할 수 있는 아시아 영화는 정작 찾아보기 어렵고, 그 입지 또한 확대되기는커녕 점차 줄어들고 있는 현실이기도 하다. 신흥 자본과 대륙 규모의 자국 시장을 앞세워 양적으로는 일취월장하고 있는 중국영화가 질적으로는 할리우드에 빛의 속도로 투항하고 있는 꼴을 보면 사정이 여의치 않음을 쉽게 짐작할 수 있다. 그럼에도 불구하고 할리우드 영화에 대적할 수 있는 영화들은 언제 어느 곳에서도 존재했고 앞으로도 존재할 것이란 믿음을 포기할 이유는 없다. 결국 영화는 스크린 앞의 관객들 것이고, 관객들이 관심을 기울인다면 영화적 단절을 극복하고 국가와 인종적 단절 또한 뛰어넘을 수 있는 힘도 만들어질 것이다. 그런 믿음이 없었다면 영화라는 프리즘을 통해 아시아를 본 이 책을 쓰지는 못했을 것이다.

지난 동안 아시아에 대한 글쓰기를 계속하면서 영화 보기 또한 게을리 하지 않았다. 사실을 말한다면 영화는 나의 글쓰기에 결코 헤어질 수 없는 동반자이기도 했다. 글로 된 자료들을 통해서는 결코 좁혀지지 않는 언어와 인종, 문화와 사고방식의 차이를, 나는 영화 보기를 통해 좁힐 수 있었다. 무엇보다 스크린 속에는 책이 보여 주지 못하는 인간들의 숨결이 존재했다. 영화가 채워 주지 못하는 갈증을 해소하기 위해 때로는 짐을 꾸려 떠나기를 마다하지 않았지만 그럴 수 없는 경우에 영화는 마지막 보루였다. 지금은 존재하지 않는 20세기 초 아시아의 풍경과 인간들의 숨결을 보고 느낄 수 있는 다른 방법을 또 어디서 찾을 수 있었을까.

주인공에 시선을 집중하고 줄거리를 따라가는 본연의 책무(?)를 뛰어넘어 책의 행간을 읽듯 영화의 뒤편을 더듬는 일에도 열심이었다. 거리의 풍경, 걷는 사람들, 건물들, 하늘과 땅, 바람, 나무와 풀들 무엇보다 사람들의 표정, 심지어는 광고판에 이르기까지 그 모든 것들이 글쓰기에 힘이 되어 주었다. 때때로 영화를 만든 사람들이 전혀 관심을 기울이지 않았거나 소홀하게 생각했음이 분명한 공간에 더욱 흥미진진한 구경거리들이 있었다. 영화를 보면서 주인공보다 그 어깨 너머의 엑스트라이거나 거리의 풍경에 적잖은 시선을 주는 습관은 그렇게 생겼다. 영화의 시대적 배경이 현재가 아닌 과거라면 더욱 그렇다. 영화 참 재미없게 본다고 생각할지 모르겠지만 실제로 그렇게 보면 영화가 적어도 두 배쯤 재미있어진다. 같은 영화를 여러 번 곱씹어 볼 수 있는 힘도 바로 그 더듬기에서 나온다. '아는 만큼 보인다'는 내가 시답잖게 여기는 말 중의 하나인데, 세상만사 안다고 보이지는 않는다. 그보다는 '봐야 알(믿을) 수 있다'가 사실에 훨씬 가깝다. 보여 줌에 뿌리를 두고 있는 영화를 내가 좀더 신뢰하는 이유이기도 하다. 거짓조차도 보여 줌 앞에서는 큰 힘을 발휘하지 못하고 항용 허점을 드러낸다. 누군가 거짓을 지껄이고 있을 때 그 작자의 표정을 볼 수 있다면 좀더 쉽게 알아챌 수 있는데, 영화가 그렇다. 창작자가 떨고 있는 위악과 위선을 가장 숨기기 어려운 미디어가 있다면 영화일 것이다. 물론 영화가 모든 것을 알려 주지는 않는다. 늘 그렇지만 진실은 스크린이 아니라 자신의 손 안에 놓여 있다. 진실을 자신의 손 위에 올려놓으려면 보는 것에 그치지 않고 애정을 가져야 하는데, 종종 영화가 그 길에 이르는 관문이 되기도 하고 때로는 영화가 직접 길을 떠나도록 부추기는 힘이 되기도 한다.

책에는 아시아를 소재로 하는 할리우드 영화나 유럽 영화도 포함했다. 영화보다는 아시아에 방점을 찍었던 탓이기도 하고 서구 영화들이 아시아를 어떻게 보여 주고 있는지도 관심사였기 때문이다. 역사적 관점에서는 제2차 세계대전을 전후해 현재에 이르는 현대사를 배경으로 한 영화들이 대부분이다. 식민주의와 신식민주의, 전쟁과 파시즘, 개발과 독재, 이념의 왜곡, 인종 간의 불화와 종교. 영화들에는 아시아의 모든 나라들이 대개는 감내해야 했고 지금도 안고 있는 현대사의 상흔이 동일한 문신처럼 새겨져 있다. 우리도 갖고 있지만 등판에 새겨져 있어 거울에 비추어야 간신히 볼 수 있는 바로 그 문신이다. 이 책이 담고 있는 영화들이 그런 종류의 거울이 되었으면 한다.

지루한 영화가 얼마나 극심한 고통을 유발하는지 충분히 알고 있기 때문에 비교적 쉽게 구할 수 있고 재미있게 볼 수 있는 영화들을 선택했다. 피치 못할 이유로 보지 않을 독자들을 위해 넉넉하게 스포일러를 담았지만 그후에 본다고 해도 지루해지지는 않을 영화들이다. 설령 글이 재미없는 경우에도 영화는 그렇지 않다. (음…….)

2011년 5월

유재현

>>차례

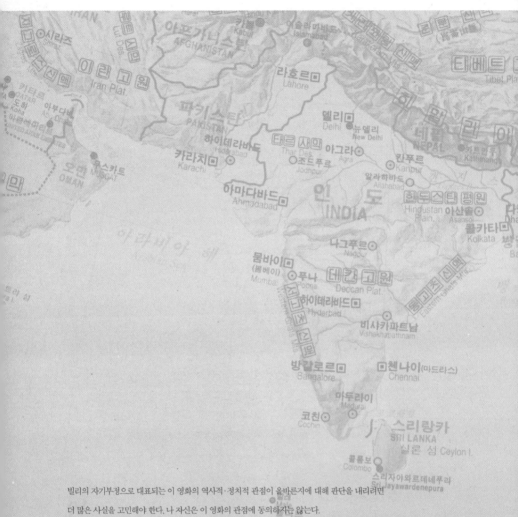

빌리의 자기부정으로 대표되는 이 영화의 역사적·정치적 관점이 올바른지에 대해 판단을 내리려면

더 많은 사실을 고민해야 한다. 나 자신은 이 영화의 관점에 동의하지는 않는다.

그러나 수카르노의 시대는 단적으로 평가할 수 없는, 너무도 많은 것이 중첩된 시대였다.

영화 한 편을 통해서 그 복잡함을 꿰뚫을 수는 없다. 오히려 이 영화는 수없이 많은 물음을 남기고 있다.

「가장 위험한 해」가 이 물음을 곱씹을 수 있는 영화라는 것은 분명하다.

그러나 당신이 진실의 핵심에 도달하기를 원한다면 그 물음들에 대한 대답은 당신의 몫이다.

1부

말레이해협의 좌우

슬리핑 딕셔너리

왕이여 안녕

빅 두리안

라스트 코뮤니스트

가장 위험한 해

콘프론타시의
마지막 해

• 가장 위험한 해 | The Year of Living Dangerously, 1982

수백 년에 걸친 식민지의 기억은 때때로 천형처럼 문자에 배어 있다. 그 기억은 6성에 맞추어 변형된 로마자인 베트남의 국어에 남아 있고 타갈로그어나 말레이어를 로마자 그대로 표기하는 필리핀과 말레이시아, 인도네시아에 남아 있다. 인도네시아어이기도 하고 말레이시아어이기도 한 콘프론타시(Konfrontasi)는 '대결' 또는 '대립'을 뜻하는 네덜란드어인 'Confrontatie'가 말레이어의 외래어로 변형된 단어이다. 인도네시아와 말레이시아에서 공히 같은 의미로 쓰이며 1963년에 시작되어 1965년에 끝난 짧은 시기를 가리킨다. 피터 위어(Peter Weir)의 「가장 위험한 해」는 바로 이 '콘프론타시'의 마지막 해에 대한 영화이다.

1945년 일본제국주의로부터 해방된 인도네시아는 8월 독립을 선언했지만, 식민지 종주국인 네덜란드의 침략으로 4년간의 무장투쟁을 벌인 끝에 네덜란드가 패배하고 1949년 공화국을 인정함에 따라 실질적

「가장 위험한 해」는 수없이 많은 물음을 남기고 있다. 그러나 당신이 진실의 핵심에 도달하기를 원한다면 그 물음들에 대한 대답은 당신의 몫이다.

독립을 실현했다. 말레이반도에서는 사정이 달랐다. 일제의 패망 이후 재진주한 영국은 1946년 말라야연합(Malayan Union)을 결성해 술탄회교국들로 분산된 말레이반도의 식민지들을 단일한 직접 식민지로 구성했다. 전쟁 전보다 강화된 식민통치에 대한 반발로 말라야연합은 1948년 싱가포르를 제외하고 주(州)별 자치권을 인정한 말레이연방(Federation of Malaya)으로 대체되었다. 말레이반도는 여전히 영국의 식민지였다.

2차대전이 끝난 후 유럽제국주의는 저마다 아시아의 식민지로 귀환해 구질서를 회복하고자 했다. 그러나 인도에서 인도차이나에 이르기까지 아시아의 식민 패권국이었던 영국과 네덜란드, 프랑스는 분루를 흘려야 했고 식민지들은 앞을 다투어 독립을 성취했다. 그런데 말레이시아에서는 사정이 달랐다. 종전 후 돌아온 영국은 식민질서를 성공적으로 회복시켰고 나아가 신식민지적 재편에도 성공했다. 말레이시아는 그 모든 일들이 끝난 후에야 (동티모르를 제외하고) 아시아에서는 가장 마지막으로 독립을 얻었다. 그런 말레이시아는 영국에게 현금지급기였다. 1947년 말레이시아가 수출로 벌어들인 달러는 영국이 벌어들인 액수보다 컸다. 이런 영국의 말레이시아 식민통치 지속을 방해하는 가장 위협적인 장애물은 일본 점령하에서 반일 무장투쟁을 주도했던 말라야공산당이었다. 말라야공산당은 일본의 패전 후 재진주한 영국군을 상대로 협상에 나섰지만 영국이 반공주의를 전면화하고 비상사태를 선포하자 게릴라 투쟁으로 선회해 해방투쟁을 벌이고 있었다. 영국은 공산당에 대한 무력 토벌과 함께 반공세력들을 정치적으로 결집시키고 연방을 강화해 직접 통치의 기반을 강화하고자 했다. 영국의 반공세력 토벌은 성공적이었다. 1956년이 되었을 때 영국은 말라야공산당의 게릴라들을 태국과의 접경인 북부 산악지대로 밀어낼 수 있었다.

그러나 또 다른 위협은 말라카해협 건너의 인도네시아였다. 네덜란드와의 투쟁에서 승리해 독립을 쟁취한 인도네시아에서는 수카르노의 민족주의 노선 아래 인도네시아공산당이 연합세력으로 인정받고 있었다. 미국과 영국은 수카르노 정권의 붕괴를 획책했고 양국의 지원으로 두 차례의 반(反)수카르노 쿠데타가 술라웨시와 수마트라에서 일어났지만 수카르노 축출에는 성공하지 못했다. 1957년 영국은 공산당 토벌을 마무리 짓고 말레이계 반공우익정당인 암노(United Malays National

Organisation; UMNO)가 주도하는 정치체제를 완비한 후 말레이연방을 영연방의 일원으로 독립시켰다. 그러나 비상사태는 여전히 해제되지 않았으며 1960년까지 지속되었다. 영국은 보르네오의 직할 식민지인 사라왁과 사바의 말레이연방과의 통합을 추진했다. 영국의 신식민지 재편은 보르네오섬의 남부인 칼리만탄을 영토로 하고 있던 인도네시아의 강한 반발을 초래했다. 인도네시아의 수카르노는 이 시도를 말레이시아를 꼭두각시로 내세운 영국제국주의의 신식민주의적 음모로 규정하고 맹렬히 비난했다. 1962년 12월 수카르노는 보르네오의 술탄국이었던 브루나이에서의 술탄 축출을 지원했지만 1963년 4월 영연방군의 개입으로 실패할 수밖에 없었다. 1963년 8월 사라왁과 사바는 말레이연방으로의 편입 전 단계로 독립을 선언했다. 한 달 뒤 사라왁과 사바는 말레이연방과 통합을 선언했고 새로운 말레이시아가 등장했다. 그러나 앞선 1963년 1월 인도네시아는 영국의 신식민주의적 음모와의 콘프론타시를 선언해 두고 있었다. '말레이시아 분쇄'(Ganyang Malaysia)를 내건 이 대결은 영국과의 대결이었다. 북부 보르네오는 인도네시아와 영국의 저강도 전쟁에 휘말렸다.

피터 위어의 1982년 작 「가장 위험한 해」는 바로 그 콘프론타시가 3년째에 접어든 1965년 자카르타의 수카르노하타국제공항에서 시작한다. 콘프론타시는 무장한 군인들과 수카르노의 대형사진과 반제(反帝)구호가 가득한 공항의 날카로운 분위기로 전달된다. 입국심사대 뒤편의 벽에는 "영미제국주의 타도"(Crush British US Imperialism)라는 붉은 글씨의 구호가 내걸려 있다. 오스트레일리아 방송국의 특파원인 가이 해밀턴

(멜 깁슨)은 입국심사대에서 이민국 관리의 거친 태도로 절차가 지연된다. 오스트레일리아가 영국과 함께 북부 보르네오에 병력을 보낸 나라로서 영국제국주의의 일원으로 취급되는 장면이다. 기실 오스트레일리아는 탄생 이래 영국이 참전한 거의 모든 전쟁에 파병한 것은 물론 외교적 사안에 대해 영국과 입을 맞춘 충실한 영연방 국가였다.

마중을 나오기로 했던 전임자는 이미 혼란스러운 자카르타를 떠나버렸고 가이는 시내에서 유일하게 냉방장치가 가동되는 '호텔 인도네시아'에 도착한다. 외신기자들의 숙소이기도 한 호텔 인도네시아의 바에서 가이는 카메라맨인 빌리 콴(린다 헌트)의 손에 이끌려 자카르타 빈민가로 인도된다. 빈민가로 향하는 길에서 둘은 한 무리의 인도네시아인을 만난다. 그들은 가이에게 침을 뱉으며 그를 조롱하고 심지어 칼을 휘두르며 위협한다. 가이는 영국인으로 불리고 다음으로는 자본주의자, 미국인, 지주로 불린다. 서구인에게 비춰진 콘프론타시 시기의 자카르타 풍경이다.

신출내기 해외특파원인 가이는 자카르타의 외신기자들 틈에 끼어든다. 유일하게 에어컨이 돌아가는 호텔 인도네시아의 바에 모여 술잔을 기울이거나 음담패설을 나누는 그들은 모두 속된 인간들이다. 딱히 본국의 관심 대상인 부임지도 아니어서 출세에도 도움이 되지 않는 자카르타 특파원 대신, 그들은 케네디의 지상군 파병으로 이제 막 확전일로의 소용돌이에 휩싸인 베트남의 사이공으로 갈 기회만을 노리고 있는 인간들이다. 신참인 가이 역시 속물이 아닌 것은 아니다. 출세의 발판으로 삼기 위해 해외특파원을 자청한 그는 자카르타에서 뭔가를 해내지 못하면 시드니로 돌아가 무덤이나 다를 바 없는 보도국에 처박혀야 하는 까닭에 초조한 인간이다. 자카르타에 도착한 첫날 가이를 빈민가로 인도했던 빌리가 그런 가이에게 구원의 손길을 내민다. 인도네시아공산당 당수와의 독점 인터뷰를 마련해 준 것이다. 빌리와 가이는 급속하게 가까워진다.

중국인과의 혼혈이며 145센티미터의 난장이나 다를 바 없는 빌리는 누구의 눈에도 특별해 보인다. 그는 미스테리한 인물인데 서구에도 아시아에도 속하지 않는 인물이라는 점에서 중간자의 위치를 차지하고 있다. 빌리의 특별함은 그가 수카르노를 숭배하는 점에서 더욱 두드러진다. 서방제국주의와 인도네시아의 격렬한 대립이 불꽃을 튀기고 있는 콘프론타시에서 그는 인도네시아의 편이다. 영화는 빌리가 가이에게 공산당 당수와의 인터뷰를 주선하게 함으로써 빌리와 공산당 사이에 일종의 커넥션이 있음을 알려 준다. 그러나 그는 공산주의자가 아니다. 공산주의자라면 수카르노를 숭배할 이유가 없다. 수카르노는 무력을 장악한 군부와 유일하게 군부와 대적할 수 있는 정치세력인 공산당 사이에서 균형을 유지하고 있는 정치가로서 그는 공산당의 활동을 지원하지만 그 자신이 공산주의자는 아니다.

그런 수카르노를 상징하는 영화적 장치가 와양(Wayang)이다. 인도네시아 전통 그림자극인 와양은 두 개의 꼭두각시를 조종해 연출하는 그림자극이다. 와양에 등장하는 두 꼭두각시는 군부와 공산당을 은유한다. 꼭두각시를 조종하는 인물인 달랑(Dalang)은 나타나지 않지만 바로 그가 수카르노이다. 그리고 또 다른 인물. 빌리는 스스로 달랑이 되기를 원한다. 그의 꼭두각시는 가이와 한때 자신이 연모했던 영국대사관 직원 질(시고니 위버)이다. 빌리는 가이와 질의 만남을 주선하고 둘의 결합을 모의한다. 영화는 그렇게 두 개의 와양을 연출하며 펼쳐진다. 다시 말해이 영화는 와양에 대한 영화이며 달랑의 파탄적 운명에 관한 영화다.

뛰어난 대중정치가로서 인도네시아라는 거대한 국가를 탄생시키고 통합시키는 데에 탁월한 능력을 과시했던 수카르노는 자신만만한 달랑이었다. 그는 자신의 권위를 확신했고 자신이 모든 정치세력들을 통제할 수 있을 것으로 믿어 의심치 않는 인물이었다. 독립 이후 두 번의 쿠데타를 경험한 수카르노는 우익 군부의 위협을 통제하는 데에 좌익 공산당을 활용했다. 그는 공산당을 내각에 끌어들였고 공산당의 무장과 군사훈련을 지원하기도 했다. 인도네시아공산당은 그런 수카르노와 제휴함으로써 결과적으로는 수카르노를 지원했다. 수카르노가 콘프론타시를 선언한 1963년은 어떤 면에서 돌아오지 못할 강을 건넌 때였다. 서방제국주의, 특히 미국과 영국은 수카르노가 주도하는 인도네시아의 반제국주의 노선과 친공 노선을 간과하지 않았다. 영국은 말레이반도와 보르네오 북부에서의 신식민주의적 이권을 보존하기 위해, 전후 초강대국으로 등장한 미국은 반공을 앞세운 세계체제의 재편을 위해 수카르노 정권의 붕괴를 절실하게 원했다. 특히 인도차이나에서 이제 막 전쟁에 뛰어든 미국으로서는 동인도제도에 공산주의적 위협이 상존한다는 사실을 군사적으로도 묵과할 수 없었다.

미국은 CIA를 내세워 일찍부터 수카르노 정권을 견제했다. 1956년 술라웨시에서 일어난 쿠데타와 1958년 수마트라에서의 독립정부(Pemeritahan Revolusioner Republik Indonesia; PRRI)를 수립하기까지 한 군사반란은 CIA의 비밀공작의 결과였다. 쿠데타와 반란 모두 CIA의 군

영화는 그렇게 두 개의 와양 (Wayang)을 연출하며 펼쳐 진다. 다시 말해 이 영화는 와 양에 대한 영화이며 달랑의 파탄적 운명에 관한 영화다.

수물자와 자금, 군사고문을 제공받았다. 1958년 수마트라 반란에 대한 CIA의 개입은 인도네시아 정부군이 반군을 지원하던 CIA의 B-26 폭격 기를 격추시키고 조종사인 앨런 로렌스 포프를 체포함으로써 만천하에 공개되었다. 수카르노는 자신이 달랑이라고 확신했지만 더욱 강력한 달 랑은 태평양 건너에 버티고 있었다. 1963년 수카르노가 콘프론타시를 선언하자 미국은 CIA를 앞세워 수카르노 정권을 붕괴시킬 수 있는 유일 한 반공세력인 인도네시아 군부를 상대로 한 공작에 더욱 박차를 가했 다. 공산당조차 이 공작의 대상이었고, 그렇게 군부와 공산당을 꼭두각시 로 조종한 미국의 와양은 20세기를 피에 적신 비극 중 하나를 연출했다.

1965년 9월 30일 저녁과 다음 날 새벽, 여섯 명의 군 장성이 살해된 사건이 터졌다. 육군 전략예비군 사령관 수하르토의 주도 아래 이 사건 은 '9월 30일 운동'이라 명명되었으며 공산주의자들의 정권 장악을 위한 쿠데타로 조작되었다. 수하르토의 공산주의자들에 대한 대대적인 살육 이 시작되었다. 공산 쿠데타가 아니라 수하르토의 반공 쿠데타였다. 이 쿠데타로 50만에서 100만으로 추정되는 인도네시아인들이 학살되었으며 200만 명이 투옥되었다. 수카르노는 연금되었고 사실상 권력은 수하르토에게 넘어갔다. 1967년 수하르토는 연금되어 있던 명목상의 대통령 수카르노를 퇴진시키고 자신이 대통령의 자리에 올랐다. 명실상부한 수하르토의 친미·반공 인도네시아의 탄생이었다.

수하르토의 쿠데타가 시작된 바로 그 1965년의 자카르타를 배경으로 한 「가장 위험한 해」는 이 드라마틱한 정치적 사건들을 직접적으로 보여 주지는 않는다. 거리의 풍경들과 벽에 붙은 포스터들, 등장인물들의 지나는 말을 통해 긴박한 분위기를 간접적으로 전달해 줄 뿐이다. 그러나 영화는 빌리를 통해 그 모든 정황을 은유한다. 빈민가의 한 모자를 돕고 있는 빌리는 수카르노가 가난한 자들을 구원할 것이라고 믿는다. 영화의 후반부에 이르러 빌리는 자신이 돕고 있던 빈민가의 아이가 앓던 끝에 숨진 것을 알게 되고 거리에서 굶주리는 사람들을 마주친다. 그는 수카르노에 대한 배신감을 토로하고 수카르노의 차가 지나가는 도로변의 호텔에서 창문에 "수카르노, 당신의 인민을 먹여 살리시오"(Sukarno, Feed Your People)라고 쓴 플래카드를 내건다. 수카르노가 지나가기도 전에 경찰이 들이닥치고 빌리는 창문에서 떨어진다. 차가운 아스팔트 위로 추락한 빌리는 가이가 지켜보는 가운데 숨을 거둔다.

빌리가 빈민가에서 아이를 염습하는 장면을 목격하고 마침내 창에서 떨어져 숨지는 영화의 클라이맥스는 빌리의 수카르노에 대한 배신감과 절망이 부정으로 발전하는 과정으로 그려진다. 수카르노에 대한 빌리의 부정은 곧 빌리 자신에 대한 부정이며 그의 죽음은 당연한 귀결인 동시에 와양의 파탄을 의미한다. 말하자면 빌리의 죽음은 수카르노의 와양 또한 파탄에 이를 것임을 암시한다. 영화는 빌리에게 파탄의 책임을 수카르노의 실정에 미루게 한다. 이건 온당한 평가일까. 달랑은 두 개의 꼭두각시를 조종함으로써 와양을 책임지는 존재이다. 설령 꼭두각시 중 하나가 줄을 끊고 반역을 도모했다고 해서 달랑의 와양에 대한 책임이 모면되는 것은 아니다. 물론 역시는 달랑인 수카르노의 파탄의 원인이 영화가 말하는 것처럼 인민을 먹여 살리지 못한 실정 때문이 아니라 수하르토의 살인마적인 반공 쿠데타와 그 배후인 미국에 있음을 증명하고 있다. 그럼에도 불구하고 그 시대의 달랑이었던 수카르노의 책임을 완전히 무시할 수 있는 것은 아니다. 수카르노가 피할 수 없었던 비극의 원천은 그가 역사를 와양으로, 자신을 달랑으로 인식했다는 데 있는지도 모른다.

쿠데타 소식이 전해지고 가이는 취재를 위해 대통령궁으로 가지만 쿠데타 군인이 휘두른 소총 개머리판에 눈을 맞아 심한 부상을 입는다. 운전사에 의해 빌리가 쓰던 교외의 은신처로 옮겨진 가이에게 조수였던 공산당원 쿠마가 찾아온다. 가이는 그에게 공항으로 데려다 줄 것을 부탁하고, 쿠마는 이렇게 묻는다.

"왜 떠나려 하죠? 당신은 남아서 기사를 쓰고 싶어 했잖아요."

가이는 대답하지 않는다. 대답할 수 없을 것이다. 이건 낯간지러운 물음인데 사실 이런 종류의 어색한 장면은 영화 전반을 걸쳐 심심치 않게 등장한다. 비서구 세계에 특파되어 진실을 전하는 위대한 숙명을 어깨에 짊어진 서구 저널리스트의 활약이라는 진부한 모티프는 서구 제국주의가 저지른 죄악에 적당하게 자책감을 느끼고 억압받는 식민지인들의 처지에 적당하게 연민을 느끼는 저널리스트의 갈등으로 전개되기 마련이

중국인과의 혼혈이며 145센티미터의 난장이나 다를 바 없는 빌리는 누구의 눈에도 특별해 보인다. 그는 미스테리한 인물인데 서구에도 아시아에도 속하지 않는 인물이라는 점에서 중간자의 위치이며 스스로 '달랑'이 되고자 한다.

다. 할리우드 영화의 경우라면 대개는 삼천포로 빠져 버리고 그렇지 않아도 입맛이 씁쓸하기는 매한가지이다. 「가장 위험한 해」는 이런 점에서 비교적 저항감이 덜 느껴지는 영화이다. 그건 이 영화를 압도하는 것이 어설픈 서구 저널리즘의 위선적 교과서가 아니라 빌리의 비극적 드라마이기 때문이다. 할리우드 영화가 아니고 오스트레일리아 영화이고 조금은 다른 문법을 구사하는 것도 영향을 미쳤을지 모른다. 그러나 오스트레일리아가 동인도제도에서 호시탐탐 제국주의적 패권을 행사하는 국가라는 점을 고려한다면 「가장 위험한 해」가 통속을 피하고 있는 것은 온전히 피터 위어의 재능 덕분이다.

'가장 위험한 해'는 콘프론타시의 마지막 해였고 동시에 쿠데타의 해였다. 네덜란드 식민지군에 입대한 후 일본제국군의 식민지 보안군을 거쳐 독립 인도네시아의 육군 중령이 되었고 1965년에는 자카르타 주둔 육군 전략예비군 사령관이었던 수하르토는 학살의 피바람 속에서 권좌에 올랐고, 1998년 민주화항쟁으로 권좌에서 물러날 때까지 32년 동안 인도네시아를 통치했다.

빌리의 자기부정으로 대표되는 이 영화의 역사적·정치적 관점이 올바른지에 대해 판단을 내리려면 더 많은 사실을 고민해야 한다. 나 자신은 이 영화의 관점에 동의하지는 않는다. 그러나 수카르노의 시대는 단적으로 평가할 수 없는, 너무도 많은 것이 중첩된 시대였다. 영화 한 편을 통해서 그 복잡함을 꿰뚫을 수는 없다. 오히려 이 영화는 수없이 많은 물음을 남기고 있다. 「가장 위험한 해」가 이 물음을 곱씹을 수 있는 영화라는 것은 분명하다. 그러나 당신이 진실의 핵심에 도달하기를 원한다면 그 물음들에 대한 대답은 당신의 몫이다.

이 영화는 멜 깁슨이나 시고니 위버가 아니라 전적으로 린다 헌트의 영화이다. 조연이 주연보다 빛을 발하는 영화는 흔치 않은데 「가장 위험한 해」에서는 그 이상이다. 오스트레일리아 출신이며 중국과의 혼혈인 카메라맨 빌리 콴의 역을 맡은 145센티미터의 단신 린다 헌트는 여성이면서 남성의 역을 맡았고 이 영화로 아카데미 조연상을 받았다. 그러나 상을 받아야 했다면 그건 조연상이 아니라 주연상이었을 것이다. 린다 헌트의 독특한 연기만으로도 이 영화는 충분히 볼만한 가치가 있다. 감독 피터 위어는 린다 헌트의 독보적인 열연을 만든 장본인이다. 애초에 단순한 조역이었던 빌리의 비중을 린다 헌트를 캐스팅한 후 대폭 늘렸으며 또 그 연기를 연출했다. 애석하게도 린다 헌트의 출중한 연기는 오직 이 영화에서만 만나 볼 수 있다. 이 영화 이후 린다 헌트는 다시는 피터 위어와 같은 감독도, 「가장 위험한 해」와 같은 작품도 만나지 못했다.

잠자는 백인 중산층의
보르네오 판타지

- 슬리핑 딕셔너리 | The Sleeping Dictionary, 2003
- 왕이여 안녕 | Farewell to the King, 1989

성적 판타지

할리우드의 스타 제시카 알바는 1994년에 데뷔했지만 스타로서 인정받기 시작한 것은 제임스 캐머론이 제작한 텔레비전 시리즈인 「다크엔젤」 (Dark Angel, 2000~2002)에서였다. 그런 제시카 알바가 주연으로 등장한 최초의 극장용 영화가 「슬리핑 딕셔너리」이다. 하지만 감독이자 처음으로 극장 영화용 시나리오를 쓴 가이 젱킨스에게도, 브라운관이 아니라 본격적인 은막의 스타로 발돋움하려던 찰나의 제시카 알바에게도 「슬리핑 딕셔너리」는 불운의 영화가 되었다. 개봉조차 못한 채 DVD로 직행하는 신세였다. 제시카 알바를 스타덤에 올려놓은 화제의 시리즈 「다크엔젤」의 세번째 시리즈 제작이 취소되면서 흥행성이 떨어져 개봉관을 구하지 못했다는 후문. 하지만 극장에 걸리지 못하고 비디오로 출시된 이 불운의 영화는 관객으로부터 할리우드의 얼음처럼 차가운 흥행의 논리

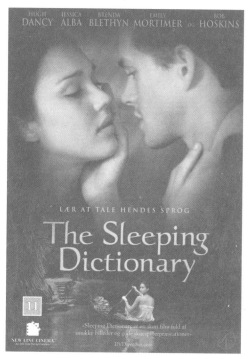

「슬리핑 딕셔너리」는 백인들의 식민지 판타지를 자극하고 있다는 점에서
「로미오와 줄리엣」이 아니라 「한여름 밤의 꿈」에 가까운 영화다.

를 비웃는 따뜻한 호평을 받았다. 'IMDb.com'의 이 영화에 걸린 리뷰의
제목 몇 개를 대충 옮기면 이렇다.

　"멋진 로맨스"

　"웹스터 사전보다 두 배는 나은 사전(dictionary)"

　"아름다운 영화"

　"2002년 최고의 영화"

　"카리스마적! 예술적으로 진본"

3류 영화의 광고포스터에 등장했으면 심상하게 지나칠 찬사들인데 영화(DVD)를 관람한 관객들이 저마다 흥(?)에 겨워 자발적으로 올린 리뷰라는 걸 고려하면 이 영화가 극장에 걸렸으면 어땠을까 궁금해진다. 하지만 제작비가 고작 1천 5백만 달러에 불과했던 영화이니만큼 DVD로도 본전은 충분히 건지고도 남았을 것이다. 제시카 알바의 이름으로.

1936년 보르네오의 사라왁. 대학을 갓 졸업한, 정열은 넘치지만 고지식하고 순진한 젊은 영국인 존 트러스콧(휴 댄시)은 식민지 관리에 임명되어 사라왁에 도착한다. 그의 상관은 거의 평생을 이곳에서 보낸 헨리 불라드(밥 호스킨스). 전통적 풍습에 따라 트러스콧에게는 슬리핑 딕셔너리가 주어진다. 현지어를 신속히 습득한다는 명분으로 제공되는 이반(Iban) 원주민의 여자로 마치 현지처와 같은 존재가 슬리핑 딕셔너리이다. 함께 잠을 자면 언어를 더욱 쉽게 터득할 수 있다는 믿음이 무엇에 기인하는지는 알 수 없지만, 영화는 식민지 정청의 근무수칙이 파견된 관리의 결혼을 2년 동안 금한다고 친절하게 부연해 주고 있다(그래서 현지처를 얻어 준다?).

트러스콧에게는 이반과 영국인의 혼혈인, 아름답고 쭉쭉 뻗은 셀리마(제시가 알바)가 주어진다. 도도한 셀리마는 자신이 트러스콧을 선택했노라 뻐기는 여자이다. 이건 아마도 혼혈의 백인에 대한 열등감과 원주민에 대한 우월감이 절반씩 섞인 자신감이다. 전혀 의도하지 않은 현지처를 제공받은 트러스콧은 조국의 순결함 따위를 거들먹거리며 셀리마와의 동침을 잠시 동안(!) 거부한다. 그러나 어떤 사내놈이 제 발로 걸어온 제시카 알바를 거절할 수 있겠는가. 트러스콧은 조국과 여인의 갈등

끝에 조국을 버리고 여인을 택한다. 로미오와 줄리엣의 현대적 각색이다. 16세기에는 가문이었겠지만 20세기에는 물론 조국이다. 트러스콧은 셀리마와 사랑에 빠지고 결혼을 선언한다. 식민지 현지처와 백년가약을 맺겠다는 이 얼빠진 식민주의자 로미오에게 상관인 불라드는 격노하고 미세스 불라드는 장래가 촉망될 것처럼 보이는 트러스콧을 사위로 들이기 위해 작업을 펼친다. 불라드는 셀리마가 속한 이반의 롱하우스를 협박해 연인의 사랑을 가로막는다. 가혹한 현실은 트러스콧과 셀리마의 사랑을 가로막고 트러스콧은 사라왁을 떠나 런던으로 돌아간다. 제 가슴에 칼을 박는 대신 런던으로 줄행랑을 친 변절한 로미오 트러스콧은 런던에서 불라드의 딸인 세실과 결혼하고 다시 사라왁으로 돌아온다.

돌아온 트러스콧은 세간의 속설과는 달리 사랑은 움직이지 않는다는 걸 알게 된다. 트러스콧은 셀리마가 아들을 낳은 것을 알게 되고 다시금 격렬한 갈등에 사로잡힌다. 영화는 야반도주 어드벤처로 발전하면서 유부남 로미오와 아들을 품에 안은 줄리엣 모드로 복귀한다. 스토리는 진부한 삼각관계를 보여 주고 있지만 복선의 삼각관계를 장치함으로써 진부함에 얼마간의 생기를 불어넣는다. 대를 이은 슬리핑 딕셔너리인 셀리마의 아버지가 사실은 불라드였다는 것. 트러스콧은 불라드의 두 딸을 건드린 셈이다. 불라드는 셀리마의 도주를 눈감음으로써 아버지의 도리(?)를 저버리지 않는다. 우여곡절 끝에 도주는 성공하고 둘, 아니 셋은 멀쩡히 살아 보르네오의 밀림 너머를 붉게 물들이는 석양을 바라보는 해피엔딩으로 영화는 끝을 맺는다.

「슬리핑 딕셔너리」는 아시아를 배경으로 한 할리우드 영화의 불편한

「슬리핑 딕셔너리」의 판타지는 야만의 틈 사이에 존재하는 여성적 아름다움에 대한 오리엔탈리즘의 우월감으로 고무되는 것인데 말하자면 섹스관광이 품고 있는 판타지와 전혀 다를 바가 없다는 점에서 끔찍하다.

통속성을 도처에 내보이고 있지만 큰 미덕 하나를 베풂으로써 특이해지는 것처럼 보인다. 그것은 백인이며 식민지 관리인 트러스콧과 혼혈이긴 하지만 원주민적 정체성을 버릴 수 없는 셀리마와의 결합으로 마무리되는 해피엔딩이다. 뒷일이 걱정되긴 하지만 「로미오와 줄리엣」을 뛰어넘는 '위대한 로맨스'의 승리이며 사랑이 제국주의의 광포함마저도 뛰어넘을 수 있다는 걸 과시하는 휴머니즘의 승리이다. 게다가 뒷일이란 늘 그렇지만 영화가 걱정해야 할 일이 아니다.

「슬리핑 딕셔너리」는 백인들의 식민지 판타지를 자극하고 있다는 점에서 「로미오와 줄리엣」이 아니라 「한여름 밤의 꿈」에 가까운 영화이다. 영화는 온갖 실체 없는 거짓으로 범벅이 되어 있다. 조금만 주의를 기울인다면 슬리핑 딕셔너리라는 기상천외한 현지처 풍습이 근거라고는 찾을 수 없는 온전한 상상력의 산물임을 알아챌 수 있다.

사라왁의 원주민이 이반족이란 것은 사실이지만 사라왁은 1946년 이전까지 영국의 식민지가 아니었다. 영국이 사라왁을 직할 식민지로 편입한 것은 2차대전이 끝난 후였다. 1936년에는 동인도회사의 장사치라면 모를까 영국인 식민지 관리란 사라왁에 존재할 수도 없거니와 거의 평생을 사라왁에서 보낸 것처럼 등장하는 헨리 불라드와 같은 인물은 더더욱 있을 수 없다. 역사적 리얼리티를 간단하게 무시하는 이 부실한 상상력은 전적으로 가이 젱킨스의 것인데, 더욱 가공할 현실은 이 오류를 지적하는 인간이 거의 존재하지 않는다는 점이다. 이 한심한 무지는 현재의 말레이시아가 사라왁을 포함하고 있어서 빚어지는 것일 텐데, 사라왁이 영국의 신식민지적 정책에 따라 말레이연방에 합병되어 현재의 말레이시아가 탄생한 것은 1963년에 벌어진 일이다.

무대를 당시 영국의 보호령이었던 보르네오의 사바나 말레이반도, 또는 영국령 인도나 미얀마(버마)로 옮긴다고 해도 슬리핑 딕셔너리 따위는 존재하지 않는다. 영국의 식민지에서 식민지 관리가 식민지 원주민의 여자에게 과시했던 것은 강간이거나 폭행이었지, 허울이라도 딕셔너리 따위를 내세우지도 않았고 또 그럴 필요도 없었다. 결국 슬리핑 딕셔너리란 각본을 쓴 미국인 가이 젱킨스의 몬도가네적 상상력의 산물에 불과한 것이다. 그런데 이 영화에 대한 일반 관객들의 무한한 찬사를 고려한다면 이런 종류의 상상력이 젱킨스만의 것이 아니라 유럽과 북미의 백인 중산층의 무의식 저편에 강렬하고 달콤하게 자리 잡고 있음을 추측할 수 있다. 이 판타지는 야만의 틈 사이에 존재하는 여성적 아름다움에 대한 오리엔탈리즘의 우월감으로 고무되는 것인데, 말하자면 섹스관광이 품고 있는 판타지와 전혀 다를 바가 없다는 점에서 좀 끔찍하다.

섹스를 찾아 방콕이나 프놈펜, 마닐라의 밤거리를 헤매는 유럽과 북미의 백인 관광객들의 심중에 들어앉아 있는 것은 돈을 주고 여자를 사는 구차하고 냄새나는 냉엄한 현실이 아니라 「슬리핑 딕셔너리」에서처럼 자신들이 수탈함으로써 빈곤해진 식민지의 여자가 자신을 사랑할 것이란 판타지이다. 섹스에 대한 욕망의 충족과 합리화가 동시에 충족되는 이 편리한 판타지는 일부 변태적 성향의 인간들을 제외한 대다수 백인(그리고 지금은 일본과 남한을 포함한) 섹스관광객들이 예외없이 품고 있는 판타지이지만, 결코 이루어질 수 없는 불가능한 상상이라는 점에서 종착점은 자기연민의 수렁일 뿐이다. 그야 당연한 귀결이지만 그렇다고 해서 이 판타지는 결코 소멸하지 않는다. 그건 이런 종류의 판타지가 식민지적 질서라는 물적인 토대에 의해 탄생하기 때문이며 신식민주의가 더욱 강렬히 조장하는 종류이기 때문이다. 구식민지 시대, 그러니까 식민통치가 직접적으로 이루어졌던 시대에는 욕망을 은폐하거나 억누를 필요가 없었기 때문에 오히려 판타지는 필요하지 않았다. 그러나 식민지적 질서가 신식민주의 체제에 따라 재편되고 식민지적 욕망이 이면으로 숨겨지자 이런 종류의 판타지가 발달할 자리가 마련되었다. 이 판타지가 분출하는 현장이 섹스관광이 벌어지는 현장이다. 그러나 근본은 변함이 없다. 총과 칼을 들이미는 대신 뒤로 숨기고 한 손에 달러를 쥐고 있는 것이 다를 뿐이다. 식민주의적 질서가 해체되지 않는 한 이런 판타지는 자신이 제국주의 본국의 신민이라고 여기는 인간들에 의해서 지속적으로 유지되고 발달할 것이다.

「슬리핑 딕셔너리」는 섹스를 찾아 방콕이나 프놈펜, 마닐라의 밤거리를 어슬렁거리는 유럽과 북미 그리고 극동의 굶주린 하이에나들을 위로하고 격려하는 성적 판타지 영화이다. 백인 중산층이 이 영화에 열광하는 이유도 그 때문이다. 물론 이런 종류의 영화는 판타지에 숨겨진 욕망을 자극한다. 이 위대한 로맨스 영화에 감동을 먹은 백인들이 주섬주섬 짐을 꾸리고 저마다의 셀리마를 찾아 동남아시아로 향할 것이란 생각을 하면 끔찍하기 짝이 없다. 물론 또 한 떼의 유사 백인인 산업화된 아시아 국가의 중산층도 예외라고는 할 수 없다.

그럼에도 불구하고 100퍼센트 사라왁 현지 로케로 촬영된 이 영화는 사라왁의 신비롭고 그야말로 원더풀한 풍광을 숨김없이 보여 준다. 보르네오의 전통가옥 구조이며 사회의 기본단위인 롱하우스를 엿볼 수 있다는 점도 큰 매력이다. 현지 촬영 덕분에 엑스트라 한 명 한 명도 모두 현지인이어서 영상의 리얼리티는 어떤 영화보다 높은 편이다.

정치적 판타지

식민지에 대한 성적인 판타지가 존재한다면 정치적 판타지가 부재할 리가 없다. 닉 놀테가 주연한 「왕이여 안녕」은 할리우드 영화가 종종 추구하는 서구의 제국주의적 판타지를 또 다른 모습으로 보여 준다.

1945년 2월 영국군 대위 페어본(나이젤 하버스)과 통신병이 정찰 임무를 띠고 보르네오의 밀림에 투하된다. 때는 태평양전쟁의 말기, 일본군이 점령한 보르네오를 탈환하려는 연합군의 작전이 본격화한 시기이다. 둘은 원주민 부족에게 납치되어 그들의 롱하우스로 끌려가 뜻하지 않게 부족장이 된 백인 리어로이드(닉 놀테)를 만난다. 리어로이드는 3년 전 해안에 표류한 미군 출신이다. 패잔병인 그는 보르네오의 밀림에서 왕이 되었다. 페어본은 리어로이드를 설득해 부족민들을 전쟁에 끌어들이고자 한다. 리어로이드는 밀림에서의 평화를 원하고 문명세계로 돌아가기를 원하지 않는다. 그는 현실을 피할 수 없을 것이라는 페어본에게 이렇게 말한다.

"난 너희들의 지배자를 알아. 놈들은 우릴 굶주리게 만들고 상처를 입혔지. 가장 극악한 짓은 우리의 영혼에 상처를 입힌 것이야. 난 그걸 알아. 난 노동운동을 했었어. 난 반역자였어. 감옥에 있었다고. 빌어먹을. 난 공산주의자였어."

한때 노동운동가였다는 리어로이드의 이 뜬금없는 공산주의에 대해 페어본은 반문한다.

"당신이 만약 공산주의자라면 어떻게 왕이 될 수 있소?"

"오직 공산주의자만이 그 생각을 할 수 있어."

리어로이드를 전직 노동운동가이며 공산주의자로 설정하는 이 대목은 리어로이드의 망상적 비현실성과 함께 그를 왕이 되도록 만든 자격을 설명한다. 할리우드에게는 그 끔찍한 공산주의조차도 밀림의 식민지인들이 영위하는 생활보다는 우월한 문명인 것이다. 그러나 페어본이 물은 것처럼 공산주의자가 어떻게 왕이 될 수 있는 것일까. 공산주의에 대해 아무도 진지하지 않기 때문에 페어본의 질문은 결코 진지한 답을 얻을 수 없지만, 미루어 짐작건대 왕이 된 리어로이드가 부족 사회에서 구현하는 정의 때문이다. 그는 자신의 신민인 부족을 사랑하며 부족을 전쟁과 같은 더러운 외부세계로부터 지키기 위해 존재하는 인물이다. 그가

닉 놀테가 주연한 「왕이여 안녕」은 할리우드 영화가 종종 추구하는 서구의 제
국주의적 판타지를 또 다른 모습으로 보여 준다.

지키고자 하는 부족 사회는 그가 경험하고 반역했던 자본주의 사회에 비
한다면 훨씬 공산주의 사회에 가깝다. 그러므로 전직 공산주의자와 왕
사이에는 아무런 모순도 존재하지 않는다. 그런데 유사 공산주의 사회
를 지키기 위해 왕이 된 이 얼치기 전직 공산주의자는 페어본의 무전으
로 부족 마을의 위치가 일본군에게 포착되고 전투기의 공습을 받게 되자
주저 없이 부족을 이끌고 반일투쟁에 나서기로 결심한다. 자신의 이상으
로 떠들던 평화는 한순간에 휴지조각이 되어 버리고 부족의 전사들은 연

합군이 제공한 무기로 무장한 후 친미·친영 게릴라 전사로 탈바꿈한다. 부족 전체는 마치 타잔을 따르는 치타처럼 맹목적으로 평화주의자에서 호전주의자로 급변한 왕을 따른다. 관객의 어이를 실종시키는 이 극적인 반전은 평화주의자에서 호전주의자로 변한 얼치기 공산주의자 리어로이드가 아니라 그런 그를 골이 없는 원숭이처럼 따르는 부족민들에게서 비롯된다.

이로써 우리는 로빈슨 크루소 이래 식상할 대로 식상한 질문을 다시 한 번 되새기게 된다. 왜 백인은 아시아와 아프리카, 라틴아메리카에서 항상 왕이 될 만반의 자격을 갖추고 있는 것일까. 왜 무인도에 표류한 로빈슨 크루소조차 프라이데이의 주인이 되는 것일까. 로렌스는 어떻게 아라비아의 로렌스가 되는 것일까. 하다못해 타잔은 왜 동물의 왕이라도 되어야 하는 것일까. 패잔병 리어로이드는 왜 왕이 되어야 하는 것일까. 그 모든 일들은 원주민의 정치적 의사가 근본적으로 부재하거나 턱없이 부족하기 때문에 가능한 일처럼 비춰진다. 그러나 당연히 원주민에게도 정치적 의사는 엄존하고 그걸 지키기 위한 투쟁 의지 또한 겸비되어 있으므로 현실에서 '백인의 원주민의 왕이 되기' 놀이는 명백한 한계에 부딪히고 결국 이런 종류의 스토리는 판타지의 운명을 피할 수 없다.

그럼에도 불구하고 리어로이드의 보르네오 판타지에는 모델이 존재한다. 보르네오의 사라왁 왕국의 라자(왕)였던 제임스 브룩(James Brooke)의 신화이다. 영국인으로 보르네오의 사라왁에서 라자가 되었던 제임스 브룩은 1841년부터 사라왁을 통치했고 이후 3대에 걸쳐 1946년까지 사라왁의 군주로 행세하면서 보르네오에 백인이 통치하는 희귀한 왕국을 100년 동안 유지했다. 그러나 제임스 브룩이 자신의 왕국을 건설하게 된 것은 원주민들의 합의에 의해서가 아니라 한때 이 지역의 패자였던 브루나이 술탄군주와 부족들 간의 전쟁에서 술탄을 군사적으로 지원하면서 가능했던 것이었다. 브룩의 사라왁 왕국은 봉건 군주와의 야합으로 획득한 일종의 전리품이었다. 서구는 이 보기 드문 백인 왕국을 온갖 화려한 스토리로 윤색한다. 전쟁에서 상대방의 목 자르기를 즐겼던 원주민의 악독한 풍습을 없앴고 부족 간의 전쟁을 중단시켰으며 기타 등등. 보르네오의 원주민이 전쟁에서 살해된 적들의 목을 잘라 롱하우스 앞에 걸어 놓았다는 건 사실일지언정 야만으로 매도할 것은 아니다. 진정한 야만은 유럽에서 천년을 계속되어 왔고 제1차 세계대전과 제2차 세계대전에 이르러 대량학살로 이어졌던 백인들의 전쟁과 학살이다. 그 전쟁과 해골의 수를 보르네오 원주민들이 롱하우스에 걸어 두었던 대여섯 개의 해골과 비교할 수는 없다. 제임스 브룩은 자신을 보르네오의 원주민의 일원으로 여기지는 않았다. 그는 대영제국 신민의 자격을 포기하지 않았으며 그를 기특하게 여긴 영국 왕실은 그에게 작위를 수여하기도 했다. 제임스 브룩의 대를 이어 사라왁의 라자의 자리에 올랐던 그의 후손들 역시 마찬가지였다. 그들은 어김없이 영국에서 교육받고 돌아와 라자의 자리에 올랐다. 사실 그들은 왕이랄 것도 없었고 단지 백인 통치자였다.

영화는 바로 그 백인 라자의 시대가 종말을 고한 1946년 직전에 또한 명의 백인 라자, 이번엔 미국인 라자를 허구로 등장시켜 브룩의 신화를 재현하며 식민주의적 판타지에 군불을 땐다. 리어로이드는 왕의 자리

로빈슨 크루소 이래 식상할 대로 식상한 질문, 왜 백인은 아시아와 아프리카, 라틴아메리카에서 항상 왕이 될 만반의 자격을 갖추고 있는 것일까. 왜 무인도에 표류한 로빈슨 크루소조차 프라이데이의 주인이 되어야 하는 것이며 로렌스는 아라비아의 로렌스가 되는 것일까.

에 오르기 직전 부족의 우두머리인 라이안과 벌인 결투를 회고하면서 페어본에게 이렇게 말한다.

"그들은 과거의 영웅과 맞서기를 원했어. 브룩의 라자 시대, 그리고 짜릿한 모험의 나날들과 말이야."

제국주의의 식민지에 대한 지배의 욕망이 날것으로 날름거리는 대목이다. 그런데 왜 브룩일까. 또는 왜 로렌스일까. 이 지점에 백인 중산층의 허위의식이 숨어 있다. 식민지를 지배하는 것은 유럽의 지배계급이다. 중산층과 하층은 이에 복무할 뿐이다. 다시 말하면 대항해시대가 개막하면서 아시아와 아메리카, 아프리카에 식민지를 늘려 가고 막대한 이익을 취했던 것은 유럽의 절대왕정과 귀족이었고 후에는 상업자본이거나 산업자본이었다. 평민들은 식민지 관리가 되고 장교가 될 수는 있었지만 식민지의 왕이 될 수는 없었다. 이런 계급적 한계가 왕이 되고 싶은 판타지를 자극하는 동력이며 오늘날 백인 중산층의 판타지로 거듭 탄생한다. 이 정치적 판타지는 성적 판타지와는 달리 결코 현실의 근처에 머무를 수 없는 숙명적인 환상이다.

일본군의 습격을 받은 롱하우스는 쑥대밭 처지를 면치 못한다. 리어로이드는 복수심에 불타고 이제 페어본은 뒷전이다. 리어로이드가 앞장을 서고 원주민 게릴라들이 그를 따른다. 전쟁은 자발적인 원주민의 전쟁으로 탈바꿈한다. 제국주의 간의 전쟁이 식민지 원주민과 이제 곧 패망할 제국주의의 전쟁으로 변하는 것이다. 평화롭게 살아가던 원주민들을 전쟁터로 끌어들인 페어본은 죄책감에 시달리지만 리어로이드와 그의 원주민들은 용맹무쌍하게 일본군과 맞선다.

일본군 대좌 미타무라는 리어로이드에게 항복한다. 전쟁은 끝나고 보르네오 북부를 재점령한 미국은 리어로이드와의 약속을 파기한다. 일본군을 상대로 했을 때와 달리 미군에게는 전의를 재빨리 상실한 리어로이드는 무력충돌을 피한다는 명분으로 미군에 항복한다. 페어본은 군법회의에 회부될 리어로이드를 호송할 임무를 맡게 된다. 그동안 리어로이드의 평화주의에 감동해 왔던 페어본은 함선이 암초에 부딪힌 틈을 타 리어로이드를 풀어 준다. 바다에 뛰어든 리어로이드는 페어본에게 손을 흔들어 작별을 고한 후 해안을 향해 헤엄쳐 간다. 사라져 가는 리어로이드에게 던지는 페어본의 한마디.

"당신은 왕이요. 안녕 라자."

페어본이 탈출시킨 리어로이드는 다시 돌아가 왕이 될 것이다. 백인 라자의 판타지는 그렇게 보르네오에 살아남는다.

하와이와 말레이시아에서 촬영된 「왕이여 안녕」은 「슬리핑 딕셔너리」만큼 실감나는 영상을 보여 주지는 못한다. 등장하는 이반 원주민들도 하와이안임이 분명하고 심지어는 롱하우스조차 엉성하게 지어졌다.

아미르 무하마드의 렌즈로 보는 말레이시아 현대사

- 빅 두리안 | The Big Durian, 2003
- 라스트 코뮤니스트 | The Last Communist, 2006
- 빌리지 피플 라디오 쇼 | Village People Radio Show, 2007

빅 두리안

1972년생의 젊은 말레이시아 감독 아미르 무하마드(Amir Muhammad)는 독특한 영화를 줄지어 만든 덕에 아마도 예견했을 불운을 연이어 겪어야 했다. 물론 이런 불운은 그가 자초했다기보다는 말레이시아의 야만스럽기 짝이 없는 검열 때문이다. 국내보안법(ISA)이 엄존하는 말레이시아는 지금 시대에는 쉽게 받아들일 수 없는 파쇼적인 악법들이 국민들의 입을 틀어막고 여러 자유를 옥죄이고 있다. 말레이시아의 이 기괴한 정치적 후진성은 현대적 면모를 자랑하는 쿠알라룸푸르의 거리에서라면 이방인은 결코 느낄 수 없지만 오늘의 말레이시아를 지배하는 냉엄한 현실이다.

아미르 무하마드의 영화에 대해서 말한다면 단편 작품들을 발표한 끝에 2003년 그가 완성한 최초의 장편 다큐멘터리인 「빅 두리안」은 다

「라스트 코뮤니스트」와 「빌리지 피플 라디오 쇼」는 연작처럼 두 영화 모두 말라야공산당의 궤적을 추적하고 있다. 사진(중앙)은 말라야공산당의 서기장이었던 친펭.

루고 있는 소재의 민감함으로 아예 검열을 신청하지 않았다. 3년 뒤인 2006년 아미르는 「라스트 코뮤니스트」의 검열을 신청했지만 물론 상영 금지 통보를 받았다. 이듬해에 완성한 「빌리지 피플 라디오 쇼」도 마찬가지의 운명을 겪어야 했다. 말레이시아에서는 상영될 기회를 빼앗겼고 외국에서 출시된 DVD로 접할 수 있거나 아니면 「파업전야」와 같은 방식으로 관객들을 만나고 있다. 반면 해외에서는 합당한 평가를 받았다. 「빅 두리안」은 선댄스영화제에 초청받은 최초의 말레이시아 영화가 되었다. 이후 아미르는 이런저런 국제영화제에서 지속적으로 구애를 받았으며 상을 받기도 했다. 뭐, 이건 중요하지 않지만.

말레이시아의 현실에 대한 아미르의 애정은 은폐되고 억압되어 있는 현대사에 대한 애정이라고도 말할 수 있다. 「빅 두리안」은 1989년에 쿠알라룸푸르의 초우킷에서 벌어진 말레이계 병사의 난동을 통해 인종문제와 정치적 억압에 렌즈의 초점을 맞추고 있으며 「라스트 코뮤니스트」

와 「빌리지 피플 라디오 쇼」는 연작처럼 말라야공산당의 궤적을 추적하고 있다. 모두 말레이시아 현대사에서는 금기시되고 있는 소재이다.

운좋게 아미르의 이 세 다큐멘터리 영화를 모두 볼 수 있다면 이방인으로서는 아마도 말레이시아가 공식적으로는 결코 말해 주지 않는 말레이시아의 속살을 들여다볼 멋진 기회를 갖게 될 것이다.

「빅 두리안」은 동말레이시아의, 그러니까 보르네오의 사바에서 쿠알라룸푸르로 온, 말하자면 상경한 젊은 여자아이의 독백으로 시작한다. 다니아 물룩이라는 이름의 여자는 웨이트리스라고 소개되고 있지만 아니올시다. 직업 배우인 에르나 마휴니(Erna Mahyuni)가 영화에서 다니아 물룩의 역을 맡고 있다. 다큐멘터리처럼 보이는 이 영화는 이렇게 직업 배우들을 동원한 가짜 다큐멘터리이다. 영화에 등장하는 모든 인물이 가짜는 아니지만 꽤 많은 인물들을 배우가 연기하는 픽션으로, 「빅 두리안」은 이른바 잡종(hybrid) 다큐멘터리에 속한다. 이런 페이크(Fake) 다큐멘터리 영화는 관객들에게 진실을 극적으로 전달하는 효과를 주는데, 무엇보다 감독 자신의 메시지를 효과적으로 전달할 수 있도록 한다. 사실 말레이시아인들에게는 영화나 텔레비전에서 보곤 하는 낯익은 배우들이 출연하기 때문에 영화의 픽션적 연출은 이미 드러나 있는 셈이다.

아미르 무하마드의 발언에 따르면 "어떤 다큐멘터리도 객관적일 수 없다. 객관적인 척하는 다큐야말로 거짓"이다. 이건 다큐멘터리 또는 예술 일반에 대한 불편한 진실인데, 우린 어차피 사실이라는 선착장에서 맞은편의 진실이라는 선착장에 도달하기 위해서는 강을 건너야 한다. 사실만으로는 진실이 될 수 없기 때문이다. 여하튼 그는 관객을 태워 강을 건너는 배를 만든 것이다. 그건 아미르의 배이며 이 배가 진실의 선착장에 도달했는지의 판단은 아미르의 몫은 아니다.

「빅 두리안」에 등장하는 최초의 독백은 이 영화가 도달하고자 하는 진실의 실체를 선언하는 대목이다. 때문에 이 영화는 결론을 먼저 던지고 관객과 함께 그 결론을 탐색하는 형식을 취한다. 문제는 말레이시아인이라면 쉽게 알아차릴 수 있는 감독의 의도가 말레이시아의 현대사에 익숙하지 않은 외국인에게는 간파되지 않는다는 것이다. 때문에 우리는 커다란 두리안의 맛을 보기에 앞서 잡초와 도마뱀에 대한 다니아 물룩의 독백을 먼저 곱씹어야 한다.

> "사바에서 한번은 잡초(lalang)들 사이로 정말 멋진 도마뱀을 봤어요. 난 갖고 싶었죠. 하지만 엄마는 그러지 말라고 했어요. 엄만 도마뱀조차 자유로울 권리가 있다고 말했죠. 그래서 놓아주었어요. 그러곤 한동안 볼 수 없었죠. 아마 누군가 먹었을지도 몰라요. 도마뱀은 튀기면 맛이 좋거든요."

말레이시아인들에게 '랄랑'(Lalang, 잡초)은 즉각적으로 1987년을 뒤흔든 랄랑작전(Operasi Lalang)을 연상시킨다. 대대적인 반정부 인사 검거와 투옥, 언론에 대한 재갈 물리기로 말레이시아를 공포에 휩싸이게 했던 랄랑작전은 마하티르 정권에 의한 일종의 정치적 쿠데타였다. 말하자면 튀겨서 누군가의 입으로 들어가 버린 도마뱀은 랄랑작전으로 압살된 자유이거나 말레이시아인들이다. 이 영화는 바로 그 랄랑작전에 관한 영화이다.

사바에서 상경한 여자아이의 독백이 끝난 후 영화는 곧 1987년 10월 쿠알라룸푸르의 초우킷에서 벌어졌던 한 사건을 둘러싼 다양한 사람들의 발언을 취재한다. 사실은 간단했다. M16소총을 들고 탈영한 말레이계 사병이 초우킷에서 난동을 벌였고 말레이계 한 명과 중국계 두 명을 살해한 사건이었다. 일을 저지른 후 한 건물에서 인질극을 벌이던 아담 자파르란 이름의 병사는 대치 끝에 경찰서장의 설득에 순순히 투항했고 사건은 종결되었다. 그런데 이 사건을 둘러싸고 쿠알라룸푸르가 보인 반응은 미증유의 공황이었다. 발생 직후 보도가 통제된 가운데에서도 사건은 빛보다 빠르게 쿠알라룸푸르를 종횡무진했으며 시내의 거리는 텅 비어 버렸고 사람들은 출근하거나 등교하는 대신 집안에 틀어박혀 손에 땀을 쥐고 사태의 추이를 살피고 있었다. 심지어 식료품을 사재기하는 사람들도 등장했다. 신문 사회면에나 실린 후 곧 사람들의 기억에서 사라졌을 사건이 쿠알라룸푸르 전체를 공포의 도가니에 빠뜨린 이면에는 탈영병의 난동을 뛰어넘는 악몽이 숨겨져 있었다. 말레이시아인들에게는 '5·13사태'로 불리는 1969년의 인종폭동이 그 주인공이었다.

독립 후 집권세력이었던 말레이계의 암노가 주도하는 국민전선이 총선에서 유례없이 낮은 지지를 얻은 직후 발생한 5·13사태는 비상사태 선언으로 이어지고 국가운영회의(National Operaions Council; NOC)가 등장한 가운데 대대적인 공포정치로 이어져, 암노의 장기집권의 기반을 확고하게 다질 수 있었던 사건이었다. 1969년의 5·13사태로 대부분 중국계인 말레이시아인 196명이 목숨을 잃었으며 폭도들의 난동으로 집

「빅 두리안」의 DVD 커버. 아미르 무하마드에 따르면
어떤 다큐멘터리도 객관적일 수 없다.

과 차들이 불타고 6천여 명이 집을 잃었다. 그들 중 90퍼센트가 중국계
였다. 5·13사태는 말레이계와 중국계가 충돌한 인종폭동의 외형을 띠고
있었지만, 선거에서 패배한 암노가 비상사태를 선언함으로써 무력으로
정국을 반전시키고 장기집권의 기틀을 다진 사건이었다. 인종폭동은 암
노의 청년당원들이 주도했고 보안군과 경찰이 이를 비호했음은 공공연
한 비밀이었다.

　18년 뒤인 1987년 10월 18일 저녁 중국인 거리에 인접한 초우킷에
서 탈영병의 난동이 벌어졌을 때, 이 사건은 쿠알라룸푸르의 시민들에게
1969년 5·13사태의 속편이 시작된 것으로 여겨졌다. 그럴 만한 충분한
이유가 있었다. 불과 일주일 전 쿠알라룸푸르에서는 중국인 학교에 대한

정부의 교장임명을 둘러싸고 항의하는 집회가 열렸고 암노의 청년조직이 1만 명을 동원해 이에 대항하는 집회를 TPCA스타디움에서 연 직후였다. 이 집회에서는 과격한 인종적 발언이 난무했다. 캄풍바루에서 열린 가두집회의 플래카드에는 "내 단도는 중국인의 피를 마시길 원한다" 따위가 쓰였다. 또한 11월 1일에는 메르네카스타디움에서 암노의 창당 41주년 행사와 대규모 집회가 예고되어 있었다. 이 모든 것들이 초우킷에서 벌어진 탈영병의 난동을 인종폭동의 전주곡 또는 시작으로 여기도록 만들었으며 특히 중국계 말레이시아인들을 공포의 도가니로 몰아넣었다.

　1987년 10월에는 모든 사람들이 우려했던 인종폭동은 일어나지 않았다. 대신 인종폭동을 빌미로 랄랑작전이 등장했다. 국내보안법을 근거로 반정부인사 106명이 체포되었으며 97명이 구속되었고 친정부적이지 않은 일간지들은 폐간되거나 정반대의 논조를 가진 친정부지로 탈바꿈했다. 경찰법과 언론법에 대한 개정으로 4인 이상의 집회가 금지되었으며 언론의 숨통을 죄었다. 근본적으로 1987년 10월의 사태는 1969년 5·13사태의 재판이었다. 둘 모두 암노의 정치적 목적을 달성하기 위한 수단으로서 정치적 쿠데타와 다름없었다. 그러나 확연히 다른 점도 있다. 1969년 암노는 진짜 인종폭동을 연출해야 했지만 1987년에는 단지 위협만으로 가능했다. 암노의 1987년 정치쿠데타는 존재하지 않거나 전혀 위협적이지 않은 인종폭동을 빌미로 내세웠고 또 부추겼다는 점에서 정권의 안보를 위해 인종주의를 심화시킨 사악한 쿠데타였다.

　에르나 마휴니의 독백으로 시작한 영화는 그녀의 독백으로 끝난다.

독립 후에도 32년 동안이나 밀림에서 총을 들고 싸웠던 공산주의자들은 말레이시아에서 금기의 대상이었다. 아미르 무하마드는 바로 그 금기의 영역에 카메라를 들이댄다. 사진은 「라스트 코뮤니스트」의 한 장면이다.

"난동이 벌어졌을 때 난 식당에 있었어요. 총소리를 들었죠. 겁나지 않았어요. 고향에 있을 때에도 그런 난동을 겪은 적이 있었어요. 시장에서 소총을 살 수도 있었죠. 모두들 도망쳤어요. 삼촌도 숨었어요. 하지만 난 숨지 않았어요. 내 눈으로 보고 싶었죠. 난 밖으로 나가서 아담을 보았어요. 그는 갇힌 사람처럼 보이지 않았어요. 그는 자유를 얻은 사람처럼 보였어요. 난 그가 부러웠어요. 그 사람처럼 되고 싶었죠."

탈영병 아담 자파르의 난동은 우연한 시기에 우연한 장소에서 벌어진 우연한 사건이었다. 그러나 아담은 말레이시아의 현대사를 옥죄이고 있는 거대한 억압적 괴물의 허벅지에 총알을 박아 그 괴물의 우스꽝스러운 실체를 희극으로 연출했다. 괴물은 쓰러지지 않고 가벼운 부상조차 입지 않았다. 그러나 말레이시아인 모두가 아담이 된다면. 그래도 괴물

「라스트 코뮤니스트」에서 중국계 공산당원을 다룬 아미르 무하마드는 「빌리지 피플 라디오 쇼」에서 말레이계 공산당원을 다룸으로써 말레이공산당은 중국계의 것이라는 조작된 신화에 균열을 시도한다.

은 살아남을 수 있을까. 그래도 이 난동이 희극으로 남을 수 있을까. 「빅 두리안」이 말하는 바는 그렇다.

　말레이시아가 원산지인 두리안은 철퇴처럼 생긴 과일로 충분히 무기로 쓸 만한 과일이다. 게다가 '커다란 두리안'이라니.

라스트 코뮤니스트 그리고 빌리지 피플 라디오 쇼

「빅 두리안」이후 아미르 무하마드 감독은 「대리의 해」(The Year of Living Vicariously, 2005), 「도쿄 매직 아워」(Tokyo Magic Hour, 2005)를 만들었다. 인도네시아의 리리 리자(Riri Riza)가 감독한 영화 「풍운아 기에」(Gie, 2005)의 촬영현장을 쫓으며 기록한 다큐멘터리인 「대리의 해」는 마치 「풍운아 기에」에 대한 메이킹 필름처럼 여겨지지만, 뿌리를 같이 하고 있으며 떼려야 뗄 수 없는 이웃나라인 인도네시아에 대한 아미르의 관심을 담은 다큐멘터리였다. 1960년대 학생운동가였던 수혹기에(Soe Hok Gie)의 생을 담은 「풍운아 기에」가 수카르노와 수하르토의 시대를 가르는 1960년대라는 역사적 격동기에 선 젊은이의 모습을 투영함으로써 리리 리자의 자신의 나라에 대한 역사적 애정을 담았다면 아미르의 「대리의 해」는 다시 그 현장을 담음으로써 이를 공통의 관심사로 조명하고 있다. 영화의 제목은 피터 위어의 「가장 위험한 해」(The Year of Living Dangerously)에서 차용한 것이다. 「대리의 해」는 화면을 두 개로 분할하고 뮤지컬을 도입하는 등 실험적 형식을 취했는데 이듬해에 발표된 「라스트 코뮤니스트」는 「대리의 해」에서 실험했던 뮤지컬 형식을 다시 도입했다.

말라야공산당 서기장이었던 친펭의 일생을 추적한 「라스트 코뮤니스트」는 친펭이 태어난 페락의 작은 마을인 시티아완에서부터 그가 인생의 마지막을 보내고 있는 말레이시아–타이 국경으로까지 카메라를 옮겨 가며 그의 삶을 기록하는 방식을 취한다. 그러나 친펭 자신이 등장하지는 않는다. 친펭 자신이 인터뷰를 거절했을 수도 있지만 친펭이 등장하지 않는다고 해서 영화의 제작에 어려움을 겪었을 것처럼 여겨지지도 않는다. 친펭이란 인물의 궤적을 따라가지만 딱히 인물에 초점을 두고 있지도 않기 때문이다. 예컨대 등장하는 인물들은 저마다 이야기를 풀고 있지만 그건 친펭이 아니라 자신들에 관한 이야기이다. 친펭에 대한 언급은 나레이터에게 맡겨져 있지만 간략한 연보 수준에 그치고 있다. 결국 인물에 대한 증언이 등장하지 않는 이 영화는 전기적 다큐멘터리에서 일찌감치 관심을 거두는 대신 역사적 맥락을 추적하는 데에 성의를 기울인다. 말하자면 이런 것이다. 사람들은 왜 말라야공산당에 가입했고 또 밀림으로 들어가 무장투쟁을 벌이기까지 했을까. 그 역사적 맥락은 말레이시아에게 어떤 의미를 갖고 있는 것일까. 「빅 두리안」이 그랬던 것처럼 「라스트 코뮤니스트」 역시 말레이시아의 현대사에 집착하는 연작의 하나라고 말할 수 있는 이유도 그 때문이다.

「빌리지 피플 라디오 쇼」와 함께 말한다면 이 두 영화는 동일하게 말라야공산당을 다루고 있지만 전혀 다른 대상을 등장시키고 있다. 「라스트 코뮤니스트」에 등장하는 인물들이 중국계 공산당원이라면, 「빌리지 피플 라디오 쇼」에서는 전적으로 말레이계 공산당원이다. 아미르 무하마드는 이 두 영화를 통해 말레이시아를 은밀하게 지배하고 있는 신화 하나에 균열을 시도한다. 말라야공산당에 대한 통념은 중국인 공산주의자들이 만든 당이라는 것이다. 이념적 경계를 인종적 경계로 대체함으로써 궁극적으로는 이념을 제거하는 이 구분법은 식민지 종주국인 영국과 영국이 육성한 말레이계 지배계급의 치열한 이념 공세의 결과물이기도 하다.

간단하게 말라야공산당의 역사를 돌아보자. 말라야공산당은 아시아의 다른 지역의 공산당과 마찬가지로 1920년대에 태동했다. 그 산실은 부두 노동자들의 세력이 강했던 싱가포르였다. 공산당답게 노동자계급에 기반한 셈인데 중국 이주민들이 다수인 싱가포르이니만큼 자연스럽게 중국인들이 주력이었다. 그러나 싱가포르는 물론 말레이반도 역시 노동자계급은 중국인들이 다수이기는 마찬가지였다. 영국은 식민지 말레이시아에서 농업부문은 토착 말레이인들에게 맡기고 주석광산과 같은 광업부문은 인신무역을 통해 푸젠(福建)과 광둥에서 이주한 중국인 쿨리들로 노동력을 충원했다. 말라야공산당이 중국계에 더욱 의존했던 것은 자연스러운 현상이었다. 태평양전쟁이 발발하기 전 영국은 공산당을 불법화하고 탄압했다. 그러나 1941년 태평양전쟁의 발발과 함께 일본이 싱가포르와 말레이반도를 점령하자 반일투쟁에 가장 적극적으로 나선 세력은 공산당이었다. 중국계가 주력인 말라야공산당은 반일투쟁에 더욱 적극적일 충분한 이유가 있었다. 일본은 버마의 철도 건설이라는 죽음의 강제노동에 말레이시아 노동자들을 징용했는데 그 대상은 주로 중국계였다. 일본은 중국을 적국 취급하면서 점령지의 중국계 주민을 특별히 가혹하게 취급했다.

태평양전쟁에서 영국은 반일 무장투쟁에 나선 공산당을 지원했다. 적과의 동침은 1945년 일본이 항복하면서 철회되었고 공산당은 말레이시아에 재진주한 영국에게 제일의 적으로 부상했다. 말라야공산당은 독립을 요구했지만 1946년 영국은 비상사태를 선포하고 공산당에 대한 무력토벌에 나섰다. 말라야공산당은 밀림으로 들어가 반제국주의 독립투쟁을 계속하는 것으로 화답했다. 동시에 영국은 식민지 지배계급인 술탄 군주 세력과 친영 인텔리 세력, 부르주아 세력을 앞세워 자치의 확대를 꾀했다. 그렇게 탄생한 것이 암노와 중국인협회, 인도인회의였다. 영국은 동시에 공산당의 고립을 시도했다. 1960년대 미군이 베트남에서 도모했던 '전략촌' 전술, '수색 및 섬멸' 작전 등은 이미 1950년대에 영국이 말레이시아 북부에서 써먹은 수법이었다(후일 미국은 영국 정보기관으로부터 그 성과를 전수받았다). 말라야공산당은 남베트남 민족해방전선만큼 잘 싸우지는 못했다. 특히 말레이계 무슬림에 대한 영국의 프로파간다는 인종과 종교를 앞세운 것으로 기대 이상의 성과를 거두었다. 말라야공산당은 1950년대 말까지 싸웠지만 1957년이 되자 태국 국경지대로 밀렸고 평화협상에 끌려 나오는 처지가 되었다. 그렇게 공산당을 무력으로 축출한 영국은 1957년 8월 31일 말레이시아를 독립시켰다. 계엄에 해당하는 비상사태는 1960년까지 계속되었다. 친영 지배계급의 주도권이 확고하게 구축된 상태에서 이루어진 독립은 암노의 장기집권으로 이어졌고 지금까지도 계속되고 있다.

아미르 무하마드의 말라야공산당에 대한 두 편의 다큐멘터리는 오늘의 말레이시아를 지배하고 있는 체제가 어떻게 탄생했는지를 보여 주는 다큐멘터리이기도 하다. 사실 아미르 무하마드에게는 이게 더 중요한 일이었을 것이다. 일체의 진보세력이 거세된 말레이시아에서 독립이란 신식민주의의 승리를 자축하는 기념행사에 불과했다. 말레이시아는 제국주의에 의해 교도된 독립을 얻었으며 권력은 영국의 신식민주의적 이익을 지켜 줄 식민지 지배세력의 손으로 넘어갔다. 이걸 독립이라고 할 수 있을까. 「라스트 코뮤니스트」의 마지막 장면은 8월 31일 독립기념일의 현장인 쿠알라룸푸르의 메르데카광장을 비춘다. 옛 식민지 정청의 행정부 건물로 쓰였던 술탄 압둘 사마드 빌딩의 고풍스러운 시계탑의 분침이 자정을 가리키자 광장에 모인 군중들 사이에서는 함성이 터져 나오고 화면은 검게 변한 후 자막으로 채워진다.

"말라야공산당은 (독립) 이후 암살과 습격을 시도하면서 수십 년을 더

싸웠다. 그러나 정부가 서방과 굳게 결탁한 냉전시대는 공산당을 효과적으로 무력화했다. 공산당의 활동을 뿌리 뽑기 위해 몇몇 지역에서는 수십 년간 통금이 시행되었다. 평화협정은 마침내 1989년 태국에서 조인되었다. 많은 공산주의자들이 고향에 돌아올 수 있도록 허용되었지만 친펭은 포함되지 않았다. 그는 태국에서 망명 중이고 여든두 살이다."

「라스트 코뮤니스트」는 제목 그대로 독립 후에도 32년 동안이나 밀림에서 총을 들고 싸웠던 마지막 공산주의자들에 대한 이야기이다. 그들은 패배했고 그들의 적들이 승리했다. 오늘의 말레이시아는 그 결과로 탄생했다. 아미르 무하마드는 묻는다. 그 오늘은 어떤 오늘인가?

「라스트 코뮤니스트」에서 국경 너머 태국의 밀림지역에서 촌락을 이루고 사는 중국계 공산주의자들을 찾은 아미르 무하마드는 이듬해에는 같은 지역의 말레이계 촌락으로 카메라를 들고 찾아가 「빌리지 피플 라디오 쇼」를 연작처럼 만들었다. 전작이 친펭을 통해 말라야공산당의 약사를 훑었다면 두번째 영화에서는 밀림의 공산주의자들에 천착한다. 패배자들에 대한 연민이 화면 가득 배어나는 가운데, 패배한 공산주의자들은 여전히 자신들의 신념에 대한 믿음을 포기하지 않는다. 말레이시아 정부가 방문을 허용하기로 한 협정 조항을 어기고 비자를 내주지 않아 고향에 돌아가지 못하는 인물이 있는 반면 고향에 돌아갔다가 다시 돌아온 인물도 등장한다. 역사는 승자의 것이다. 패자에게 남는 것은 비애와 슬픔뿐이다. 그러나 믿음은 시공을 초월해 존재한다. 고향을 빼앗기고 조롱당하고 모욕당하면서도, 잘린 팔다리와 빈곤에 고통받으면서도, 이

제 곧 죽음을 눈앞에 둔 노인이 되어서도 믿음은 믿음으로 남는다. 아미르 무하마드의 재기(才氣)와 실험적 형식은 사뭇 둔해진 대신 인간적인 접근이 강화된 「빌리지 피플 라디오 쇼」는 그만큼 깊은 여운을 남긴다.

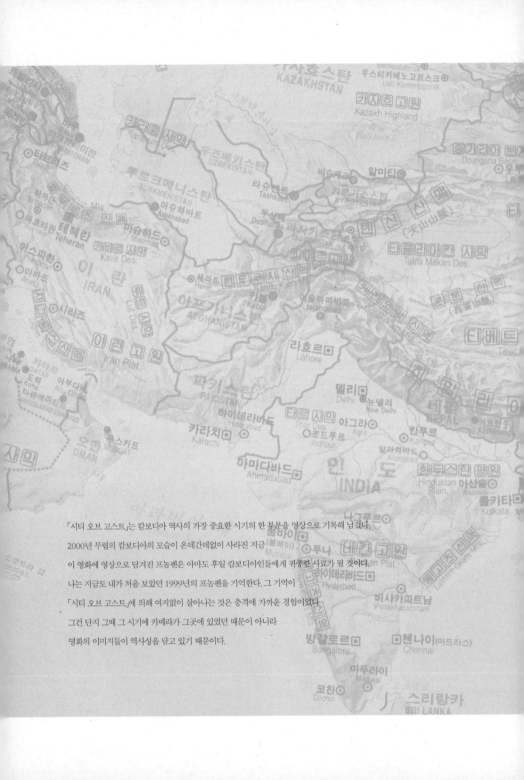

「시티 오브 고스트」는 캄보디아 역사의 가장 중요한 시기의 한 부분을 영상으로 기록해 남겼다.

2000년 무렵의 캄보디아의 모습이 온데간데없이 사라진 지금

이 영화에 영상으로 담겨진 프놈펜은 아마도 훗일 캄보디아인들에게 귀중한 사료가 될 것이다.

나는 지금도 내가 처음 보았던 1999년의 프놈펜을 기억한다. 그 기억이

「시티 오브 고스트」에 의해 여지없이 살아나는 것은 충격에 가까운 경험이었다.

그건 단지 그때 그 시기에 카메라가 그곳에 있었던 때문이 아니라

영화의 이미지들이 역사성을 담고 있기 때문이다.

| 2부 |

전쟁과 제국주의

카르마

전장의 메리 크리스마스

애나 앤드 킹

엠마뉴엘

시티즌 독

왕과 나
그리고 왕과 나

- 왕과 나 | The King and I, 1956
- 애나 앤드 킹 | Anna and The King, 1999

도무지 국적을 알 수 없는 배우 중의 으뜸으로는 앤서니 퀸이 꼽힌다. 국적을 불문하고 스크린을 종횡무진한 이 대배우는 「25시」(25th Hour, 1967)에서는 루마니아인이었고 「희랍인 조르바」(Zorba the Greek, 1964) 에서 그리스인이었으며 「아라비아의 로렌스」(Lawrence of Arabia, 1962) 에서는 아랍인이었고 「로스트 코만도」(Lost Command, 1966)에서는 프랑 스인, 「혁명아 자파타」(Viva Zapata!, 1952)에서는 멕시코인이었다. 「혁명 아 자파타」에서는 진짜 자신의 국적을 연기했다. 그는 멕시코인이다. 앤 서니 퀸 다음으로 출생이 알쏭달쏭한 배우로는 율 브리너를 들 수 있겠 다. 「대장 부리바」(Taras Bulba, 1962)에서는 코사크였고 「인디오 블랙」 (Indio Black, 1971)에서는 아메리카 인디언이었으며 「까라마조프의 형 제들」(The Brothers Karamazov, 1958)에서는 까라마조프였고 「십계」(The Ten Commandsments, 1956)에서는 이집트의 람세스였으며 「왕과 나」

결국 도도하고 오만한 애나와 같은 인물은, 원작자에 해당하는 애나의 심각한 공주병과 그 질병적 일기를 바탕으로 마거릿 랜든이 날조해 낸 허구적 인물일 뿐이다.

(1956)에서는 태국왕인 몽꿋을 연기했다. 율 브리너는 러시아 태생이다. 앤서니 퀸이나 율 브리너나 모호한 생김새가 연기의 폭을 넓혀 준 셈이다. 이런 배우조차 없었을 때 할리우드는 노벨문학상을 받은 펄 벅의『대지』(The Good Earth)를 원작으로 동명의 영화를 제작하면서 극 중의 주연급 중국인들을 모두 백인으로 채웠다. 폴 무니가 주인공인 왕룽을 연기하면서 변발까지 하고 등장한 것을 본 적이 있다면 율 브리너가 백배는

나았을 것이란 생각을 하게 될 것이다.

　브로드웨이의 무대와 스크린에서 율 브리너의 명성을 드높였던 「왕과 나」는 영화로 만들어진 지 33년 만에 리메이크로 다시 선을 보였다. 주인공인 몽꿋 역은 이번엔 중국인인 주윤발(저우룬파)이었다. 생김새야 율 브리너와 비교할 수 없이 몽꿋에 적합하지만 태국어를 중국어처럼 주워섬긴 까닭에 아마도 태국인이 보았다면 무척 어색했을 것이다. 할리우드의 선택이야 태국시장을 특별히 고려한 것이 아니었을 테니 캐스팅이야 아시아인 중에서는 서양인들에게 인지도를 가진 주윤발이 적당했을 것이다. 때문에 정작 태국에서 주윤발의 「왕과 나」(국내 개봉명 「애나 앤드 킹」, 1999)가 상영금지 처분을 받았지만 별 관심을 끌지도 못했다. 하긴 1956년 작 「왕과 나」는 왕실모독죄의 혐의를 쓰기도 했다. 촬영이 전적으로 태국이 아닌 말레이시아에서 이루어졌을 때에 이미 예견된 일이었는지도 모른다. 태국 정부의 상영금지에도 불구하고 「왕과 나」는 다른 할리우드 영화와 마찬가지로 복제 DVD로 별로 늦지 않게 방콕에 상륙했다. 요즘 세상에선 볼 사람은 다 보고 안 볼 사람도 본다는 검열의 법칙은 이 영화의 경우에도 딱히 예외는 아니었을 것이다.

　두 편의 「왕과 나」는 그럭저럭 볼만한 영화이다. 율 브리너의 것은 코미디로, 주윤발의 것은 정통 드라마로 서로 색깔은 사뭇 다르지만 나름대로의 재미를 선사한다. 역사적으로는 어떨까. 왕실 선생으로 6년 동안 일했던 영국인 애나 레노웬스의 일기를 바탕으로 마거릿 랜든이 1944년 출판한 책이 두 영화의 원작이다. 따라서 두 영화는 장르는 다르지만 동일한 플롯에 기대고 있다. 실존인물을 다루고 있으니만큼 역사적 사실에

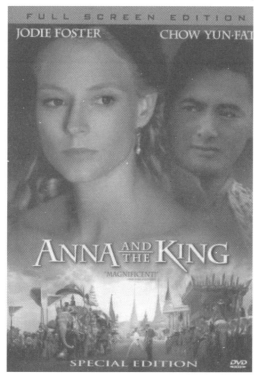

태국에서 주윤발의 「왕과 나」(1999)가 상영금지 처분을 받았지만 별 관심을
끌지도 못했다.

충실하리란 기대를 할 수 있겠지만 별로 그렇지 않다. 태국 왕실의 변함
없는 입장은 애나 레노웬스는 왕실이 고용한 외국인 선생 중의 하나였을
뿐이며 하물며 왕인 몽꿋에게 조언할 입장은 아니었다는 것이다. 몽꿋의
일기에 애나의 이름이 딱 한 번 등장한다는 걸 고려한다면 「왕과 나」에서
그려지고 있는 몽꿋과 애나의 관계는 허구에 가깝다고 봐야 할 것이다.
영화에서 중요한 서브플롯으로 다루어지고 있는 두 사건, 후궁인 텁팀에 관한 이야기와 후반부의 반란군에 쫓기는 몽꿋에 관한 이야기 또한 전적으로 허구라는 것이 정설이다. 그렇다면 역사적 사실로는 이 영화에서 건질 것보다 버릴 것이 많은 셈이다.

사실 영화에서처럼 오만방자하게 구는 고용교사를 권위 하나로 버티는 왕실이 그대로 두었을 리는 만무하다. 영국인 신분이니 외교관계를 고려해 잡아 가둔다거나 곤장을 치지는 못했겠지만 계약을 해지하고 왕궁에서 쫓아 버리자면 아무 때라도 가능했던 일이다. 그러나 애나 레노웬스가 방콕에서 6년을 버틴 것으로 보아서는 제법 고분고분하게 고용주의 비위를 맞췄다는 결론이 타당하다. 결국 도도하고 오만한 애나, 확실한 주관과 휴머니즘을 내세우는 애나와 같은 인물은 원작자에 해당하는 애나의 심각한 공주병과 그 질병적 일기를 바탕으로 마거릿 랜든이 날조해 낸 허구적 인물일 뿐이다. 예컨대 여전히 왕권이 지독하게 살아 있는 영국 출신인 애나가 몽꿋에게 서구적 휴머니즘을 항변하는 장면에서는 잘해봐야 실소밖에는 흘릴 것이 없다. 19세기 중엽이면 영국이 선발주자인 포르투갈이나 네덜란드를 밀어내고 제법 잘 나가고 있을 때이지만 인권의 측면에서는 태국보다 별반 나을 것도 없었을 때이다. 게다가 실존인물인 애나로 말하자면 식민지인 인도에서 태어났으며 인도에서 자랐고 인도에서 결혼했으며 그후에는 이집트와 싱가포르를 떠돌아다니다 뉴욕에 정착했고 결국 몬트리올에서 죽었다. 영국인이라고는 하지만 영국 땅에 발을 딛지 못한 식민지 영국인이었다. 그러니 식민지에서 영국이 벌인 끔찍한 일들을 누구보다 잘 알고 있었을 애나를 내세워 아시아의 왕조를 조롱한다는 것 자체가 어불성설에 속한다.

따라서 「왕과 나」에서 역사를 기대할 필요는 없다. 나는 영화가 역사를 조롱하고 각색하는 것에 대해서는 제법 민감한 사람이지만 할리우드 영화를 두고 역사적 기술의 정확함을 따지고 싶은 생각은 없다. 그보다는 차라리 우물가에서 숭늉을 찾는 편이 낫다. 그러나 그 폐해를 고려한다면 영화는 영화대로 두더라도 역사에 대해서만큼은 교정하는 편이 나을 것이다.

애나 레노웬스가 방콕에 도착한 것은 1862년. 차크리 왕조의 라마 4세인 몽꿋이 왕의 자리에 있을 때이다. 이때 몽꿋의 나이는 이미 쉰여덟 살이지만 왕위에 오른 지는 고작 10년이 갓 넘었을 때이다. 몽꿋은 6년 뒤에 죽고 쭐랄롱꼰이 라마 5세가 되었다. 일이 이렇게 된 이유는 몽꿋의 배다른 동생이 적자인 몽꿋을 뒤로 밀고 왕위를 새치기해 라마 3세의 자리를 꿰찼기 때문이다.

차크리 왕조는 버마의 침략으로 붕괴된 아유타야 왕조의 뒤를 이었다. 그러나 1768년 아유타야 왕조가 멸망한 후 군사를 도모하고 침략군에 대항해 물리친 장본인은 탁신이었다. 탁신은 촌부리를 수도로 삼고 새로운 왕국의 왕이 되었다. 1782년 반란이 일어나 탁신은 비단에 말린 후 타살되었다고 전해지고 반란을 일으킨 장군 중의 하나였던 짜오프라야 차크리가 왕위에 올랐다. 차크리 왕조의 탄생이다. 몽꿋이 4대 왕이 되었을 때 차크리 왕조는 80년도 되지 못한 어린 왕조였다. 몽꿋의 시대는 유럽제국주의가 주변을 포위한 시대였다. 영국은 버마를 식민지로 만들었고 프랑스는 인도차이나 3개국을 식민지로 만들었다. 차크리 왕조는 버마와 캄보디아, 라오스, 베트남과의 전쟁을 통해 성립할 수 있었던

원작을 진지한 척 드라마로 끌어가는 주
윤발의 「왕과 나」보다는 코미디인 율 브
리너의 「왕과 나」가 보기에는 속이 훨씬
편하다.

왕조였다. 그런 왕조가 적들을 모두 먹어 버린 강대한 적을 목전에 두어
야 했던 것이다. 그러나 불행 중 다행으로 차크리 왕조의 시암(Siam)은
두 적들 사이에 위치하고 있었으므로 완충국가(Buffer State)의 지위를 차
지할 수 있었다. 유럽제국주의의 강대한 힘을 절감하고 있었던 차크리
왕조에게 선택은 완충국가의 균형을 유지하는 길이 유일했는데 몽꿋은
유럽과의 교류를 늘리고 문물을 도입하면서 왕조의 유지를 꾀했다. 그
방편의 하나가 교육이었다. 몽꿋은 서구식 교육을 통해 나름대로 근대화
를 꾀했는데 이때의 교육이란 전적으로 왕족과 귀족을 대상으로 한 교육
이었다. 애나 레노웬스와 같은 인물은 그 와중에 등장하는 외국인 선생

이다. 「왕과 나」에서 여실히 보여 주는 것처럼 몽꿋의 교육이란 무자비한 숫자의 후궁을 들여놓고 그 번식의 결과로 생산된 왕족에 대한 교육이었다. 27년 동안 승려로 지냈던 몽꿋은 아쉽게도 고작(?) 여덟 명에게서 열다섯 명의 자식만을 두었지만 아들로 왕위를 물려받은 쭐랄롱꼰은 오십 명에게서 서른아홉 명의 자식을 두었다. 왕성한 번식이 왕조의 근간을 튼튼히 한다는 믿음은 헛된 것이 아니었다. 1932년 혁명으로 붕괴될 때까지 차크리 왕조는 왕자와 공주를 전위대로 내세워 통치기반을 튼튼히 할 수 있었다. 사실을 말한다면 교육 분야에 있어서 시암의 교육은 신민들에게는 식민지가 되어 버린 베트남이나 캄보디아, 버마보다 못한 것이었다. 평민도 교육을 받을 수 있다는 개념은 1932년 혁명 이후에야 가까스로 등장했다.

영국 여선생이 왕족을 가르치는 「왕과 나」에 관한 이야기이니까 결국 교육에 대해 말한다면, 근대와 혁명의 물결 속에 차크리 왕조가 버틸 수 있었던 가장 훌륭한 토대는 종교를 동원한 우민정치였다. 지배계급만의 배타적인 교육은 우민정치를 더욱 효율적으로 만들었다. 몽꿋의 선견지명과 앞선 실천이 왕조의 수명을 늘린 셈이다. 몽꿋 이후 차크리 왕조는 서구 문물의 오만 것들을 들여왔지만 왕조의 번영에 해가 될 것이라고 여겨지는 것들은 금물이었다. 근대적 교육체계는 물론이고 정치적 근대화 또한 다를 바가 없었다. 차크리 왕조는 유럽을 흉내내 제법 근대적인 것처럼 보이는 정부를 만들기도 했지만 그 구성은 전적으로 방콕에 드글거리던 왕족과 귀족으로만 채웠고 핵심적인 자리는 모두 왕자들의 차지였다. 번식력이 뛰어났던 이유로 인적자원은 절대 부족하지 않았다.

평민에 대한 근대적 교육의 부재는 결국 1932년 혁명에도 부정적인 영향을 미쳤다. 소수 민간 엘리트와 군부가 주도한 혁명은 다중이 참여하지 못한 위로부터의 혁명이었다. 태평양전쟁을 거치면서 군부가 부상하고 군부독재가 등장했던 이유도 그와 무관하지는 않았다. 혁명 자체도 엘리트주의의 한계를 극복하지 못했던 것이다. 결국 민중적 기반이 부재한 군부독재체제가 끈 떨어진 차크리 왕조를 다시 전면에 내세움으로써 태국은 죽어 가던 차크리 왕조를 살렸고, 군부와 왕의 야합으로 차크리 왕조의 전통적·종교적 우민정치가 강화되는 반동을 피할 수 없었다. 그 전통은 지금까지 살아남아 방콕의 엘리트들이 국민의 권리를 주장하는 것이 아니라 오히려 왕권을 주장하는 봉건적 작태를 서슴지 않고 있는 형국이다.

그러니 영화 속에서 몽꿋과 애나 레노웬스가 입을 모아 중얼거리는 왕실의 근대화가 얼마나 가증스러운 것인지 새삼 강조할 필요는 없을 것이다. 결국 내 결론은 이 스토리를 진지한 척 드라마로 끌어가는 주윤발의 「왕과 나」보다는 코미디인 율 브리너의 「왕과 나」가 보기에는 속이 훨씬 편하다는 말이다.

방콕,
전쟁이 끝난 후

• 엠마뉴엘 | Emmanuelle, 1974

「엠마뉴엘」과 「파리에서의 마지막 탱고」(Last Tango in Paris, 1972). 일세를 풍미했던 두 편의 빨간 엉화이다. 족보도 분명치 않은 「엠마뉴엘」과 거장 베르톨루치(Bernardo Bertolucci)의 「파리에서의 마지막 탱고」를 함께 취급하는 폭거에 대해서 분노할 자가 분명 어딘가에 있겠지만 그래도 사실은 변하지 않는다. 1970년대 입에서 입으로 은밀하게 전해지던 이두 편의 영화는 분명히 같은 급, 청계천 비디오였다.

명성은 높았지만 정작 보기란 쉽지 않았다. 때문에 「파리에서의 마지막 탱고」를 본 것은 20대 후반이 되어서였고 「엠마뉴엘」을 본 것은 서른이 훨씬 넘어서였다. 「파리에서의 마지막 탱고」를 비디오테이프로 구해보던 중에 '뭐 이런 그지같은 영화가 다 있을까'라는 생각이 굴뚝에서처럼 피어났다는 걸 고백한다. 그건 이 영화에 대한 포르노적 판타지가 너무도 오랜 세월 동안 강철처럼 굳어졌기 때문이었을 것이다. 「엠마뉴엘」

은 그런 점에서 훈훈한 영화였다. 기대에 미치지는 못했지만 「파리에서의 마지막 탱고」처럼 당혹스럽지는 않았다.

「엠마뉴엘」. 몇 편까지 나왔는지 분명치도 않은 전설의 포르노. 그러나 하드코어 포르노와는 거리가 멀어도 꽤 멀다. 이즈음 젊은이들의 눈에는 분명 젖소부인류(類)로 비춰질 것이다. 하지만 스토리도 탄탄하고 심지어 당대의 관점으로는 충분히 예술적이기까지 하다. 「엠마뉴엘」, 그 고전의 세계로 여러분을 초대한다.

엠마뉴엘. 귀에 익은 아름다운 샹송, '와바다바답 다바다바답'의 선율이 흐르면서 영화는 시작한다. 나이트가운을 입은 엠마뉴엘이 빨간 양말을 신고 침대에서 일어서 화장대 앞에서 얼굴을 매만진다. 바로 전해에 데뷔했음에도 무려 세 편의 영화에 출연했던 네덜란드 출신 실비아 크리스텔의 연기는 어색하기 짝이 없다. 연기력의 부재를 청순함으로 커버했던 배우는 여럿 있지만 아마도 그 중에 이 여배우는 독보적인 존재일 것이다.

친구와의 전화 통화를 통해 엠마뉴엘이 비행기를 탄다는 걸 알려 준 영화는 공항을 이륙하는 비행기를 비추어 준 뒤 곧바로 육질이 불거진 프랑스 사내 둘이 하체를 수건으로 가린 채 마사지를 받으며 자유섹스에 대한 사상을 교환하는 방콕의 마사지팔러로 카메라를 옮긴다. 그 중에 급진적인 녀석이 엠마뉴엘의 남편으로, 이름은 장이다. 엠마뉴엘의 비행기는 어디로 간 것일까. 물론 방콕이다.

태국 주재 프랑스대사관 직원인 장은 공항에서 엠마뉴엘을 노란색 스포츠컨버터블에 태운 후 어린아이들이 꽃 따위를 내밀고 늙은 거지가

그런데 이 프랑스산 세미포르노는 왜 방콕을 무대로 한 것일까. 1974년 개봉한 「엠마뉴엘」은 섹스관광의 성지가 된 방콕이 미국의 손을 떠나 유럽의 품에 안긴 것을 상징한다.

구걸을 하며 닭장사가 닭의 목을 칼로 치는 끔찍한 방콕 도심 어딘가를 지나 외곽의 그림과도 같은 숲 속에 자리 잡은 자신의 거처에 도착한다. 한때 공주의 집이었다는 그곳에는 아름다운 여자 하인들과 집사, 그리고 일꾼들이 장을 위해 봉사하는 천국이다.

"이런 건 상상도 하지 못했어요. 믿을 수가 없어요."

엠마뉴엘은 감탄하고 둘은 곧 모기장이 드리워진 침대에서 교접에 들어간다. 이걸 훔쳐보던 태국인 집사와 여자 하인도 집 밖으로 뛰쳐나가 술래잡기를 연출하다 숲 속의 헛간에서 더욱 격렬한 교접에 들어간다. 영화 초반부에 처음 등장하는 두 커플의 섹스 신은 상징적이다. 엠마뉴엘과 장은 근사한 침실의 실크 모기장이 드리워진 침대에서 우아하고 현학적인 프랑스식 대사를 나누며 섹스를 한다. 태국인 집사와 하인은 야외나 다름없는 헛간에서 동물적으로 섹스를 나눈다.

영화의 플롯은 자유섹스를 신봉하는 장과 방콕의 진보적 프랑스인들이 순진하고 봉건적인 엠마뉴엘을 의식화(?)하는 것이다. 어린 여자아이 마리 앙제가 폴 뉴먼의 사진이 실린 잡지를 허벅지에 걸쳐 놓고 엠마뉴엘 앞에서 마스터베이션을 시연하며 벌이는 교화 작업은 엠마뉴엘의 몸과 마음을 변화시킨다. 엠마뉴엘은 비행기 안에서 낯선 남자와 한 번, 또 다른 남자와 화장실에서 한 번 격렬한 섹스를 나누는 백일몽을 꾼다. 그날 밤 장은 말한다.

"당신은 나만의 소유물이 아니야. 나만의 아름다움도 아니야. 당신 스스로 아름다운 거야."

이제 엠마뉴엘은 새로운 깨우침을 향한 방콕 익스프레스에 몸을 싣는다. 관문은 동성연애. 그녀는 파티에서 만난 비에게 끌리고 둘은 서로에게 탐닉하지만 비는 방콕을 떠난다. 허무함에 몸을 떠는 엠마뉴엘. 한편 장은 자신의 진보적 사상과 달리 아내인 엠마뉴엘이 본격적인 자유섹스에 나서자 질투와 번뇌에 몸을 떤다. 그러나 질투와 같은 감정보다는 사상에 굴종하는 것이 프랑스인의 자존심. 장은 여전히 깨우침을 얻지 못하고 번민하는 엠마뉴엘을 늙은 마리오에게로 인도한다.

방콕의 마리오. 그는 「스타워즈」의 요다와 「쿵푸팬더」의 사부 우그웨이를 섹스 믹서기에 넣고 갈아 만들어 낸 듯한 인물이다. 「노틀담의 꼽추」(Notre-Dame de Paris, 1956)에서 콰시모도를 돌보는 프롤로 신부 역을 맡았던 정통파 배우 알랭 퀴니가 마리오를 연기하는 것으로 미루어이 영화에서 마리오의 비중은 짐작하고도 남는다.

와인을 따르며 마리오는 '법'을 말한다. 엠마뉴엘은 묻는다.

"마시기 전에 그 법에 대해 말해 주세요."

마리오는 답한다.

"구속 없는 사랑이요. 순결은 덕이 아니고 상대를 가리지 않는다. 그리하여 아무도 남지 않을 때까지 상대를 확대한다."

엠마뉴엘은 마리오에게 이끌려 한밤의 여정에 오른다. 스포일러를 방지하기 위해 그 여정에서 마리오가 엠마뉴엘에게 주었던 설법 몇 개만을 소개한다.

"이제 너는 장벽을 부수고 에로티시즘의 세계로 들어가게 될 거야. 에로티시즘은 감각적인 행위가 아니야. 영혼의 움직임이지."

"서른두 가지 자세를 말하는 건가요?"

"어리석은…… 동양인은 항상 기술을 이야기하지. 물론 육체도 중요한 국면에 도달하기 위해 필요하지. 하지만 억압을 벗어던지고 마음속 깊은 곳의 외침을 들어 봐. 기존의 가치들을 부수고 당신의 머리를 아무도 줄 수 없는 감각들로 채워 봐."

"일상을 벗어나 비범함을 택하라. 부부생활에서 만족하는 여자는 에로티시즘을 모른다. 말과 느낌의 너머로 가라."

여정의 마지막에 엠마뉴엘은 마리오의 집에 도착한다. 마리오가 속삭인다.

"이런 순간들은 항상 같지. 하지만 내가 잊지 못하게 만들어 주겠소."

물론 관객들은 마리오가 약속한 그 잊지 못할 엠마뉴엘의 경험을 목격할 수는 없다. 알랭 퀴니는 정통파 배우인 것이다.

영화의 첫 장면에서 화장기 없는 얼굴을 매만졌던 엠마뉴엘은 마지막 장면에서 짙은 화장으로 얼굴을 매만지면서 섹스의 여신의 경지에 올랐음을 암시하고 영화는 대단원의 막을 내린다. 그러나 엠마뉴엘은 끝나지 않았다. 실비아 크리스텔이 직접 출연하는 엠마뉴엘 속편만 네 편이다. 실비아 크리스텔의 마지막 다섯번째 엠마뉴엘은 1993년의 「엠마뉴엘7」이었다. 중간의 두 편은 세계적 명성의 스타덤에 올라 몹시 분주해진 실비아 크리스텔을 대신해 다른 배우가 엠마뉴엘의 역을 맡았다.

영화는 1970년대 초반 방콕의 모습을 배경으로 비출 뿐 아니라 드물게 스토리 안에 끼워 넣는다. 대표적으로 방콕의 명물로 자리 잡은 팟퐁의 고고클럽이 등장한다. 아편사실(私室)과 도박장은 여분의 서비스이다. 영상 속에 프랑스인들의 눈에 비친 태국인들의 모습은 사내들은 나이를 불문하고 야만적이고 불결하며 여자들은 성적 노리개감이다. 영화에서 백인이 태국인과 섹스하는 장면은 등장하지 않는다. 예외적으로 영화의 후반부에 마리오의 손에 이끌려 득도에 나선 엠마뉴엘이 아편사실과 도박장에서 태국 사내들에게 자학적으로 교접을 허락하는 장면이 등장하지만 두말할 필요 없이 이건 프랑스식 현학에 몸을 맡긴 구도의 행위일 뿐이다.

그런데 이 프랑스산 세미포르노는 왜 방콕을 무대로 한 것일까. 그건 방콕이 제2차 인도차이나전쟁 당시 미군의 후방 휴양도시로 개발된 이래 급속하게 섹스도시가 된 이유와 무관하지 않다. 1974년 개봉한 「엠마뉴엘」은 그런 방콕이 미군의 손을 떠나 유럽의 품에 안긴 것을 공포하는

상징적인 영화이기도 하다. 엠마뉴엘 여사가 방콕에 발을 디딘 전후의
방콕을 살펴보자.

　1960년 국민소득의 0.1퍼센트에 불과하던 미군의 태국에 대한 예
산지출은 1968년에는 5.6퍼센트에 달해 정점에 올랐다. 그해 태국의 수
출총액의 40퍼센트를 웃도는 금액이었다. 5.6퍼센트이던 1950년대의
GDP 성장률이 1960년대에 이르러 7.3퍼센트에 이르렀던 것도 제2차
인도차이나전쟁의 덕분이었다. 이렇게 지출된 미군의 예산은 군사적으
로는 비행장 건설 등에 투입되었지만 민간 부문에서는 전적으로 방콕과
방콕 인근의 도로, 호텔, 주택 건설에 집중되면서 베트남의 미군을 위한
알앤알(R & R; Rest and Recreation) 인프라 건설의 성격을 띠었다. 방콕의
인구는 1960년 100만에서 1970년이면 300만으로 급증했다. 산업화 전
단계라는 걸 고려한다면 방콕으로의 급격한 인구집중은 일반적인 이농
현상의 결과만으로 설명할 수는 없었다. 방콕 주변의 농촌은 물론 치앙
마이에서 푸켓의 농촌에 이르기까지 이농 인구를 진공청소기처럼 방콕
으로 빨아들인 것은 미군의 달러였다. 방콕 주변에는 600개가 넘는 빈민
촌이 형성된 것도 1960년대 미군의 후방기지화가 빚은 결과물 중의 하
나였다.

　1973년 베트남에서의 미군 철수가 완료되자 방콕은 파국을 맞은 것
처럼 여겨졌다. 급속한 개발과 소비를 떠받쳐 왔던 미군이라는 존재가
사라진 방콕의 몰락은 어쩌면 당연한 것이었지만 예상은 뒤집어졌고, 미
군이 사라진 방콕에 이번엔 유럽인과 일본인이 들끓기 시작했다. 1970
년대 초반까지 미군은 들끓었지만 관광산업의 관점에서는 별 볼일이 없

었던 태국에 유럽과 일본발 관광객들이 급증하기 시작했던 것은 미군이 남긴 섹스관광 인프라가 아니고는 설명할 방법이 없다. 특히 유럽인들에게 미군이 사라진 그곳에는 모든 것이 있었다. 결정적인 장애물이었던 전쟁과 미군은 이제 그곳에 존재하지 않았다. 반면 미군이 남긴 거대한 관광 인프라는 유럽인들에게 모든 것을 보장하고 있었다. 인터내셔널 스탠다드의 호텔과 서구식 메뉴를 제공하는 식당, 미군휴양지로 건설되었지만 비어 버린 해변과 섬이 기다리는 파타야까지의 고속화도로, 그리고 무엇보다 몸을 파는 어린 여자들.

1974년 등장한 「엠마뉴엘」은 유럽인들에게 새로운 섹스관광의 성지로 부상할 방콕을 예언하는 관광홍보용 영화와도 같았다. 「엠마뉴엘」에서 유럽의 수컷들이 받은 자극은 실비아 크리스텔의 벌거벗은 몸매와 젖가슴이 아니라 그네를 자유섹스의 화신으로 인도하는 스승인 방콕의 마리오이거나 역시 자유섹스의 쾌락을 만끽하는 엠마뉴엘의 남편인 장과 같은 수컷으로부터였다. 그러므로 「엠마뉴엘」의 모든 일들이 파리가 아닌 방콕에서 벌어진 것은 우연이 아니었다. 진보적 자유섹스에 대한 욕망이 거리낌 없이 분출할 수 있는 곳, 마리오의 심오한 설법이 인간해방의 철학으로 받아들여질 수 있는 장소는 세계의 진보적 도시 중 하나를 자처했던 파리가 아닌 미개한 방콕이었다. 자유섹스를 찾아 거리를 하루종일 헤매도 어떤 암컷도 자신을 눈여겨보지 않는 외롭고 고독한 파리의 수컷들에게 값싼 비용으로 하루에도 몇 번이고 자유섹스에 대한 자신의 배타적인 욕망을 보잘것없는 비용으로 실천할 수 있는 파라다이스, 자신과 별로 다를 것도 없어 보이는 장과 후줄근하기 짝이 없는 늙은 마리오가 궤변을 늘어놓으며 왕처럼 대접받는 환상의 도시가 방콕이었기 때문이다. 그렇게 방콕은 1970년대 중반에 들어 유럽의 찌질한 수컷들이 자신의 환상을 실현할 수 있는 아시아의 유일한, 최고의 도시로 부상했다.

1970년대 파국의 위기에 직면했던 방콕은 기사회생했을뿐더러 이후로도 눈부신 발전을 거듭할 수 있었다. 매년 수백만 명의 유럽인들이 방콕을 찾고 그 중 절반 이상이 전적으로 또는 부분적으로 섹스를 목적으로 방콕을 찾는 남성 관광객이다.

위시트 사사나티앙의
꿈과 공포

- 시티즌 독 | Citizen Dog, 2004
- 카르마 | The Unseeable, 2006

태국 뉴웨이브의 기수로 언급되곤 하는 위시트 사사나티앙은 데뷔작인 「검은 호랑이의 눈물」(Tears of the Black Tiger, 2000) 하나로 이 지위를 획득했다. 「검은 호랑이의 눈물」은 이른바 '(똠)얌꿍 웨스턴'으로 불린 영화다. 이 사실로 짐작할 수 있겠지만 태국 뉴웨이브란 용어는 별 의미 없는 마케팅 용어이거나 '새로운 스타일' 정도의 뜻으로 쓰일 뿐이다. 말하자면 대만이나 홍콩의 뉴웨이브와 같지 않다.

사사나티앙의 두번째 영화인 「시티즌 독」은 태국 최대의 광고회사 필름팩토리 출신인 사사나티앙의 뿌리를 한눈에 알아볼 수 있을 만큼 스타일리시한 영화이며 동시에 판타지이고 우화이다.

주인공인 농촌 청년 폿은 방콕으로 간다. 폿의 할머니는 방콕에 가면 엉덩이에 꼬리가 자랄 것이라고 말한다. 여하튼 폿은 방콕에 간다. 정어리 공장에 취직해 「모던타임스」(Modern Times, 1936)의 찰리처럼 정

절망한 폿은 방콕을 떠나 고향으로 돌아간다. 농촌인 고향에서는 시간이 천천히 흐른다. 더디게 흐르는 시간에 견딜 수 없게 된 폿은 다시 시간이 빨리 흐르는 방콕으로 돌아간다. 반전은 그때 일어난다.

어리를 썰어 통조림에 넣던 폿은 공장장이 실수로 컨베이어벨트를 최고 속도로 돌린 통에 손가락을 잘라 넣고 이미 컨베이어벨트 너머로 사라져 버린 통조림 속의 손가락을 찾기 위해 「중경삼림」(Chungking Express, 1994)의 하지무처럼 정어리 통조림을 사 모은다. 폿은 손가락이 든 통조림을 찾아 다시 붙이지만 제 것이 아니다. 톡톡 치는 습관이 있는 폿의 손가락은 같은 공장의 노동자인 요드에게 붙어 있다. 폿은 제 손가락을 되찾고 요드와 친구가 된다. 요드는 자신을 중국 황후라고 생각하는 중국집 웨이트리스 무아이와 만원버스에서 만나 살을 부비다 연인이 되지만 무아이는 요드를 버리고 중국으로 떠난다. 정어리 공장을 그만두고 엘리베이터 경비원에 취직한 폿은 하늘에서 떨어진 하얀 표지의 책을 늘 들고 다니는 건물 청소부 진을 만나 사랑에 빠진다. 진은 말한다.

"특별한 사람들만 꼬리가 있어요. 영화배우, 가수, 정치인, 부자 아니면 외국어를 말할 줄 아는 사람들. 당신이나 나 같은 사람들은 이번 삶에선 꼬리를 가질 수 없어요."

그러나 진은 언젠가는 읽을 것이라는 꿈을 가지고 읽을 수 없는 책을 끼고 다닌다. 이건 아마도 (이번 삶에서의) 꼬리를 향한 욕망이다. 버스나 전철을 타면 두드러기가 생기는 진을 위해 폿은 경비원을 그만두고 택시 운전사가 된다. 폿은 진에게 청혼하지만 진은 아이들에게 꼬리도 자라지 않고 꿈도 없을 것이라며 거절한다. 절망한 폿은 목을 매달려 하지만 도마뱀으로 태어난 할머니의 만류로 포기한다. 죽은 후 다시 도마뱀으로 태어나 폿 앞에 나타난 할머니의 여정은 험난하다. 할머니는 죽은 후 화장으로 재가 되어 메기에게 먹힌다. 메기를 잡아먹은 아이들이 똥을 싼 논에서 일하던 농부가 잡아 튀긴 메뚜기는 도마뱀이 먹는다. 할머니는 그 도마뱀이 낳은 새끼가 되어 마침내 윤회한다. 사후로부터 후생에 이르는 그 길이 자못 유물론적이라는 점에서 사사나티앙의 윤회에 대한 해석은 통념에 기대고 있긴 하지만 사뭇 현대적이다.

진은 거리에서 전단을 나누어 주는 백인을 만나고 그가 자신의 것과 같은 책을 갖고 있는 걸 본다. 그 백인을 환경운동을 하는 피터라고 상상한 진은 일을 그만두고 환경운동에 나선다. 영화에는 또 이미 죽은 좀비 오토바이 택시 운전사 콩, 8세의 외모를 한 22세의 '어린 엄마'와 그의 유일한 친구인 테디베어 인형 통차이, 그리고 기억을 잃고 택시를 집어타고 '이름모를 섬'으로 가자고 요구하며 눈에 보이는 것은 무엇이든 핥고 싶어하는 틱이 등장한다.

손가락이 잘리는 공장 노동자 폿과 요드, 헬멧 없이 운전하다 비처럼 내리는 헬멧에 맞아 죽어 좀비가 된 오토바이 운전사 콩, 황후의 꿈을 가진 중국집 웨이트리스 무아이, 백인(서양)으로 은유되는 읽지 못하는 하얀 책을 들고 존재하지 않는 피터의 뜻에 따라 환경운동과 시위에 나서는 청소부 진. 그들 모두는 태국의 현대를 살아가는 고단한 다중을 상징하며, 성장을 멈춘 채 인형인 통차이를 유일한 친구로 슈팅게임을 낙으로 삼는 '어린 엄마'와 기억을 잃고 무엇이든 핥아 대며 어느 날 사라지는 틱은 무기력한 중산층을 상징한다.

무아이가 떠나면서 요드의 꿈이, 진이 청혼을 거절하면서 폿의 꿈이, 피터가 피터가 아니며 하얀 책이 스페인어로 쓰여진 동성애와 관련된 책인 것을 알게 되면서 진의 꿈이 부서진다. 진에게 사랑을 고백할 것을 폿에게 종용한 좀비 오토바이 운전사 콩마저도 폿이 버림받음으로써 함께 버림받는다. 틱은 사라져 버렸고 '어린 엄마'는 휴대폰을 갖게 되면서 통차이를 버린다. 진도 떠나 버리고 남은 것은 진의 집 앞에 쌓인 플라스틱 산이다.

절망한 폿은 방콕을 떠나 고향으로 돌아간다. 반전은 그때 일어난다. 농촌인 고향에서는 시간이 천천히 흐른다. 더디게 흐르는 시간에 견딜 수 없게 된 폿은 다시 시간이 빨리 흐르는 방콕으로 돌아간다. 폿이 없는 동안 방콕에서는 모든 사람들에게 꼬리가 자란다. 이제 꼬리는 더 이상 특권의 표식이 아니고 모두들 꼬리를 숨기려 한다. 사람들은 꼬리를 없애고 싶어하지만 잘라도 곧 길게 자란다. 꼬리가 없는 유일한 인간인 폿은 특별한 인물이 되고 유명인사가 된다. 그러나 진이 없는 방콕에서 폿은 외롭고 쓸쓸할 뿐이다. 폿은 진의 집을 찾아가고 방콕이 한눈에 내려

이제 특별한 인간이 된 폿과 꼬리가 자란 진의 관계는 역전되었지만 폿은 변함없는 사랑을 고백한다. 진은 폿은 물론 태어날 아이에게도 꼬리가 자랄 것이라며 주저하지만 폿은 개의치 않고 둘은 하나가 된다.

다보이는 플라스틱 산에 오른다. 그곳에서 폿은 진을 만난다. 이제 특별한 인간이 된 폿과 꼬리가 자란 진의 관계는 역전되었지만 폿은 변함없는 사랑을 고백한다. 진은 폿은 물론 태어날 아이에게도 꼬리가 자랄 것이라며 주저하지만 폿은 개의치 않고 둘은 하나가 된다. 마침내 방콕에서 꼬리를 갖지 않은 인간은 사라지고 꼬리를 가진 인간들만 존재하게 된다.

해피엔딩은 이어진다. '어린 엄마'는 통차이와 결혼해 휴대폰으로 수다를 떨고 요드는 새로운 무아이를 찾아 다시 만원버스에 도전한다. 사람들이 모여 휴식을 즐기면서 플라스틱 산은 달에 닿는다. 도마뱀이 되었던 할머니는 다시 진과 폿의 아이로 환생한다. 이제 모두들 꿈을 꾼다.

사사나티앙의 이 특이한 영화에는 플라스틱과 꼬리에 대한 두 개의 우화가 존재한다. 영화의 마지막에 플라스틱은 달에까지 이른다. 플라스틱 폐기물이 만든 거대한 쓰레기 산은 읽을 수 없는 하얀 책이 진을 인도하는 환경운동과 함께 서구 산업문명을 상징한다. 사사나티앙은 쓰레기 산을 사람들의 휴식처로 만들고 마침내 달에까지 이르게 만든다. 또 진이 맹목적으로 벌이는 환경운동을 그만두게 함으로써 서구적 가치관에 의해 억압된 아시아적 가치의 해방을 도모한다. 한편 꼬리의 특권은 사라지고 꼬리없음이 특권이 되지만 꼬리 없는 마지막 인간인 폿이 꼬리없음을 포기하며 특권은 사라진다. 말할 것도 없이 꼬리는 평등에 대한 은유이다.

아마도 사사나티앙의 이 판타지가 리얼리티를 확보한 영화로 탄생할 때 태국은 대만과 홍콩에 못지않은 뉴웨이브 영화를 갖게 될 것이다.

「시티즌 독」에 뒤이은 세번째 영화로 사사나티앙은 태국영화의 전통 장르인 공포를 선택했다. 한국에서는 2008년 여름을 앞두고 「카르마」라는 정체를 알 수 없는 제목으로 개봉되었다. 원제목은 '뻰추깝뻬'로 '귀신과의 통정(또는 간통)' 정도의 뜻을 갖는다. 영어 제목은 「보이지 않는」(The Unseeable)이었다. 태국어 제목은 거의 스포일러 수준이고 영어 제목은 그대로 옮기기가 적당치 않았던 때문인지 업(業)이란 의미의 '카르마'라는 엉뚱한 제목이 등장했다. 영화는 업이건 인과응보건 딱히 연관되지 않는다.

전작인 두 편의 영화에서 지극히 모던하고 참신한 스타일을 선보였던 사사나티앙의 「카르마」는 태국식 공포영화의 스타일과 문법을 상당 부분 그대로 따르고 있어 전작을 연상하기가 곤혹스러울 정도이지만 공포 장르가 강세인 태국에서는 흥행에 대단한 성공을 거두었다. 만만치

「카르마」의 원제목은 '귀신과의 통정(또는 간통)' 정도의 뜻을 갖는다.
영어 제목은 「보이지 않는」(The Unseeable)이었다.

않은 반전이 기다리고 있지만 「식스 센스」와 「디 아더스」 이후로는 반전
이랄 수도 없어 큰 효과를 기대할 수는 없다.

　그럼에도 불구하고 「카르마」는 단순히 한철 공포영화로 취급하기에
는 매우 흥미로운 영화이다. 그건 이 영화가 끌어들인 시대적 배경 때문
이다. 명시적으로 드러나는 것은 영화의 후반부에 이르러서이지만 건물
양식과 복식, 소품으로도 영화의 배경이 1930년대인 것을 알 수 있고 또
영화의 사전 홍보에서도 이걸 분명히 하고 있다. 때문에 이 영화는 단순
한 공포영화가 아니라 시대공포영화라고 할 수 있다. 이 사실을 염두에

둔다고 해서 특별히 더 무서워지는 것은 아니지만 영화에 대한 이해의 폭이 확장된다는 건 의심할 여지가 없다. 말하자면 더 무서워지지는 않지만 더 재미있어진다. 아니 어쩌면, 어쩌면 더 무서워질지도 모른다.

유럽제국주의에 의한 식민화의 백색태풍이 비껴간 태국은 1920년대에 이르러 다른 태풍의 자장 아래 놓이기 시작했다. 1911년 신해혁명은 중국에서 봉건 절대왕정의 운명을 나락에 빠뜨렸다. 1920년대가 되자 주변의 식민지 국가에서는 반제 해방운동이 본격적으로 요동치기 시작했다. 유럽제국주의의 그늘에서 신음하고 있던 아시아는 근대와 독립을 향해 도약하고 있었다. 절대왕정의 통치 아래 있던 태국은 개방과 외교로 식민화의 불운은 피할 수 있었지만 근대화는 철저하게 왕족과 귀족에 제한된 특권적 근대화였다. 정치와 경제 등 태국의 모든 것들은 군주제의 포로였다. 쭐랄롱꼰의 아들로 뒤를 이어 왕위를 물려받은 라마 6세(1910~1925 재위)는 자신이 해로우스쿨과 옥스퍼드를 나온 영국 유학생 출신이었고 근대화를 주창했지만 절대왕정의 신봉자였다. 서구식 정부를 흉내냈지만 최고기관인 국가최고위원회는 왕자들과 귀족들의 위원회였고 절대권력은 왕의 손에 장악되어 있었다. 그는 교육에도 열성을 기울여 태국 최초의 서구식 대학인 쭐랄롱꼰대학과 자신의 이름을 딴 기숙학교인 바지라부드대학을 만들었지만 의심할 바 없이 상류계급의 전유물이었다. 지식인들 일각에서 헌정에 대한 요구가 움텄지만 받아들여지지 않았다. 바지라부드가 죽고 배다른 형제인 쁘라자띠뽁이 라마 7세의 자리에 오른 직후인 1927년에는 유럽에 거주하는 태국인들을 중심으로 태국 최초의 정당인 인민당(카나 랏사돈)이 결성되었다. 왕실장학생으로 파리에 유학 중이던 쁘리디파놈용이 핵심인물이었다. 인민당에는 역시 유럽에 유학 중이던 군인들이 참여했다. 대표적인 인물은 포병 장교인 피분송크람이었다. 헌정과 의회를 목표로 했던 이들 정치세력은 1920년대 말부터 국내에서 세력을 확장하기 시작했다. 1930년대 초 대공황의 여파는 인민당의 세력이 극적으로 확장된 계기였다. 국제 미곡시세가 급락하면서 태국 경제는 파탄지경에 몰리기 시작했고, 쌀 수출로 흥청거리던 왕실 재정 또한 금이 갈 수밖에 없었다. 쌀값이 떨어지면서 고율의 사채와 세금미납으로 땅을 잃은 농민들이 속출하기 시작했으며 재정긴축으로 공무원들에 대한 광범위한 해고가 단행되자 권력기반 역시 흔들리기 시작했다. 귀족들이 장악하고 있던 군부 또한 불만의 기운이 높아졌다.

1932년 인민당의 혁명은 그렇게 절대왕정을 무너뜨리고 입헌군주제를 탄생시켰다. 쁘라자띠뽁이 후아힌의 별장에 휴가를 떠난 틈을 타 이루어진 혁명은 이후 왕자인 보요라뎃의 반동 쿠데타로 내전으로 발전했지만 혁명을 무위로 돌리지는 못했다. 쁘라자띠뽁은 퇴위를 자청했고 왕위는 독일 하이델베르크에서 태어난 쭐랄롱꼰의 손자 아난타 마히돈에게 승계되었지만 그가 방콕으로 돌아오지 않아 1946년까지 왕궁에는 왕조차 존재하지 않았다. 1932년 혁명은 그렇게 절대왕정을 붕괴시키고 새로운 정치체제를 출범시킬 수 있었다. 왕족과 귀족의 배타적 특권은 혁명으로 심각한 손상을 입었으며 이전으로 돌아갈 수 없었다.

「카르마」의 공포 스토리는 바로 그 1930년대에 탄생한다. 무대가 되는 방콕의 대저택은 두말할 나위없이 왕족이나 귀족의 저택이다. 방콕이

모두 어디로 간 것일까. 대저택은 왜 쇠락한 것일까. 영화는 무엇에 대해서도 설명하지 않는 대신 어두운 밤 저택의 정원과 숲속을 오가는 정체 모를 귀신들만을 쫓는다.

라고는 여겨지지 않는 외떨어진 음울한 숲 속에 자리 잡은 대저택의 안채에는 마님인 란과 집사인 솜짓 부인이 살고 있다. 이 저택에 남편인 춉을 찾아 촌부리에서 방콕으로 온 누알이 찾아온다. 누알은 춉의 아이를 배고 있다. 솜짓의 퉁명한 허락을 받고 바깥채에서 지내게 된 누알은 한밤중에 땅을 파는 사내를 발견하고 화면에서는 정체를 알 수 없는 그림자와 눈동자들이 스쳐 지나간다. 다음 날 정원의 꽃을 따라 안채에까지 접근한 누알에게 호통을 치던 솜짓은 집 나간 남편을 기다리는 마님이 정원에 직접 심은 꽃의 내력을 말해 주고 마님이 만든 주인의 석상을 보여 준다. 그 앞에서 솜짓은 귀신을 믿지 않는 누알을 비웃으며 말한다.

"여기선 수많은 세대가 태어나고 죽었어……. 귀신은 어디에나 있어. 우리 곁에 항상 있지. 우리가 잘 때에나 앉아 있을 때나, 심지어 지금 우리 곁에도."

그러나 대저택에 숨쉬고 있는 인간은 안채의 란과 솜짓 그리고 바깥채의 누알과 초이, 눈 빠진 인형에 눈을 박고 있는 정신 나간 어부 노파뿐이다. 하인과 소작인이 들끓어야 할 이 대저택에는 주인도 없고 집사인 솜짓과 하녀인 초이를 제외하면 하인도 없다. 모두 어디로 간 것일까. 대저택은 왜 쇠락한 것일까. 영화는 무엇에 대해서도 설명하지 않는 대신 어두운 밤 저택의 정원과 숲 속을 오가는 정체 모를 귀신들만을 좇는다.

귀신들의 공포에 견디다 못해 누알은 저택을 떠나기로 하지만 공교롭게도 그날 아이를 낳는다. 초이는 태반을 단지에 넣어 땅에 묻지 않으면 흡혈귀가 먹을 것이라며 태반이 든 단지를 들고 나가지만 묻는 대신 귀신의 손이 단지를 끌어가도록 내버려 둔다. 마님은 아이를 보기를 청한다. 누알은 문틈으로 낯선 사내의 모습을 발견하고 마님이 사내를 안채에 두고 즐기고 있다는 소문을 떠올린다. 마침내 누알은 그 사내가 자신의 남편이며 아이의 아버지인 촙이라는 걸 알게 된다. 또한 그가 한밤중에 땅을 파고 있던 사내인 것도 알게 되면서 이 태국식 공포는 마침내 베일을 벗기 시작한다.

란을 만난 누알은 남편을 돌려줄 것을 요구한다.

"날 바보로 알아? 너와 촙의 관계를 모를까 봐. 그를 가둬 놓고 매일 뒹굴었잖아. 촙이 모두 이야기했어. 너 같은 상류층 화냥년은 길거리 창녀보다 더 나빠. 내 남편과 아이를 돌려줘!"

란은 누알을 비웃는다.

"아직도 뭘 모르나 보군. 내가 방금 말했지. 난 네 남편을 훔치지 않았어. 훔친 건 내가 아니라 너야!"

누알은 무서운 진실을 알게 된다. 정원에 세워진 란의 남편 석상은 촙의 묘비이며 바닥의 대리석은 그가 1931년에 죽은 것을 알려 준다. 이제이 공포영화에서 시대가 의미하는 바는 명징해진다. 촙은 촌부리에서 누알을 만나 사랑에 빠지고 아이를 배게 한 직후에 방콕으로 돌아간다. 방콕으로 돌아와 이혼을 요구한 촙을 란은 칼로 찔러 살해한다. 그는 1931년에 아내에게 살해당했다. 누알은 9개월 뒤 촙의 저택으로 찾아와 또 아이를 낳는다. 1932년이다. 다시 말하자면 누알, 아니 영화를 보는 관객의 공포체험은 1932년에 이루어지는 일이다. 공포는 마님인 란에게서 비롯되고 란에게는 1932년에 몰락한 절대왕정의 그늘이 드리워져 있다. 대저택의 뜰과 숲 속을 서성이는 방울소녀 귀신은 어린 시절 란이 상자에 가두어 살해한 어부 노파의 딸이다. 솜짓은 란이 촙을 살해하던 밤, 계단에서 굴러 목이 부러져 죽은 귀신이다. 한밤중에 숲 속에서 땅을 파던 사내는 란에게 살해당한 촙으로, 그는 란이 파묻은 자신의 시체를 누알에게 알려 주기 위해 땅을 파는 귀신이다. 그러나 대저택의 귀신은 그들에 그치지 않는다. 모든 사실을 알게 된 누알이 아이를 품에 안고 대저택의 뜰을 가로질러 미친 듯이 뛸 때에 뜰에는 수많은 귀신들이 웅성거린다. 솜짓이 말한 것처럼 그곳에서 태어난 수많은 세대들의 귀신이다.

귀신은 왜 귀신이 되는 것일까. 죽어야 귀신이 된다. 또 평범하게 죽어서는 귀신이 될 수 없다. 이건 동서고금을 막론하고 통용되는 귀신의 철칙이다. 원한을 품을 정도로 억울하게 죽어야 귀신이 될 수 있다. 대저택의 뜰에서 웅성이는 수많은 세대들의 귀신이 은유하는 것은 수백 년에 걸친 절대왕정의 억압 아래 억울하게 죽어 간 영혼들이다.

마지막 반전에서 영화는 「디 아더스」의 니콜 키드먼처럼 사실은 누알 또한 귀신임을 알려 준다. 저택에 온 첫날 초이가 말하던 긴 머리를 하고 나무에서 그네를 타는 귀신은 나무에 목을 매달고 죽은 누알이었다. 그러나 누알은 자신이 귀신임을 깨닫지 못하고 끊임없이 남편인 촙을 찾아 저택을 찾아온다. 공포는 끊임없이 쳇바퀴를 돌며 계속된다. 누알은 왜 저택을 계속 찾아오는 것일까. 살아 있는 인간이 있기 때문이다. 마지막에 동네 사람들이 말하는 것처럼 이 음울한 대저택에는 귀신을 제외하고는 살아 있는 인간이 둘이 있다. 하나는 여주인인 란이고 다른 하나는 어부 노파이다. 그러나 란에게 딸을 잃은 어부 노파는 이미 미쳐 있으므로 온전한 인간은 냉혈한인 란뿐이다. 마지막 장면에서 란은 솜짓에게 묻는다.

"그 여자 다시 올까?"

"계속 돌아올걸요. 진실을 인정하기 전까지는 말이죠."

자, 승자는 마지막까지 살아 있는 란인 것처럼 보인다. 그러나 그게 그럴까. 누알이 저택을 찾아오는 것은 란이 살아 있기 때문이다. 란이 죽기 전까지, 란이 살아 있는 한 누알의 반복은 결코 끝나지 않을 것이다. 목매달아 죽은 귀신에게는 마땅한 의무이다. 이게 「카르마」가 전하는 진짜 공포이다. 누알에게는 고단한 일이지만 첫 방문 이래 80년이 가깝게 지난 지금도 누알은 란을 찾아오고 있다. 란이 살아 있기 때문이다. 공포는 끝나지 않았다.

아편 장사꾼,
헤로인 장사꾼이 되다

• 에어 아메리카 | Air America, 1990

미국과 영국이 태평양전쟁의 버마전선에서 고립된 버마공로(Burma Road)를 잇기 위해 아삼의 레도에서 버마 북부의 라모를 잇는 레도공로(Ledo Road)에 막대한 달러와 인력을 투입하고 있을 때, 국민당군은 완공을 기다리며 노닥거릴 만큼 한가한 처지는 아니었다. 그건 미군도 잘 알고 있었다. 육상의 보급로가 완성될 때를 기다릴 수 없었던 미군은 인도의 아삼에서 쿤밍(昆明)까지의 800킬로미터를 잇는 항공로를 통해 국민당군에게 군수물자를 공급했다. C-46 수송기를 동원한 하늘의 보급로는 땅 못지않게 험난한 길이었다. 히말라야 준령을 넘어야 했기 때문이다. 1944년까지 100대 이상의 비행기가 추락했으며 사망자만도 1천여 명을 넘었다. 그 희생을 대가로 미국은 65만 톤의 군수물자를 국민당 손에 건넬 수 있었다.

중국-인도 항공단의 조종사들이 히말라야를 넘으며 군수물자 수송에 비지땀을 흘리고 있을 때 버마와 중국의 하늘을 종횡무진으로 누비던 미군의 P-40 전투기들은 573대의 희생으로 1,220대에 이르는 일본 공군의 비행기를 격추하는 전과를 올리고 있었는데 이 비행부대가 이른바 플라잉 타이거즈(Flying Tigers)였다. 전투기 앞부분에 상어이빨을 그리고 동체에는 날개 달린 호랑이를 그린 이 부대는 정규부대가 아니라 이른바 의용부대였다. 전투기를 조종할 수 있는 자들 중에서 전쟁을 마다하지 않는 자들을 모아 창설한 플라잉 타이거즈 부대는 일인당 월 600~700 달러를 지급했는데 당시로서는 자동차 한 대를 살 수 있는 금액이었다. 게다가 적기 한 대를 격추할 때마다 500달러의 수당이 지급되었다.

전쟁이 끝난 후 미국은 의외의 일격을 당해야 했다. 돈과 무기, 훈련 등 모든 것을 제공했던 장가이섹(蔣介石)의 국민당군이 자신들도 원치는 않았지만 결국 먹튀쇼(먹고 튀는 쇼)를 연출했기 때문이었다. 우수한 무기와 자금에도 불구하고 썩을 대로 썩은 국민당은 공산당의 적수가 되지 못했다. 1949년 장가이섹은 대만으로 도주했고 공산당은 중국혁명을 승리로 이끌었다. 태평양전쟁에서 기실은 가장 중요한 지역이었던 중국이 공산당의 손에 넘어가는 것을 속절없이 보고만 있어야 했던 미국은 대응에 나섰다. 그러나 이제 막 전쟁을 끝낸 마당에 또 전쟁을 벌일 수도 없었다. 또 그러기에 중국은 사이즈가 너무 컸다(대신 한국전쟁에는 신속하게 개입했고 제1차 인도차이나전쟁에서 프랑스를 지원했으며 이후엔 도미노이론을 내세워 직접 제2차 인도차이나전쟁에 개입했다).

· 중국혁명 후 미국의 대응은 반혁명 세력의 지원으로 나타났다. 앞장 선 것은 1947년 OSS(Office of Strategic Service; 미국 전략정보처)를 전신

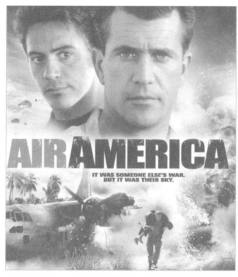

「에어 아메리카」는 1960년대 제2차 인도차이나전쟁에서 활약했던 전설의 에어 아메리카를 소재로 만든 영화이다.

으로 창설된 CIA였다. 대상은 버마공로를 이용해 탈출한 국민당군 잔당, 티베트의 반중(反中) 게릴라, 라오스의 반공 몽족 등이었다. 중국과 국경을 접한 산악지대에 분포한 이들 반혁명 세력들에게 군수물자를 지원하는 데에는 항공수송이 필수적이었다. 이를 위해 CIA는 CAT(Civil Air Transport)라는 요상한 민간항공사를 인수했다. 인수라고는 하지만 항공사의 소유주가 플라잉 타이거즈를 창설한 미 공군 소장 출신의 그 유명한 클레어 첸노트(Claire L. Chennault)였다. 이 항공사는 전쟁이 끝난 후인 1946년 국민당군을 지원하기 위해 민간항공사로 만들어진 회사였다. 1949년 중국혁명으로 CAT는 끈 떨어진 연이 되었는데 CIA는 에어데일(Airdale)이란 회사를 내세워 CAT를 인수했다. 플라잉 타이거즈의 조종사들과 히말라야 상공을 넘던 조종사들이 인력 풀이 되었음은 두말할 나위가 없다.

CAT는 동아시아 전역을 무대로 활동했다. 한국전쟁도 그 중의 하나였다. 한국전쟁 당시 중국 영공을 넘나들어야 하는 비밀작전에는 CAT의 비행기들이 동원되었다. 1952년 11월 중국 내 첩보원들을 귀환시키기 위해 서울에서 이륙한 CAT의 C-47 항공기가 지린성(吉林省)의 안투(安圖) 인근에서 격추된 사건은 CAT가 일상적인 비밀작전을 수행하던 중 벌어졌다. 이 일로 조종사는 즉사했고 작전에 동원되었던 CIA요원 존 다우니(John T. Downey)와 리처드 펙토(Richard G. Fecteau)는 생포되었다. 존 다우니는 19년을 중국의 감옥에서 보내야 했고 리처드 펙토는 1972년 닉슨이 베이징을 찾아올 때까지 감옥에서 21년을 보내야 했다.

한국전쟁이 끝난 후 CAT의 임무는 인도차이나에 집중되었다. 제1차 인도차이나전쟁에 미국은 공식적으로는 개입하지 않았지만 프랑스에 대해 막대한 군사지원을 퍼붓고 있었다. CIA 또한 다양한 방법으로 제1차 인도차이나전쟁에 개입하고 있었는데 CAT의 활동은 그 중의 하나로 주로 군수물자 운송이었다. 대표적으로는 결국 프랑스가 패퇴하게 된 계기였던 1954년 디엔비엔푸 전투에서 프랑스 공수부대 병력을 디엔비엔푸로 운송했던 일을 들 수 있다. 이때도 두 명의 CAT 조종사가 목숨을 잃었다. 1959년 CAT는 '에어 아메리카'로 이름을 바꾸었다. 물론 이름만 바꾼 것이다.

멜 깁슨(진 라이액)과 로버트 다우니 주니어(빌리 코빙턴) 주연의 「에어 아메리카」는 1960년대 제2차 인도차이나전쟁에서 활약했던 전설의 에

전쟁은 베트남에서만 벌어지지 않았고 라오스와 캄보디아에서도 비밀스럽게 벌어졌다. 그 한가운데에서 '에어 아메리카'란 기묘한 항공사의 비행기들이 인도차이나의 산악을 누볐다. 화면을 누비는 것은 절반의 사실과 절반의 거짓.

어 아메리카를 소재로 만든 영화이다. 영화는 시종일관 경쾌한 데다 코미디 형식을 취하고 있어 가벼운 마음으로 볼 수 있지만 스토리는 매우 '블랙'하다.

1969년 로스앤젤레스의 라디오 방송국에서 헬리콥터를 조종하며 교통 캐스터로 일하던 빌리는 교통사고를 구경하는 통에 도로혼잡을 빚고 있던 트럭 운전사와 저공에서 다퉈 면허를 취소당한다. 덕분에 실업자가 되어 버린 빌리에게 수상한 작자가 접근하고 라오스에서의 일자리를 제안한다. 라오스의 수도 위엥찬에 도착한 빌리는 '개판 1분 후'의 기괴한 현장을 목격한다. 전쟁과 무관하다는 말과 달리 총알과 대공포가 빗발치고 불시착은 예사이며 화물은 뭔지 알 수도 없고 일은 CIA가 주관하고 있다. 게다가 빌리의 파트너가 된 진은 일보다는 무기 밀매로 한밑천 잡으려는 괴짜이다. 시간이 흐르면서 빌리는 CIA가 숭 장군의 헤로인 밀매를 돕고 있으며 비행기들이 아편을 운반하고 있다는 걸 알게 된다.

정의의 빌리. 암시장에서 수류탄을 사 숭 장군의 헤로인 공장을 날려 버린다.

정의의 진. 마지막으로 한탕 크게 벌이려 대형 C-123 수송기를 타고 무기를 구매하다가 피난민 캠프가 숭 장군과 파테트라오(Pathet Lao; 라오스의 좌파 연합전선)의 접전지로 불꽃을 튀길 상황에 처하자 적재하고 있던 무기를 버리고 피난민들을 싣는다.

영화의 마지막에 흔한 수법으로 등장인물들의 후일담을 자막으로 올리고 있지만 실존인물은 없으므로 진지하게 받아들일 필요는 없다. 하지만 이 영화와 관련된 몇 가지 사실들에 대해서는 진지하게 적어 보자.

전쟁은 베트남에서만 벌어지지 않았고 라오스와 캄보디아에서 공히 벌어졌다. 라오스와 캄보디아에서의 전쟁은 비밀작전이었고 때로는 미군이 국경을 넘어 작전을 벌이기도 했지만 CIA도 바쁘게 움직여야 했다. 제2차 인도차이나전쟁에서 에어 아메리카의 무대는 라오스 산악지대였다. 북베트남과 국경을 접한 라오스의 동부 산악지대에서 CIA의 목표는 몽족 반공 게릴라들을 내세워 파테트라오 공산주의 게릴라들과 맞서게 하고 북베트남을 압박하며 나아가 북베트남의 남베트남 해방전선 게릴라들에 대한 보급로인 호치민트레일(Ho Chi Minh Trail)을 봉쇄하는 것이었다. 이와 함께 미국은 캄보디아와 라오스 동부에 대한 비밀 폭격으로 수십만 명의 목숨을 앗아 갔다.

에어 아메리카는 또 CIA의 헤로인 제조와 밀매에 동원되었다. CIA의 헤로인 커넥션은 중국혁명 후 버마의 샨주(州)로 밀려온 국민당군 잔당들을 지원하던 1950년대에 이미 등장했다. 국민당군 잔당은 후일 '골든 트라이앵글'로 알려진 지역에 양귀비를 재배하고 아편을 생산했으며 CIA는 생산된 아편의 밀매를 맡았다. 이 시기 아편은 CAT가 운반했으며 다른 한편으로는 태국과의 국경까지 육로로 운송된 후 미국이 양성한 국경수비경찰에 의해 방콕까지 열차 편으로 운송되었다. 이렇게 골든 트라이앵글을 빠져나온 아편은 태국 국내는 물론 동남아 각지와 유럽, 북미 등 전 세계로 팔려 나갔다.

1960년대 라오스를 산지로 한 CIA의 헤로인 밀매는 50년대의 연장이었고 복사판이었다. CIA의 파트너는 몽족 반공 게릴라의 우두머리인 왕파오(Vang Pao)였다. 공산주의 게릴라인 파테트라오에 대항할 수 있도록 양성된 몽족 게릴라들은 CIA로부터 군수물자를 지원받는 한편 동북부 고원지대를 무대로 양귀비를 재배했으며 공장을 두고 헤로인을 직접 생산함으로써 부가가치를 높였다. 헤로인 공장이 있던 롱치엥은 에어 아메리카의 기지이자 CIA의 기지였다.

「에어 아메리카」는 이 사실을 근거로 제작된 영화이다. 같은 제목의 원작이 있지만 원작에서는 일부를 발췌하고 각색했을 뿐이다. 영화에 등장하는 숭 장군이 모델로 한 왕파오는 실제로 라오스 정부군의 장군이었다. 헤로인 공장은 위엥찬 근교에 있지 않고 왕파오의 근거지인 동북부 고원 산악지대의 롱치엥에 있었다. 영화에서는 '리노'라는 이름의 레스토랑 주인이 왕파오의 헤로인을 구입하는 커넥션으로 설정되어 있지만 실제로 프렌치 커넥션과 연결되는 출발점은 사이공이었다. 에어 아메리카의 수송기가 운반한 헤로인은 사이공의 떤썬녓국제공항을 비롯한 남베트남의 미 공군기지로 운송되었으며 다시 사이공에 진출해 있던 프렌치 커넥션에 의해 마르세유로 운송되거나 미 공군기에 의해 미국으로 밀수되었다. 덴젤 워싱턴이 주연한 「아메리칸 갱스터」(American Gangster,

2007)는 CIA가 에어 아메리카를 이용해 사이공으로 반입한 헤로인을 미 공군기를 이용해 미국으로 밀수했던 뉴욕의 갱 두목 프랭크 루카스를 다 룬 영화이다. 사이공의 헤로인은 물론 남베트남의 미군에게도 퍼졌다.

1980년대 CIA는 니카라과의 콘트라 반군을 지원하면서 코카인 밀 매에 손을 댔고 미국에 코카인 중독자가 급증하는 데에 핵심적인 역할을 했다. 한번 익힌 버릇은 좀처럼 개에게 주지 못하는 법이다.

아웅산수치를 위한 프로파간다

• 비욘드 랭군 | Beyond Rangoon, 1995

세상 모든 구석은 물론 지하, 심해, 우주와 사후의 세계까지 집적거리는 할리우드 영화에도 아시아를 무대로 한 영화는 제한된 편인데 그나마 중국과 일본을 제외한다면 찾아보기도 쉽지 않다. 그러나 미얀마(버마)와 관련된 영화는 적어도 2차대전을 전후해서는 심심치 않다. 전쟁 전의 영화로는 「만달레이에서 온 소녀」(The Girl from Mandalay, 1936)를 들 수 있는데 그저 배경을 버마로 한 로맨스 영화일 뿐이다. 2차대전은 버마의 지명도를 높였다. 태평양전쟁 당시 인도에서 중국으로의 유일한 수송로인 버마공로가 열려 있던 버마는 중요한 지역이었다. 일본군과 싸우는 국민당군에게 군수물자를 제공하기 위해 영국과 미국이 버마전선에서 벌인 분투는 눈물겨운 것이었다. 물론 장가이섹은 열심히 먹고 나중엔 대만으로 튀었지만.

「버마 콘보이」(Burma Convoy, 1941), 「버마폭격」(Bombs Over Burma,

「비욘드 랭군」은 노골적인 정치선전물 또는 프로파간다 영화가 되기를 작정한 것처럼 만들어졌다는 점에서 매우 독특한 영화이다.

1942), 「버마공로의 양키」(A Yank on the Burma Road, 1942), 「버마의 루키」(Rookies in Burma, 1943), 「오브젝티브 버마」(Objective, Burma!, 1945)와 같은 할리우드 영화들이 전쟁 중에 연합군과 일본의 접전이 벌어진 버마를 다루었다. 그레고리 펙이 주연했던 「진홍의 평원」(The Purple Plain, 1954)은 전후에 등장한 영화인데 버마의 밀림에 불시착한 캐나다 파일럿의 모험과 로맨스를 다루었고, 「네버 소 퓨」(Never So Few, 1959)와 같은 영화는 프랭크 시나트라를 주인공으로 일본군 점령하의 버마 카렌족의 반일 무장투쟁을 다루었다. 사실 「콰이강의 다리」(1957)도 버마

를 무대로 하지는 않지만 관련된 영화라고 할 수도 있다.

1962년 쿠데타로 네윈(Nay Win)이 등장한 이후 버마는 장막 너머로 모습을 감추었다. 할리우드에게 버마는 2차대전이 아니라면 딱히 관심을 기울일 이유가 없는 나라였다. 1960년대 이후 버마가 다시 할리우드 영화의 눈에 띈 것은 존 부어먼의 「비욘드 랭군」(Beyond Rangoon, 1995)에 이르러서이다. 「비욘드 랭군」은 마치 노골적인 정치선전물 또는 프로파간다 영화가 되기를 작정한 것처럼 만들어졌다는 점에서 매우 독특한 영화이다. 오죽하면 '교육영화'라는 명성을 얻고 있기도 하다. 백문이 불여일견. 영화를 보자.

미국 의사인 로라 보먼은 누이와 함께 버마로 휴가를 떠난다. 때는 1988년 8월. 8888민주화항쟁(8888 Uprising)의 전야이다. 거리에서 로라는 총부리를 치켜세운 군인들에게 당당히 맞서는 아웅산수치를 목격하고 깊은 감명을 받는다. 로라 일행은 곧 출국해야 할 처지이지만 여권을 잃어버린 로라는 랑군(양곤)에 남겨진다. 여권을 새로 발급받고 대사관을 나오던 로라는 관광가이드인 아웅코를 만난다. 아웅코의 제안을 받아들인 로라는 그와 함께 랑군을 벗어나 관광에 나선다. 검문 중인 군인에게 뇌물을 집어 주고 길을 통과한 아웅코는 부패한 군인들을 조롱하고 로라는 각성한다.

"버마에선 모든 것이 불법이지요."

"당신이 알려 준 것처럼 버마는 승려들과…… 군인들의 나라군요."

스콜이 쏟아지는 길에서 망가진 차를 밀고 있던 아웅코와 로라 앞에 아웅코의 제자들이 나타난다. 아웅코는 랑군대학의 교수였지만 강제징

집된 후 도피한 운동권 제자를 도와주다 면직당한 사실이 밝혀진다. 그날 저녁 모인 운동권 청년들은 로라에게 버마 군정의 혹독함에 대한 신랄한 비판을 쏟아내고 아웅산수치를 지도자로 섬긴다.

"이제 모든 것은 달라졌어요. 우리에겐 아웅산수치가 있어요!"

"버마는 모든 학생들과 교수들 그리고 모든 어머니들이 아웅산수치처럼 군인들의 총부리 앞에 두려움 없이 설 때에만 구원받을 수 있어요."

운동권 청년들이 어쩌다 만난 미국인 관광객인 로라 앞에서 왜 그토록 정치적 수선을 피우는지는 이해하기 힘들다. 그들은 마치 코민테른에서 파견된 지도원 동지 앞에서 이를 악물고 충성심을 과시하는 아시아 공산당원이 되길 작정한 것처럼 보인다. 이 엉성한 드라마적 결함을 변명하기 위해 존 부어먼은 이들의 대화 속에 상투적인 언론의 문제를 끼워 넣는다.

"(버마에선) 외국 방송의 카메라도 기자도 허용되지 않아요."

간단하게 말한다면 그런 미얀마의 현실을 전달하기 위해 이 영화가 만들어졌다는 말이다. 아마도 이 운동권 청년들이 외국 기자 앞에서 미얀마의 비참한 현실을 털어놓게 만들었다면 영화 또한 한결 부드러워졌을지도 모른다. 그러나 존 부어먼은 로라를 기자로 만드는 대신 평범한 미국인으로 만들어 개연성을 실종시키고 시퀀스마다 무리에 무리를 거듭한다. 이 무리수를 설명할 수 있는 경우는 한 가지밖에 없다. 평범한 미국인을 주인공으로 내세우는 편이 영화의 관객인 평범한 미국인들의 감정이입을 극대화시킬 것이고 동시에 영화의 프로파간다성 또한 강화될 것이기 때문이다. 그도 아니면 골이 빈 자가 시나리오를 쓰고 골이 절반

밖에 없는 자가 감독을 했거나. 또는 관객을 나치의 괴벨스 수준에서 평가했거나. 뭐, 그 중의 하나일 것이다.

한편 불교는 로라를 미얀마로 오게 하는 중요한 계기이면서 동시에 미얀마인들이 벌이는 투쟁의 정당성을 강화하는 기제로 이용된다. 남편과 아이를 자신의 집에서 강도에게 살해당한 끔찍한 기억에 시달리는 로라는 불교에서 정신적 위안을 찾고자 한다. 로라가 미얀마에 오게 된 동기도 그와 무관하지 않다. 그렇게 도착한 낯선 미얀마에서 로라는 사람들의 신실한 불심에 감동하고, 그들을 탄압하고 학대하는 군정의 잔학함에 분노하게 된다. 반군정 투쟁은 종교적(불교적) 선악의 이분법적 투쟁으로 그려진다. 그런 미얀마인들의 투쟁이 종교적으로 더욱 성스러워지는 것은 비폭력과 평화에 대한 비타협적 태도 때문인데, 이는 물론 불교와 무관하지 않고 그 이면의 정치적 의도 또한 새롭지 않다. 존 부어먼의 나무아미타불은 줄곧 비폭력을 강조하지만 그건 필요하다면 언제나 서슴없이 폭력을 행사하는 서구의 제국주의적 이익을 위한 것이다. 제국주의적 폭력이 성과를 거두기 위해서는 식민지인들은 비폭력적인 품성을 유지하는 편이 최선인데, 존 부어먼의 「비욘드 랭군」은 이 교과서적인 관점을 불교를 통해 강화하고 있다. 그런데 신실함으로 말한다면 미얀마 군정의 장군들처럼 독실한 불교신자는 찾아보기 드물다. 이 장군들은 항상 사원에 최고액의 시주를 투척하고 틈만 나면 사원을 찾으며 국가의 대소사를 불교적으로 고민하는 자들로 평판을 얻고 있다. 불심이 독재를 수호할 것이라는 미얀마 군정 장군들의 믿음이 기괴하게 느껴지기도 하지만, 독재자들의 종교가 다양하고 그들의 신심이 언제나 두텁다는 점을 고려한다면 미얀마 장군들의 행태 또한 이해하지 못할 바는 아니다.

다음 날 랑군에서는 시위진압군이 시위대에 발포하면서 상황은 순식간에 위급을 향해 달리게 된다. 8월 8일이 된 것이다. 소식을 전해 들은 청년들은 몸을 피하기 위해 북부의 태국 국경지대를 향해 떠난다. 아웅코는 로라를 랑군으로 데려다 주기 위해 위험을 무릅쓰고 청년 중의 한 명인 민한이 함께한다. 일행은 열차역에 도착하지만 민한은 군인에게 사살된다. 로라와 아웅코는 태국 국경을 향하고 천신만고 끝에 카렌족 게릴라의 도움으로 국경을 넘는다.

존 부어먼이 이 영화를 만든 목적은 극 중의 대사로 간간이 분명하게 전달된다. 예를 들면 이런 대사들이다.

"미국. 미국이여 우릴 도와주시오."

"중국인들이 톈안먼에서 한 일은 전 세계로 보도되었지만 버마는 그렇지 못해요. 세계의 대부분의 사람들에게 (랑군의 항쟁과 학살은) 일어나지 않은 일이에요."

바로 그 알려지지 않은 사실을 알려 주기 위해 이 영화는 존재하며 그때문에 교육영화란 명성을 얻은 것이다. 그렇다면 존 부어먼은 어떻게 이 사실들을 알았을까?

정확하게 말한다면 「비욘드 랭군」은 교육영화가 아니라 프로파간다 영화이다. 진실이나 사실은 별로 중요하지 않다. 프로파간다에서 중요한 것은 정치적 목적을 달성하는 것이다. 「비욘드 랭군」의 정치적 목적은 미얀마 군정을 타도하고 아웅산수치에게 권력을 쥐어 주는 것이다. 이 목적은 미국이 바라는 바와 정확하게 일치하기 때문에, 덧붙인다면 「비욘드 랭군」은 미국의 정치적 프로파간다 영화라고 할 수 있다. 때문에 이 영화는 그 프로파간다를 그대로 받아들일 생각이 없다면 주의 깊게 볼 필요가 있다.

이 영화가 미얀마 민주화의 절대적 지도자로 영웅시하는 아웅산수치에 대해 말해 보자. 영화에서는 8월 8일 이전에 이미 아웅산수치가 대중시위를 이끄는 것으로 묘사되고 있지만 아웅산수치가 대중 앞에 최초로 모습을 드러낸 것은 쉐다곤사원(Shwedagon Pagoda)에서 수백 명의 군중을 앞에 두고 연설한 1988년 8월 26일이었다. 또한 1960년 주인도 대사로 임명된 어머니를 따라 열다섯 살의 나이에 버마를 떠난 아웅산수치가 어머니의 병간호를 위해 랑군으로 돌아온 것은 1988년 4월이었다. 영국인과 결혼해 두 명의 아이를 가진 후였다.

1988년 미얀마의 민주화항쟁은 3월 13일 랑군의 한 찻집에서 주인과 시비를 벌이던 양곤공대 학생인 마웅폰모가 경찰에 구타당해 목숨을 잃은 사건을 계기로 점화되었다. 18일에는 수천 명의 학생들이 랑군 시내에서 시위를 벌였고 시위진압군의 발포로 수많은 사상자가 발생했다. 항쟁은 계속되었다. 6월 21일에는 학생뿐 아니라 시민들까지 참여한 반군정 시위가 벌어졌으며 역시 시위진압군의 발포로 80명의 시민과 시위진압군 병사 20명이 희생되었다. 1962년 이후 군정의 철권통치자인 네윈이 사임하고 다당제 도입과 총선 실시를 발표하면서 항쟁은 승리를 거두었다. 8월 8일에는 즉각적인 총선을 요구하는 대규모 시위가 미얀마 전역에서 벌어졌다. 네윈의 후임인 세인르윈(Sein Lwin)은 무자비한 시위진압을 명령했고 수천 명이 목숨을 잃는 학살이 자행되었다. 그 뒤 18

아웅산수치를 영웅시하는 미국과 서유럽(특히 영국)이 바라는 행복한 미얀마는 군정이 붕괴되고 수치가 권력을 장악한 그런 미얀마, 서구의 미얀마이다.

일 만에 세인르윈이 물러나고 민간인인 마웅마웅(Maung Maung)이 권력을 승계했고 9월 10일 다당제 총선 실시를 발표했다.

아웅산수치가 정계에 데뷔한 것은 바로 이 시기였다. 피로 물든 1988년의 민주화항쟁에서 수치가 한 일은 아무것도 없다. 그도 그럴 수밖에 없지만 28년 만에 이제 막, 단지 어머니의 병간호를 위해 조국으로 돌아온 마흔세 살의 그녀가 우연히 벌어진 민주화항쟁에 뭔가 기여했을 것이라고 기대하는 것이 오히려 우스운 일이다.

그러나 이 정치적 격변기는 독립영웅 아웅산의 후광을 가진 수치를 간과하지는 않았다. 반정부 세력의 지도적 인사였던 우누(U Nu)와 띤우(Tin U) 등이 수치를 정치 전면에 나서도록 종용했다. 아웅산은 아들 둘이 있었지만 하나는 일찍 죽었고 다른 하나는 미국으로 이민해 미국 시민이 된 지 오래였다. 만약 수치가 런던에 그대로 머물러 있었다면 지금의 수치는 존재하지 않았을 것이다.

수치는 요청을 받아들여 정치에 발을 디뎠다. 아마도 그녀의 운명이었을지도 모른다. 독립영웅이면서 암살의 비극을 겪어야 했던 아웅산의 후광을 등에 업은 수치는 그것만으로도 대중적 인기를 모았다. 혜성처럼 나타난 수치의 신선한 이미지 역시 우누와 같은 낡은 정치인과 대비되면서 인기를 얻은 이유 중의 하나였다. 8월 15일 수치는 다당제 실시를 위한 독립적인 자문위원회 구성을 요구하는 편지를 정부에 보냈다. 아웅산수치 최초의 정치적 행동이었다. 8월 26일에는 대중 앞에 모습을 드러냈다. 그러나 9월 18일 군사령관 소마웅(Saw Maung)이 쿠데타 형식을 취해 마웅마웅을 퇴진시키고 자신이 권력을 장악했다. 소마웅은 국민의회 등 기존의 모든 권력기관을 해산하고 국가법질서회복위원회(State Law and Order Restoration Concil; SLORC)에 권력을 이양했다. 헌법이 부재한 통치시기가 시작되었다. 여전히 군정이 지배하는 억압적인 분위기였지만 총선에 대비해 100여 개의 정당이 난립했다. 그 중 독보적인 정당은 수치가 사무총장에 선출된 민주국민연합(National League for Democracy; NLD)이었다. NLD가 조직한 대중집회에서 수치는 대단한 인기를 얻을 수 있었다. 1989년 2월 소마웅은 1년 뒤 총선을 공포하면서 동시에 수치의 선거운동을 금지했지만 그녀는 포기하지 않았다. 7월 20일 군정은 수치를 가택연금시키는 조치를 취했다. 1990년 5월 27일 치러진 총선에서 군정에 대한 미얀마 민중의 불신임은 엄중하기 짝이 없었다. 군정을 대표한 민족연합당(National Unity Party)이 고작 21.16퍼센트의 득표율을 보인 반면 NLD는 59.87퍼센트를 얻어 의석의 80퍼센트를 차지하는 대승리를 거두었다. 군정의 대답은 총선 결과의 거부였다. 군정은 선출된 NLD 소속 의원들을 국가내란죄를 들어 구속하는 등 선거를 없던 일로 만드는 만행을 서슴지 않았다. 수치 또한 가택연금을 벗어나지 못했다.

서구의 반응은 신랄했다. 1990년 10월 수치는 라프토인권상을 받았고 뒤이어 1991년 7월에는 유럽의회가 수여한 사하로프인권상을, 10월 15일에는 마침내 노벨평화상 수상자로 발표되었다. 아웅산수치는 이제 미얀마의 수치가 아니라 세계의 수치였다. 수치와 미얀마는 일거수일투족이 국제 미디어의 주목을 받았다. 존 부어먼의 걱정과는 달리 사정이 그렇게 열악하지는 않았던 셈이다. 미얀마 군정은 더욱 담을 높였고 미얀마는 국제적으로 지구상에서 가장 폐쇄되고 고립된 국가로 평가받고 있지만, 존 부어먼이 전달하고자 했던 그 진실은 스테레오타입이 되어 전 세계에 쉼없이 울려 퍼져 왔고 지금도 울리고 있다. ·

수치를 영웅시하는 미국과 서유럽(특히 영국)이 바라는 행복한 미얀마는 군정이 붕괴되고 수치가 권력을 장악한 그런 미얀마이다. 야만적이고 폭압적인 군정의 붕괴는 미얀마 민주화의 선결조건이라는 점에서 재론의 여지가 없다. 그러나 어떤 민주화이고 어떤 미얀마인가? 군정의 붕괴는 어떻게 가능한가? 미얀마의 민주화가 다중에 의한 민주주의의 쟁취라는 점은 의심할 여지가 없다. 군정은 또 이런 다중의 의지를 기반으로 했을 때 권좌에서 끌어내려질 수 있다. 그러나 서구가 다중에 의한 군정 붕괴와 민주주의 쟁취를 원하지 않는다는 점은 분명하다. 서구가 원하는 것은 외세에 의존할 수밖에 없는 반군정 세력이 권력을 장악하는 것이다. 그 이면에 미얀마의 천연자원과 시장 수탈이라는 신식민주의적 탐욕이 숨어 있다. 그런 미국과 서유럽에게 진정한 민주주의는 군정보다 더 지독한 악몽이다. 미국이 아시아의 독재정권을 물심양면으로 지원해 온 것은 그 때문이다. 민주주의에 대한 다중의 요구가 분출했을 때 미국은 언제나 대체세력을 포섭해 그 요구를 봉쇄하고 자신들의 이익을 보존해 왔다.

그럼에도 불구하고 1988년 민주화세력들이 민중적 민주화세력으로 발전할 가능성이 없었던 것은 아니다. 그러나 20년이 지난 지금 그 세력의 중심으로 일컬어졌던 NLD는 수치 일인의 NLD가 되었다. 혹독한 군정통치 아래 NLD는 국내의 정치적·조직적 기반을 완전히 상실했다. 수치가 양곤의 집에 머물고 있는 동안 NLD는 완전한 망명세력이 되어 방콕과 워싱턴D.C., 런던을 배회하고 있다. 의미 있는 반대세력이 부재한 가운데 군정은 더욱 혹심한 통치를 행사하고 있으며 대중조직은 전무한 상태이다. 아웅산수치와 NLD는 완벽하게 외세의존적인 망명세력으로 뿌리를 내렸다.

군정은 미얀마 민중이 아니라 서구와 게임을 벌이고 있다. 그들의 눈에도 아웅산수치와 NLD는 미얀마 민중의 요구를 대변하는 정치세력이 아니라 외세의 요구를 대변하는 정치세력일 뿐이다. 세계역사상 유례없이 야만적인 미얀마 군정의 자신감은 그런 숨길 수 없는 사실에서 얻어진다. 1988년 민주화항쟁의 성취는 이미 깨끗하게 무위로 돌아갔다.

제국주의가 제국주의에게

- 콰이강의 다리 | The Bridge on the River Kwai, 1957
- 버마의 하프 | ビルマの竪琴, The Burmese Harp, 1956
- 전장의 메리 크리스마스 | 戦場のメリークリスマス, Merry Christmas Mr. Lawrence, 1983

태평양전쟁은 1937년 중일전쟁의 연속이었다. 일본이 베이징과 톈진, 상하이 등 대도시들을 차례로 점령하면서 중국은 해상보급로를 차단당하고 외부로부터 고립될 위기에 처했다. 장가이섹의 국민당군은 미얀마의 라시오에서 중국의 쿤밍에 이르는 험준한 산악지대에 1,095킬로미터에 이르는 보급로를 2년에 걸쳐 건설했다. 2만 8천 명의 국민당 공병대원과 3만 5천 명의 현지주민을 동원해 1938년에 완공한 이 보급로는 버마공로로 불렸다. 군수물자와 보급물자는 랑군항에서 선적되어, 만달레이를 거쳐 라시오까지 철로로 운송된 후, 버마공로를 통해 쿤밍까지 운송될 수 있었다. 버마가 장가이섹의 중국 국민당을 지원하던 영국 식민지였기 때문에 가능한 일이었다.

중일전쟁에서 미국과 영국은 물론 국민당을 지원했다. 미국의 전략물자 수출봉쇄와 동인도 지역을 식민지로 하고 있던 영국과 네덜란드

「전장의 메리 크리스마스」는 일본의 고질적 미숙함과 자가당착을 증명하는 영화가 되었다. 물론 영국과 프랑스, 미국 등의 나라에서는 따뜻한 평가를 받았다.

의 압력으로 석유수입의 90퍼센트를 봉쇄당한 일본은 1941년 12월 8일 진주만 공습으로 미국에 선전포고하고 이른바 남방작전에 나섰다. 12월 23일 랑군에 대한 일본군의 공격이 시작되었고 75일 동안 계속된 전투는 일본군의 승리로 끝났다. 진주만 공습 직후 등장했던 ABDA(American-British-Dutch-Australian)연합군이 겪은 연이은 패배의 본격적인 서막이었다. 1942년 2월 자바섬의 동부 해안에서 벌어진 해전에서 패배한 후 ABDA연합군은 궤멸의 위기에 몰렸고 동남아 지역은 일본군의 점령을 피할 수 없었다.

버마는 일본에게 인도로 향하는 길목이면서 중국 국민당군에 대한 연합군의 지원을 차단하는 전략적 요충지였다. 미국은 국민당군에 대한 군사적 지원을 통해 중국에서 일본을 축출하고 일본 본토 공격의 발판으로 삼는다는 전략이었다. 1941년 12월 ABDA연합군 사령부를 창설하면서 미국은 중국 국민당에 대한 자신의 의지를 관철시켰고 1942년 1월 장가이섹은 중국에서 연합군 최고사령관의 지위를 가질 수 있었다. 미국은 고립된 버마공로와 연결할 레도공로의 건설에 착수했다. 인도 아삼 지역의 레도와 버마 북부의 라모를 연결하는 레도공로 역시 험준하기 짝이 없는 산악지대를 관통하는 길이었다. 미국은 중국-버마-인도 지역 미군 총사령관인 조지프 스틸웰(Joseph Stilwell)에게 이 임무를 하달했고 1억 5천만 달러의 예산과 함께 주로 흑인들로 이루어진 미군 공병대 1만 5천여 명과 현지인 3만 5천여 명이 투입되었다. 버마 북부를 무대로 한 일본과 연합군의 전쟁은 치열할 수밖에 없었으며 태평양전쟁에서 가장 치열한 전투가 벌어진 최전선이었다.

버마전선이 연합군에게 중국 국민당군에 대한 보급로를 확보하기 위해 중요했다면 일본군에게는 자신을 위한 보급로가 중요했다. 버마를 점령했음에도 불구하고 일본은 말라카해협과 안다만해(海)까지 완전히 수중에 넣을 수는 없었다. 일본의 버마 침공은 태국을 통해 이루어진 것이었다. 중국에 대한 육상보급로의 시작이었던 랑군은 일본에 점령된 이후 일본군에 대한 보급로의 시작으로 바뀌었지만 연합군의 잠수함 등이 일본의 해상보급로의 숨통을 죄었다. 일본의 대안은 방콕에서 랑군에 이르는 보급 철로였다. 태국의 밤퐁(Bampong)과 버마의 탄뷰자얏(Thanbyuzayat)을 잇는 420킬로미터 구간에 대한 철로 건설이었으며 후일 버마철도(Burma Railway)로 불린 이 철도 건설은 밀림과 강, 산악을 관통하는 험난한 구간으로 이전에도 검토된 적이 있었지만 실행에 옮기지 못했던 공사였다. 일본은 전대미문의 혹독한 강제노동을 통해 공사를 8개월 만에 끝낼 수 있었다. 1942년 6월 태국과 버마에서 동시에 시작된 이 철도 건설은 18만 명의 점령지 노동력과 6만 명의 연합군 포로를 투입한 죽음의 공사였다. 9만 명에 달하는 점령지 노동자들이 목숨을 잃었고 1만 6천여 명의 포로들 또한 공사 중에 목숨을 잃었다. 일본은 이 철도 건설을 위해 점령지인 말레이시아와 버마 현지에서 노동력을 강제로 동원했는데 말레이시아에서는 주로 중국인들을 강제로 징발했다. 철도 건설에 필요한 레일은 점령지인 말레이시아와 인도네시아의 철도에서 뜯어 와 공급했다.

버마철도는 일본이 떠들었던 대동아공영(大東亞共榮)의 실체를 폭로했다. '아시아인에 의한 아시아'를 내걸었던 대동아공영은 결국 일본제국주의의 사탕발림에 지나지 않았다. 유럽제국주의의 식민지였던 동남아에서 독립을 주장한 식민지 해방세력은 대동아공영을 들고 나온 일본에 호의적이었고, 일본의 침공과 수백 년 동안 자신들을 지배하던 유럽제국주의의 패퇴가 독립을 이룰 수 있는 계기가 될 것으로 여겼다. 일본제국주의가 유럽제국주의와 전혀 다르지 않다는 걸 확인하는 데에는 오랜 시간이 필요하지 않았다. 그걸 증명한 것이 엄청난 강도의 수탈이었다. 일본은 점령지에서 자신들이 필요로 하는 모든 것들, 쌀에서 광물과 석유까지를 무서운 기세로 수탈했다. 일본의 대동아전쟁의 목적은 수탈이었다. 수탈은 자원에만 그치지 않았고 전쟁을 수행하는 데에 필요한 노동력까지를 포함했다. 그 대표적인 예가 죽음의 버마철도 건설이었다.

「콰이강의 다리」는 이 죽음의 철도 건설에서 태국 깐짜나부리의 콰

「콰이강의 다리」는 당시의 역사를 훔쳐보는 영화라기보다는 태평양
전쟁에 대한 유럽인들의 시각을 엿볼 수 있는 영화이다.

이강(시사얏강)을 가로지르는 철교 건설에 동원되었던 연합군 포로를 다
룬 포로수용소 영화이다. 미군 포로가 등장할 가능성은 희박하지만 영화
는 할리우드산(産)이니만큼 미 해군 중령 시어즈를 등장시키고 있다. 프
랑스 작가인 피에르 불(Pierre Boulle)의 소설을 원작으로 한 이 영화는 소
설과 마찬가지로 픽션이다. 피에르 불은 인도차이나 프랑스 식민지군 출
신으로 독일이 프랑스를 점령한 후 비시 괴뢰정부가 들어서자 싱가포르
에서 드골의 자유프랑스(FFL)에 가입해 중국과 인도차이나, 버마에서 첩
보활동을 벌인 인물이다. 1943년 메콩강에서 비시 정부군에 체포되어

포로수용소에 갇혀 지낸 이력을 가졌다. 당시의 경험이 소설에 리얼리티를 부여했지만 스토리는 전적으로 픽션이었다. 피에르 불의 또 다른 대표작이며 역시 할리우드 영화로 제작된 소설로는 공상과학 장르의 『혹성탈출』(Planet of the Apes)이 있다. 풍부한 상상력의 작가이지 않은가.

기본적인 사실 이외에는 창작물이기 때문에 「콰이강의 다리」는 당시의 역사를 훔쳐보는 영화라기보다는 이 전쟁에 대한 유럽인들의 시각을 엿볼 수 있다는 점에서 얼마간의 의미를 갖는다. 원작자는 전직 인도차이나의 프랑스 레지스탕스 첩보원이지만 주역으로 등장하는 것은 영국군이다. 수용소에서 포로를 대표하는 영국군 대령 니콜슨은 비현실적인 독특한 인물로 영화에 긴장을 불어넣는 주요인물이다. 강직하고 비타협적이지만 턱없이 원칙적인 니콜슨은 수용소장인 사이토와 대립하지만 철교 건설에서는 사이토의 기대 이상으로 열의를 보인다. 휘하의 병사들의 기강을 바로잡고 튼튼한 다리를 건설해 일본군에게 본때를 보여 주자는 것이 니콜슨의 생각이다. 이는 물론 일본군에 협조하는 것으로 영국군 장교가 보일 태도는 아니다(현실에서는 그럴 수 있었겠지만 영화에서는 그렇다는 말이다).

영화에서 니콜슨만큼 비현실적인 존재는 일본군이다. 점령지 주민으로 동원된 민간인 9만여 명과 연합군 포로 1만 6천여 명을 죽음의 계곡으로 보낸 일본군의 강제노동은 온데간데없이 실종 중이다. 일본군 장교인 사이토는 아집은 부리지만 포로를 폭행하고 학살하는 야만적 캐릭터와는 무관하다. 영화를 통틀어 일본군이 포로를 학대하는 장면은 초반에 사이토가 명령에 반기를 든 영국군 장교들을 특별히 만들어진 독방에 수감하는 정도이다. 포로에 대한 대우는 대체로 합리적이고 이성적이다. 다시 말해 「콰이강의 다리」가 그리고 있는 일본군은 강제노동으로 밀림을 뚫고 죽음의 철도를 만든 잔혹하고 야만적인 일본군이 아니다. 버마 철도 건설에 나선 일본군이 이처럼 온후하고 인간적인 존재였다면 철로의 침목 아래 파묻힌 10만 개가 넘는 해골은 누가 만든 것일까.

할리우드의 태평양전쟁에서의 일본에 대한 턱없이 친절한 예우는 「콰이강의 다리」에 그치는 것도 아니다. 「도라! 도라! 도라!」(Tora! Tora! Tora!, 1970), 「미드웨이 해전」(Battle of Midway, 1976), 「진주만」(Pearl Harbor, 2001)에 등장하는 일본군은 일본의 극우파들을 만족시킬 수준은 아니지만 여전히 존경할 만한 군대다운 군대로 묘사된다. 반면 태평양전쟁에서 연합군과 함께 반일투쟁에 나섰던 게릴라들에 대한 대우는 어떨까. 「콰이강의 다리」는 그걸 평가하기에 적당한 영화는 아니지만 그 일단을 살펴볼 수는 있다.

유럽제국주의의 식민지 처지에서 유일하게 몸을 피할 수 있었던 태국은 1932년 혁명 후 주도세력인 민간엘리트와 군부가 합작으로 권력을 유지하고 있었다. 태평양전쟁을 두고 두 세력은 분열했고 민간엘리트를 대표했던 쁘리디파놈용은 '자유태국운동'(Seri Thai)을 조직하고 반일 지하투쟁에 나섰지만 군부를 대표한 피분송크람은 친일 노선을 취했다. 정권은 피분의 손에 있었으므로 현실적으로 태국은 일본의 동맹국이었다. 자유태국은 연합군과 손을 잡고 반일 게릴라 투쟁을 벌였다. 「콰이강의 다리」를 보자.

수용소를 탈출한 시어즈는 콰이강의 다리를 폭파할 임무를 띠고 조직된 영국군 특공대와 함께 콰이강 인근의 밀림으로 투하된다. 이때 특공대를 도와주는 태국인들이 등장한다. 역사적 사실에 기초한다면 태국의 반일 게릴라 세력이거나 동조세력이다. 공교롭게도 남자들은 모두 강제노역에 끌려갔다는 이유로 젊은 여자들이 특공대와 동행한다. 이후 벌어지는 일들은 목불인견이다. 태국인 여자 짐꾼들은 어떤 합당한 이유도 없이 백인 병사의 머리를 감기며 깔깔거리며 행복에 겨운 웃음을 날리다 그만 일본군에게 사살되어 스크린에서 사라진다. 콰이강의 다리를 앞두고 특공대원들을 위장시켜 주는 태국 여자들은 방콕의 마사지팔러에서 공수된 여자들처럼 보이고 특공대원들이 다리 밑으로 향할 때 그 중 한 여자는 백인 대원의 손을 잡고 "사랑스러워"라고 속삭인다. 공교롭게 부상당한 특공대장을 보살피는 태국 여자들은 그를 마치 상전처럼 모신다. 전투가 벌어졌을 때 태국 게릴라 대원은 총 한번 변변히 쏘지 못하고 초전에 죽어 버린다. 사실은 「콰이강의 다리」가 아니더라도 사정은 별로 다르지 않다. 기껏해야 백인을 보조하는 역이며 대개는 일찍 죽어 버린다. 이게 할리우드가 태평양전쟁에서 반일 무장투쟁에 나섰던 아시아의 현지 세력을 대하는 불변의 태도이다. 일본군에 대한 예우와 비교한다면 물론 발뒤꿈치의 때만도 못한 대우이다.

　이 전도된 불공평한 대우의 정체는 제국주의적 유대감과 예우가 아니고는 달리 설명할 방법이 없다. 말하자면 유럽 또는 미국제국주의는 일본제국주의보다 우월하긴 하지만 일본제국주의라도 식민지 해방세력보다는 비교할 수 없이 우월하다는 것이다. 유럽제국주의에게 일본제국주의에 대한 근본적 부정이란 결국 자신의 머리에 총을 겨누고 방아쇠를 당기는 자살행위나 다름없기 때문에 이런 따뜻한 배려는 필연적이기도 하다. 요컨대 제국주의 간의 전쟁이 식민지 쟁탈전의 양상을 띨 때조차도 상호 간의 존중과 예우는 제국주의의 생존을 위해서는 필수불가결한 게임의 법칙인 것이다. 제국주의라는 이념을 수호하는 존재로서, 그들은 적일지언정 이념적 동지인 것이다. 이 더러운 동지의식은 패전 일본에 대한 미국의 전범 처리에서 역겨울 정도로 뻔뻔스럽게 증명된다. 얼굴마담 몇을 제외하고 대부분의 전범은 모두 면죄되어 미제국주의의 협력자로 성실하게 봉사할 수 있었다. 패전 일본이 왜 미국에 선택되었는지도 달리는 설명할 수 없다. 「콰이강의 다리」에서 확인할 수 있는 것은 이런 제국주의 간의 영화적 공모이다. 해방 후 남한에서 미국을 대리했던 미군정이 점령 직후에는 일본인들을, 후에는 친일파들을 통치기구의 근간으로 삼았던 이유도 무관하지 않다. 제국주의자들은 비록 적일지언정 제국주의자들을 신뢰하지, 식민지인들을 믿으려 하지는 않는다. 사정은 필리핀, 인도네시아, 심지어 중국에서도 다르지 않았다.

승리한 제국주의에게 보내는 패배한 제국주의의 구슬픈 목소리는 어떨까. 패전 10년을 맞은 일본에서 제작된 이치카와 곤(市川崑)의 「버마의 하프」는 칸과 베니스에서 수상했고 아카데미상의 후보로도 오르며 국제적 명성을 얻었던 일본의 대표적인 반전(反戰) 영화이다.

패전의 기색이 완연해진 1945년 버마에서 패주하는 일본군 패잔병들을 주인공으로 내세운 영화는 머나먼 이국땅에서 죽어 간 일본군 병사들에 대한 연민을 주체하지 못하고 비틀거리며 신음한다. 패주하던 이노우에 소대의 병사인 미즈시마는 하프와 같은 버마 전통의 현악기를 솜씨

미즈시마는 이국에서 숨져 간 병사들의 영혼을 두고 버마를 떠날 수 없다. 그는 버마의 산야에 버려진 일본군의 유골들과 시체들을 수습하며 평생을 보내기로 결심한다. 태평양전쟁에 대한 패전 일본의 지독한 자기합리화는 그렇게 미화된다.

좋게 연주할 수 있는 병사이다. 일본이 항복한 후 포로수용소에 갇힌 이노우에는 여전히 옥쇄를 고집하며 전투를 벌이고 있는 동료들을 설득하기 위해 미즈시마를 보낸다. 미즈시마는 결국 그들을 막지 못한다. 전투에서 살아남은 미즈시마는 근처를 떠돌면서 일본군 시체들을 수습한다. 일본으로 송환될 날이 가까워지는 가운데 수용소로 돌아오지 않은 미즈시마를 기다리던 이노우에 소대의 병사들은 어느 날 다리 위에서 미즈시마를 닮은 버마 승려를 만난다.

미즈시마는 이국에서 숨져 간 병사들의 영혼을 두고 버마를 떠날 수 없다. 그는 버마의 산야에 버려진 유골들과 시체들을 수습하며 평생을 보내기로 결심하고 수용소로 돌아가지 않는다. 미즈시마는 이노우에게 마지막 편지를 보내오고 버마를 떠나 일본으로 송환되는 선상에서 이노우에는 그 편지를 소대원들 앞에서 읽는다.

"…… 난 돌아갈 수 없습니다. 버마의 땅에 누워 있는 병사들의 시신을 두고 떠날 수 없습니다. …… 난 산을 오르고 강을 건너면서 잡초에 덮여 있는 뼈들을 묻었습니다. 이런 비극이 왜 생겨난 것일까요? 왜 세상엔 이토록 고통이 넘치는 것일까요. 난 결코 답을 얻을 수 없을 것입니다. 인간은 그 답을 찾을 수 없을 것입니다. 비극이 넘치는 이 세상에서 우리가 할 수 있는 일이란 고작 뼈를 묻는 일뿐입니다. 희망을 찾을 수 있겠지요. 고통과 비극을 극복하기 위해서는 다른 사람들을 돕는 용기가 필요합니다. 평화와 행복을 위해 길을 잃은 사람들을 돕는 용기가 필요합니다. 산카쿠산(山)에서 나는 승려에게 내 삶을 구원해 달라고, 인도할 스승이 되어달라고 부탁했습니다. 그는 내 청을 받아들였습니다. 언젠가 소대장님이 '일본으로 돌아가 재건에 힘쓰자'라고 한 말을 기억하나요? 난 아직도 그 말을 기억합니다. 그러나 이곳에서 죽은 시신들을 볼 때마다…… 나는 돌아갈 수 없습니다. 난 수천의 젊은 병사들의 영혼을 돕기 위해, 그들에게 안식처를 주기 위해 이곳에 머물러야 합니다. 아마 수십 년 뒤 내가 이 일을 마쳤을 때 난 일본으로 돌아갈 수 있을 것입니다.……"

미즈시마가 남긴 편지는 장황하다. 영화에서 소대장인 이노우에가 이 편지를 읽는 장면은 무려 5분에 가깝다. 소대원들은 숙연해지고 이윽고 눈물을 흘리는 자들이 등장하는 가운데 수평선으로는 해가 넘어간다.

사실상 이 편지는 일본을 대표하는 감독 이치카와 곤이 태평양전쟁을 일으킨 일본을 대신해 평화의 이름으로 세계에 전하는 메시지이다.

미즈시마가 이미 일본이 항복한 전쟁을 포기하지 않고 옥쇄를 결의한 동료들을 찾아가 항복할 것을 설득하는 장면은 일본군에 대한 스테레오타입을 부수는 장면이다. 영화는 그밖에 하프를 연주하며 '즐거운 나의 집'(Home! Sweet Home!)을 부르는 이노우에 소대의 모습을 통해 일본군에 대한 이미지를 쇄신한다. 흑백으로 화면에 펼쳐지는 아름답고 평화로운 영상은 그런 일본군의 이미지에 힘을 싣는다.

지독한 자기합리화이다. 수많은 일본군 병사들이 이국의 땅에 버려져 구천을 떠돌 지경이니 결국 그려지는 것은 피해자로서의 일본이다. 학살하고 파괴하고 수탈하고 억압했던 모습은 미즈시마가 묻어 버린 일본군 병사의 해골 밑에 함께 묻혀 버렸다. 이게 「버마의 하프」가 만든 일본산 반전 메시지의 본모습이다. 이후로 일본이 선을 보인 이른바 반전 영화란 것들은 이 원형에서 한 치도 벗어나지 못했다. 「반딧불의 묘」(1988)와 같은 대표적인 반전 애니메이션에서 평화란 원폭의 피해로만 강조되는 이기적인 평화에 머무른다. 결국 일본의 반전이란 패배한 제국주의의 구슬픈 넋두리에 불과한 것이다.

패전 후 미국을 대형(大兄)으로 불사조처럼 부흥한 일본은 남한을 포함해 자신들이 침략했던 아시아의 나라들에 몇 푼의 배상금을 집어 주고 그로써 전쟁과 식민의 모든 범죄에 대한 면죄부를 얻었다. 태평양전쟁으로 죽어 간 3천만에 달하는 아시아인의 영혼은 그 면죄부 위의 구천을 떠돌고 있다. 그렇게 「버마의 하프」가 깔아뭉갠 일본의 범죄는 전후 동남아에 경제적 대동아공영권의 완성으로 부활했다. 그걸 지원한 것이 영화에서는 칸이나 베니스, 아카데미 따위가 상징하는 서구의 신제국주의였다.

가해자들 간의 공모적 화해를 위해서라면 피해자는 거듭 피해자가 되어야 한다. 하라가 로렌스와 셀리어스를 풀어주기 위해 중국인 포로를 처형하거나 전쟁터에서의 동성애적 비극을 모티프로 사용하는 데에 엉뚱하게 조선인 징용병이 등장해야 하는 이유는 그 때문이다.

「버마의 하프」는 전통 사원과 이라와디강(江)이 등장하는 장면은 버마에서 촬영했지만 나머지 밀림 장면 등은 가나가와(神奈川)의 하코네(箱根), 시즈오카(靜岡)의 이즈반도에서 촬영했다. 이치카와도 진짜 해골이 굴러다니는 버마의 밀림 속으로 선뜻 들어갈 용기는 없었던 것이다.

27년이란 긴 시간이 흐른 뒤 이번에는 오시마 나기사(大島渚)가 또 다른 「버마의 하프」를 「전장의 메리 크리스마스」(1983)라는 제목으로 내놓았다. 전공투 세대이며 일본 누벨바그의 선두주자인 오시마 나기사가 「감각의 제국」과 「열정의 제국」에 뒤이어 의욕적으로 선보인 「전장의 메리 크리스마스」는 영국의 록스타인 데이비드 보위(David Bowie)와 일본의 작곡가인 사카모토 류이치(坂本龍一)를 주연으로 해 화제가 된 영화로 그 의식에 있어서만큼은 기이할 정도로 「버마의 하프」에서 한 걸음도 나아가지 않는다.

영화의 무대가 된 것은 1942년 인도네시아의 자바섬에 위치한 일본군 포로수용소이다. 이제 막 태평양전쟁이 시작된 때의 자바섬이라면 네덜란드군과 영국군이 포로가 된다. 무대가 포로수용소로 좁혀졌으므로 플롯의 절반은 이미 결정된 것이나 다름이 없다.

영화는 조선인 병사 가네모토가 네덜란드인 포로 더용을 강간한 사건을 이유로 군조(軍曹)인 하라(기타노 다케시)가 할복을 부추기는 장면으로 시작한다. 일본군의 조선인 병사와 동성애가 주는 불편함은 할복으로 배증되는데 치부를 드러내겠다는 의도라면 의도이다. 오시마가 자신의 트레이드마크인 성과 폭력, 죽음의 삼중주를 태평양전쟁 당시의 포로수용소까지 끌고 왔다고 해서 딱히 놀랄 것은 없다. 그런데 카메라를 인도네시아의 자바로 옮긴 후 오시마의 트레이드마크는 그 칼날이 현저하게 무뎌진다. 일본군은 적당히 포악한 대신 합리적이며, 가학적 인물의 대표주자인 하라 군조마저도 영국군 연락장교이며 일본어를 유창하게 구사한다는 이유로 통역을 맡고 있는 로렌스(톰 콘티)와 상식적(?)인 우정을 키워 간다. 영국군과 일본군의 우정은 수용소장인 육군 대위 요노이(사카모토 류이치)와 영국군 소령인 잭 셀리어스(데이비드 보위) 사이에도 움트고 발전한다. 요노이는 바타비아(자카르타)의 군사법정에서 사형선고를 받은 셀리어스의 목숨을 구해 수용소로 데려온다. 셀리어스는 매력적인 인간으로 묘사되고 요노이는 그에게 끌려 간다.

전쟁터의 포로수용소에서 갈등은 기묘하게도 전쟁 그 자체가 아니라 서구와 일본 사이에 존재하는 문화적 차이 때문에 빚어진다. 네덜란드군 포로 더용을 강간한 조선인 병사 가네모토에게 할복을 명한 요노이는 연합군 포로들을 그 장소에 집결시킨다. 버둥거리는 가네모토의 목을 제대로 치지 못한 일본군 병사를 제치고 하라가 목을 치는 와중에 그 앞에 있던 더용은 충격으로 혀를 깨물고 그 혀가 목을 막아 죽게 된다. 이 아수라장에서 요노이는 병사들에게 목잘린 가네모토에 대한 일본식 예의로 집총발사를 명하지만 연합군 포로들은 현장에 있기를 거부한다. 요노이는 그들을 저지한 후 영국군 장교에게 심지어 자기 부하들에게까지 예의를 갖추지 않는다고 비난한다. 영국군 장교는 요노이가 옳지 않다고 고함치고 요노이는 로렌스에게 묻는다. "내가 옳지 않은가." 이 물음에 대한 로렌스의 대답은 "우리 모두가 옳지 않다"이다.

요노이는 포로들에게 48시간 동안의 금식과 교(敎)를 명령한다. 물론 로렌스를 제외한 영국인들은 '교'를 이해하지 못한다. 금식 중인 막사에 셀리어스가 꽃에 만두를 숨겨 반입한다. 다음 날의 막사 점검에서 꽃을 먹으며 반항한 셀리어스는 독방으로 보내지고 막사에서는 위장된 라디오가 발견된다. 셀리어스에게 경도되는 요노이를 보고 당번병은 셀리어스를 악마라고 생각한다. 당번병은 독방의 셀리어스를 살해하려 하지만 실패하고 셀리어스와 로렌스는 탈출을 시도하지만 역시 실패한다. 당번병은 할복하고 요노이는 하라가 라디오를 반입한 자로 지목한 로렌스에게 책임을 물어 처형할 것임을 알린다. 극적인 화해는 크리스마스에 벌어진다. 하라는 "오늘은 내가 크리스마스 아버지(산타클로스)"라며 독단으로 로렌스와 셀리어스를 독방에서 석방한다. 자신을 질책하는 요노이에게 하라는 라디오를 반입한 것은 중국인 포로이며 이미 그를 처형했다고 보고하고 두 영국인은 자신들에게 해를 끼치지 않을 것이라고 말한

「전장의 메리 크리스마스」의 두 인물, 로렌스와 하라는 화해와 용서의 제스처를 주고 받는다. 누구도 옳지 않다면 누구도 그르지 않은 것이다. 두 제국주의 국가인 영국과 일본은 자신들의 전쟁을 두고 그렇게 화해의 손을 내민다.

다. 그러나 포로 중에 무기 전문가를 보고하라는 요노이의 명령을 둘러싸고 셀리어스는 땅에 파묻히는 형벌을 받고 결국은 죽게 된다. 요노이는 한밤중에 셀리어스에게 경의를 표하고 그의 머리털을 한 줌 잘라 가져간다.

오시마는 전쟁의 근원을 할복과 무사도, 교, 죽음, 존경과 예의 따위에 대한 일본적 전통 또는 세계관을 둘러싸고 벌어지는 문화적 대립과 갈등 쯤으로 미봉하며 나아가 극복을 시도한다. 셀리어스가 죽은 후 장면은 종전 후인 1946년으로 점프한다. 포로수용소에서 처형을 앞두고 있는 하라를 찾아와 만난 로렌스는 이렇게 말한다.

"자넨 자신들이 옳다고 생각하는 사람들의 희생양이야. 예전엔 자네와 요노이 대위도 자신들이 옳다고 생각했지. 물론 진실을 말하자면 누구도 옳지 않아."

요노이가 처형당하기 전 셀리어스의 머리털을 일본의 신사로 가져다

달라는 부탁을 했다는 말을 전한 하라는 4년 전의 크리스마스를 상기시키고 떠나는 로렌스를 향해 "메리 크리스마스, 미스터 로렌스"라고 말하며 환하게 미소짓는다. 크리스마스는 하라가 처형될 위기에 직면한 로렌스를 구원한 일을 상기시킨다. 물론 로렌스는 하라를 구할 수 없다. 도덕적 우월성은 패자인 하라에게로 넘어간다.

누구도 옳지 않다면 누구도 그르지 않은 것이다. 두 제국주의 국가인 영국과 일본은 자신들의 전쟁을 두고 그렇게 화해의 손을 내민다. 물론 전쟁이 할복 따위에 대한 문화적 몰이해 탓에 벌어지는 비극이라면 이런 화해도 불가능하지는 않다. 그러나 이게 적절한 해답이 아니라면 이런 종류의 화해란 양측이 동일한 가해자일 때에만 가능하다. 로렌스가 말하는 '누구'에 전쟁의 진정한 피해자가 포함되어 있지 않을 때에만, 누구도 옳지 않음으로써 누구도 옳은, 편하기 짝이 없는 역설의 논리가 실현될 수 있는 것이다.

가해자들 간의 공모적 화해를 위해서라면 피해자는 거듭 피해자가 되어야 한다. 하라가 로렌스와 셀리어스를 풀어 주기 위해 중국인 포로를 처형하거나, 전쟁터에서의 동성애적 비극을 모티프로 사용하는 데에 하필이면 조선인 징용병이 등장해야 하거나, 로렌스가 하라에게 수용소에서 포로들을 학대한 일본군이 조선인 감시병이라고 말하는 대화가 등장하는 이유는 그 때문이다. 일본의 죄악을 탕감하기 위해 피해자에게 책임을 전가하는 이런 따위의 발상은 유아적이기도 하지만 동시에 악질적이다. 종전 50년을 눈앞에 두고 노장의 손에 의해 선보인 인간애와 평화를 부르짖는 전쟁영화 「전장의 메리 크리스마스」는 쉰 살이 되었다고는 결코 믿기지 않는 전후 일본의 고질적 미숙함과 자가당착을 증명하는 영화가 되었다. 물론 영국과 프랑스, 미국 등의 나라에서는 따뜻한 평가를 받았다.

일본의 항복 직후인 1945년 8월 17일 수카르노는 인도네시아의 독립을 선언했다. 네덜란드와의 독립전쟁은 1949년까지 이어졌다. 인도네시아에 대한 식민통치의 회복을 기도했던 네덜란드는 일본군의 대부분은 송환했지만 전범 혐의자인 1,038명에 대해서는 재판에 회부했다. 독립전쟁이 끝난 1949년까지 진행된 전범재판에서는 236명이 사형을 언도받았다. 요노이와 하라가 연합군 포로수용소에 감금되고 또 처형당하는 것은 사실에 기반한 것이다. 이 영화의 메시지에 따른다면 그들이 처형된 것은 필시 일본의 문화를 이해하지 못했던 연합군의 오해 때문일 것이다. 미숙도 이쯤이면 유아의 수준이라고 볼 수 있다. 전쟁을 반대하는 일이 가해자의 자기 비탄으로 이루어질 수 있다고 편하게 생각한다면 전쟁은 부추겨질 뿐이다. 반전 영화를 만들고 싶다면 전쟁의 핵심과 진정한 피해자들에게 카메라를 돌려야 한다는 당연한 진실을 깨닫지 못하는 한 일본의 반전 영화는 성숙할 기회를 결코 얻지 못할 것이다.

스릴러의 리얼리즘

• 시티 오브 고스트 | City of Ghost, 2002

한때의 할리우드 청춘스타 맷 딜런의 감독 데뷔작인 「시티 오브 고스트」는 그다지 주목받지도 못했지만 한편으로는 구설에 올랐다. 애리조나 주립대학의 멀린다 데 헤수스는 이 영화가 캄보디아 여성을 오직 창녀로만 그리고 있다고 격렬하게 비난했으며 맷 딜런에게 몇 권의 여성학 서적을 보내는 이벤트를 펼치기도 했다. 내가 보기엔 부르주아 페미니스트의 위선적 난동이었다.

「시티 오브 고스트」는 2000년 무렵 프놈펜의 이미지와 그 이미지에 담긴 영혼을 예술적으로 생생하게 담아낸 세상에서 유일한 영화이다. 그 것만으로도 감독이자 각본에 참여했던 맷 딜런의 성취는 대단한 것이다. 도대체 4년 4개월을 제외하고는 30년 이상 계속되었던 내전을 외세의 개입 아래 가까스로 끝낸 후 다시 쿠데타를 겪고 독재정권이 들어선 프놈펜의 리얼리티를 표현하는 데에 어떤 여자가 필요한가. 만인이 굶주리

도대체 4년 4개월을 제외하고는 30년 이상 계속되었던 내전을 외세의 개입 아래 가까스로 끝낸 후 다시 쿠데타를 겪고 독재정권이 들어선 프놈펜의 리얼리티를 표현하는 데에 무엇이 필요한가.

는데도 고대광실에서 호의호식하는 독재정권의 장군 부인이나 그 자식들인가 아니면 거리의 창녀들인가. 관공서나 대학 또는 NGO 단체에 틀어박힌 한 줌도 되지 못할 인텔리 여자들인가 아니면 거리의 창녀들인가. 거리의 창녀들이다. 그 적나라한 모습이 미국의 부르주아 페미니스트들을 불편하게 했다면 단지 그 이유만으로도 이 영화는 좀더 나은 세상을 만드는 데에 얼마간이라도 기여한 것이다. 멀린다와 같은 여자들은 프놈펜의 뒷골목에 들끓는 홍등가의 창녀들을 보면서 그 창녀들이 어떻게 등장한 것인지, 서구의 죄악이 오늘 아시아의 한 도시를 어떻게 파멸시켰는지를 먼저 생각해 보는 것이 나을 것이다. 그래 봐야 그 위선적인 세계관은 결코 달라지지 않겠지만.

　할리우드 영화가 뜻하지 않게 거둔 의외의 성취는 이 영화의 장르가 정치적 편견이 스며들기 쉽지 않은 범죄스릴러라는 데에서 크게 기인한다. 물론 범죄물이라고 해서 정치성이 배제되는 건 아니다. 그러나 「시티 오브 고스트」는 담백하리만치 스릴러에 집착함으로써 할리우드의 정치적 편견을 무의식적으로 피해 나갈 수 있었다. 반면, 영상은 기괴하리만치 현장성을 살려 내고 있다. 세부적인 로케이션은 프놈펜은 물론 캄보디아에 대한 이해가 선행되지 않았다면 불가능할 만큼 정치(精緻)하다.

「시티 오브 고스트」는 캄보디아 역사의 가장 중요한 시기의 한 부분을 영상으로 기록해 남겼다. 2000년 무렵의 캄보디아의 모습이 온데간데없이 사라진 지금 이 영화에 영상으로 담겨진 프놈펜은 아마도 후일 캄보디아인들에게 귀중한 사료가 될 것이다. 나는 지금도 내가 처음 보았던 1999년의 프놈펜을 기억한다. 그 기억이 「시티 오브 고스트」에 의해 여지없이 살아나는 것은 충격에 가까운 경험이었다. 그건 단지 그때 그 시기에 카메라가 그곳에 있었던 때문이 아니라 영화의 이미지들이 역사성을 담고 있기 때문이다. 10년이 채 지나지 않아 역력하게 남아 있는 내전의 흔적, 거리를 흐느적거리는 빈곤, 불투명한 미래에 대한 불안에 뒤섞인 크메르인들의 희망. 그 모든 것들이 카메라가 포착한 이미지들에서 여지없이 살아나고 있는 것은 이 영화의 영상이 현장성을 뛰어넘어 느슨하게나마 역사성을 포착하고 있음을 말해 준다. 정말이지 이건 맷 딜런이 전혀 예상하지 않았을 성취였을 텐데 이 또한 이 영화의 음울한 스토리와 장르에 크게 힘입은 것이다.

거액의 보험사기로 FBI의 수사를 받게 된 지미(맷 딜런)는 방콕으로 도주한다. 사기의 주범인 마빈(제임스 칸)을 만나기 위해서이다. 방콕에 도착한 지미는 그가 캄보디아에 있다는 사실을 알게 된다. 이미 블랙리스트에 오른 여권 때문에 그는 밀입국 가이드를 따라 육로로 캄보디아 국경을 넘고 프놈펜에 도착한다. 프랑스 식민지풍의 쓰러져 가는 건물들. 폐허를 방불케 하는 도심의 건물들. 지미는 프랑스인 에밀(제라르 드파르디외)이 주인으로 있는 바(Bar) 벨빌에서 프놈펜의 첫날을 시작한다. 지미는 에밀이 운영하는 하루 5달러짜리 게스트하우스에 묵는다.

벨빌은 프놈펜의 백인 쓰레기들이 모이는 소굴이다. 그곳은 정신이 오락가락하는 휠체어를 탄 중년의 백인과 배낭여행자들과 섹스에나 관심이 있는 머저리 백인들이 북적이는 곳이다. 심지어는 바의 주인인 에밀도 평범한 인간은 아니다. 그는 원숭이를 잡겠다며 피톤(python; 구렁이)을 데리고 나타나는 인물이다. 캄보디아인들에게 카메라를 들이미는 대신 서양인들에게 초점을 맞추는 이 방식이 프놈펜을 더욱 리얼하게 묘사하는 힘이 되었다. 1991년 평화협정 이후 프놈펜은 외국인들의 소굴이 되었다. 유엔이 담당한 운탁(UNTAC: 유엔캄보디아과도행정부)은 전 세계 각지에서 3만에 달하는 외국인들을 프놈펜으로 끌어들였다. 유럽과 북미, 동유럽은 물론 일본인들까지 프놈펜으로 몰려들어 고액의 연봉을 받으며 단시간 내에 프놈펜을 방콕에 뒤이은 아시아 최대의 창녀촌으로 만들었다. 도시에는 헤로인이 넘쳤고 전 세계에서 가장 값싼 가격으로 헤로인을 구할 수 있었다. 1993년 총선과 함께 운탁은 해체되었지만 뒤이어 프놈펜의 풍문을 접한 백인 건달들이 모여들었다. 프놈펜은 아시아에서 가장 저렴한 가격으로 창녀와 하룻밤을 지내고 헤로인을 스노칭(코로 흡입)할 수 있는 도시로서의 명성을 높여 갔다. 더불어 숙식 또한 최저가로 해결할 수 있었다. 잘나가던 프놈펜에 찬물을 끼얹은 것은 1996년

훈센의 쿠데타였다. 육로는 봉쇄되었고 항공편은 끊겼지만 1999년쯤부터는 다시 이전의 명성을 되찾아 가고 있었다. 영화가 촬영된 시점은 바로 그 무렵이다.

지미는 프놈펜에서 시클로 운전사인 속(세레이붓 켐)을 만난다. 둘의 관계는 대단히 흥미롭다. 둘은 그야말로 평등한 관계처럼 보인다. 그건 지미의 배려 때문이 아니라 속의 선함 때문이다. 실제로 프놈펜의 투어 가이드였던 세레이붓 켐은 완전한 신인이고 아마추어임에도 불구하고 할리우드에서 잔뼈가 굵은 맷 딜런에 위축되지 않고 자신에 맡겨진 선한 연기를 완벽하게 보여 준다. 선하기로는 지미도 선한 인물이다. 사기꾼임에도 불구하고 기괴할 정도로 달러에 애착을 보이지 않는 이 인물에게 더욱 기괴한 일은 영화에서 이게 위선으로 여겨지지 않는다는 점이다. 말하자면 맷 딜런이 보이고 있는 연기는 터프하기 짝이 없음에도 불구하고 고도의 물질사회에서 탈출한 일종의 히피의 연기처럼 보인다. 지미와 속이라는 선한 두 인물의 만남은 내내 대등한 관계를 유지한다. 예컨대 「킬링필드」에서 외신기자인 시드니 셴버그와 조수인 디스 프란 사이에 엄연히 존재하던 상하 관계가 엿보이지 않는다. 영화의 후반부에 지미는 속에게 차와 함께 거액의 달러를 남긴다. 속은 그 돈이 담긴 비닐봉지를 사원으로 가져가 시주하고 돌아선다. 다소 비현실적이지만 물질적 관계를 해체시킴으로써 대등한 둘의 관계가 마지막까지 유지된다는 스토리는 자못 흥미롭다.

지미는 마빈과 조우한다. 마빈은 프놈펜의 전직 장성과 손잡고 캄보디아의 남부 해안도시인 켑 인근의 보코산에 카지노를 세울 계획을 갖고 있다. 베트남전쟁을 공포영화로 만들었던 「알포인트」의 로케 장소였던 바로 그 보코산이다. 보코산 정상의 평지에는 프랑스 식민지 시절 이미 카지노 리조트가 성황을 이루었다. 또한 캄보디아 왕실의 별장이 있었다. 카지노 리조트의 건물과 별장은 전쟁으로 모두 폐허가 된 지 이미 오래인데 「알포인트」는 이곳을 귀신 나오는 곳으로 이용했지만 「시티 오브 고스트」에서는 영화의 반전이 정체를 드러내고 사실상 대단원의 막을 내리는 장소이다. 사실과 달리 극적으로 각색된 내용이 있다면 보코산의 정상에는 지뢰가 매설된 적은 없었다는 정도다.

프놈펜의 벨빌에서 지미는 유적 복원작업을 하는 소피를 만난다. 둘 사이에는 애정이 싹트고 곧 사랑하는 사이가 된다. 음모와 폭력이 지미를 쉼 없이 추적하는 가운데, 둘의 사랑이 번지는 무대가 되는 곳은 프놈펜과 함께 프놈치소르(Phnom Chisor)와 우동(Udong)이다. 쿠데타 직후 관광객들이 쉽게 찾을 수 없는 곳이던 한가롭고 여유로운 프놈펜 주변의 유적지를 스크린으로 감상하는 재미도 적지 않다. 물론 보코산과 함께 유령의 해변으로 불리던 켑의 오래전 풍경을 담은 영상도 볼만하다.

치정에 실린
1952년의 사이공

• 콰이어트 아메리칸 | The Quiet American, 2002

2002년 스릴러 전문의 호주 출신 감독 필립 노이스(Phillip Noyce)는 전작과 달리 정치적 메시지를 담은 영화 둘을 동시에 선보였다. 이 둘 중의 하나가 필립 노이스의 필모그래피에서 최고라는 평가를 얻고 있는 「콰이어트 아메리칸」이다.

   같은 제목의 1958년 영화를 리메이크한 「콰이어트 아메리칸」은 역시 같은 제목의 그레이엄 그린(Graham Greene)의 소설을 원작으로 하고 있다. 그레이엄 그린이 사이공 루 까띠낫(지금의 동코이가街)의 콘티넨털 호텔에서 타이프라이터를 두드리며 이 소설을 쓰기 시작한 것은 1952년이었는데 이 시기는 그대로 소설과 영화의 시간적 배경이 되고 있다. 3년 뒤인 1955년에 발표된 소설은 성공을 거두었고 1958년 오디 머피(Audie Murphy) 주연의 영화로 이어졌다. 소설과 영화의 성공요인은 아무래도 선견지명에 있었다고 해야 하겠다.

「콰이어트 아메리칸」을 보는 가장 현명한 독법은 CIA와 베트민이 벌이는 스릴러에 정신을 파는 대신 주의 깊게 파울러와 파일의 멜로드라마를 따라가는 것이다.

1954년 디엔비엔푸에서의 대패(大敗)는 직전에 제네바로 끌려갔던 프랑스의 목덜미를 잡아 파리로 던져 버렸다. 베트남이 미국을(또는 미국이 베트남을) 진공청소기처럼 빨아들이기 시작한 것도 그 즈음이다. 바로 그 시기인 1952년을 시간적 배경으로 하고 있는 『콰이어트 아메리칸』은 모든 일들이 급작스럽거나 우연하게 일어나지 않았음을 말해 주고 있다. 또한 이후에 일어날 모든 사건들을 느슨하게나마 예언하고 있었다. 물론 이건 쉬운 일이면서 동시에 쉽지 않은 일인데 이게 그레이엄 그린이 『콰이어트 아메리칸』에서 거둔 소설적 성취이다. 유감스럽게도 1958년의 영화는 소설의 성취를 보존하는 대신 가장 중요한 부분을 왜곡하고 탈색시킴으로써 오히려 퇴보시켰지만, 거의 반세기가 지난 후 필립 노이스는 원작을 복원하는 데에 그치지 않고 영화적으로 발전시킴으로써 자신의 영화를 소설과 나란히 어깨를 겨루도록 했다.

1952년 식민지 인도차이나의 프랑스 직할 식민지인 코친차이나의 사이공. 흰색 정장의 둔중한 몸집의 백인 사내가 사이공강에서 시체로 발견된다. 짧은 콧수염을 매단 프랑스 형사가 나타나고 사인은 간단하게 자상(刺傷)으로 밝혀진다. 사내는 살해된 후 강에 처박힌 것이다. 영화는 그렇게 진부한 스릴러로 시작한다. 그러곤 젊은 베트남 여자가 등장한다. 그녀가 말한다. "그는 나를 사랑했어요." 이쯤 되면 치정살인을 모티프로 한 프랑스식 스릴러가 되는 셈일까. 그럴지도 모른다. 그러나 이 영화가 스릴러보다는 멜로드라마에 가깝다는 것을 깨닫는 데에는 그리 오랜 시간이 필요하지 않다.

「콰이어트 아메리칸」은 『런던타임스』(London Times)의 사이공 주재 기자인 영국인 토마스 파울러(마이클 케인)와 미국대사관 경제원조 담당 직원인 알덴 파일(브렌던 프레이저)이 젊은 베트남 여인 푸옹(도티하이엔)을 사이에 두고 벌이는 치정극이다. 그레이엄 그린의 재능은 이 멜로드라마에서 1952년의 사이공을 그리는 데에 어떤 인물들이 가장 적합했을지를 간파한 것이고 필립 노이스의 탁월함은 스크린에서 이 세 인물을 거의 완벽에 가까운 역사적 함의의 인물들로 탄생시켰다는 점에 있을 것이다.

마이클 케인과 브렌던 프레이저 그리고 푸옹을 연기한 도티하이엔은 끔찍할 만큼 역사적 인물과 밀착된 연기를 보여 준다. 마이클 케인은 그 특유의 영국식 관조와 여유를 버리고 불안과 초조, 비루함을 파고들어 그의 기존 이미지에 익숙한 관객들을 턱없이 불편하게 만드는 연기를 훌륭하게 소화한다. 두툼하게 살을 찌우고 등장한 브렌던 프레이저도 필립 노이스가 주문했을 진지한 '얼간이' 역을 소화해 내는 데에 「조지 오브 정글」을 뛰어넘고 있다. 그러나, 마이클 케인도 브렌던 프레이저도 도티하이엔의 그 끔찍할 정도로 역겨운 고급창녀 연기를 따라오지는 못할 것이다. 대학교수인 아버지가 죽자 생계를 위해 카바레의 직업댄서가 된 푸옹은 능숙한 영어를 구사하며 늙은 영국 유부남의 정부를 자처한다. 푸옹의 역을 맡은 도티하이엔은 런던을 꿈꾸며 몸을 팔지만 입은 사랑을 지껄이는 식민지 치하 몰락한 상류계층의 위선을 소름이 돋을 만큼 적나라하게 연기한다.

자, 늙은 마이클 케인은 노회하지만 무기력하고, 젊은 브렌던 프레이저는 저돌적이지만 멍청할 정도로 단순하다. 몰락한 지식인 계층 출신으로 직업댄서를 거친 도티하이엔은 교활하고 이기적이며 뻔뻔스럽기 짝이 없다. 이 세 등장인물이 각각 상징하는 것은 마침내 해가 지기 시작한 영국(또는 유럽제국주의)과 욱일승천하는 미국(또는 신흥제국주의), 그리고 그 사이를 방황하며 힘을 저울질하는 베트남의 매판세력이다. 그런데 프랑스령 코친차이나의 사이공에서 왜 마이클 케인은 파리가 아니라 런던에서 온 인물이 되었을까. 이건 원작자인 그레이엄 그린이 영국인이었기 때문이겠지만 작품을 위해서 한 발 뒤로 물러설 공간이 필요했기 때문이기도 했을 것이다. 그 공간은 화자, 즉 내레이터를 위한 공간인데 덕분에 작중의 파울러는 수렁에 빠져 질퍽거리는 프랑스의 곤혹스럽고 지저분한 처지에 대해 직접적으로 개입할 이유가 없다. 이건 결과적으로 탁월한 설정이 되었다. 제2차 세계대전 이전의 아시아에서 누가 유럽제국주의의 대형(大兄)이었던가? 그건 영국이다. 프랑스는 이류 제국주의로 아시아에서는 고작해야 작은 인도차이나(인도차이나는 인도와 중국 사이의 모든 나라가 포함된다. 인도차이나에서 프랑스 식민지는 프랑스령 인도차이나French Indochina로 불러야 한다)의 고무농장과 양귀비밭을 차지했을 뿐이었다.

역사적 함의에도 불구하고 「콰이어트 아메리칸」은 여전히 멜로드라마이다. 이 영화를 보는 가장 현명한 독법은 CIA와 베트민이 벌이는 스릴러에 정신을 파는 대신 주의 깊게 파울러와 파일의 멜로드라마를 따라가는 것이다. 멜로를 따라가면 역사가 등장한다. 아니 멜로를 따라가야 역사를 추적할 수 있다.

영국인 파울러와 미국인 파일은 젊은 베트남 고급창녀 푸옹을 두고 싸운다. 경악스럽게도 푸옹의 관심은 오직 떠나는 것이다. 자신이 안긴 품이 누구의 품인지 그녀에게는 별 의미가 없다. 얼굴에 온통 주름이 잡힌 데에다 성적인 능력도 이미 쇠퇴해 섹스 대신 아편을 빨아대는 파울러는 푸옹을 기쁘게 해줄 수 없다. 늙은 영국인인 파울러에게는 엎친 데덮친 격으로 가톨릭 신자인 아내가 있다. 파울러의 아내가 이혼에 동의하지 않는 한 푸옹은 파울러와 함께 런던으로 갈 수 없는데 파울러의 아내는 교리를 어기는 이혼에 동의하지 않는다. 파국으로 치닫는 파울러와 푸옹의 멜로에 젊은 미국인 파일이 등장한다. 한눈에 푸옹과 사랑에 빠진 파일은 파울러의 집에서 푸옹에게 사랑을 고백한다. 이 고백이 얼마나 철면피하게 이루어지는지 눈여겨볼 필요가 있다. 파일은 파울러의 집에서 파울러를 앞에 두고 푸옹에게 사랑고백을 늘어놓는다. 파일의 고백은 단도직입적이고 우직하며 동시에 멍청하게 이루어진다. 이 장면은 아

바야흐로 구식민지에서 신식민지로의 이행단계를 목전에 두고 있는 베트남의 사이공에 벌어지는 힘의 역전은 이런 질문을 던져 준다. 피식민은 강제되는가, 선택되는가? 식민지 매판세력은 능동적인가 수동적인가? 식민은 합의 아래 이루어지는가 전적으로 폭력에 의해서 이루어지는가?

마도 영화가 만들어진 이래 멜로드라마에서 멋대가리가 완벽하게 실종된, 최고로 천박한 고백 신으로 꼽아도 무방하다. 파일은 푸옹에게 이렇게 말한다.

"난 당신과 사랑에 빠졌어요……. 난 부자는 아니에요. 하지만 재산은 있어요."

이렇게 솔직할 수가. 다만 이렇게 덧붙이기를 잊었을 뿐이다. "힘도 있지요."

파일의 고백 시퀀스는 흥미롭다. 파일은 잘못된 시간에 잘못된 장소에 출현한 실베스터 스탤론이나 아널드 슈워제네거를 연상시킨다. 파울러는 그런 파일 앞에서 "왜 아예 무릎을 꿇지?"라고 비아냥거리지만 푸옹의 입에서 "예스"라는 말이 튀어나올까 극도로 초조하고 불안하다. 식민지를 두고 구세력과 신세력이 만들어 내는 긴장이 습지의 물안개처럼 피어올라 어두운 방 안을 가득 메운 후 스크린 밖으로 흘러나오는 이 장면을 주도하고 있는 것은 여유로운 표정으로 파일을 관찰하는 푸옹이다. 이건 전형적인 삼각관계에서는 하나도 이상할 것이 없지만 바야흐로 구식민지에서 신식민지로 이행할 단계를 목전에 두고 있는 베트남의 사이공에서 구제국주의와 신제국주의가 맞닥뜨린 상황으로서는 기괴하기 짝이 없는 힘의 역전으로, 이런 질문들을 던져 준다. 피식민은 강제되는가, 선택되는가? 식민지 매판세력은 능동적인가, 수동적인가? 식민은 합의 아래 이루어지는가, 전적으로 폭력에 의해서 이루어지는가?

푸옹은 늙은 파울러를 선택한다. 푸옹은 미래가 없는 늙은 파울러를 선택함으로써 선택이 무의미함을 보여 준다. 만약 푸옹이 파일을 선택했다면 그건 절반이나마 선택의 권리가 자신의 손에 쥐어져 있음을 의미할 것이다. 그러나 식민지 매판세력에게 선택이란 원천적으로 무의미한 것이다. 매판(買辦)이란 수수료를 챙기는 브로커이며 거래의 당사자들이 누구인지를 가리지 않는다. 그러므로 푸옹이 부리는 여유는 '너희들 중에 힘 있는 자가 나를 취하리라'는 가운데 가능한 것이다. 식민지 매판세력에게는 지아비가 누구인지가 중요하지 않다. 친일이 친미가 되고 친불이 친미가 되는 매판의 논리는 그래서 매춘의 논리와 일치한다.

파울러는 런던의 아내에게 이혼을 청하는 편지를 보내고 거절의 답장을 받지만 푸옹에게는 거짓말을 늘어놓는다. 이 간단한 사기극이 폭로된 후 푸옹은 파울러를 떠나 파일의 품에 안긴다. 이때 푸옹, 파일과 함께 등장한 푸옹의 언니가 파울러에게 일갈한다.

"당신은 그녀를 잃었어!"

매춘에는 언제나 뚜쟁이, 즉 펨프(Pimp)가 필요하다. 푸옹의 펨프는 이름 없이 등장하는 그녀의 언니(퐘티마이호아)이다. 사실 푸옹을 사이에 두고 파울러와 파일이 벌이는 힘의 게임은 파일의 주선으로 푸옹의 펨프인 언니가 미국대사관의 직원으로 채용되었을 때 이미 끝난 셈이기도 하다. 펨프를 손에 넣으면 창녀는 따라오게 마련이다. 말하자면 푸옹이 영국과 미국을 저울질하는 것이 아니라 '푸옹의 언니'가 저울질하는 것이다. 따라서 이때의 푸옹은 베트남이고 푸옹의 언니는 바로 그 베트남을 제국주의에 상납하는 매판세력을 상기시킨다.

게임은 끝났다. 그러나 영화는 끝나지 않았다. 멜로드라마답게 푸옹이 떠나간 늙은 파울러의 공허한 자리에 복수의 여신이 둥지를 튼다. 알고 보니 조용한 미국인 파일은 사이공의 CIA 정보요원이다. '제3의 세력'(The Third Force)의 조직이라는 임무를 띠고 사이공으로 파견된 파일은 시내에서의 폭탄테러를 사주하고 현장에 나타나 그 끔찍한 현장을 필름에 담도록 카메라맨을 채근한다. 길을 걷던 시민들의 팔과 다리, 그리고 선혈을 허공에 날리고 흩뿌리는 백주의 폭탄테러가 CIA의 공작임을 의미하는 이 장면은 파울러의 시선을 따라 마치 현장에 나타난 카메라맨의 스틸사진(!)처럼 관객에게 전해진다. 푸옹을 파일에게 빼앗긴 파울러는 마침내 신제국주의의 앞잡이인 파일을 베트민에게 넘길 인본주의적(?) 명분을 발견한다.

파울러는 파일을 베트민에게 상납하고 파일은 암살자의 칼에 찔려 영화의 첫 장면에서처럼 사이공강에 시체로 떠오른다. 파일을 잃어버린 푸옹은 파울러에게 돌아온다. 그러나 「콰이어트 아메리칸」의 스릴러적 핵심은 이 통속적인 멜로드라마의 결말에 있지 않다. 또 영화의 후반부를 끌어가는 복수적 치정극의 핵심은 파일이 베트민에게 살해당하는 데에 있지 않고 사이공의 폭탄테러를 CIA 정보원인 파일이 음모하고 실행하는 데에 있다.

프랑스가 피를 토해 내고 있던 인도차이나에는 라오스 동부와 베트남 북부에서부터 메콩 삼각주에 이르기까지 CIA 정보원들이 득실거렸다. 인도차이나에서 미국의 비밀공작은 1945년 이전 OSS로 거슬러 올라가니만큼 새로울 것도 없다. 1950년대에 들어서자 그런 인도차이나에서 미국은 이후로도 길이 남게 될 새로운 전술을 창안한다.

1952년에 접어들어 미국은 막대한 군사지원에도 불구하고 프랑스가 인도차이나를 공산주의자들의 위협에서 구원하지 못할 것을 대비하기 시작했다. 인도차이나에서 혈투를 벌이던 프랑스에 대한 미국의 막대한 군사지원의 이론적 근거는 도미노이론이 제공했다. 그러나 대중을 움직이기에 도미노이론은 충분하지 않았다. 또한 1952년이 되면서 프랑스에 대한 기대를 거둔 미국은 직접적인 개입을 모색하고 있었고 그 명분이 필요했는데 그게 바로 '테러'였다.

1952년 1월 28일 미국의 『라이프』(Life)는 사이공 시내의 폭탄테러로 찢겨나간 희생자들의 처참한 사진을 '이 주의 사진'으로 게재했고 공산주의자 베트민의 폭탄테러라는 설명을 붙였다. 한 주일 전 『라이프』가 이미 「위험에 빠진 인도차이나」(Indochina is in Danger)를 특집으로 실은 후였다. 그에 앞선 1월 10일 『뉴욕타임스』(The New York Times)는 「빨갱이의 시한폭탄 사이공 중심부를 강타」(Reds' Time Bombs Rip Saigon Center)란 제목의 기사를 톱으로 올렸다. 이 시의적절한 테러는 베트남에서의 공산주의에 대한 대중의 두려움과 공분을 자극했고 인도차이나에 대한 미국의 개입을 지지하도록 만들었다. 이 분위기를 이해하기 위해서는 1952년이 아직 한국전쟁의 포연이 가시기 전이라는 점과 바로 그 한국전쟁에 미국이 주도적으로 참전하고 있었던 것을 이해할 필요가 있다. 한반도나 인도차이나나 미국에게 있어서는 모두 같은 전쟁터였던 것이다. 1950년 한국전쟁은 미국이 세계의 반공경찰로 나선 첫번째 전쟁이었고 같은 이유로 인도차이나에서 미국이 그 신성한 십자군적 임무를 회피할 이유란 찾을 수 없었다.

「콰이어트 아메리칸」의 폭탄테러는 바로 이 사건을 소재로 한 것이다. 당시 사이공에 체류하고 있던 그레이엄 그린은 1980년의 한 인터뷰에서 1952년 사이공 시내에서 폭탄이 터지던 순간 『라이프』의 사진기자가 현장에 있었을뿐더러 가장 좋은 사진을 찍을 수 있는 위치에 자리를 잡고 있었다고 회고했다. 전직 영국 정보기관의 요원이기도 했던 그레이엄 그린은 이 사건 직후 나름대로 취재에 나섰고 테러가 CIA의 비밀공작이라는 결론을 얻었다.

조지프 만키에비치(Joseph L. Mankiewicz)의 1958년 작 「콰이어트 아메리칸」은 이 부분을 각색했다. 원작과 달리 폭탄테러는 베트민의 소행이고 현장에 있던 CIA 요원 파일은 희생자들을 구하기 위해 뛰어다닌다. 필립 노이스의 「콰이어트 아메리칸」은 각색되었던 부분을 원작과 동일하게 복원시켜 낸다. 2001년 가을에 개봉되기로 예정되었던 이 영화가 후반작업에 차질을 빚지 않았음에도 불구하고 무려 2년 뒤인 2003년 7월에야 개봉된 까닭은 그것과 무관하지 않았다. 2001년의 맨해튼의 무역센터를 무너뜨린 9·11 이후 본격화된 '테러와의 전쟁'에서 「콰이어트 아메리칸」은 직격탄을 맞을 수밖에 없었다. 이 영화가 미국의 '테러와의 전쟁'이 이미 반세기 전에 시작되었음을 상기시킬뿐더러 그 전쟁의 더러운 이면을 들추는 영화였기 때문이었다.

1952년 사이공의 CIA 책임자 알덴 파일은 공산주의에 맞서 민주주의를 수호할 '제3의 세력'의 조직에 동분서주하다 여자에 한눈을 판 덕분에 사이공강에 시체로 떠오른다. 물론 이건 픽션이다. 알덴 파일은 실존인물이 아니다. 그린의 소설 발표 직후부터 이 인물이 에드워드 랜스데일(Edward Lansdale)을 모델로 했다는 주장이 파다했지만 그린은 이를 인정한 적도 없고 현실적으로 부합하지도 않는다. 그도 그럴 것이 랜스데일은 필리핀에서 막사이사이를 대통령으로 만든 후 1954년 1월에야 사이공에 나타나는 인물이다.

알덴 파일이 지원한 테(Thé) 장군은 실존 인물이다. 1952년 찐민테(Trinh Minh Thé)는 까오다이(20세기 초에 창시된 베트남의 신흥종교)의 사병에 기반을 둔 군벌이었고 CIA의 자금과 군수물자 지원을 받았다. 알덴 파일의 '제3의 세력'은 1955년의 응오딘지엠 정권과 함께 역사의 전면에 등장한다. 응오딘지엠을 대통령으로 만드는 데에 랜스데일은 『콰이어트 아메리칸』의 알덴 파일과는 달리 필리핀에서처럼 탁월한 실력을 발휘했다.

영화 속에서 푸옹은 런던으로 가지 못한다. 파울러의 아내는 이혼을 거절했다. 파울러는 돌아온 푸옹에게 대신 사이공을 떠나지 않을 것이라고 속삭인다. 펨프인 푸옹의 언니에 대해서 영화는 별 관심을 기울이지 않고 무성의하다. 파일 덕분에 미국 대사관 직원으로 채용될 수 있었던 그녀의 운명은 어떻게 되었을까. 아마 응오딘지엠과 별로 다르지 않았을 것이다. 응오딘지엠은 미국의 지원으로 권력을 손에 쥔 지 8년 만에 용도 폐기되어 CIA가 조종한 군부 쿠데타의 와중에 누군가(?)의 손에 의해 살해되었다.

푸옹이란 이름은 봉황(鳳凰)을 의미한다. 봉(鳳, 푸옹)은 수컷을, 황(凰)은 암컷을 가리키지만 베트남에서 푸옹은 여자의 이름으로 흔히 붙여진다. 그레이엄 그린은 소설의 1부 첫 장에서 파울과 함께 푸옹을 등장시키면서 그 이름을 불사조인 피닉스(Phoenix)로 해석하며 이렇게 부연한다.

"But nothing nowadays is fabulous and nothing rises from its ashes."(이제는 전설적이지도 않고 더는 재에서 되살아나지도 않는.)

봉황은 피닉스와는 사뭇 다른 상상물이지만 여하튼 되살아나지 않는 불사조란 함의를 푸옹이란 이름에 담은 그레이엄 그린의 작명은 통찰력을 발휘한 셈이 되었다. 베트남은 잿더미가 되었지만 봉황은 피닉스가 되지 못했다.

디엔비엔푸와 제네바 사이

• 317소대 | La 317ème section, 1965

제1차 인도차이나전쟁은 프랑스가 디엔비엔푸 전투에서 대패함으로써 끝이 난 것처럼 이야기되지만 그렇기도 하고 아니기도 하고 그렇다. 정확하게 말한다면 전쟁을 끝낸 것은 디엔비엔푸 전투가 아니라 1954년의 제네바회담(제네바극동평화회의)이었다. 디엔비엔푸 전투가 이 협정을 이끌어 내는 데에 적잖은 영향을 미쳤을 것임은 쉽게 추측해 볼 수 있다. 그러나 디엔비엔푸 전투는 그 자신이 이 회담을 위한 것이기도 했다.

1954년 2월 베를린에서는 4개 강대국이 자신들의 현안에 대해 국제회담을 개최할 것에 합의했다. 회담을 제의한 것은 소련이었고 받아들인 나라는 미국과 영국, 중국이었다. 현안은 이제 막 휴전을 성사시킨 한국전쟁 직후의 한반도와 전쟁이 진행 중에 있던 인도차이나였다. 뒤이어 참가국이 정해졌다. 남한과 북한, 프랑스와 캄보디아, 라오스, 베트남민주공화국(베트민)과 베트남국(프랑스 괴뢰국)이었다.

이미 전쟁영화의 고전 중 하나로 꼽히는 피에르 쇤도르페르의 1965년 작 「317소대」는 1954년 5월 4일에서 10일까지 일주일 동안 캄보디아와 라오스, 베트남 접경지에 주둔하고 있던 프랑스군 소대의 철수 과정을 그렸다.

디엔비엔푸에 프랑스연방 극동원정군(이하 프랑스군)의 작전이 시작된 것은 관련국들이 제네바회담의 개최를 합의한 9개월 후인 1953년 11월 20일이었다. 프랑스는 디엔비엔푸에 베트민에 대한 방어진지를 마련함으로써 베트민의 라오스에 대한 보급로를 차단하고 베트남 북서부의 베트민에 대한 공격의 교두보를 마련하고자 했다. 한편 이 작전의 또 다른 목적은 종전(終戰)을 위한 정치적 해결책의 모색에 있어 군사적 우위를 점하는 데에 있었다. 후일 파리평화회의를 시작한 미국이 하노이를 압박하기 위해 대대적인 북폭을 계속한 것도 사정은 다르지만 같은 이유에서였다. 디엔비엔푸에는 작전이 시작된 후 3일 동안 프랑스군 공수부대 병력 9천 명이 투입되었고 뒤이어 활주로의 정비와 아홉 개의 방어진지가 구축되었다. 병력은 계속 증강되었다. 베트민 또한 5만에 가까운 병력을 디엔비엔푸로 집중했고 1954년 5월 13일 진지 중 가장 동쪽에 위치했던 베아트리체(Beatrice) 요새를 공격하기 시작했다. 이 날이 디엔비엔푸 전투가 시작된 날이다.

전투는 디엔비엔푸와 제네바에서 동시에 진행된 것이나 마찬가지였다. 1954년 4월 26일 시작한 제네바회담은 한반도를 첫 의제로 다루었다. 외상(外相)인 남일이 대표단을 이끈 북한은 한반도에서의 외국군 철수와 남북한 자유선거에 따른 통일을, 외무부장관 변영태를 단장으로 했던 남한은 남한 헌법이 정한 절차에 따른 유엔 관리하의 통일선거를 주장했다. 소련·중국은 북한을, 미국·영국·프랑스는 남한의 입장을 지지했다. 이견은 좁혀지지 않았고 아무런 합의도 얻지 못한 채 6월 15일 의제는 인도차이나로 바뀌었다.

결국 3월 13일 시작된 디엔비엔푸 전투는 6월 15일부터 시작된 인도차이나에서의 평화정착에 관한 제네바회담에서의 힘겨루기와 같았다. 프랑스와 베트민 둘 모두 디엔비엔푸 전투의 승패가 제네바회담에서의 우위를 점하는 데에 결정적인 변수라는 사실을 잘 알고 있었으므로 총력을 다했고 제1차 인도차이나전쟁을 통틀어 가장 치열한 전투를 벌였다. 프랑스는 디엔비엔푸의 병력을 1만 6천 명으로까지 증원했지만 결국은 전투에서 패배했다. 5월 7일 베트민은 디엔비엔푸의 모든 프랑스군 진지를 점령함으로써 승리를 거둘 수 있었다. 디엔비엔푸 기지를 방어하고 있던 병력 중 전사자를 제외한 1만 1천여 명이 디엔비엔푸에서 베트민의 포로가 되었다. 제네바회담의 프랑스 대표는 줄을 지어 밀림을 가로질러 행진하는 남루한 행색의 프랑스군 포로의 사진을 보아야 했으니 회담의 주도권은 이미 베트민에게 있었다. 1956년 7월 21일 제네바회담은 외국(군)의 개입중단과 함께 베트남의 북위 17도선 분단과 1956년의 통일선거 등에 합의하는 협정을 체결하는 것으로 끝났다(참가국 중 유일하게 미국은 인도차이나에 관한 제네바회담의 최종합의문을 받아들이지 않았다). 결국 디엔비엔푸 전투가 끝난 후에도 7월 21일까지 2개월 이상 전쟁은 계속된 셈이다. 디엔비엔푸가 아니었더라도 제1차 인도차이나전쟁은 어떤 식으로건 매듭이 지어졌을 것이다. 이 사실을 강조하는 이유는 제국주의의 패퇴를 전투에서의 승리가 이끌었다는 따위의 평가가 결과하는 역사적 오류 때문이다.

이미 전쟁영화의 고전 중 하나로 꼽히는 피에르 쉰도르페르(Pierre Schoendoerffer)의 1965년 작「317소대」는 1954년 5월 4일에서 10일까지 일주일 동안 캄보디아와 라오스, 베트남 접경지에 주둔하고 있던 프랑스군 소대의 철수 과정을 그린 영화이다. 제1차 인도차이나전쟁에 종군 카메라맨으로 참여했고 디엔비엔푸 전투에도 투입되었던 쉰도르페르는 베트민의 포로가 되어 4개월 동안 수용소에 갇혀 있어야 했던 인물로, 영화의 리얼리티는 다큐멘터리 이상으로 평가되었다. 이 영화는 지금도 프랑스군의 훈련 교재로 사용되고 있는 것으로 알려지고 있다.

디엔비엔푸에서의 패색이 짙어지고 있던 5월 4일, 프랑스군 캄보디아 북부 사령부는 접경지대에 전진배치되었던 소대들에게 철수를 명령한다. 룡바의 317소대 역시 명령을 받고 철수를 준비한다. 인도차이나로 배치된 지 이제 보름밖에 되지 않는 소위 토런스가 소대장으로 철수를 지휘한다. 그의 옆에는 이미 33개월을 인도차이나에서 복무했던 부소대장 빌스도르프가 있다. 그런데 이 소대가 퍽 기괴하다. 프랑스 극동원정군 캄보디아 북부 주둔사령부 산하임이 분명한 이 소대는 소위인 토런스를 제외하고는 프랑스인을 찾아 볼 수 없다. 병력의 대부분은 상사인 쿳을 포함해 크메르인들이고 부소대장인 빌스도르프는 제2차 세계대전에 참전해 스탈린그라드 전투까지 겪은 백전노장의 독일군 출신이다. 또 다른 백인인 루디에도 프랑스인이 아니며 분명하게 설명되지는 않지만 무전병인 페랭 또한 다를 것으로 여겨지지 않는다. 토런스가 지휘하는 이 소대는 장교를 제외한 병력 모두가 외국인으로 구성된 '외인부대'(Légion étrangère)인 것이다.

1831년 알제리 식민지전쟁에 파병하기 위해 처음으로 조직되었던 외인부대는 프랑스 식민통치에 없어서는 안 될 존재였다. 승전국의 일원이었지만 독일 점령통치에서 이제 막 벗어난 프랑스는 연합국 중 어떤 나라보다 군사력이 뒤질 수밖에 없었다. 전전의 식민지 회복에 눈을 돌린 프랑스가 어느 때보다도 절실하게 외인부대를 필요로 했던 이유였다. 그런데 전후 프랑스의 외인부대에는 독일군 출신이 압도적이었다. 패전 독일은 1955년까지 독자적인 군대를 가질 수 없었고 피폐해진 경제는 2차대전 참전 독일군을 프랑스 외인부대로 몰아넣었다. 독일군 점령 통치까지 경험했던 프랑스는 그런 독일군들을 두 팔 벌리고 받아들였다. 그들 중에는 친위대와 게슈타포 출신과 같은 전범들도 섞여 있었지만 프랑스는 마다하지 않았다. 그 결과 인도차이나에는 3만 명 이상의 독일군 출신들이 외인부대원으로 쏟아져 들어왔다. 프랑스가 전후 점령기간 중 자국의 친독일 세력을 철저하게 응징했던 것을 상기하면 이게 얼마나 자가당착의 행위인지 이해할 수 있을 것이다(이게 프랑스식 정의라면 정의이다).

프랑스가 인도차이나에서 패퇴한 것은 디엔비엔푸 전투에서 패배했기 때문이라는 논리로 발전한다. 그런데 베트민이 승리를 거둔 이유가 과연 군사적으로 그들이 뛰어났기 때문일까.

317소대의 빌스도르프와 루디에는 그들 중의 하나이다. 풋내기 소대장 토런스의 고집 때문에 험준한 산악의 밀림을 헤쳐 나가야 하는 317소대의 철수는 더욱 어려움을 겪지만 빌스도르프는 노련함으로 소대의 철수를 이끈다. 토런스와 빌스도르프는 베트민과의 총격전에서 발생한 부상병 때문에 갈등을 겪는다. 토런스는 부상병의 호송을 주장하고 빌스도르프는 반대한다. 소대의 유일한 프랑스인인 젊은 소위 토런스는 등장인물 중에서 가장 순수하고 순결한 인간이다. 그는 부상병을 버리려 하지 않고 원주민 여자들을 두고 음탕한 농담도 지껄이지 않으며 매사 원칙대로 행동하려 한다. 소대의 나머지 백인들, 빌스도르프와 페랭은 전형적인 용병으로 묘사된다. 빌스도르프는 쓸데없이 부상병을 배려하지 않고 시체 밑에는 수류탄을 넣어 둔다. 철수 도중 한 마을에서 베트민을 습격해 승리를 거둔 후 빌스도르프는 토런스에게 메콩델타에서의 수색·정찰 중 마을 하나에 불을 질렀다는 경험담을 말한다. 토런스는 "잔인한 이야기군"이라는 반응을 보인다. 제국주의 군대가 식민지에서 일반적으로 자행하는 평범한(?) 악행이지만 그게 빌스도르프의 경험이고 토런스가 부정한다는 점에서 둘의 대화는 묘한 뉘앙스로 전해진다. 말하자면 용병에게 식민주의의 책임이 전가되는 듯한 착각을 불러일으킨다. 철수 열흘째 되는 날 베트민의 추격을 받는 가운데 토런스는 마침내 풍토병으로 쓰러진다. 토런스는 소대에 부담이 되는 대신 수류탄으로 자폭을 선택하는 것으로 자신을 희생하고 영화는 막을 내린다. 물론 빌스도르프는 토런스에게 담배 한 개비와 수류탄을 준 후에 남은 소대원들을 이끌고 행군을 계속한다. 토런스의 영웅적 행동은 프랑스의 무죄함을 웅변하는 것처럼 보여 거듭 불편한 느낌을 준다.

프랑스는 이 전쟁에서 왜 패배한 것일까. 철수 열흘째 토런스 소대의 후미는 베트민의 습격을 받는다. 이미 열병으로 몸을 가누지 못하는 토런스는 빌스도르프에게 '역겹다'고 말한다. 빌스도르프는 그런 토런스를 부정하며 이렇게 말한다. "역겹다니. 무슨 소리야. 이건 전쟁이야. 그들은 훌륭하게 전쟁을 치르고 있어. 이 빌어먹을 놈들은 위대한 군인들이야." 빌스도르프의 이 발언은 적일지언정 훌륭한 군인은 존경을 받아야 한다는 통속적인 군인정신의 발로이지만 한편으로는 전쟁에서 패배한 이유가 군사적으로 적이 훌륭하기 때문이라는 논리이기도 하다. 이 논리는 프랑스가 인도차이나에서 패퇴한 것은 디엔비엔푸 전투에서 패배했기 때문이라는 논리로 발전한다. 그런데 베트민이 승리를 거둔 이유가 과연 군사적으로 그들이 뛰어났기 때문일까. 디엔비엔푸 전투에 보응우엔잡은 5만 명의 베트민 전사들을 투입했고 프랑스군과는 비교할 수 없이 많은 전사자를 냈다. 제1차 인도차이나전쟁에서 베트민이 수행했던 대부분의 군사작전이 그랬다. 베트민이 승리를 거둔 작전은 극히 드물었다. 사상자 수만 놓고 본다면 베트민의 투쟁은 인해전술에 가까웠다.

식민지 해방운동은 전쟁으로 승리가 결정되지 않는다. 전쟁이 결정적인 역할을 했을 때에조차 이 사실은 변하지 않는다. 식민통치가 붕괴되는 것은 식민주의자들의 통치가 정치적으로 불가능해졌기 때문이다. 붕괴하는 통치의 기반은 무력이 연장해 줄 수는 있어도 결코 막을 수는 없다. 오직 시간의 문제가 될 뿐이다. 이것이 식민주의자들이 좀처럼 인정하려 하지 않거나 호도하는 진실이다. 반대편의 경우에도 마찬가지여서 무력투쟁으로만 해방을 이루려는 해방세력 또한 군사주의에 매몰되게 된다. 이런 종류의 군사주의는 해방 후의 새로운 사회 건설에 지극히 부정적으로 작용한다. 군사주의는 일체의 민주주의에 익숙하지 않기 때문이다. 전후 베트남이 이 사실을 스스로 웅변하고 있다.

「317소대」는 캄보디아 현지에서 촬영되었다. 당시 캄보디아의 집권자인 시아누크 왕자가 전적으로 협조했고 캄보디아 왕립군의 도움을 받았음을 오프닝과 엔딩 크레딧에서 확인할 수 있다. 촬영은 극 중의 무대인 캄보디아 북동부 라타나키리의 산악 밀림지대에서 이루어졌다. 토런스의 소대는 명령에 따라 150킬로미터 떨어진 타오차이로 철수하지만 타오차이도 베트민에게 함락되었음을 알게 된다. 소대는 다시 크라티에로 향한다. 타오차이가 어디인지는 불확실하다. 당시 라타나키리의 주도였던 룸핏이 유력하다. 정황상으로는 그렇다. 크라티에는 프놈펜에서 멀지 않은 메콩강변의 도시이다.

잃어버린 사이공

• 쓰리 시즌 | Three Seasons, 1999

「그린 파파야 향기」(The Scent of Green Papaya, 1993)의 짠안홍(Tran Anh Hung)이 다음 작품으로 「씨클로」(Xich Lo)를 내놓은 것은 1995년이었다. 촬영허가를 받지 못해 「그린 파파야 향기」를 남프랑스의 세트 안에서 찍어야 했던 짠안홍은 이번에는 현지촬영을 성사시킬 수 있었다. 「씨클로」는 아마도 종전 후 처음으로 스크린을 통해 사이공이나 호치민시(市)를 소개한 외부 영화였다. 1980년대 중반 도이머이(Dôi Mói; 대외개방정책) 이후 외부세계를 향해 열린 베트남에서 촬영된 영화는 물론 「씨클로」가 처음은 아니었다. 레지스 바르니에(Régis Wargnier)의 「인도차이나」(Indochine, 1992)가 북부의 하롱베이를 담았고 피에르 쇤도르페르의 「디엔비엔푸」(Diên Biên Phú, 1992) 역시 북부인 하노이와 디엔비엔푸에서 촬영되었다. 그러나 남부의 사이공의 문을 열어젖힌 영화는 「씨클로」가 처음이었다.

「쓰리 시즌」의 호수 위에서는 시간도 공간도 아무런 의미가 없다. 호수
는 사이공과 격리되어 있고 베트남의 역사 그 어느 지점과도 무관하다.

    4년 뒤인 1999년 토니 부이(Tony Bui)는 「쓰리 시즌」으로 종전 후
처음으로 베트남 현지에서 촬영된 미국영화를 만들었다. 토니 부이는
1995년 사이공에서 촬영한 「노란 연꽃」(Yellow Lotus)을 발표하기는 했
지만 단편이었다.

    프랑스영화인 「씨클로」와 미국영화인 「쓰리 시즌」은 둘 모두 베트남
출신 감독이 연출했다는 점에서 교호(交互)한다. 짠안홍은 1962년 다낭
태생이고 토니 부이는 1973년 사이공 태생이다. 둘 모두 1975년 난민으
로 베트남을 떠났고 각각 프랑스와 미국에 정착한 난민가정에서 성장했

다. 「그린 파파야 향기」도 그랬지만 「씨클로」나 「쓰리 시즌」이 베트남어를 사용할 수 있었고 서구 감독이라면 놓칠 수밖에 없었던 베트남적인 영상과 정서를 담을 수 있었던 것은 그 덕분이다. 그럼에도 불구하고 짠 안훙의 영화는 프랑스영화답고, 토니 부이의 영화는 미국영화답다. 난민이거나 이민이거나 2세대의 뿌리찾기는 관념의 벽을 넘기가 쉽지 않다. 뿌리를 '찾는다'는 행위는 뿌리가 이미 타자화의 화분 안에 갇혀 있음을 전제한다. 두 영화는 이 점에서도 교호한다.

「쓰리 시즌」은 네 개의 이야기를 담고 있다. 각각의 이야기는 사이공이라는 동일한 공간 속에서 진행하지만 시선을 마주하지는 않는다. 영화는 농촌 출신으로 사이공으로 와 연꽃을 파는 끼엔안과 한센병에 걸려 죽어 가는 다오 선생의 이야기를 먼저 꺼내는 것으로 시작한다. 씨클로 운전사인 하이와 창녀인 란, 혼혈 딸을 찾기 위해 사이공으로 돌아온 베트남전 참전 미군 제임스 해거, 거리에서 외국인을 상대로 잡화를 파는 어린아이 우디의 이야기가 나머지이다.

처음 딸의 어머니를 만났던 카페 맞은편 호텔에 투숙하면서 매일처럼 호텔 앞에 앉아 카페를 바라보며 담배를 빨아 대는 제임스 해거는 통속적일 수도, 흥미로울 수도 있는 캐릭터인데 스토리는 미완의 것인 양 무성의하고 단선적이다. 베트남 애인과 혼혈 딸을 버리고 떠난 해병의 뒤늦은 죄책감의 근원은 부재하고 낯선 도시에서의 방황은 어색하기 짝이 없다. 사이공을 떠나기 전날 해거는 호텔의 파티에서 우연히 베트남인을 에스코트하고 있는 딸을 만난다. 다음 날 해거는 바로 그 카페에서 딸을 만난다. 카메라는 해거가 앉아 담배를 피우던 호텔 앞에서 물러나

토니 부이는 짠안홍을 따라 태어난 고향인 사이공에 와 사이공을 잃어버리지만 절반의 성공을 거두었다. 그게 영화의 힘인지도 모른다.

창문을 통해 갑작스럽고 어색한 부녀 간의 화해를 보여 준다.

부모도 집도 없는 길거리나 바를 돌아다니며 잡동사니를 파는 어린 아이 우디에 대해서도 영화는 해거만큼이나 무성의하다. 바에서 해거를 만난 우디는 그의 푸념을 들어 주다 정전이 된 틈에 물건을 담은 나무상자를 잃어버린다. 우디는 해거가 나무상자를 가져간 것으로 생각하고 그를 찾아 나선다. 결국 호텔에서 해거를 만나지만 물론 나무상자는 해거가 가져가지 않았다. 스콜이 쏟아지는 거리를 배회하던 우디는 자신과 비슷한 처지의 여자아이를 만난다. 둘 앞으로 축구공이 굴러 오고 우디는 거리의 축구에 뛰어든다. 공은 또 골목으로 굴러가고 그곳에서 우디는 술에 취해 쓰러진 사내와 나무상자를 발견한다. 골목에서 잃어버린 상자를 찾은 우디는 여자아이와 함께 걸어간다. 역시 미완의 플롯이다.

토니 부이는 네 개의 이야기 중 두 개의 이야기에 대해서 철저히 무성의한 대신 나머지 두 이야기에 집중한다. 끼엔안은 호수에서 연꽃을 따 거리에서 판다. 호수의 중심에는 오래된 사원이 있다. 어느 날 연꽃을 따며 끼엔안이 부른 노래를 들은 사원의 선생이 그녀를 부른다. 한센병으로 손가락이 떨어져 나간 선생은 더 이상 시를 쓰지 못한다. 끼엔안은 자신이 선생의 손가락이 되기를 청하고 선생은 시를 읊고 끼엔안은 시를 적는다. 호수에 배를 띄우고 연꽃을 따며 부르는 젊고 늙은 아낙네들의 노래는 호수의 수면을 가득 메운 연잎들과 연봉우리들, 그 사이를 가로지르는 쪽배와 논을 쓴 여인들과 어우러져 더없이 아름다운 영상을 만들어 내지만 호수 한가운데에 은거해 과거에 집착한 채 죽어 가고 있는 선생의 시가 공허하기 짝이 없는 이유는 이 호수 위에서는 시간도 공간도 아무런 의미가 없기 때문이다. 말하자면 이 호수는 사이공과 격리되어 있고 베트남의 역사 그 어느 지점과도 무관하다. 끼엔안이 사이공의 거리에서 연꽃을 팔 때 관객은 잃어버린 시간과 공간을 다시 되찾을 수 있지만 유감스럽게도 스토리는 사이공의 거리가 아닌 호수 위에서만 펼쳐질 뿐이다. 더욱이 호수는 사이공이 아니라 그곳에서 1천 킬로미터 떨어진 하노이의 상징물이다.

씨클로 운전사 하이와 창녀인 란의 이야기는 사이공의 거리에서 펼쳐진다. 호텔 앞에서 나오는 란을 본 하이는 사랑에 빠진다. 하이는 늘 호텔 앞에서 란을 기다려 그녀를 태우고 철길 옆의 집에까지 태워 주기를 반복한다. 씨클로 경기에서 동료의 도움으로 승리한 하이는 상금으로 받은 돈으로 50달러에 란의 손님이 된다. 호텔의 객실에서 란을 만난 하이는 드레스를 선물한 후 그녀가 침대에서 자는 모습을 지켜볼 뿐이다. 란은 갈등을 겪지만 결국은 하이의 순애보적 사랑을 받아들인다. 다시 말하면 하이와 란의 이야기 또한 사이공이거나 베트남에 관한 이야기가 아니다.

그런데도 이 영화는 지독할 만큼 1990년대 후반의 사이공을 사실적인 영상으로 담아내고 있다. 하이의 씨클로와 끼엔안과 우디의 발걸음을 쫓을 때 카메라는 관객에게 자신이 사이공의 그 거리를 따라 걷고 있다는 착각을 불러일으키는 데에 손색이 없는 영상을 선물한다. 사이공 도심의 빛과 어둠. 거리의 뒷골목. 남루한 거주지를 관통하며 가로지르는 철길. 스콜이 쏟아지는 밤의 거리. 도시의 어느 구석 모퉁이에 모여 있는 씨클로들. 심지어는 호텔과 카페, 공원. 외국인 관광객을 상대로 하는 어린 장사치들. 그 모든 영상들은 도이머이 이후의 사이공을 스토리가 아니라 영상으로 말하는 의외의 힘을 발휘한다.

토니 부이는 짠안홍을 따라 태어난 고향인 사이공에 와 사이공을 잃어버리지만 절반의 성공을 거두었다. 그게 영화의 힘인지도 모른다.

공포를 향한 오디세이

• 지옥의 묵시록 | Apocalypse Now, 1979

영화의 리얼리티를 측정해 보는 일은 언제나 흥미로운 일이다. 잘 만들어진 영화는 심지어 공상과학 장르인 경우에도 이 점을 소홀히 하지 않게 마련이다. 아시아를 다루는 서구의 영화는 대개 이 점에서 부실하다. 일차적인 방해물은 무지와 편견이다. 다음으로 제작비 문제가 따를 것이다. 프랜시스 코폴라(Francis F. Coppola)가 두 편의 「대부」에서 벌어들인 돈과 은행 돈까지 끌어들여 제작한 「지옥의 묵시록」(Apocalypse Now)은 '묵시록은 언제?'(Apocalypse When?)라는 별칭을 얻을 만큼 오랜 제작 끝에 등장할 수 있었던 영화이다. 또한 코폴라 자신이 참전했던 전쟁을 다룬 영화이니만큼 리얼리티에 치명적인 문제가 있을 혐의는 높지 않았다.

하지만 영화를 따라가 보자. 「지옥의 묵시록」은 캄보디아의 정글에 은둔한 월터 커츠 대령을 살해하는 임무를 띤 미군 정보부 소속의 윌러드 대위가 남베트남의 냐짱(Nha Trang)을 떠나 커츠의 은신처를 향하는

「지옥의 묵시록」은 '묵시록은 언제?'라는 별칭을 얻을 만큼 오
랜 제작기간 끝에 등장할 수 있었다.

오디세이적 영화이다. 결론을 말한다면 영화가 시작하는 냐짱을 제외한
다면 영화에 등장하는 거의 모든 장소들이 허구적이다. 냐짱을 떠난 윌
러드는 넝강을 거슬러 올라 커츠의 은신처인 캄보디아의 정글로 향한다.
넝이란 이름의 강은 베트남에 존재하지 않는다. 영화의 장면들과 스토리
로 유추할 때 넝강에 가장 근접한 강은 메콩강으로 볼 수 있다. 메콩강은
남베트남에서 캄보디아로 갈 수 있는 두 강 중의 하나이며 강의 지류를
거슬러 오르면 캄보디아의 정글에 이를 수 있다. 영화에 등장한 넝강의
강폭으로 볼 때에도 그 정도라면 메콩강이 될 수 있다. 그러나 넝강을 메

콩강으로 보기에 「지옥의 묵시록」은 너무도 많은 허점을 내비친다.

윌러드가 메콩강에서 미 해군 순찰선(PBR)을 타고 캄보디아 국경을 넘으려 한다면 냐짱에서 메콩델타의 도시, 예컨대 깐토(Can Tho) 정도로 이동하는 것이고 가장 빠른 길은 헬리콥터를 이용하는 것이다. 그렇게 윌러드는 헬리콥터로 깐토와 흡사하게 보이는 위치로 이동하고 순찰선을 타고 육지를 떠난다. 그런 다음 순찰선은 다시 바다로 나가 버린다.

이제 모든 것들이 뒤죽박죽이 되어 버린다. 순찰선이 메콩강에서 바다로 빠져나갔다면 남중국해로 나간 것이다. 역주행이다. 남중국해에서 캄보디아로 향할 수 있는 길은 타이만(灣)으로 진입하는 방법 외에는 없다. 그런데 바다로 나간 순찰선은 킬고어 대령의 헬리콥터 편대를 만난 후 다시 강으로 진입한다. 이걸 설명할 수 있는 방법은 두 가지이다. 첫째는 해로를 이용해 캄보디아 국경을 넘은 후 타이만으로 흘러드는 캄보디아의 강으로 거슬러 올라가는 것이다. 그런데 이렇게 도달할 수 있는 마땅한 정글은 캄보디아에 존재하지 않는다. 그나마 밀림을 찾으려면 당시 미군의 작전지역에서 완전히 벗어나 태국과 인접한 지역으로 향해야 한다. 이렇게 되면 커츠가 은신한 캄보디아와 (북)베트남의 중립지대가 될 수 없다. 둘째는 메콩델타의 상강(上江, 메콩강)에서 떠난 순찰선이 남중국해로 나온 후 다시 하강(下江, 바싹강)을 따라 거슬러 올라가는 방법이다(혹은 반대의 경우이거나. 이 두 강은 프놈펜에서 만난다). 이 경우 킬고어의 헬리콥터 편대가 작전을 벌이는 장면도 설명이 가능하다. 윌러드가 킬고어를 만난 것은 킬고어의 부대가 강변의 베트남 마을에서 작전을 벌이고 있는 중이었다. 다음 날 아침 킬고어의 편대가 바그너의 음악으로 창공을 찢으며 네이팜탄의 축제를 벌이는 마을은 바닷가 또는 하구의 마을이다(서핑을 할 수 있는 2미터짜리 파도가 치는 곳이 바다가 아니면 어디란 말인가). 킬고어의 헬리콥터가 윌러드의 순찰선을 내려놓는 곳도 바로 이곳이다. 그후 윌러드의 순찰선이 항해하는 강의 폭은 갑자기 좁아진다. 남베트남에서 남중국해로 흘러드는 이런 종류의 강 중에서 캄보디아로 거슬러 올라갈 수 있는 강은 존재하지 않는다. 다음으로 넝강이 메콩강이라면 프놈펜을 거쳐야 하는데 아시다시피 윌러드의 순찰선은 시종일관 정글을 헤쳐 나갈 뿐이다.

게다가 윌러드의 순찰선은 미군의 마지막 전초지라는 도룽(Do Lung) 다리에 도달한다. 베트남전쟁은 여하튼 북베트남과 남베트남의 전쟁이었다. 거점을 뺏고 빼앗기는 종류의 전투라면 북위 17도선에 전선을 두지 않고서는 불가능하다. 그런데 상대는 북베트남 정규군이 아니라 남베트남 민족해방전선(Vietnamese National Liberation Front; NLF) 게릴라들이다. 게다가 북위 17도선을 가로지르는 강도 없거니와 강이 있다고 해도 캄보디아로 간다는 것은 불가능하다. 결론은 간단하다. 윌러드는 존재하지 않는 유령의 강을 따라 거슬러 올라가고 있는 것이다.

다음으로는 커츠 대령의 정글 은신처에 대해서. 커츠의 은신처로 공인(?)된 곳은 캄보디아의 라타나키리의 정글이다. 라타나키리를 흐르는 두 개의 강은 메콩강의 지류로 하나는 베트남 중부 고원지대를 원류로 흐르는 톤레사프(Tonle Sap)이고 다른 하나는 몬돌키리와의 접경을 원류로 하는 톤레스레폭(Tonle Srepok)이다. 적합한 후보지는 톤레사프이다. 내가 라타나키리에서 톤레사프강을 찾은 이유는 「지옥의 묵시록」 때

문이었다. 사실을 말한다면 톤레사프는 커츠 대령의 분위기를 느끼기에
부족함이 없었다. 문제는 강폭이 좁아지는 상류 쪽에 이르게 되면 수심
이 얕아진다는 것이다. 톱이 드러나다시피 한 상류는 윌러드의 순찰선
이 도저히 운항할 수 없는 정도의 수심이다. 그럼에도 불구하고 라타나
키리의 톤레사프강이 흐르는 정글은 커츠가 은신할 수 있는 유일한 밀
림이다. 미국의 캄보디아 비밀공습은 호치민트레일을 중심으로 이루어
졌다. 비밀작전은 폭격으로 그치지 않는다. 민족해방전선 게릴라에 대한
수색 및 섬멸(Search and Destroy) 작전 또한 국경 너머인 캄보디아 영토
까지 확대되었다. 미군은 민족해방전선의 보급로인 호치민트레일을 봉
쇄하기 위해 수많은 비밀작전을 캄보디아 영토에서 전개했다. 캄보디아
의 정글로 사라진 커츠 대령의 부대가 직전에 활동했던 곳은 고원지대로
묘사된다. 다시 말해 커츠의 부대는 고원지대에서 캄보디아의 정글로 사
라진 것이다. 캄보디아에서 베트남 고원지대와 국경을 마주하고 있는 지
역은 라타나키리와 몬돌키리이다. 그러나 강이 있는 곳은 라타나키리이
다. 라타나키리에는 또한 호치민트레일이 존재했다. 또 한 가지, 라타나
키리에는 「지옥의 묵시록」에서 묘사되고 있는 산악 원주민들이 거주하
고 있다. 그러나 다른 한 가지, 라타나키리의 정글에 앙코르의 사원을 연
상시키는 유적이 존재하고 있을까. 커츠의 은거지는 앙코르 사원(앙코르
와트)의 폐허와 다를 것이 없다. 사면상을 연상시키는 석상이 있으며, 앙
코르의 사자상이 있다. 커츠의 은거지가 라타나키리라면 이 묘사는 사실
이 아니다. 앙코르 유적이 남아 있기에 라타나키리는 앙코르에서는 너
무 멀리 떨어져 있으며 무엇인가 존재한다면 그것은 앙코르가 아니라 쫌

빠(Champa; 7~15세기 동안 베트남 중남부를 통치했던 왕국)의 유적이겠지만 라타나키리에서는 어떤 유적이든 발견된 적이 없다. 「지옥의 묵시록」이 앙코르의 이미지를 사실적으로 도입하려 했다면 커츠의 은거지는 라타나키리가 아니라 우동이나 프놈치소르와 같은 앙코르 전기나 후기의 유적지가 남아 있는 곳이 되어야 했겠지만 정글이랄 것이 없고, 둘 모두 프놈펜에서 멀리 떨어져 있지 않기도 하지만, 메콩강 서쪽에 위치한 이곳들은 커츠가 은신할 수 있는 장소가 없는 곳들이다.

그러므로 「지옥의 묵시록」은 지리적으로 또는 (중요하진 않지만) 고고학적으로 무엇 하나도 사실과 맞아 떨어지지 않는 제멋대로의 영화라고 해도 좋다. 그래서 「지옥의 묵시록」은 파렴치하고 뻔뻔스러운 영화가 되는 것일까. 나는 프랜시스 코폴라가 이 모든 것들을 무시하기로 처음부터 작정한 것이라고 생각한다. 말하자면 「지옥의 묵시록」은 콩고에서 베트남으로 자리를 옮긴 『암흑의 핵심』이며 넝강은 메콩강이 아니라 여전히 콩고강인 것이다. 이게 「지옥의 묵시록」이 그 모든 미국산 베트남 영화 중에서 가장 뛰어난 영화로 남을 수 있었던 이유이다.

이 평가를 설명하기 위해서는 「지옥의 묵시록」이 아닌 다른 베트남 영화들은 왜 별로 특별하지 않은지를 말해야 한다. 「디어 헌터」(Deer Hunter, 1978)에서 「야곱의 사다리」(Jacob's Ladder, 1993)에 이르기까지 모든 베트남 관련 미국영화들을 보라. 그 중 어떤 영화가 60년대 말에서 70년대 초까지 풍미했던 미국의 반전운동의 의식을 벗어나 있는가? 미국의 반전운동은 미국의 자식들을 구해 내기 위한 운동이었다. 미국 밖에서는 뜨거운 반제국주의 슬로건이 되었던 것이 반전이었지만 정작 미국에서는 '미국인들의 미국인들에 의한 미국인 구하기'였던 것이다. 요컨대 미국의 베트남 영화들은 결국 「라이언 일병 구하기」와 다를 바가 없었다. 전쟁 속 인간을 다루면서 휴머니즘을 주장하지만 그 인간을 눈여겨보라. 그건 인간이 아니라 미국인들이다. 전쟁은 참담한가? 미국의 모든 베트남 영화들은 그렇다고 말한다. 그러나 누구에게 참담하다고 말하고 있는가? 베트남인들에게? 캄보디아인들에게? 라오스인들에게? 천만에, 미국인들이다. 「7월 4일생」의 다리를 잃은 베트남전 상이용사 론(톰 크루즈)과 「플래툰」의 일라이어스(윌리엄 데포)와 번스(톰 베린저), 러시안룰렛의 방아쇠를 당기는 「디어헌터」의 마이클(로버트 드니로), 제 입에 소총 총구를 집어넣고 방아쇠를 당기는 「풀 메탈 자켓」의 로렌스(빈센트 도노 프리오)는 미국인들이 미국인들에게 미안하다고 말하는 주인공들이다.

「지옥의 묵시록」은 무엇이 다른가. 놀랍게도 「지옥의 묵시록」은 이런 종류의 연민과 죄책감에 대해서 지극히 인색하다. 이 영화를 시종일관(!), 그러니까 윌러드가 냐짱의 호텔에서 눈을 뜨는 첫번째 장면에서부터 시작해 커츠가 숨을 거두는 (사실상) 마지막 장면에 이르기까지 쇠말뚝처럼 관통하고 있는 것은 다른 무엇도 아닌 '공포'(Horror)이다. 「지옥의 묵시록」은 커츠가 숨을 거두면서 마지막으로 토해 내는 바로 이 '공포'를 향한 오디세이 영화이다.

2001년의 리덕스 버전이 1979년의 오리지널 버전보다 저열한 이유는 이 영화를 빛내는 공포의 깊이를 심화시키는 대신 오히려 약화시켰기 때문이다. 리덕스 버전에서 추가된 49분을 이루는 시퀀스들은 「지옥의 묵시록」을 다른 베트남전쟁 영화들에 한걸음 근접시킴으로써 이 영화만

이 가지고 있던 힘을 그만큼 소실하고 있다. 예컨대 『플레이보이』의 바니걸들의 헬리콥터가 연료 부족으로 착륙한 곳에서 벌이는 순찰선의 미군들과 바니걸들의 섹스 신들은 물론, 철제 컨테이너에 감금된 윌러드 앞에서 커츠가 『뉴욕타임스』의 기사를 낭독하는 신은 미국인들의 전혀 새롭지 않은 반전적 자의식의 통념을 담고 있다는 점에서 오히려 후행적이다.

「지옥의 묵시록」, 아니 『암흑의 핵심』에 자리 잡고 있는 공포는 어떤 공포인가. 그건 정글의 공포이기도 하지만 제국주의가 필연적으로 도달하는 공포이다. 「지옥의 묵시록」에 등장하는 모든 인물들은 공포에 사로잡힌다. 첫번째 인물은 내레이터인 윌러드 자신이다. 꽝찌(Quang Tri)에서 CIA의 작전에 동원되어 세무관리를 암살했던 미 정보부 요원 윌러드는 또 다른 암살 임무를 맡기 전 냐짱의 호텔에서 술에 취해 자신의 모습이 비친 거울을 손으로 깬다. 윌러드는 허무와 자포자기를 담은 내레이션으로 자신의 행동을 설명하고 있지만, 진실은 그의 독백이 아니라 오프닝 신에 깔리는 도어즈(The Doors)의 노래 '끝'(The End)에 숨어 있다.

"And all the children are insane. All the children are insane."(그리고 모든 아이들은 미쳤어. 모든 아이들은 미쳤어.)

클로즈업으로 당겨지는 윌러드의 겁에 질린 푸른 눈동자와 그의 자학적인 행위는 불가항력의 광기에 대한 공포의 산물이다. 또 다른 공포는 윌러드가 찾아 나선 커츠에게 숨어 있다. 사실상의 엔딩 신에서 커츠는 숨을 거두며 '공포'를 토해 내고 그것이 오프닝 신에서 등장한 도어즈의 노래 '끝'에 대한 물음의 해답이다.

공포는 커츠를 찾아 캄보디아의 정글로 떠난 순찰선의 승무원들에게도 마찬가지로 엄습한다. 그들은 모두 항해가 계속될수록, 강을 거슬러 올라갈수록 그만큼 미쳐 간다. 무엇이 그들을 미치게 하는 것일까. 강을 거슬러 올라가던 중 마주친 베트남인의 정크선을 수색하던 윌러드의 일행은 정크선에 타고 있던 민간인들을 도륙한다. 도륙의 광기를 불러오는 것은 공포이다. 선장은 정크선의 민간인들을 게릴라로 의심하고 셰프를 다그쳐 정크선을 수색하도록 한다. 셰프는 겁에 질려 있고 순찰선에 남은 기관총 사수 클린 또한 마찬가지이다. 공포에 질린 긴장은 정점을 향해 치닫고 랜스가 대나무 바구니의 뚜껑을 여는 순간 아오자이를 입은 정크선의 여자가 움직이면서 일순간에 폭발한다. 클린의 총구가 작열하고 정크선의 베트남인들은 벌집이 되어 강물에 빠진다. 마침내 아이(사병 Kid)들은 미치기 시작한다. 랜스는 정크선에서 데려온 강아지에 집착하고 게릴라의 습격으로 클린이 목숨을 잃는다. 공포는 점증한다. 원주민들의 습격으로 선장은 창을 맞아 죽는다. 커츠의 은신처에 도착했을 때 살아남은 아이들은 랜스와 셰프뿐이다. 셰프는 커츠에게 목이 잘려 죽는다. 마지막까지 살아남은 것은 랜스이다. 왜 마지막까지 살아남는 인물이 랜스인 것일까. 이유는 간단하다. 랜스만이 확실하게 미쳤기 때문이다. 차마(?) 미치지 못한 셰프는 목이 잘린다.

공포를 피할 수 있는 유일한 길은 그렇게 광인이 되는 것이다. 상부의 명령을 거부하고 독단적인 작전을 벌인 후 휘하의 부대를 이끌고 캄보디아의 정글로 사라진 현역 대령 커츠 또한 광인이다. 그러나 커츠의 광기는 사병인 랜스의 광기와 같지 않다. 「지옥의 묵시록」은 커츠의 광기에 대한 물음으로 시작하는 영화이다. 윌러드의 여정에서 커츠의 정체는 조금씩 베일을 벗는다. 그는 엘리트 코스를 밟은 우수한 고급장교이며 장군으로의 진급을 앞두고 있었다. 베트남전쟁을 경험한 그는 귀국 후 장군이 될 수 없는 그린베레에 지원해 다시 베트남으로 돌아온다. 그 이유는 이미 영화가 시작하는 지점에서 충분히 설명되고 있다. 커츠와 윌러드는 쌍생아를 이룬다. 미국으로 돌아간 윌러드 또한 베트남으로 돌아오기를 간절히 희구한다. 냐짱의 호텔 장면에서 흘러나오는 윌러드의 첫번째 내레이션을 상기하라.

"…… 베트남에서 난 미국으로 돌아가기를 원했지만, 그곳에서 내 머리는 정글로 돌아올 생각으로 가득 차 있었어."

윌러드와 커츠의 비합리적인 행위가 환기시키는 것은 공포를 넘어서는 욕망, 비역한 제국주의적 욕망이다. 「지옥의 묵시록」은 커츠와 비교할 수 있는 또 다른 광기의 인물, 헬리콥터 편대의 킬고어 대령을 보여 주지만 그의 광기는 커츠의 광기와는 비교할 수 없다.

"…… 그들은 돌아와서 아이들의 접종한 팔들을 잘라냈더군. 통 속에는 팔들이 가득했어. 조그만 팔들이. 난 기억하네. 난 마치 늙은 노인처럼 울었지. 내 이빨을 모두 뽑아내고 싶었어. 뭘 해야 할지 알 수 없었지. 난 그 일을 절대로 잊지 않을 거야. 절대 잊고 싶지 않아. 그때 난 깨달았지. 총에 맞은 것처럼. 다이아몬드 총알이 내 이마를 관통한 것처럼. 그리고 난 생각했어. 세상에, 그 비범함이라니. 비범함. 그들은 그렇게 하고 있어. 완전함, 비범함, 완벽하고 수정처럼 투명함과 순수함. 난 그들이 우리보다 강하다는 것을 깨달았지. 그들은 자신들이 한 짓을 괴물의 짓으로 여기지 않았어. 그들은 정예의 전사들이었어. 가족들이 있고 아이들을 가

"그러나 그들은 강했네……. (아이들의) 팔을 잘라내 버릴 만큼 말이야. 나한테 이런 병사들이 10개 사단만 있어도 이곳 문제는 금방 해결됐을 거야……." 커츠의 이 말은 제국주의의 심연을 에워싼 비역한 공포의 뒤틀린 근원에 대한 헛된 푸념이다.

졌고 가슴엔 사랑으로 가득 찬 그들은 심장을 가진 인간들이었어. 그러나 그들은 강했네……. (아이들의) 팔을 잘라내 버릴 만큼 말이야. 나한테 이런 병사들이 10개 사단만 있어도 이곳 문제는 금방 해결됐을 거야. 양심을 갖고 있으면서 동시에…… 원초적인 본능으로 살인하는 사람이 필요하지. 느낌, 감정, 판단 없이…… 판단 없이! 우린 판단하기 때문에 패배하니까."

커츠가 윌러드에게 늘어놓는 이 길고 긴 독백을 그대로 여기에 늘어놓는 이유는 이 대사가 커츠의 광기와 공포의 근원을 설명해 내기 때문이다. 영화가 제시하고 있는 커츠의 가장 마지막 행적은 1968년 11월 민족해방전선 첩자를 임의로 처형했던 일이다. 그후 커츠는 자신의 부대를 이끌고 캄보디아의 정글로 사라진다. 그리고 마지막으로 감청된 커츠 대령의 통신은 10월 9일이므로 영화는 1969년 이후를 더듬고 있다. 그리고 스콜이 쏟아지는 것은 우기임을 의미하므로 영화의 현재는 1970년 4월 이후이다. 1970년이면 1968년 시작된 북폭이 여전히 맹위를 떨칠 때이지만 파리에서의 평화회담 역시 중반을 지날 때이다. 무엇보다 이 전쟁은 미국 내부에서 무너지고 있었다. 지상군 증원은 미국 내의 반전 여론으로 닉슨에게는 정치적 생명을 걸어야 하는 일이 되어 있었다. 커츠의 독백처럼 미국의 보수파들은 자신들이 약하다는 것을 깨달았다. 그러나 그들은 자신들이 왜 약한지를 이해할 수 없었다. 그들을 대신해 커츠가 내놓은 해답은 원주민의 야만적 광기이다. 물론 이 광기는 에드워드 사이드가 말한 것처럼 '상상의 동양과 날조된 지식'으로부터 조작된 광기이다. 동양의 야만적 광기와 대적할 수 있는 유일한 길은 그것과 버금가거나 그것을 뛰어넘는 (제국주의적) 광기일 뿐이지만 동양의 야만적 광기가 조작된 광기이므로 남는 것은 일방적인 제국주의적 광기이다. 그러므로 커츠의 자멸은 숙명이 된다. 윌러드는 커츠의 목을 자르고 그 직전에 커츠는 탄식처럼 "무서워 무서워"를 토해낸다. 커츠의 목을 자르는 것은 윌러드가 아니라 공포인 것이다.

「지옥의 묵시록」은 미국의 제국주의적 욕망과 자의식이 드리운 어둠의 핵심을 미국의 전쟁에 담아 그렸다는 점에서 미국의 어떤 베트남전쟁 영화와도 비교할 수 없는 성취를 거두었다. 그러나 그건 여전히 미국을 위한 성취일 뿐이다. 그 한계를 벗어나고자 한다면 그 일은 이미 미국의 몫이 아니다. 제국주의 본국으로서 미국은 할 만큼 한 셈이다. 나머지는 원주민(?)의 몫이다.

남한은 피해자가 아니다

• 님은 먼 곳에 | On the Distance, 2008

남한 현대사는 두 번의 전쟁을 치렀는데 물론 한국전쟁과 베트남전쟁이다. 숨 가쁘게 연이어 터진 두 전쟁은 사실상 한 세대가 치른 전쟁이었다. 베트남전쟁 참전세대는 한국전쟁을 전후해 태어난 세대였고 유년의기억이나마 한국전쟁을 경험한 세대였다. 그런데 이 두 전쟁의 자장에서 완전히 벗어날 전후 세대가 등장하기 전에 기묘한 세대 하나가 전쟁과 전후 사이에 웅크리고 있다. 자신들이 남의 땅에서 치르고 있던 전쟁의 포연을 뉴스로 접한 세대이며 한국전쟁 세대에게는 식민지적 기억이었던 미군 C-레이션 박스를 참전병사들의 손에 들려 남중국해를 건너온'전리품'이라는 제국주의적 기억으로 각인한 세대, 훗날 386이라는 이름으로 불리게 된 세대이다. 이준익의 「님은 먼 곳에」는 바로 그 세대, 전쟁에 대한 도착(倒着)된 기억을 담고 있으며, 군사적 파시즘에 대항해 초급민주주의를 쟁취한 후 지리멸렬해진 386세대가 연출한 최초(「알포인트」

그곳은 전쟁터의 한가운데이고 중층적으로 억압된 수컷들이 집단적으로 발정을 참고 있는 곳이다. 그런데도 허벅지를 드러내고 춤을 추며 노래를 부르는 위문녀 순이에 대한 병사들의 태도는 성녀를 대하는 바로 그 태도이다. 왜?

의 공수창 또한 이 세대에 속하지만 아시다시피 이 영화는 공포영화이지 전쟁영화가 아니었다)의 베트남전쟁 영화라는 점에서 흥미롭다. 이 영화가 등장하기 전 마지막 베트남전쟁 영화는 1992년에 개봉된 정지영의 「하얀 전쟁」으로 한국전쟁 세대에 의한 아마도 마지막이 된 영화였다.

「님은 먼 곳에」는 경상도 어디쯤의 보수적인 중간 지주 집안에서 봉건적으로 3대 독자와 맺어진 순이가 군대에서 애인에게 차인 후 베트남의 전쟁터로 도망쳐 버린 반(反)봉건적 남편인 상길을 찾아가는 로드무비이다. 플롯은 전형적인 신파를 연상케 하지만 여주인공은 신파적 인물과는 동떨어져 있고 영화도 신파를 따르지는 않는다. 상길은 순이를 사랑하지 않으며, 순이가 상길을 찾아가는 것은 사랑하기 때문이 아니라 수상한 오기 때문이다. 이 캐릭터는 차라리 「엽기적인 그녀」의 '그녀'에 가깝다. 요컨대 인습에 얽매인 순종적인 여자라면 국방부 정문 앞에서 베트남으로 보내 달라는 떼를 쓰지도 않을 것이고, 밴드의 여성보컬이 되려고 시도하지도 않을 것이며, 심지어 남중국해를 건너 2만 킬로미터 밖의 전쟁터로 달려갈 리도 없다. 라스트 신에서 순이가 우여곡절 끝에 상봉한 남편 상길을 「엽기적인 그녀」의 그녀가 견우를 대한 것과 같은 방식으로 취급하는 것은 이 여자가 발랄하지 않을 뿐이지 '그녀'처럼 매우 진취적인 여자라는 걸 방증한다. 「님은 먼 곳에」는 이준익의 페르소나이기도 한 바로 그 진취적인(또는 진보적인?) 여자와 베트남전쟁에 관한 영화이다.

이 진취성의 정체를 밝히는 길은 그리 편안하지 않다. 전장인 베트남에까지 가서 '슈킹'을 일삼다 동료의 돈을 털어 본국으로 도망쳐 온 색소폰 주자 정만은 다시 그곳으로 돌아갈 만큼 막장의 인간이지만 순이에게는 단 한 번도 흑심을 품지 않는다. 유부녀이기 때문에? 말종치고는 웃기는 놈이지만 그렇다고 치자. 사이공에 도착한 후 일자리를 찾지 못해 전전긍긍하던 정만의 밴드 '와이낫'은 급기야 남한군 부대를 상대로 한 위문공연 사업에 뛰어든다. 그곳은 전쟁터의 한가운데이고 중층적으로 억압된 수컷들이 집단적으로 발정을 참고 있는 곳이다. 그런데도 허벅지를 드러내고 춤을 추며 노래를 부르는 위문녀 순이에 대한 병사들의 태도는 성녀를 대하는 바로 그 태도이다. 「지옥의 묵시록」 리덕스 버전에 삽입된 위문공연 신에 흐르던 병사들의 광기 따위가 끼어들 틈은 존재하지 않는다. 병사들의 개다리춤은 외설이 극도로 자제되어 있고 아무도 그녀를 정신적으로 또는 육체적으로 범하려 하지 않는다. 그렇게 병사들이 마치 초등학교 운동회에서처럼 떠들고 아우성치며 초딩 수준으로 즐기고 있을 때, 전쟁터로서의 공간과 전쟁을 수행하는 병사들의 정체성, 긴장감은 화면에서 축출되어 버리고 위문공연은 열린음악회가 되어 버린다(말하자면 이건 전쟁터의 위문공연이 아니다). 또 영화의 포스터에 나온 바로 그 장면, 스콜이 쏟아지는 가운데 병사들이 순이를 허공으로 들어 올려 대대장의 앞으로 운반하는 이 문제적 장면은 기대를 무산시키고 허망하게도 순이의 성녀적 불가침을 확인하는 것으로 미봉된다. 대대장은 성적인 욕망을 드러내는 대신 수줍은 표정을 짓고 동성의 군바리들이나 떼 지어 추는 바로 그 춤을 춘다. 순이를 순결하게 만드는 것은 상길에 대한 순이의 집념이 아니라 군인들이라는 점에서 순이의 중성화는 전쟁의 도구인 군인들까지도 도덕적으로 만들며 동시에 탈전쟁화시키는 힘을 갖는다.

기괴할 만큼 비정상적인 순이의 순결함(또는 도덕성)의 정체는 정만의 밴드가 민족해방전선 게릴라에 잡혀 땅굴로 끌려 들어간 후 비로소 그 정체를 드러낸다. 정만과 게릴라 대장 사이에 벌어지는 우스꽝스러운 평화문답으로 이 전쟁의 도덕적 주도권이 민족해방전선에 있으며 남한군이 용병임이 확인된다. 이윽고 총부리를 겨눈 게릴라 앞에서 순이는 노래를 부르고 게릴라는 총구를 내린다. 마치 판타지와 같은 이 장면은 1990년대 이후 이루어진 남한과 베트남의 공모(共謀), 즉 남한은 '미안해요'라고 말하고 베트남은 '괜찮아요'라고 화답하는 것으로 전쟁의 역사를 정당한 심판 없이 청산한 (자본진출과 도입을 둘러싼) 공모를 떠올리게 하지만 사실은 그 이상이다. 남한에 대한 민족해방전선의 면죄가 이루어지는 것은 전후가 아니라 전쟁 당시이므로 한 걸음 더 나가 양자를 동일시하고 원죄를 무효화한다(순이에게 덧씌워진 순결함은 이때 빛을 발한다). 영화는 멈추지 않고 순이의 순결함을 미군 장교에게 희생시킴으로써 미제를 볼모로 민족해방전선과의 반제(反帝)적 일체화를 도모하고, 정만의 일행이 공연을 대가로 미군에게 받은 달러를 불에 태워 버림으로써 이 전쟁에서 피를 대가로 원시적 자본 축적을 구했던 본국 파시즘의 불온한 경제적 욕망까지도 거부한다. 그리고 마침내 진보적 면죄부를 획득한다. 이 터무니없는 역사적 도착은 순이가 미제와 공모한 식민지 파시즘이 아니라 민족해방전선과 마찬가지로 억압받고 있는 식민지 인민의 순결함(무죄함)을 대리함으로써 이루어지는데 물론 이것은 역사적 왜곡이다. 식민지 용병은 영장을 불사르거나 탈영하지 않았고 인민은 투쟁하지 않았으며 식민지 인민과의 연대는 존재하지 않았다. 대부분의 신식민지 국가에서처럼 남한에서도 68은 완벽하게 무의미했다. 남한의 용병은 그저 세포이항쟁을 분쇄하는 데에 동원된 구르카용병과 마찬가지로 민족해방전선 및 북베트남과 전쟁을 치르며 촌락을 불사르고 양민을 학살했을 뿐이다. 그러므로 사하여지지 않는 죄를 면죄하는 이 영화적 행위가 사실은 휴머니즘을 내세워 자신들도 피해자라고 역설하는 할리우드 베트남전쟁 영화와 맞닥뜨린다는 것을 상기한다면 이게 또 하나의 아류 제국주의적 시선임을 이해하기란 그리 어렵지도 않은 일이다. 이 무위한 시도가 얻을 것은 '너 자신을 알라'는 훈계밖에는 없을 텐데도 영화는 우격다짐의 데마고그로 일관하고, 그 대가로 전쟁이 필연적으로 촉발하는 폭력과 광기, 공포에 대한 서사를 잃어버린다. 가해자가 피해자가 되고 적군이 아군이 되었으며 아군이 적군이 되어 버렸고 스스로는 무장을 해제한 이 뒤죽박죽의 전쟁터에서 전쟁서사가 살아남는다면 그게 이상한 일일 것이다. 그런데 돌이켜 보면 이건 아주 일찍, 시놉시스에서부터 결정된 운명이다.

영화의 시간적 배경은 1971년이라고 '홍보'된다(영화에서는 이 숫자를 자막으로 흘리거나 대사로 확인해 주지 않고 영화 밖에서만 시놉시스이거나 홍보문구에 섞여 전달된다). 어떤 영화들은 숫자가 때때로 거의 모든 것을 의미한다. 베르나르도 베르톨루치는 1900이라는 숫자에 러닝타임 4시간짜리 영화를 걸었다. 마찬가지로 '1971'은 베트남전쟁 영화라면 충분히 의욕을 불태울 만한 숫자였다. 1965년에 시작된 남한의 베트남전 참전은 1973년 2월에야 끝났다. 그러나 사실은 1971년에 끝난 것이나 마찬가지였다. 전쟁의 '베트남화'(Vietnamization)를 선언한 닉슨은 1969년 베트남에서 미군 철수를 시작했고 1970년 4월에는 15만의 병력 철수를 발표했다. 뒤를 따라 1971년 연두기자회견에서 박정희는 남한군의 철수를 내비쳤고 9월에는 공식적으로 철군계획을 발표했다. 북폭이 고조에 달했지만 전쟁은 확연히 소강상태로 빠져들었다. 1971년은 그렇게 이 전쟁을 바라볼 수 있는 아주 특별한 시기였다. 외국군은 철수하고 있었고, 전쟁은 끝나고 있었으며, 의기소침하면서도 나른한 분위기와 동시에 남베트남에는 멸망의 기운이 물안개처럼 스물스물 피어나고 있던 때였다. 이 시기는 싸우는 자들의 시선으로 담아낼 수 있는 시기가 아니다. 때문에 능동적으로 찾아간 자, 그 중에서도 밴드라는 이주노동자의 싸우는 자들에 대한 위문공연이란 시놉시스는 침을 흘려도 좋을 만큼 매력적이었다. 전쟁에 숨겨진 자본의 욕망, 제국주의전쟁의 종말, 식민지 체제의 붕괴, 이 세계사적 순간을 맞는 인간…… 그 모든 것을 풀어낼 수 있는 열쇠라고 여겨지는 스토리의 출발점이 그곳에 있었지만 결과적으로 이준익의 시놉시스는 이것들 중 어떤 것에도 천착하지 않는다.

대신 1971년을 김추자로 떠올린다. 1971년은 1969년 김추자가 '님은 먼 곳에'를 처음으로 불렀고 신중현의 앨범에 실린 1970년의 이듬해일 뿐이며 이준익의 세대가 보듬고 있는 베트남전쟁에 대한 기억의 마지노선이다. 왜 이 영화의 주인공은 여자인가. '님은 먼 곳에'를 불러야 하기 때문이다. 왜 밴드인가? '님은 먼 곳에'를 연주해야 하기 때문이다. 왜 베트남전쟁인가. '님은 먼 곳에'가 상기시키는 추억이기 때문이다. 말하자면 이 본말이 전도된 영화는 이준익의 십대의 추억에 헌정된 영화이면서 동시에 추억에 관한 모든 영화의 미덕인 성장영화가 되기조차 포기한 미숙의 영화이면서, 동시에 베트남에 대해 이미 오래전에 벌어졌던 일, 80년대의 추억을 인질로 베트남을 후일담의 대상으로 삼았던 소설의 퇴행을 전쟁으로 확장해 뒤늦게 답습하는 영화적 판본이기도 하다.

16년 전에 등장했던 정지영의 「하얀 전쟁」은 끌려간 자의 트라우마를 통해 전쟁을 돌아보는 익숙한 할리우드 베트남전쟁 영화의 문법을 구사하고 있었지만 베트남에서 손에 쥔 C-레이션이 전리품이 아니라 한국전쟁에서의 C-레이션과 동질의 것이라는 점을 보여 줌으로써 베트남전쟁을 바라보는 아시아적 관점에 대한 선취적 성과를 보여 주었고 남한군의 양민학살을 통해 전쟁을 보여 줄 만큼의 균형을 유지하고 있었다. 16년 뒤, 세대는 바뀌었다. 전쟁에 병사로 끌려간 자가 아니라 능동적으로 찾아간 자의 이념적 허위의식 속에서, 이 전쟁은 80년대의 상실을 위안하기 위해 반공이나 다를 바 없는 늪에 빠져 허우적거리고 있다. 늘 그렇듯이 세대의 문제라고만은 생각되지 않는다.

이 영화가 음악영화라는 점에 대해 당연히 나는 그렇게 생각하지 않지만(「미스 사이공」이 아니지 않은가), 그럼에도 불구하고 순이가 노래를 부르는 동안에는 스크린에 따뜻한 애정과 유쾌한 생기가 봄바람처럼 흘러나와 그럭저럭 볼만해진다. 문득 이런 생각이 들었다. 이준익은 너무 먼 곳으로 떠난 것이 아니었을까. 정 원했다면 '무기의 그늘' 아래나 '쏭바강'변을 서성이는 대신 '몰개월'로 가는 것이 낫지 않았을까. 그랬다면 「라디오스타」나 「즐거운 인생」처럼 좋은 음악영화가 되었을지도 모를 일이다.

제국주의 함정, 「알포인트」에도 있다

• 알포인트 | R-Point, 2004

개봉 전부터 영화평론가들로부터 호평을 받았던 「알포인트」가 관객에게
도 좋은 반응을 얻은 모양이다. 1975년 우리 현대사에서 삭제된 뒤 우여
곡절을 겪었던 전쟁을 되새김할 수 있는 기회라는 점에서 기쁜 일이다.
이미 30년이라는 긴 세월이 흐른 지금 이 전쟁이 도착한 좌표는 어디일
까? 유감스럽게도 「알포인트」의 좌표처럼, 우리는 아직도 이 전쟁의 언
저리, 또는 과거, 또는 그 어디도 아닌 곳을 맴돌고 있는 것처럼 느껴진다.

알포인트의 좌표는 상징적이다. 63도 32분, 53도 27분에 위도와 경
도를 대입하면 이 포인트는 남극이거나 북극에 근접한 지구상의 어느 위
치를 가리킨다. 호치민시의 서남부 150킬로미터 또한 유령의 지점이기
는 마찬가지이다. 그곳에는 섬이 없다. 미루어 짐작건대 호치민시에서
383킬로미터 떨어진 푸꾸옥(Phu Quoc)섬일지도 모른다. 이 섬은 호치민
시의 서남부이며 캄보디아 국경에 접해 있고 프랑스 식민지 시절 제국군

끌려간 자로서의 식민지적 자의식이 실종되고 침략한 자의 제국주의적 의식에 대한 명백한 흉내내기가 횡행할 때, 우리가 기대할 수 있는 것은 타자화의 하위적 주체로의 허위적 격상일 뿐이다.

과 휴양소가 마땅히 있었음 직한 섬이다. 그런데 「알포인트」 홍보진들의 정보에 따르면 한때 중국군(인민해방군 또는 장가이섹군?)이 베트남 양민을 학살한 섬이어야 한다. 이런 일은 호치민시의 서남부에서는 불가능한 사건이다. 중국인들은 단지 북부만을 침략해 왔다. 그러나 무슨 상관인가. 이것은 영화일 뿐 역사책이나 백과사전이 아니다.

진정으로 유의미한 것은 알포인트의 한국적 좌표이며, 오늘 우리에게 있어 베트남(전쟁)은 무엇인지에 대한 해답을 얻는 것이다. 이 점에 있어서, 정성일이 간단하게 『암흑의 핵심』과 「지옥의 묵시록」을 언급(『한겨레』 2004년 8월 23일자)하고, 변성찬이 「지옥의 묵시록」에서 출발해 '타자-되기'로 끝나는 더 길고 복잡한 버전의 글(『씨네21』 469호)을 남긴 것은 매우 의미심장했다. 아마도 30여 년의 기억상실증 끝에 우리가 도착한 좌표는 바로 이 지점일 것이지만, 여전히 문제적이다. 「지옥의 묵시록」이 「플래툰」보다 탁월한 베트남전쟁(제2차 인도차이나전쟁)에 대한 영화가 될 수 있었던 것은 전쟁의 본질 중 하나가 공포이며, 베트남전쟁이 피할 수 없는 가해자의 공포로 성장했을 때 비로소 심화되는 '제국주의적' 자의식을 훌륭하게 묘사했기 때문이다(물론 그것은 코폴라의 능력이 아니라 조지프 콘래드의 성취이며 코폴라는 그것을 단지 베트남전쟁에 차용했을 뿐이다). 그런데, 콘래드로부터 기원하고 코폴라를 통해 각색된 그 심오한 공포의 한국적 대입에는 또 다른 타자화의 함정이 입을 벌리고 있다.

말하자면, 「알포인트」의 최태인 중위는 베트남으로부터 초대받은 것이 아니라 미국으로부터 초대받은 것이었다. 전쟁은 남한이 도발한 것이 아니라 미제국주의가 도발한 것이다. 남한은 단지 제국주의의 마름으로 그 전쟁에 목덜미를 잡혀 끌려갔을 뿐이다. 이것이 남한에게 있어서 이 전쟁의 본질이며, 「알포인트」가 「지옥의 묵시록」과 무관한 이유이다. 중요한 사실은 이 전쟁에 코폴라적 자의식을 대입시키려는 순간 그의 의식은 또 다른 제국주의, 즉 하위제국주의의 포로가 되어 버린다는 것이다. 끌려간 자로서의 식민지적 자의식이 실종되고 침략한 자의 제국주의적 의식에 대한 명백한 흉내내기가 횡행할 때, 우리가 기대할 수 있는 것은 타자화의 하위적 주체로의 허위적 격상일 뿐이다. 이것이 변성찬이 해설하는 베트남전쟁에 대한 남한인의 '타자-되기'가 재빨리 도착하게 될 역행의 종착역이다. 이 종착역의 플랫폼에서는 남한이 (제국주의전쟁의) 피해자가 아닌 순수한(!) 가해자로, 베트남 민중이 연대의 대상이 아닌 가련한 희생자로, 변질된 전쟁의 공포가 밑도 끝도 없는 시혜적 죄책감이 되어 버린다. 그 결과, 우리는 "미안해요. 미안해요"라고 읊조림으로써

"무서워. 무서워"라고 신음했던 커츠 대령의 발꿈치를 핥게 되는 것이다.

알포인트가 존재하지 않는 위치라는 점은 이해할 수 있는 일이다. 공수창은 자신의 노트에서 「알포인트」의 시발이 자신의 군대 경험이었으며 알포인트가 (남한의) 서해안 어느 무인도였다는 것을 밝힌 바 있다(『씨네21』 467호). 그는 시놉시스를 영화적으로 베트남전쟁에 대입했을 뿐이다. 그로써 「알포인트」는 성공의 동력을 얻었지만, 그 동력이란 남한이 언제부터인가 빠져들어가기 시작하던, 이 전쟁에 대한 자의식을 빙자한 하위제국주의적 환시에 불과한 것이다. 그렇다면, 이 전쟁에 대한 텍스트의 실마리를 쥐고 있는 자는 누구인가? 콘래드인가 코폴라인가, 아니면 프란츠 파농인가.

「소무」와 「플랫폼」과 달리 「임소요」에는 이제 더 이상 인민복을 입은 인물 따위는 등장하지 않는다.

2000년대의 중국은 베이징이나 상하이, 선전과 같은 대도시뿐 아니라

다퉁과 같은 소도시조차도 세계의 다른 도시들과 다르지 않은 속살을 갖추고 완전하게 소통한다.

빈빈과 샤오지는 방콕이나 서울, 자카르타의 청소년들과 마찬가지로 길을 잃고 세계화의 어둠 속을 헤맨다.

3부

난민, 이념 그리고 초원

호월적고사

눈물의 왕자

푸른 연

티벳에서의 7년

산사나무 아래

홍콩, 그 난민적
정체성에 대하여

- 호월적고사 | 胡越的故事, The Story of Woo Viet, 1981
- 영웅본색3 | 英雄本色3, A Better Tomorrow III, 1989
- 흑사회 | 黑社會, Election, 2005
- 흑사회2 | 黑社會2, Election 2, 2006

1970년대 말 등장한 홍콩의 뉴웨이브 감독들은 쿵푸와 코미디 일변의 스튜디오 제작시스템이었던 올드웨이브에 반기를 들고 나타났다. 홍콩 영화가 홍콩의 정체성에 관심을 기울이기 시작한 때는 바로 이 시기와 맞물린다. 이전까지의 홍콩영화는 말하자면 무국적이 지배하고 있었다. 그건 부초가 되어 흘러든 중국인들로 탄생한 홍콩으로서는 어쩌면 당연한 일이기도 했다. 난징조약 이래 홍콩에는 홍콩인이 없었다고 해도 과언이 아니었다. 홍콩의 뉴웨이브란 홍콩에서 태어나고 자란 정신적 홍콩인들이 마침내 자신들의 정체성에 눈을 돌리면서 태동한 흐름이었다. 역설적으로 그 계기는 불과 20년을 앞두고 있던 홍콩의 중국으로의 반환이었다. 홍콩의 소멸로 받아들여진 홍콩반환이란 세기말적 물음이 홍콩의 영화적 각성을 부추겼던 것이다.

결과적으로 말한다면 홍콩이 중국으로 반환된 1997년에서 10년을

出品人·梁李少霞
導演·許鞍華

胡越的故事
The Story of Woo Viet

周潤發·鍾楚紅·繆騫

사이공이 함락되고 베트남이 통일이 된 1975년에서 불과 4년이 지난 뒤 홍콩의 쉬안화는 베트남 난민의 이야기를 갱스터 장르에 담은 「호월적고사」를 만들었다.

뛰어넘는 세월이 흘렀지만 홍콩은 아무것도 달라진 것이 없다. 영국령 홍콩이 '중화인민공화국 홍콩특별행정구'(中華人民共和國 香港特別行政區)로 변했지만 변한 것은 이름뿐이었다고 해도 과언이 아니다. 변한 것은 오히려 급속하게 자본주의화를 이룬 중국대륙이다. 홍콩반환을 앞두고 무수하게 쏟아져 나왔던 그 모든 '반환적 홍콩영화'가 일장춘몽으로 사라져 버렸고 그 시기를 영화적으로 포스트모던하게 또는 느끼하게 대변하던 스타일리스트 왕자웨이(王家衛)의 전성기가 오래전에 끝나 버린 것도 그 때문이다.

그러나 1970년대 말에서 1980년대 초의 홍콩에서는 누구도 그렇게 생각하지 않았다. 그런 홍콩에서 반환이라는 (홍콩으로서는) 세기말적인 사건을 눈앞에 둔 뉴웨이브 감독들의 작품 중 이 문제에 가장 진지하게 그리고 본질적으로 접근한 것은, 세기말의 허무를 각자의 스타일에 맞추어 포스트모던하게이거나 홍콩느와르적으로 버무린 왕자웨이나 오우삼이 아니라 여성감독 쉬안화(許鞍華)의 것이라고 해야 할 것이다. 그건 쉬안화가 세기말적 홍콩의 미래를 베트남에 대입한 첫번째 영화를 만든 사실과 무관하지 않다.

아시아에서 베트남전쟁과 관련된 영화가 나온 지역은 베트남을 제외한다면 남한과 일본 그리고 홍콩이다. 데시가와라 히로시(勅使河原宏)는 이미 1972년에 베트남전쟁에서 탈영한 미군들의 이야기를 다큐멘터리 형식의 영화로 만들었다. 남한은 20년 뒤인 1992년 정지영의 「하얀 전쟁」으로 이 이야기를 영화로 풀기 시작했다. 그런데 사이공이 함락되고 베트남이 통일이 된 1975년에서 불과 4년이 지난 뒤 홍콩의 쉬안화는 베트남 난민의 이야기를 갱스터 장르에 담은 「호월적고사」(胡越的故事, 1981)를 만들었다.

남한과 일본이 베트남(전쟁)과 연결되는 지점은 이렇게 말할 수 있을 것이다. 우선 제2차 인도차이나 전쟁은 1960년대 일본의 좌파운동이 품은 핵심적 이슈 중의 하나였다. 다음으로 남한은 이 전쟁에 두번째 규모의 병력을 동원해 참전한 국가였다. 그렇다면 홍콩은 이 전쟁과 어떤 관련을 갖고 있었을까.

1975년 사이공이 함락된 직후부터 남부 베트남에서는 보트피플이 앞다투어 베트남을 떠나기 시작했다. 혹시 이 부분에 관심이 있다면 홍콩의 대표적 관광지인 스탠리해변을 찾았을 때 그곳에서 불과 10분 거리인 홍콩징교박물관(香港懲教博物館, Correctional Services Museum)을 찾아보는 것도 나쁘지 않은 선택이다. 우리 식으로는 홍콩교도박물관이라 할 수 있다. 이 박물관에는 영국이 홍콩을 접수한 1842년 직후 등장한 근대적 교도행정과 시설에 대한 기록과 소장품들 그리고 모형들이 전시되어 있다. 이 중 2층에 자리 잡고 있는 6호 전람실이 월남선민(越南船民) 전시관으로 1975년 이후 쏟아져 들어온 베트남 보트피플, 즉 난민과 관련된 전시물들을 보여 주고 있다. 베트남 난민이 홍콩에 도착할 수 있는 방법은 해로가 유일했으므로 홍콩의 베트남 난민들은 100퍼센트 보트피플이었다. 그런데 바로 그 베트남 난민에 관한 전시실이 교도박물관에 설치되어 있다는 것은 감옥을 관리하는 징교서(懲敎署, Correctional Services Department)가 베트남 난민, 정확하게는 난민캠프를 관리했음을 의미한다.

홍콩에 베트남 보트피플이 등장한 것은 1975년 5월로 사이공이 함락된 지 불과 한 달도 되지 않은 시점이었다. 덴마크 선적의 화물선 클라라 머스크(Clara Maersk)호가 운반한 3천 7백 명의 베트남 난민이 홍콩에 도착한 이후 1978년에는 통푹(塘福)센터에 최초의 베트남 난민캠프가 설치되었고 1979년에는 영국이 홍콩에 대한 '우선망명허용정책'(Port of First Asylum Policy)을 천명함으로써 홍콩의 베트남 난민 수는 꾸준히 증가했다. 홍콩에 도착한 베트남 난민들은 유엔난민기구(UNHCR)의 지원과 베트남 난민을 위한 제네바회의 등, 제3국의 정착쿼터에 따라 꾸준히 홍콩을 떠났음에도 불구하고 정착쿼터가 줄어들기 시작했던 1980년대 후반에 이르면 10만 명에 이르는 난민들이 캠프에서 기약 없이 수용되어 있어야 했다.

홍콩으로 쏟아져 들어온 베트남 난민들이 겪은 최초의 고난은 1982

년 7월 홍콩 당국이 난민캠프의 문을 걸어 잠근 금폐영정책(禁閉營政策, Closed Camp Policy)이었다. 이 정책으로 난민들은 이전과 달리 캠프를 자유롭게 출입할 수 없게 되었다. 캠프는 감옥이 되었고 이 감옥에서 나갈 수 있는 방법은 제3국으로의 정착(Resettlement)뿐이었다. 그런데 정착은 해당국가의 정착쿼터에 따라 결정되었고 대개의 국가들은 베트남 난민들을 받아들이는 데에 있어 소극적이었으므로 언젠가 될지 모를 세월이 홍콩 베트남 난민캠프의 난민들을 가로막고 있었다.

「호월적고사」는 그렇게 홍콩으로 흘러들어 온 베트남 난민인 '호월'(胡越)에 관한 이야기이다. 쉬안화가 「호월적고사」를 만들기로 결심했을 때인 1970년대 말의 홍콩에는 이미 10만이 넘는 베트남 난민들이 들끓고 있었다. 1982년 금폐영정책이 등장하기 이전인 이 시기 홍콩의 베트남 난민들은 정해진 시간에는 난민캠프를 자유롭게 출입할 수 있었으므로 손바닥처럼 좁은 홍콩에서 베트남 난민은 그대로 홍콩의 일상이었다. 그런데 이 베트남 난민들의 대다수는 또 중국인 화교들이었다. 전직 남베트남 정부군인 호월이 스스럼없이 광둥어를 말하고 또 신문을 읽는 리얼리티는 이렇게 확보되지만 쉬안화가 베트남 난민을 끌어들인 이유는 그 때문이 아니었다. 베트남 난민은 홍콩에게 있어 선행적 존재였다. 말하자면 쉬안화의 눈에는 반환을 앞둔 홍콩의 중국인(또는 홍콩인)들은 베트남 난민과 다를 바 없는 처지였다. 선진적 자본주의(그것도 금융자본주의) 체제를 완성시킨 홍콩의 사회주의 중국으로의 반환이란 사건은 그대로 1975년 4월 30일 함락된 사이공과 오버랩되고 있었다. 오늘 홍콩으로 쏟아져 들어온 베트남 난민들의 참담한 처지는 내일 홍콩인들이 겪어야 할 고난과 무관하지 않은 것으로 받아들여졌다.

그런데 사이공을 탈출한 난민들이 남중국해의 파도를 헤치고라도 도착할 수 있는 곳이 있었다면, 홍콩의 난민들이 도착할 수 있는 곳은 어디였을까. 조차(租借)기간이 만료되어 중국으로 반환될 홍콩은 남베트남과 같지 않았다. 반환은 홍콩으로서는 하루아침에 체제가 뒤바뀌는 혁명적 변화로 여겨졌지만 이 게임은 중국과 영국이 두는 마작이거나 체스였을 뿐 홍콩은 패에 불과했다. 홍콩을 뒤덮은 무기력과 좌절은 당연지사였다. 1984년 중국-영국 공동선언에 의해 덩샤오핑(鄧小平)이 홍콩의 자본주의 체제를 50년 동안 바꾸지 않겠다는 약속을 천명하기 전인 1970년대 말 홍콩을 떠돌았던 불안은 그야말로 암울이었다(물론 이 불안이 1984년 선언으로 완전히 해소되는 것은 아니지만).

때문에 홍콩의 베트남 난민캠프에서 살인을 범한 후 도망 나와 미국행을 꿈꾸지만 끝내 미국으로 가지 못하고 필리핀의 암흑가에서 숨을 거두는 천징과 살아남지만 미국으로 갈 수 없는 호월의 운명은 그대로 홍콩(인)의 운명과 겹쳐진다. 필리핀에서 호월을 돕는 허싼의 운명은 더욱 직접적이다. 중국인으로 필리핀의 화교 폭력조직에 몸을 담고 살인청부를 일삼는 허싼은 어디에도 뿌리를 두지 않는 인물이다. 호월이 천징과 함께 미국으로 떠나기 위한 비용을 마련하기 위해 살인청부를 받아들이는 것과 달리 허싼은 이미 살인청부로 많은 돈을 벌었지만 떠나지 않는 인물이다. 그는 말한다. "갈 곳이 있어야지. 차이나타운은 어딜 가나 마찬가지야." 이것이 사실이라 할지라도 허싼의 이 고백은 여전히 의미심장하다. 베트남 난민인 호월은 도망자의 신세이지만 목적지가 있다. 그는 또 그 목적지에 도착하기 위해 살인청부업을 마다하지 않는다. 그러나 허싼은 돈도 있고 어디든 갈 수 있지만 그 어느 곳도 가려 하지 않는다.

허싼의 도움으로 난민으로 위장해 폭력조직에 의해 강압적으로 머물던 마닐라를 벗어날 수 있게 된 호월이 '왜 함께 떠나지 않느냐'고 묻자 허싼은 반문한다. "내가 일 년에 몇 번이나 여자를 생각하겠나?" 그러곤 호월이 말하기 전에 스스로 대답한다. "메이요(沒有)."(전혀.)

이 대목에서 관객들은 「호월적고사」가 갱스터 장르에 속하지만 동시에 호월의 천징에 대한 거의 맹목적인 순애보 영화인 것을 떠올려야 한다. 호월과 달리 죽은 어머니를 빼고는 어떤 여자도 생각하지 않는 허싼은 순애보 영화에서는 그야말로 '무'의 인물인데 호월을 위해 목숨까지 내놓기를 마다하지 않는 '허무'의 인물이다. 쉬안화에게 그런 허싼은 반환을 앞둔 홍콩의 자화상이었다. 이 허무의 인물이 이후 홍콩느와르의 전성기에 수없이 많은 영화에서 지치지 않고 변주되는 이유는 허싼과 같은 인물이 당대 홍콩의 페르소나였기 때문이다.

홍콩이 대책 없이 허무로 침잠하는 그 언저리에서 쉬안화는 그 허무를 가져온 이념에 대해 악담을 퍼붓는다. 홍콩의 난민캠프에 도착한 호월은 월맹(?)의 첩자와 맞닥뜨린다. 이 잔혹하기 짝이 없는 공산주의 베트남의 첩자는 자신의 신분을 눈치챘다는 것만으로 호월의 옆자리 사내를 목 졸라 죽이고 그 장면을 목격한 호월의 목숨까지 노린다. 호월은 자신의 목숨을 노리는 첩자를 살해하고 캠프에서 도망쳐 나온다. 이건 억지이다. 공산화된 베트남이 홍콩의 난민캠프로까지 스파이를 보낼 만큼 여유가 있었는지는 차치하고 그럴 필요가 있었는지부터가 의문이다. 그

호월과 같은 베트남 난민은 홍콩에게 있어 선행적 존재였다. 말하자면 쉬안화에게 반환을 앞둔 홍콩의 중국인(또는 홍콩인)들은 베트남 난민과 다를 바 없는 처지였다.

런데 쉬안화의 이 빨갱이 악담이 단지 시나리오상의 편의를 위해서가 아니었다는 것은 쉬안화의 같은 해 차기작인 「망향」(投奔怒海, 1982)에서 여실히 드러난다. 베트남을 취재차 방문한 일본인 사진기자 아쿠타가와가 공산화 이후 베트남의 참담한 현실을 목격하게 되는 「망향」은 쉬안화를 마침내 명실상부한 반공주의자의 반열에 올려놓았던 영화였다.

　사실을 말한다면 1980년대 홍콩의 그 암울한 분위기는 본질적으로 체제와 관련된 이념의 문제였다. 그런데 기묘하게도 홍콩 뉴웨이브는 이념(또는 중국)의 문제에 천착하는 대신 종장에는 「캘리포니아 드림」을 불러제끼거나 파인애플 통조림을 따는 편을 택하는 식으로 일관한다. 옌하오(嚴浩)의 「사수유년」(似水流年, 1984)과 마이당슝(麥當雄)의 「성항기병」(省港旗兵, 1984)이 등장했지만 홍콩 이혼녀의 중국 고향방문과 중국 깡패의 홍콩 나들이였을 뿐이다. 그건 중국이라는, 곧 홍콩을 먹어 버릴 거대한 존재에 대한 무기력이나 마찬가지였다. 그렇다면 쉬안화의 반공적 「망향」은 차라리 용기 있는 실천이었다. 반공을 말할 수 없거나 친공을 말할 수 없거나 어차피 동전의 양면인 것이고 그 둘 모두를 말할 수 없다

「영웅본색」의 세번째. '석양의 노래'(夕陽之歌)란 부제를 단 영화는 1편에서 영웅적으로 죽어 버린 소마(마크)의 전사(前史)이다.

면 최악인 것이다.

「호월적고사」로부터 10년이 지난 1989년과 1990년 홍콩영화는 「영웅본색3」와 「첩혈가두」(蝶血街頭)를 들고 베트남으로 달려갔다. 스케일 면에서 홍콩느와르의 대작으로 분류되는 이 두 영화는 흥행에서 시원치 않은 결과를 얻음으로써 홍콩느와르의 쇠퇴기를 알렸는데, 특히 「영웅본색3」는 「영웅본색」의 팬들에게 시리즈로의 편입을 거부당하는 모욕을 감수해야 했다. 물론 그건 서극이 자초한 것이었다. 검은 코트에 루주를 두텁게 바른 매염방(梅艷芳, 무이임퐁)이 권총 두 자루와 심지어 M16 소총 두 자루를 양손에 들고 총알 사이를 누비는 장면들은 말 그대로 여자 주윤발의 탄생이었고 팬들의 아우성처럼 이 영화는 주윤발의 영화가 아니라 매염방의 영화였다. 그리고 그 아우성은 그대로 이 영화가 흥행에서 주저앉게 된 결정적인 이유가 되었다. 수컷들의 마초적 허무의 미학에 열광하던 팬들에게 여자 주윤발이란 인정불가의 재난이었을 테니까.

그러나 「영웅본색3」는 여느 홍콩영화 시리즈처럼 전작에 비해 수준이 떨어지는 영화는 아니었다. 오히려 도이머이 정책 덕분에 사이공 현지 로케가 가능했던 영화는 감탄스러울 정도로 생생하게 1975년 직전의 사이공을 재현했고 사이공의 차이나타운인 촐론(Cholon)도 그럭저럭 리얼했다. 또한 과감(?)하게 탱크까지 동원한 액션 신은 쌍권총과 토미건을 내놓고 탄창의 탄알 수와 상관없이 총알을 쏟아대는 홍콩느와르의 액션에 비교할 바가 아니었다(서극이 그동안 번 돈을 모두 이 영화 제작에 탕진했다는 푸념은 아마도 사실일 것이다). 그러나 동시에 이게 「영웅본색3」가 자초한 무덤이었다. 홍콩느와르의 경쟁력은 물량공세가 아니었으니까. 그건 그렇고.

「영웅본색」의 세번째. '석양의 노래'(夕陽之歌)란 부제를 단 영화는 1편에서 영웅적으로 죽어 버린 소마(마크)의 전사(前史)를 다루고 있다. 1975년 함락 전야의 사이공, 정정의 불안, 부정과 부패로 남베트남은 내일을 기약할 수 없는 혼란의 도가니에 빠져들어 가고 있다. 홍콩에서 온 소마는 사촌인 장지민과 함께 20년을 넘게 사이공의 촐론에서 한약재상 인애당(仁愛堂)을 지켜 오던 숙부를 홍콩으로 모셔 오려고 한다. 그러기 위해선 돈을 벌어야 한다. 떤썬녓공항에서 우연히 마주친 미모의 주영걸(매염방)이 그런 소마와 지문을 돕는다.

「영웅본색2」가 소마에게 쌍둥이 형제인 켄이 있다는 사실만을 알려주고 더 이상의 사실에 대해서는 함구했다면 「영웅본색3」는 비로소 영웅 소마의 출신을 알려줄뿐더러 소마가 어떻게 홍콩의 암흑가에 진출했는지를 아울러 알려 준다. 전말을 살펴보자. 사이공을 찾아온 소마에게 숙부가 묻는다. "본토에 가서 아버지를 찾아봤니?" 소마가 대답한다. "지금 거길 어떻게 가겠어요? 문화대혁명 때문에 아주 혼란스러워요. 간다

해도 어떻게 찾겠어요. 헤어진 지 10년도 넘는데요." 주의해야 할 점은 인애당 주인인 소마의 숙부는 정확하게는 외숙부라는 것이다. 사촌인 지민의 성은 장(張) 씨이고 「영웅본색」의 시나리오에 따르면 소마는 이(李) 씨인 것이다.

문화대혁명의 와중에 소재불명이 되긴 했지만 소마의 아버지는 대륙에 남아 있다. 정확하게 말한다면 소마가 대륙을 떠나 사이공의 외숙부에게로 온 것이다. 외숙부 장 씨의 고향은 모호하다. 소마가 마침내 사촌인 지민과 함께 사이공의 인애당을 떠나는 날, 숙부는 떨어지지 않는 걸음을 주체하지 못해 이렇게 말한다. "돌아가면 뭘하겠니? 97년에 홍콩이 반환되면 다시 와야 할 텐데." 소마는 그런 숙부를 재촉한다. "삼촌, 지금은 74년이니 23년이나 남았다구요. 아직도 많이 남았으니 돌아가요." 돌아갈 목적지가 홍콩이라고 해서 장 씨의 고향이 홍콩임을 의미하는 것은 아니다. 어림잡아 50년대에 사이공으로 흘러들어 온 장 씨는 1949년 중국혁명 이후에 고향을 떠나 사이공으로 온 것이다. 홍콩이 고향이었다면 부득이 사이공으로 흘러들어 오지는 않았을 것이다. 따라서 소마의 외가 또한 중국대륙에 고향을 두고 있는 것으로 보는 것이 옳다. 결국 그들은 모두 난민 출신인 것이다. 따라서 장 씨에게는 홍콩이나 사이공이나 차이를 둘 수 없는 외지이다. "돌아가면 뭘하겠니?"라는 질문은 그래서 나오는 것이고 "홍콩이 중국으로 반환되면 다시 돌아와야 할 텐데"라는 우울한 푸념은 그래서 나오는 것이다. 홍콩과 사이공의 이 완벽한 일체성의 뒤편에는 차이나타운의 숙명적 난민성이 도사리고 있다.

「호월적고사」에서 허싼은 결국 타지인 필리핀에서 허망하게 죽어 버린다. 「영웅본색3」에서 사이공에서 홍콩으로 피난한 소마의 숙부 장 씨는 영화의 후반에 등장한 주영걸의 옛 애인 허창징이 사주한 폭탄테러로 목숨을 잃는다. 허싼의 말이 옳다. 난민에게는 어디나 다르지 않다. 다시 말하면 "차이나타운은 어딜 가나 모두 마찬가지"인 것이다. 차이나타운은 대륙을 떠난 중국인들에게 있어서 본질적으로 난민캠프와 다르지 않았다. 대륙횡단철도를 건설하기 위해 주로 광동에서 태평양을 건너간 중국인 쿨리들이 미국과 캐나다의 차이나타운을 건설했던 것이다. 고향에서 빈곤에 등을 떠밀려 세계 각지로 퍼져 나간 중국인 농민들이 하층의 노동자가 되어 생존을 위해 뭉쳤던 곳이 차이나타운이었다.

한 세기에 가깝게 중국이 아니라 중국 외부의 차이나타운으로 존재해 온 홍콩은 반환을 앞두고 불현듯 자신들의 정체성이 난민에 있다는 것을 깨달을 수 있었다. 아마도 이런 자각이 홍콩영화로 하여금 베트남으로 시선을 돌리게 한 첫번째 이유가 되었을 것이다.

시간이 흘렀고 1997년이 다가왔다. 그리고 다시 10년이 넘는 시간이 지났다. 홍콩의 허무와 좌절, 두려움을 상징했던 반환은 지금 어느 지점에 와 있는 것일까. 덩샤오핑의 약속은 지켜졌고 홍콩은 다시 50년의 시간을 손에 쥐고 있다. 그러나 애초의 허무와 좌절, 두려움 그리고 50년의 약속 모든 것들이 신기루였음을 두기봉(杜琪峰)의 「흑사회」는 말하고 있다. 「흑사회」는 「호월적고사」로 시작한 홍콩의 자신에 대한 갱스터식 물음이 도달한 갱스터식 해답이라는 점에서 진보적이다.

삼합회이건 흑사회이건 조직폭력단을 가리키는 이름이다. 2005년과 2006년 두기봉의 「흑사회」 2부작은 이 폭력조직들이 2년마다 한 번씩 최고의 우두머리를 선출하는 과정을 다루고 있다. 두기봉의 이 걸작은 홍콩느와르가 이른바 폭력의 미학과 스타일이라는 미명으로 포장한 깡패영화에서 은폐하고 있던 깡패조직의 본질을 적나라하게 드러내고 있다는 점에서 리얼리즘 갱스터영화의 정수를 보여 주고 있다. 그러나 「흑사회」의 성취는 일찍이 코폴라의 「대부」(The God Father, 1972)와 스콜세지(Martin Scorsese)의 「좋은 친구들」(Goodfellas, 1990)이 도달했던 그 지점에서 멈추지 않고 홍콩만이 뛰어넘을 수 있는 강을 넘어 대륙을 품에 안음으로써 갱스터 영화가 좀처럼 도달할 수 없는 시대적 의미를 품에 안는 데에 성공한다.

홍콩이 중국으로 반환되자 홍콩의 폭력조직인 삼합회는 대륙으로 사업을 확장한다. 그런데 삼합회란 무엇인가. 반청복명(反淸復明)의 기치 아래 조직된 비밀결사인 홍문(洪門)이 광둥에 이르러 비밀을 유지하기 위해 홍(洪)의 삼수변을 떼어 삼점회(三点會)라는 명칭을 사용하다 홍문을 나타내는 데에 적합하지 않다는 이유로 삼합회(三合會)로 개명한 것이 그 유례이다. 반청복명의 명분은 18세기 건륭제 시대에 이르면서 힘을 잃었지만 홍문의 비밀결사들은 명맥을 유지하며 매춘이나 아편밀매, 갈취 등을 일삼는 폭력조직으로 타락의 길을 걷기 시작했다. 그 대표적인 경우가 홍콩의 삼합회(또는 흑사회)였다. 중국혁명이 승리한 후 대륙에서는 홍문이 완전히 소멸하고 해외에서만 명맥을 이어 가는 화교조직이 되었을 때, 홍콩에서는 삼합회가 마피아를 뺨치는 무소불위의 폭력조직으로 성장하고 있었다. 홍콩의 급속한 자본주의적 발달이 직접적인 영향을 미쳤음은 두말할 나위가 없다.

언뜻 민주적인 것처럼 보이는 삼합회의 선거라는 것도 사실은 돈
이 움직인다. 영화는 의회민주주의와 함께 자본주의의 지배구조
가 폭력조직인 삼합회와 다를 것도 없음을 일깨운다.

「흑사회」는 삼합회가 어떤 조직인지를 가감 없이 보여 준다. 록(임달화)과 거두(양가휘)가 조직의 우두머리 자리를 내건 치열한 다툼 끝에 거두가 양보하기로 작정한 후 건물의 옥상에서 록의 어깨를 부여잡고 거리를 내려다보며 "함께 돈 벌자고!"라고 외치는 장면은, 록이 거두를 돌로 내려쳐 살해하는 낚시터의 롱시퀀스와 함께 「흑사회」의 가장 인상적인 장면의 하나이다. 언뜻 민주적인 것처럼 보이는 삼합회의 선거라는 것도 사실은 돈이 움직인다. 록과 거두는 돈으로 표를 사려고 백방으로 뛰어다니고 돈을 더 벌게 해주겠다는 꼬드김으로 표심을 사로잡는다. 그러곤

영화에서 흘러나오는, 시장개방과 시장사회주의로 은
폐된 야만적 자본주의의 비역한 속삭임을 듣지 못한
다면 당신은 두기봉을 모욕하고 있는 것이다.

협박과 살인까지 마다하지 않는다. 이른바 의회민주주의의 현주소가「흑
사회」의 선거에 고스란히 투영되어 있다. 의회민주주의를 조롱함으로써
자본주의의 지배구조가 삼합회와 같은 폭력조직과 다를 바가 없음을 일
깨워 주는 이 위대한 영화는 기대를 저버리지 않고 이윽고 2부에서 대륙
으로 향한다.

　홍콩의 중국반환은 홍콩이 중국으로 반환된 것이 아니라 중국이 홍
콩으로 반환된 것이나 다를 바가 없었다. 덩샤오핑의 개방 후 시장사회
주의란 기괴한 미명으로 자본주의화에 박차를 가하던 중국은, 1997년이
면 이미 발달한 금융자본주의의 중심인 홍콩의 아버지는커녕 신실한 제
자가 되어 있었으며 스승을 발가벗겨 피를 빨고 있었다.「흑사회2」는 그
런 대륙을 고발한다.

　권력의 분점을 탐내던 거두를 살해하고 1인자가 된 록은 2년의 임기
를 마치고 조직은 새로운 회장의 선출을 앞두고 있다. 록은 연임을 꿈꾼

다. 가장 강력한 경쟁자인 지미(고천락)는 회장의 자리에는 관심을 두지 않는다. 쿤이 회장의 자리를 노리지만 록의 상대감은 아니다. 선거에 관심이 없는 지미의 꿈은 대륙에서의 사업을 확장하는 것이다. 그는 의욕적으로 자본을 끌어모으고 물류센터를 건설할 부지를 구입한다.「흑사회 2」에서 마치「대부2」의 마이클처럼 주인공으로 부상한 지미는 (자본주의적으로) 합리적인 인물로 비추어진다. 바로 그 자본주의적 합리성이 록이나 거두의 탐욕과 아무런 차이가 없다는 것을 드러내는 것은 바로 지미 자신이다. 선전(深圳)의 레스토랑에서 사업을 위해 쓸 뇌물을 지점장에게 전달하던 지미는 중국 공안에 체포된다. 공안의 고위 실력자인 씨는 지미를 풀어준다. 그는 자신이 사업가로 축재를 일삼는 부패한 관료이기도 하다. 지미와 씨가「흑사회2」에서 나누는 다음과 같은 대화는 홍콩느와르 사상 가장 인상적인 대화로 남을 것이다.

"관광객으로 중국에 온다면 괜찮겠지만 이제 당신은 이곳(중국)에서 사업을 할 수는 없소."
"왜지요?"
"정책이 그렇소."
"슈도 갱인데 어째서 그는 중국에서 사업을 할 수 있는 거지요?"
"우리는 그와 거래를 했지. 그리고 그는 애국자요."
"나도 당신들과 거래를 할 수 있고 애국자가 될 수 있어요."
"조직에서 당신 등급이 뭐지? 회장은 아니지."
"내가 회장이 된다면 여기서 사업을 할 수 있는 겁니까?"

홍콩으로 돌아온 지미는 회장이 되기 위해 이제 록과 정면으로 대결한다. 물불을 가리지 않고 록을 제거한 지미는 마침내 회장의 자리에 오른다. 그러곤 물류센터를 건설할 부지를 굽어보고 있는 산등성이, 지미가 자신의 아내와 자식과 함께 살 집을 지을 위치에서 씨와 다시 대면한다. 씨는 조직의 회장이 된 지미에게 또 다른 요구조건을 내민다. 선거가 조직을 불안하게 만들 테니 세습제로 바꾸라는 것이다. 종신제도 아닌 세습제라니, 맙소사. 부패한 중국 공안의 실력자가 홍콩의 폭력조직 우두머리에게 중국공산당식의 리더십을 요구하는 이 장면에서 두기봉은 대륙을 지배하고 있는 중국공산당의 가슴에 통렬하게 비수를 꼽는다. 중국공산당은 삼합회와 같은 그나마 형식적 민주주의에 명분을 호소하고 있는 일개 깡패들의 조직보다도 더욱 무지한 비민주적 조직인 것이며 중국대륙은 그런 중국공산당에 의해 지배되고 있는 야만의 땅인 것이다.

지미는 그런 씨를 향해 주먹을 날리며 절규한다(지미가 토해 내는 절규는 무의미하다). 바닥에 쓰러진 씨는 다시 일어선다. 지미는 또 주먹을 날린다. 씨는 쓰러지고 또 다시 일어선 씨에게 지미는 또 주먹을 날린다. 씨는 또 일어선다……. 거장의 반열에 올라선 두기봉의 솜씨를 보라. 쓰러지고 일어서는 중국 공안의 부패한 관료 씨의 모습에서 오버랩되는 것은 오뚜기라는 별명을 얻었던 덩샤오핑이다. 쓰러지고 일어서는 씨의 입에서 흘러나오는, 시장개방과 시장사회주의로 은폐된 야만적 자본주의의 비역한 속삭임을 듣지 못한다면 당신은 두기봉을 모욕하고 있는 것이다.

주윤발의 성냥개비와 쌍권총을 팔다 할리우드로 도망간 홍콩느와르의 폐허에서 두기봉은 마침내 이런 영화를 만들었다. 홍콩의 중국반환으로 홍콩느와르는 거대한 물을 얻었다. 당대의 중국처럼 '느와르'한 세계가 지구상에 어디 있을 것이며 중국공산당과 필적할 만한 비정의 폭력집단을 또 어디에서 찾을 수 있단 말인가. 쉬안화의 난민은 홍콩이 아니라 중국대륙을 헤매고 있는 것처럼 여겨진다.

성당 안에 비둘기를 날리며 탄피를 뿌리던 오우삼과 주윤발이 할리우드의 망명객이 되어 자멸의 길을 걸을 때, 홍콩에 남아 있던 두기봉은 할리우드가 결코 리메이크할 수 없는 진정한 홍콩느와르의 가능성, 느와르의 중국을 보여 주었다. 물론 최근에 이르기까지 홍콩느와르는 거듭해서 기대를 배반하고 있는 중이지만.

_대만

비정성시의
어두운 골목에 서서

• 비정성시 | 非情城市, City of Sadness, 1989

"제작사는 시장에서의 성공을 보장받기 위해 홍콩 배우를 기용하길 바랐는데, 그 모든 배우 중에서 내가 탄복했던 사람은 둘이었다. 하나는 주윤발이었고, 다른 하나는 결국 캐스팅하게 된 양조위였다. 「비정성시」는 기존 대만영화들과 달리 동시녹음으로 찍었다. 양조위가 만다린어와 대만어로 연기하는 게 불가능할 거라고 생각했고, 그 문제를 해결하기 위해 그를 귀머거리에 벙어리로 만들었다."

— 허우샤오시엔(候孝賢)

허우샤오시엔의 영화 「비정성시」는 그렇게 벙어리가 된 양조위(梁朝伟, 량차오웨이)가 등장한다. 감독 스스로가 밝힌 것처럼 극 중의 임문청이 벙어리가 된 사연은 배역을 맡은 홍콩 출신인 양조위가 만다린어와 대만어를 할 수 없던 문제를 해결하기 위해서이다.

양조위가 민난어를 구사할 수 있다고 해서 임문청이 말을 할 수 있었던 것일까. 아니, 허우샤오시엔이 임문청을 벙어리의 처지에서 구할 수 있었던 것일까.

이때의 대만어(臺灣語)는 민난어(閩南語)에 속하는 언어로 대만 원주민의 토착어는 아니지만 광둥어가 쓰이는 홍콩의 양조위가 당장 할 수 있는 언어는 아니다. 서구에서 흔히 만다린(Mandarin)이라 불리는 북방어(北方語)도 양조위에게는 마찬가지이다. 그런데 임문청이 벙어리가 된 이 재미있는 후일담에서 북방어는 논외가 되어야 한다. 왜냐하면 영화의 배경이 되는 1945년에서 1949년에 이르는 시기, 대만이 일본제국주의의 식민지 통치에서 해방된 직후를 말한다면 북방어는 이제 막 대륙에서 밀려들어 온 장가이섹의 국민당 점령자들이 대만인들에게 폭력적으로 강요하던 언어이기 때문이다. 그러니 리얼리티를 위해서라면 「비정성시」의 주인공들 중 누구도 사용할 수 있었던 언어는 아니다.

하지만 양조위가 민난어를 구사할 수 있다고 해서 임문청이 말을 할 수 있었던 것일까. 아니, 허우샤오시엔이 임문청을 벙어리의 처지에서 구할 수 있었던 것일까. 나는 허우샤오시엔이 임문청이 벙어리가 된 사연에 양조위를 걸고넘어졌던 것은 그저 쓰고 떠들 거리를 하나라도 더 만들어 주는 영화 마케팅 차원의 홍보술, 말하자면 립서비스라고 본다. 그건 임문청이 없는 「비정성시」를 떠올릴 수 없고, 벙어리가 아닌 임문청을 상상할 수 없다는 결과론적 이유 때문이 아니라 이 영화가 다름 아닌 2·28(二二八, 얼얼빠 사건)에 관한 영화이기 때문이다.

허우샤오시엔의 영화 「비정성시」에는 어깨를 부딪혀야 하는 좁고 어두운 골목이 존재한다. 그 좁은 골목의 어두운 그늘 아래에는 얼얼빠라는 이름의 등 굽은 노파가 힘없이 벽에 기대어 웅크리고 있다. 이 등 굽은 노파가 당신의 손을 잡아 주지 않는다면, 그래서 어두운 골목 밖으로 인도해 주지 않는다면 당신은 골목의 밖으로 나갈 수 없다. 그런데 대만의 현대사는 바로 그 골목 밖에 존재한다. 「비정성시」는 바로 그 등 굽은 노파에 대한 허우샤오시엔의 영화이다.

「비정성시」에서 말하지 못하고 듣지 못하는 것은 임문청이지만 사실을 말한다면 벙어리이고 귀머거리인 것은 임문청도 양조위도 아닌 얼얼빠 자신이다. 이해를 돕기 위해서 「비정성시」의 가장 인상적인 장면 중 둘을 떠올려 보자.

1947년 2월의 마지막 날에 길거리에서 벌어진 평범한 사건으로 촉발된 항쟁이 섬의 전역으로 퍼져 나가던 그때 임문청이 갇힌 타이베이 헌병대의 감방에서 청년들은 하나둘씩 끌려 나가 총살에 처해진다. 감방 안의 누구도 끌려 나간 청년들이 목도한 운명을 눈으로 바라볼 수 없지만 살인과 죽음은 날카로운 금속성 소리로 전달된다. 듣지 못하는 임문청은 창살 너머로 시선을 고정한 채 미동조차 할 수 없다. 또 다른 장면. 항쟁에 나선 청년들은 열차 안에서 외성인(外省人; 중국에서 건너온 사람)을 수색한다. 임문청을 발견한 그들은 외성인인지를 묻는다. 임문청은 아니라고 말하기 위해 안간힘을 쓰지만 그의 입에서는 아무 말도 튀어나오지 못한다. 다시 말하면 이건 대만 현대사와 얼얼빠에 대한 영화적 은유이다.

1987년, 38년에 걸친 계엄령이 해제되고 마침내 사람들이 얼얼빠에 대해 말을 할 수 있게 될 때까지, 얼얼빠는 벙어리이고 귀머거리였으며 대만 현대사에서 강제로 매장된 주검이었다. 얼얼빠는 마치 1980년대 초반의 '광주'와 같았다. 그러나 동시에 광주와 같지 않았다. 광주는 단지 10년 안쪽을 침묵해야 했지만 얼얼빠는 38년 동안 벙어리로 지내야 했던 것이다. 엄밀한 의미에서 광주는 한 번도 완전하게 침묵한 적이 없었지만 얼얼빠는 은밀하게조차 입 밖에 내놓을 수 없는 비밀이었다. 그건 남도의 한 지점에서 벌어진 광주학살이 그 직후부터 물결처럼 사방으로 퍼져 나갈 수 있었던 반면 얼얼빠는 이 섬의 전역에서 자행되었고 모두가 당해야 했지만 그 누구도 말할 수 없는 학살이었기 때문이다. 비교한다면 얼얼빠는 광주학살이 아니라 한국전쟁에서의 양민학살에 더 가까웠다.

그러니 허우샤오시엔이 임문청을 듣게 하고 말하게 했다면 그가 「비정성시」를 만드는 것이 가능하기나 했던 것일까.

「비정성시」에는 임문청이 벙어리인 이유 말고도 더 내밀한 비밀이 숨어 있다. 그건 허우샤오시엔 자신이다. 1947년 국공내전의 혼란 속에 대륙의 한구석인 광둥성의 메이샨에서 태어나 이듬해인 1948년 대만으로 이주한 허우샤오시엔은 말하자면 외성인에 속한다. 이건 아이러니이다. 왜냐하면 「비정성시」가 다루고 있는 2·28은 아주 간단하게 말하자면 섬에 들어온 외성인이 내성인(內省人; 대만 원 거주민)을 학살한 사건이기 때문이다. 그러나 이렇게 말할 수도 있지 않을까. 1947년 4월에 태어난 허우샤오시엔은 1947년의 2·28학살과 동갑내기이다. 허우샤오시엔은 자신이 세상에 태어났던 바로 그 해에 일어났던 어떤 사건에 자신만의 운명적인 의미를 부여했을지도 모를 일이다. 또는 이 항쟁과 학살이 외성과 내성이라는 경계에서 폭발한 사건 이상으로 중요한 무엇을 감추고 있기 때문인지도 모른다.

항쟁과 학살

1947년 2월 27일 아침 9시. 대만성 전매총국(專賣總局)의 타이베이 분국 요원들이 타이핑팅 거리에서 밀수담배 판매를 단속하고 있었다. 전매총국은 무역국(貿易局)과 함께 대만의 경제를 한 손에 쥐고 흔드는 부패한 본토인들의 권력, 그리고 약탈과 독점을 상징했다. 전매총국 단속요원들이 밀수담배를 팔고 있던 린지앙메이(林江邁)란 중년의 여인을 티엔마 찻집 앞에서 붙잡고 희롱하기 시작했을 때만 해도 모든 일들은 특별하지 않았다. 그건 평범하고 일상적인 풍경이었다. 그들이 린지앙메이의 돈과 담배를 약탈하려 했던 것도, 린지앙메이가 눈물을 흘리며 온정을 호소하며 저항하고 있던 것도 타이베이에서 매일매일 벌어지는 익숙한 풍경이었다. 심지어 약탈자들이 권총 손잡이로 린지앙메이의 머리통을 후려갈

겨 머리에 피를 흘리며 쓰러지는 장면까지 그랬다.

그러나 1947년 2월 27일이 되었을 때, 이런 종류의 평범한 외성인들의 폭력에 대한 대만인들의 인내는 이미 임계점에 도달해 있었다. 전매총국의 요원은 1945년 8월 이후 대만인들의 피를 빨고 짓밟던 횡포한 점령자들을 상징했으며, 피를 흘리며 쓰러진 린지앙메이는 대만인들이 감내하고 있던 고통스럽고 불우한 현실을 상징했다. 이 장면을 지켜보던 주변 사람들의 억눌린 분노가 폭발했고 군중들이 모여들어 항의하기 시작했다. 상황이 험악해졌을 때 단속요원들은 늘 그랬듯이 군중을 향해 총을 쏘았다. 군중 틈에 섞여 있던 천원시(陳文溪)란 이름의 사내가 쓰러지자 상황은 여느 때와 달리 걷잡을 수 없게 번져 나가기 시작했다. 모여든 군중들은 경찰서와 헌병대로 몰려가 사건의 주범을 처벌할 것을 요구했지만 받아들여지지 않았다.

1947년 2월 28일 아침. 전매총국으로 몰려간 군중들은 타이베이 분국을 점거하고 서류와 집기들을 거리로 꺼내 불을 질렀다. 군중들은 대만행정청 앞에서 시위를 벌이며 처벌을 요구했지만, 시위는 비교적 온건했고 또 요구는 청원의 형태를 띠고 있었다. 외성인들의 행정청은 신속하게 화답했다. 행정청 발코니에 자리 잡고 있던 헌병들은 군중들을 향해 기관총을 난사했다. 수십 명이 피를 흘리며 쓰러졌고 공포에 질린 군중들은 흩어졌지만, 이윽고 타이베이 전체가 들끓기 시작했다. 상인들은 상점의 문을 닫았으며 학생들은 책상 앞을 떠났고, 집에 머물던 사람들은 집을 비웠다. 모두 거리로 쏟아져 나왔다. 경찰서, 우편국 등 권력기관들이 분노한 군중들의 공격 대상이었다. 천이와 대만성 경비총사령부(台

灣省警備總司令部)는 계엄령을 선포했다.

　3월 1일 다급해진 천이는 각 분야의 민간대표들을 모으고 2·28사건의 진상을 조사할 '2·28사건처리위원회'(二二八事件處理委員會)의 구성에 동의했다. 같은 날 저녁 7시 천이는 라디오를 통해 계엄령의 해제와 구속자 석방과 보상, 경찰과 헌병의 발포 금지를 약속했고 진상을 조사할 민관 합동의 위원회를 구성할 것임을 발표했다(위원회는 이미 구성된 후였다).

　「비정성시」는 천이의 이 연설을 거의 그대로 들려준다. 영화에서 라디오는 중요한 대목에서 잠시 지직거린다. 같은 순간 듣지 못하는 임문청은 천이의 연설에 귀를 기울이는 사람들과 떨어져 홀로 무엇인가를 쓰다 그만 혼절하고 만다. 임문청은 오관영을 따라 타이베이로 갔다가 홀로 돌아온 직후였다. 이 장면은 봉기가 일어난 다음 달인 1947년 3월의 현실을 그대로 드러낸다. 천이의 유화적인 성명은 결국 새빨간 거짓일 뿐이며, 오직 듣지 못하는 임문청만이 귀 기울일 필요조차 없는 천이의 약속에 담겨진 진실을 예언하고 있는 것이다. 그 진실은 쓰러질 수밖에 없는 대만인들의 가까운 미래를 혼절로 은유한다. 말하자면 천이가 실제로 실행한 가장 중요한 일은 난징의 장가이섹에게 군대를 보내 줄 것을 요청한 것이었다.

　천이의 긴급한 요청에 따라 3월 4일 푸저우(福州)에서는 장가이섹의 명령을 받은 국민당군 헌병사단이 대만을 향해 떠났다. 장가이섹의 국민당군 21사단 역시 쿤산(昆山)을 떠나 대만을 향했다. 3월 4일 항쟁은 이미 대만 전 지역으로 파급되어 있었다. 타이베이는 물론 지룽(基隆), 이란

(宜蘭), 신주(新竹), 타이중(台中), 장화(彰化), 자이(嘉義), 타이난(台南), 가오슝(高雄), 핑둥(屏東), 화롄(花蓮), 타이둥(台東) 등 대만의 모든 주요 도시에는 다양한 형태의 항쟁지도부가 등장했고 무장대가 조직되기 시작했다.

물론 천이의 유화적인 발언과 달리 진압은 여전히 폭압의 강도를 높였다. 헌병과 경찰의 무차별 사격에 맞서 시위는 무장투쟁으로 발전했다. 청년과 제대군인들을 중심으로 조직된 무장대들이 경찰서와 군대의 무기고를 습격해 무기를 탈취했다. 타이중(臺中) 지역에서 특히 활발한 투쟁을 벌였던 '27부대'는 이 중에서 가장 잘 조직된 무장투쟁 조직으로 수이상(水上)공항과 가오슝기차역을 두고 군대와 격돌하기도 했다.

들불처럼 번져 나가고 있던 항쟁의 기운은 장가이섹이 보낸 병력이 섬에 도착하면서 전례를 찾을 수 없는 비극으로 발전했다. 3월 8일 국민당군 21사단은 섬 북부의 지룽부두에 도착했다. 그들이 섬에 발을 딛던 바로 그 순간, 부두를 지키고 있던 노동자들이 차가운 바닷물에 힘없이 쓰러졌고 앞바다는 금세 피로 물들었다. 상륙하는 순간 부두 노동자들에게까지 총을 갈기며 섬에 등장한 국민당군은 대만인들을 상대로 진압이 아닌 전투를 시작했다. 3월 9일 그들이 타이베이를 접수했을 때 지룽에서 타이베이로 통하는 길은 피의 바다를 이룬 후였다. 타이베이 역시 마찬가지였다. 거리에서 움직이는 것은 모두 총탄세례를 받았다. 죽지 않은 자들은 체포되어 감방에 갇혔고 곧 총살당했다. 시신들은 트럭에 실려 어디론가 사라졌다. 대대적인 검거 선풍이 불었고 단지 혐의자의 친족이나 친구라는 이유만으로 잡혀가 죽어야 했다.

도살작전으로 타이베이에서 항쟁의 기운을 꺾은 국민당군은 3월 20일 칭시앙(淸鄕), '지방을 청소한다'는 뜻을 가진 작전명과 함께 섬의 남부로 향했다. 섬의 모든 지역이 도살의 바람을 피할 수 없었다. 즉결처형과 체포, 총살, 고문, 강간, 약탈이 그 바람을 따라 메마른 황토처럼 피어올랐다. 일부는 그 피바람을 피해 산으로 들어가야 했다.

비정성시의 임문청은 그렇게 산으로 들어간 오관영을 찾아간다. 임문청에게 오관영은 자신의 가족들에게 전해 달라며 이렇게 적어 준다.

(전략)

當我己死	절 죽었다고 생각하세요.
俄人己屬於祖國	저는 조국에 몸을 바쳤습니다.
美麗的將來	조국의 아름다운 미래를 위해.

임문청이 산으로 찾아간 이유 중의 하나는 타이베이의 감옥에서 총살을 당했던 친구의 마지막 말을 그의 형에게 전해 주기 위해서였다. 그가 남긴 마지막 말은 이런 것이었다.

生離祖國	태어나면서 조국과 이별했고
死歸祖國	죽어서야 조국으로 돌아갑니다.
死生天命	살고 죽는 것은 하늘의 뜻이니
無想無念	괘념치 마십시오.

역사란 얼마나 비정한가. 비정성시의 그 어두운 골목을 벗어나려면 대만은 얼마나 더 걸어야 하는가.

5월 16일 칭시앙작전은 종료되었고 일단 계엄령은 해제되었다. 물론 여진은 계속되어 체포와 투옥, 고문과 처형은 그 뒤에도 멈추지 않았다. 여하튼 2월 28일에서 5월 16일에 이르는 그 기간 동안 몇 명의 대만인이 목숨을 잃어야 했는지 당시에도, 60년의 세월이 지난 지금도 알지 못한다. 어떤 사람들은 1~2만 명이라고 하고 어떤 사람들은 10~20만 명이라고 한다.

허우샤오시엔은 「비정성시」에서 오관영과 등장인물들의 입을 빌려 조국을 말한다. 아마도 그는 2·28의 비극 속에 죽어 간 사람들이 조국을 위해, 바로 그 조국의 미래를 위해 목숨을 바쳤다고 말하는지도 모른다. 그러나 그들에게 조국은 무엇이었을까. 그들에게 조국이 있었다면 그 조국은 무엇이었을까. 그건 대만이란 섬일 수도 있지만 그보다는 억압받는 자들이 지켜야 할 그 무엇이었을 것이다. 대만이라는 이름 외에 수많은 이름으로 불려 왔던 이 섬은 유럽제국주의와 청, 일본 등 수많은 지배자들이 거쳐 간 식민의 땅이자 수탈의 땅이었다. 그들에게 조국이 있다면 그건 근대적 의미에서의 국가도 아니며, 민족도 아닐 것이다. 그건 억압받는 자들, 섬에서 태어나 혈통을 이어 온 사람들과, 관리와 귀족의 수탈을 피해 대륙으로부터 섬으로 도망 온 사람들 모두, 단 한 번도 제 땅의 주인이 되어 보지 못했던 사람들 모두가 꿈과 희망으로 보듬었던 미래란 이름의 조국이었을 것이다. 허우샤오시엔이 「비정성시」를 만들 수 있었던 힘은 바로 그 의미의 조국에 있었을 것이다.

그 조국의 미래가 짓밟힌 대만에는 1949년 12월 중국공산당에게 패배해 대륙에서 쫓겨난 국민당 모리배들이 몰려들었다. 「비정성시」의 마지막 장면을 장식하는 자막 그대로이다.

一九四九年十二月	1949년 12월
大陸易守	대륙은 공산화가 되고
國民政府遷臺	국민정부는 대만으로 철수하여
定臨時首都於臺北	타이베이를 임시수도로 정했다.

장가이섹은 계엄령을 선포해 대만의 38년 계엄시대의 문을 열었다. 1987년 해제될 때까지 대만은 38년간 계엄통치에서 벗어나지 못했다. 2·28항쟁 역시 그 기나긴 어둠의 장막 뒤에 묻혀 있어야 했다. 다시 또 20년의 시간이 흘렀다. 2·28은 겨우 고개를 내밀고 한때 항쟁의 주역들이 봉기를 호소했던 바로 그 라디오 방송국 건물에 기념관을 세우고, 항쟁의 날에 군중들이 모였던 공원에 기념탑을 세울 수 있었지만, 여전히

학살의 주역 중 그 누구도 심판대에 올리지 못했다. 대륙의 극악무도한 쓰레기들을 대만으로 밀어내 섬에 피비린내와 악취를 선사한 중국공산당은 오늘 대륙을 도탄에 빠뜨리는 것에 만족하지 않고 섬의 독립 불가를 윽박지르며 제2의 국민당이 되고자 하고 있다.

역사란 얼마나 비정한가. 대만은 아직도 언제가 될지 아무도 알 수 없는 아름다운 미래의 조국을 위해 휘청거리며 걷고 있다. 비정성시의 그 어두운 골목을 벗어나려면 대만은 얼마나 더 걸어야 하는가.

양더창의 외성(外省)

• 고령가소년살인사건 | 牯嶺街少年殺人事件, A Brighter Summer Day, 1991

아시아 10대 영화 중의 하나로 꼽혔던 양더창(楊德昌, 에드워드 양)의 「고령가소년살인사건」은 보기가 괴롭다. 네 시간이라는 러닝타임은 오직 내러티브에 의존해 흘러가는데 관객은 보통 영화의 3, 4배에 달하는 등장인물들의 대사에 신경을 바짝 곤두세우지 않으면 분명히 길을 잃게 된다. 이 영화는 잘 짜여진 한 편의 완벽한 장편소설과 같다. 소설과 다른 점은 읽는 것처럼 보는 속도를 통제할 수 없다는 것이다. 더불어 잠시 멈추고 페이지를 뒤로 들추어 볼 수 있는 기회를 주지 않는다. 때문에 당신은 어쩌면 영화의 엔딩 크레딧이 시작하는 동시에 또 다시 네 시간 동안 진을 빼야할지에 대해 고민하게 될지도 모른다. 그러나 그 고민이 행복한 고민이 될 수 있는 영화가 양더창의 「고령가소년살인사건」이다.

1961년 타이페이. 소년 장전은 국어에서 낙제점을 받아 건국중학 야간부에 진학한다. 장전은 2남3녀 중 넷째로 샤오씨(小四)란 애칭으로 불

열세 살 소녀를 사랑한 열네 살 소년의 비극적 몰락과 함께 외성과 본성은 사라지고, 그럼으로써 구분이 무의미해졌을 때 남는 것은 억압받는 자, 미래를 잃어버린 자들의 대만이다.

린다. 샤오씨의 부모는 상하이 출신으로 혁명 후 대만으로 이주한 외성인이다. 영화는 앞부분에서 긴 자막으로 대만에는 1949년 이후 수백만의 외성인들이 이주했고 그들 부모세대들의 불확실한 미래에 대한 불안감은 아이들에게 스며들어 거리의 조직깡패(組織幫派)로 내몰곤 했다고 설명한 후 영화를 시작한다.

영화에서는 그런 이주민인 외성 아이들의 조직폭력배인 '소공원(小公園)파'와 토착 본성인 조직인 '217파'가 대립한다. 샤오씨는 소공원파와 거리를 두고 있지만 느슨하게 소속되어 있다. 함께 어울리는 고양이(小貓)와 비행기(飛機)도 마찬가지인데 셋 모두 외성 아이들이기 때문이다. 여기에 전학 온 장군의 아들 샤오마가 끼어든다.

소공원파를 거느리던 두목 허니(Honey)가 217파의 두목 홍모(紅毛)

를 죽이고 잠적한 후 소공원파는 세력의 약화를 겪고 있다. 살쾡이와 듀 스가 허니가 부재한 소공원파의 소두목으로 패권을 다투고 있다.

2·28항쟁과 학살을 거쳐 성립한 대만은 국민당 계엄령 치하로, 장가 이섹 일인 군사독재의 억압 아래 짓눌려 있다. 장갑차와 탱크가 지나가 는 거리는 그런 대만을 상징한다. 장가이섹 독재 아래 권력은 외성인들 에 의해 독점되어 있고 만연한 부정과 부패로 냄새를 풍기고 있다. 그러 나 모든 외성인들이 권력의 단맛을 누리고 있는 것은 아니다. 그건 불가 능한 일이다. 권력은 외성인 중에서도 소수에 의해 독점되어 있고 다수 는 소외되어 무기력한 다수를 이룬다. 공무원인 샤오씨의 아버지는 상하 이의 인텔리 출신이지만 무력하기 짝이 없다. 영화 초반의 상하이 출신 가족모임 장면에서 출세한 왕주는 샤오씨 아버지의 진급 청탁이 성사되 었음을 알려 주면서 이렇게 말한다.

"표면적으로는 내가 자네의 승진을 도와준 것이지만 사실은 뒤에 자 네가 날 도와주게 될 걸세. 우린 오랜 친구 아닌가. 갱(幫)처럼 말이야."

결국 대만을 지배하는 세력이란 폭력단과도 다를 바가 없음을 암시 하는 이 장면에서 왕주는 샤오씨의 아버지에게 융통성을 가질 것을 충고 한다. 고지식한 인텔리인 샤오씨의 아버지는 아들의 주간부 편입과 아내 의 교사 자격증 건을 왕주에게 청탁해야 하는 무력한 존재이지만 원칙에 대한 소신을 버리지는 않는다. 살쾡이의 커닝으로 억울하게 벌점을 받게 된 샤오씨를 위해 아버지는 훈도주임(訓導主任)을 찾아가 거세게 항의한 다. 그날 부자가 자전거를 끌고 집으로 돌아오는 길에 아버지는 샤오씨 에게 말한다.

"자신의 미래는 자신의 노력으로 결정되는 것이라고 믿어야만 해."

샤오씨는 아버지의 그 말을 마음에 담는다. 영화는 샤오씨와 아버지의 그 믿음이 파탄에 이르는 과정을 담담하게 서술한다.

샤오씨의 믿음은 소녀 샤오밍(小明)에게 투영된다. 샤오밍은 허니의 애인이며 허니가 217파의 두목을 살해한 동기로 암시된다. 가정부인 어머니와 함께 살아가는 샤오밍 모녀는 외성 출신의 가난한 하층민으로, 주인집에 얹혀살고 있다. 어머니가 천식으로 더 이상 가정부 일을 하지 못하게 되자 친척집에 의탁해야 하는 샤오밍은 샤오씨의 믿음을 부정한다. 샤오밍에게 미래란 노력과는 상관없이 바꿀 수 없는 운명과도 같은 것이다. 그런 샤오밍에게 샤오씨는 순정을 품는다.

허니가 부재한 소공원파는 와해의 길을 걷는다. 217파의 새 두목인 산둥은 소공원파를 이끌고 있는 둘 중의 하나인 살쾡이를 만나 공연장인 중산당의 이권을 두고 협력하기로 합의한다. 그런 와중에 해군 군복을 입은 허니가 샤오씨와 샤오밍 앞에 나타난다. 하니가 입은 해군 군복은 그가 탈영병임을 말해 준다. 허니는 샤오씨에게 자신이 도피한 타이난(臺南)에서 읽었던 수많은 무협지 중 가장 두꺼운 무협지에 대해서 말해 준다.

"우리 같은 깡패들이 있었어. 그 중엔 이런 친구가 있었지. 모두들 멍청한 놈이라고 생각했어. 내 기억엔 모두들 도망가고 도시가 불타오를 때 그 친구는 나폴레옹을 암살하기 위해 혼자 남았지만 마지막엔 실패하고 체포되지. '전쟁과 평화'. 다른 모든 무협지의 제목은 잊었지만 이것만큼은 기억하고 있어."

『전쟁과 평화』에 대한 허니의 마초적 해석은 그가 곧 마찬가지의 운명에 처할 것임을 암시한다. 허니는 단신으로 산둥을 찾아 공연장에 나타난다. 허니의 무모함은 곧 자신의 죽음으로 이어진다. 다시 허니를 잃은 샤오밍에게 샤오씨는 친구로 남아 영원히 지켜 줄 것을 맹세하고 샤오밍은 샤오씨의 순정을 받아들이는 것처럼 보인다.

허니에 대한 복수에 나선 동문파와 삼환파의 습격으로 두목인 산둥을 포함해 217파는 도륙을 당하고 와해된다. 살쾡이는 가까스로 목숨을 구하고 도주한다. 샤오씨는 샤오밍과의 교제를 고깝게 여기는 양호실의 간호원에게 욕설을 퍼붓고, 이 때문에 다시 훈도주임에게 불려간 샤오씨의 아버지는 전과 달리 사정하지만 오히려 비아냥이 섞인 설교를 듣는다. 샤오씨는 참지 못하고 훈도주임에게 야구방망이를 휘두른다. 집으로 돌아오는 전과 동일한 장면에서 샤오씨는 아버지에게 묻는다.

"야구방망이로 친 건 그가 지난 번처럼 무례했기 때문이에요. 하지만 아버지는……."

샤오씨가 물으려고 했던 것은 변한 아버지의 태도였다. 묵묵히 자전거를 끌던 아버지는 샤오씨의 물음은 아랑곳없이 담배갑을 꺼내더니 "담배를 끊으면 돈을 절약해 네 안경을 사줄 수 있겠구나"라고 말한다. 상하이로 돌아간 샤(夏) 교수와 관련된 좌익 사건에 연루되어 비밀경찰에 끌려가 조사를 받고 나온 후 직장까지 잃은 아버지의 변화는 그가 가르쳤던 믿음이 통용되지 않을 것임을 암시한다. 퇴학당한 후 편입시험을 준비하는 샤오씨는 샤오밍에게 다시 만날 때에는 주간부 학생이 되어 있을 것이라고 말하지만 샤오밍은 그런 샤오씨에게서 허니를 연상한다.

편입시험 준비에 열중하고 있던 중 샤오씨는 살쾡이를 만난다. 그는 육군사관학교 시험을 준비하고 있다. 살쾡이는 자신의 애인인 샤오추이를 가로챈 샤오마가 샤오밍을 건드리고 있음을 말해 준다. 샤오마를 찾아간 샤오씨는 샤오밍의 어머니가 샤오마의 집에서 가정부로 일하며 모녀 함께 그곳에 기거하고 있음을 알게 된다. 일은 그쯤에서 그치지 않는다. 샤오씨는 하니가 잠적해 있을 때 살쾡이가 사귀던 여자가 샤오밍이었다는 사실을 샤오추이를 통해서 알게 된다. 샤오씨는 고양이의 집에서 일본 단도를 찾아 학교로 가 샤오마를 기다리다 지나치던 샤오밍을 만난다. 단도를 들고 나타난 샤오씨에게 샤오밍은 말한다.

"난 이 세상과 같아. 세상은 절대 변하지 않아."

샤오씨는 충동적으로 손에 들고 있던 단도로 샤오밍을 찌른다. 샤오밍은 피를 흘리며 쓰러지고, 쓰러진 샤오밍에게 일어서라고 흐느끼던 샤오씨는 그녀를 품에 안고 절규한다.

대만 현대사라는 비단에 싸여 있는 「고령가소년살인사건」의 이야기들은 치밀하고 정연하게 유기적으로 연관되어 소년이 소녀를 살해하게 되는 사건의 동기와 배후를 구축한다. 양더창의 고향이기도 한 상하이에서 이주한 샤오씨의 부모는 허우샤오시엔의 「동년왕사」(童年往事, 1986)의 아버지가 끊임없이 고향으로 편지를 쓰는 것처럼 자신들이 떠난 상하이를 잊지 못한다. 양더창이 영화의 초반에 자막으로 흘린 것처럼 부모 세대의 미래에 대한 불안은 자식들에게로 고스란히 전달된다. 거리에는 탱크가 굴러다니고 학교는 아이들의 숨통을 막는 현실에서, 아이들은 사회 전체를 억누르고 있는 폭력의 기운을 작은 폭력으로 복제함으로써 무의미하게 저항하거나 로지 앤드 더 오리지널스나 엘비스 프레슬리의 모창에 열광하고 그 노래들을 부르는 것으로 스스로를 위안한다. 영화는 그런 아이들의 미래와 변화에 대한 희망에 물음표를 달아 두고 그것이 필연적으로 압살되는 과정을 보여 준다. 「고령가소년살인사건」이 소년들을 내세우고 있음에도 불구하고 성장을 다루는 영화가 아닌 것은 그 과정에서 어떤 것도 성장하지 않고 오히려 파멸하기 때문이다. 허니는 살해당하고 공연장은 폐쇄되며 샤오씨는 퇴학당한다. 샤오밍은 샤오씨의 칼에 찔려 살해되고 고양이의 노래를 담은 녹음테이프는 교도소 직원의 손에 쓰레기통으로 버려진다. 샤오씨의 아버지는 의욕을 잃고 누명을 쓴 맏아들인 라오얼에게 폭력을 휘두른다. 파멸의 그늘은 샤오씨에게 살인의 동기를 부여한 장군의 아들 샤오마와 그의 어머니가 경찰에게 큰소리를 치는 장면에서 더욱 짙어진다.

이 쓸쓸한 결말, 열세 살 소녀를 사랑한 열네 살 소년의 비극적 몰락과 함께 샤오마가 부르는 프랭키 아발론의 '와이'(Why)의 애절한 가성 속에 소멸한 것은 외성이라는 존재이다. 본성의 217파와 함께 외성의 소공원파 또한 몰락하고 샤오씨의 살인과 함께 샤오씨의 가족 또한 몰락했을 때 외성과 본성은 함께 사라지고, 그럼으로써 외성과 본성의 구분이 무의미해졌을 때 남는 것은 억압받는 자, 미래를 잃어버린 자들의 대만이다. 그런 점에서 「고령가소년살인사건」은 양더창의 진정한 성장영화이다.

「동년왕사」에서 소년 아하는 「고령가소년살인사건」의 샤오씨처럼 십대 중반에 접어들어 폭력을 접한다. 늘 고향으로 편지를 쓰던 아이의 아버지는 결핵으로 의자에 앉아 숨지고 어머니는 후두암으로 피를 쏟으며 죽는다. 마치 「오발탄」에서처럼 고향으로 가자고 중얼거리던 할머니는 다타미 위에서 숨을 거두어 개미가 기어 다니고 체액이 흐를 때까지 아무도 알지 못한다. 그럼으로써 아이는 외성과 작별하고 허우샤오시엔은 본성인을 등장시켜 2·28항쟁과 학살을 다룬 「비정성시」로 성장한다. 그로부터 5년 후 양더창은 「고령가소년살인사건」에서 십대의 소년과 소녀의 사랑에 대한 비극적 서사에 실어 자신의 외성에게 작별을 고했다.

_대만

눈물로 시작하는 이야기

• 눈물의 왕자 | 淚王子, Prince of Tears, 2009

38년의 국민당 계엄통치가 1987년 마침내 종말을 고하고 2년 뒤 등장
한 허우샤오시엔의 「비정성시」는 암흑 속에 은폐되어 있던 길고 긴 공포
시대의 장막을 들추는 영화적 시작으로 여겨졌다. 「비정성시」가 정면으
로 응시했던 2·28학살이 공포시대의 시작이며 근원이었으므로 그건 온
당한 평가이자 기대이기도 했다. 그런데 결론을 말한다면 대만영화는 지
난 20년 동안 「비정성시」의 다음이라고 할 만한 영화를 만들어 내지 못
했다(또는 그러지 않았거나). 2009년 베니스영화제에서 최초로 선보인 「눈
물의 왕자」는 20년 만에 처음으로 2·28학살 이후, 1950년대의 대만을
짓눌렀던 백색테러를 다루었지만 이마저도 온전하게 대만영화라고는
할 수 없었다. 감독인 욘판(楊凡)은 홍콩감독이었고 제작 역시 대만이 참
여하기는 했지만 홍콩의 프루트 챈(陳志寬, Fruit Chan)이 맡았다. 대만영
화에게는 아직 더 많은 시간이 필요한 것일까. 백색테러의 주범 격인 국

「눈물의 왕자」는 20년 만에 처음으로 2·28학살 이후, 1950년대 대만을 짓눌렀던 백색테러를 다루었지만 이마저도 온전하게 대만영화라고는 할 수 없었다.

민당이 자신들이 저지른 역사적 범죄에 대해 그나마 말뿐인 유감을 표명한 것이 2008년에 이르러서였으니 그럴지도 모르겠다.

1947년 2·28학살이 자행될 때 대만은 신해혁명으로 수립되어 장가이섹의 손아귀에 넘어갔던 중화민국(中華民國)의 한 성(省)이었다. 대만이 피바다에 젖기 시작했던 때와 거의 동시인 1947년 3월, 장가이섹은 국공정전협정을 파기하고 160만 대군을 동원해 중국공산당의 해방구를 공격하기 시작했다. 제2차 국공내전의 시작이었다. 국민당군은 1948년

9월 이후 중요한 전투에서 패전을 거듭하기 시작해 1949년에는 패색이 짙어졌다. 10월 1일 중국공산당은 베이징에서 중화인민공화국 수립을 선포했다. 국민당 통치는 종지부를 찍었고 혁명은 승리했다. 12월 10일 국민당군의 수중에 있던 마지막 도시인 청두(成都)의 인민해방군 진주를 눈앞에 두고, 장가이섹은 국민당 잔당을 이끌고 대만으로 향하는 배에 값진 보물과 함께 몸을 실어야 했다. 대만에 도착한 장가이섹은 1950년 1월 5일 계엄령부터 선포했다.

　장가이섹은 또 중화민국 정부가 대만으로 이전했음을 선언했다. 쑨원 이후의 정통성이 자신에게 있음을 주장하는 것이었는데, 이미 혁명을 승리로 이끈 후 중화인민공화국을 수립했던 중국공산당은 개의치 않았다. 대만은 장가이섹과 국민당 그리고 중화민국의 보금자리가 되었다. 1950년 5월 20일 장가이섹은 자신이 끌고 온 의회의 거수에 의해 다시 총통으로 선출되었다. 장가이섹과 국민당은 2·28학살을 치른 대만에게는 끔찍한 악몽의 연속이었다. 장가이섹과 국민당에게 대만은 안전한 도피처로 여겨질 수 없었다. 2·28학살은 대만 원 거주민들의 국민당에 대한 불신과 저항의지를 보여 주는 증거였다. 그러나 패주한 장가이섹과 국민당에게 더 이상의 선택이라곤 남중국해에 수장되는 길뿐이었다. 그런 그들에게 반공을 내세운 공포통치는 대만을 보금자리로 만드는 유일한 방법이었다. 그런데, 대륙에서 밀려든 외성인들은 그 끔찍한 공포로부터 자유로울 수 있었을까. 2·28학살에서 외성인들은 피해자가 아니었지만 3년 뒤 장가이섹과 국민당이 대만으로 온 후 대만에서 자유로운 자는 오직 장가이섹뿐이었다.

「눈물의 왕자」는 1950년대 대만 남부의 해안가에 자리 잡은 공군기지의 관사촌에서 시작한다. 샤오저우는 공군 조종사를 아버지로 둔 어린 여자아이다. 대륙에서 피난 온 미술선생인 로맨티스트 추를 좋아하는 아이는 해안가의 절벽으로 그림을 그리러 가는 추를 따라간다. 세찬 바닷바람의 결을 따라 풀과 관목의 잎들이 그림처럼 이리저리 쓸리는 아름다운 그곳은 군사제한지역이다. 샤오저우의 어머니인 완핑은 그런 샤오저우를 따라왔다가 질겁을 하며 데려간다. 추는 그대로 남아 그림 그리기에 열중한다. 그런 추에게 뒤이어 닥친 운명은 백색테러의 진면목을 유감없이 보여 준다. 해안경비대 군인들에게 끌려간 추는 간단하게 간첩으로 몰려 포대자루에 담겨진 후 턱없이 아름다운 절벽 위에서 내던져진다. 자루 안의 그가 산 채였는지 시체였는지는 알 수 없다. 정확하게 2·28학살 당시 벌어졌던 일의 반복이지만 이제 그 참상은 외성인에게도 화살을 겨눈다. 영화는 이제 양더창이 「고령가소년살인사건」에서 스쳐 지나가듯 다루었던, 샤오씨의 아버지가 당해야 했던 바로 그 일을 정면으로 응시한다.

공군 조종사인 샤오저우의 아버지 쑨한성은 공산화 지역인 이른바 비구(匪區)를 비행했다는 이유로 역시 간첩(匪諜)으로 몰려 아내인 완핑과 함께 투옥된 후 결국 총살당한다. 쑨한성은 큰딸 샤오리를 구하기 위해 허베이(河北)를 비행했던 것이다. 쑨한성뿐 아니라 공군 관사촌인 청천(淸泉一村)에는 느닷없이 헌병대가 들이닥쳐 사람들을 실어가는 일이 심심치 않게 발생한다. 이 무소불위의 난폭한 백색테러에서는 장군조차 무사하지 못하다. 샤오저우의 학교 친구인 샤의 아버지 류 장군은 상하이 출신의 엘리트 군인이지만 부인인 유양의 상하이에서의 진보적 활동이 고발당한 후 그 자신이 군법회의에 회부되는 신세를 피하지 못한다.

실화에 근거한 영화는 이 비극적 서사에 역사적 무게를 얹는 대신 동화적 색채를 덧입히고 얼마간은 몽환적인 러브스토리로 각색해 비극을 강조한다. 전작들로 미루어 본다면 그다지 정치적인(또는 역사적인) 소재를 마뜩하게 생각하지 않았을 감독 온판에게는 가장 적절한 방법이다. 그러나 환갑을 넘긴 이 노장은 서두르거나 서툰 기교를 부리는 대신 서사를 정면으로 응시하는 힘을 저변에 깔고 영화를 이끌어 감으로써 이 비극적 러브스토리의 역사적 리얼리티를 잃어버리지 않는다. 광포한 공포의 바람 앞에서 부초로 흔들리는 인간의 모습은 그런 리얼리티의 단면이다.

쑨한성의 가장 절친한 친구인 딩커챵은 얼굴엔 흉한 화상을 입었으며 발까지 절름거린다. 폐허가 된 공장 한편에 살면서 헌병대 하급 정보원 노릇을 하는 그는 불우한 사고로 한때의 꿈과 야망을 모두 접어 버린 좌절한 인간이다. 그는 백색테러의 대상자를 색출하는 데에 일조한다. 헌병대에 체포된 쑨한성이 형장의 이슬로 사라지자 사람들은 딩커챵이 그의 아내를 차지하기 위해 쑨한성을 밀고했노라고 수군거린다. 소문을 입증하듯 쑨한성과 함께 체포되었던 완핑은 풀려난 후 결국 딩커챵과 결혼한다. 친구를 밀고하고 친구의 아내를 차지한 딩커챵의 이 악마적인 혐의에 대해 영화는 지극히 모호하게 처리하고 판단을 관객에게 떠넘긴다. 한편 헌병대에 끌려간 완핑은 류 장군의 부인인 유양이 상하이에서 공산주의자들의 활동에 참여했음을 고발한다. 그러나 류 장군 가족의 파

세상이 바뀌기 위해서는 눈물이 먼저 필요하다. 세상을 바꾸는 대신 그 수레바퀴 밑에 짓밟혀 간 인간들에게 욘판의 러브스토리가 전하는 낮은 위안이다. 그러나 스러져 간 영혼들과 살아남은 이들에게 필요한 것이 과연 위안일까.

멸이 완핑의 고발 때문인지도 역시 모호하다. 역사의 광기 앞에 인간이란 포대자루에 묶여 절벽에서 내던져지고, 총살당하고, 배신당하고 광포한 불의 앞에 저항하는 대신 속절없이 무릎을 꿇고 파멸하는 법이라고 욘판은 말한다.

　파멸에는 또 다른 종류가 존재한다. 류 장군의 젊은 아내인 유양은 상하이의 자산계급 출신으로 일찍 진보적 사상에 눈을 뜨지만 사상과 현실이 보장하는 부르주아적 안락 사이에서 갈등한다. 유양이 국민당군 장군인 류와 결혼하고 또 그를 따라 대만으로까지 온 것은 후자의 승리를 알려 준다. 불가사의하게도 이 아름다운 상하이 여인은 쑨한성의 딸들을 형장으로까지 데려가 아버지의 마지막을 지켜볼 수 있도록 배려한다. 그런 후의 어느 날, 절친한 친구가 된 샤오저우와 샤에게 유양은『눈물의 왕자』를 읽어 준다. 불의의 세상을 변화시키기 위해 스스로를 희생한 왕자의 이야기는 이 영화의 등장인물 중 누구에게도 해당하지 않으므로 단지 동화 속의 인물일 뿐이다. 완핑이 유양에게 이끌려 진보독서클럽에 가입하게 된 동기는 『눈물의 왕자』이지만 완핑은 물론이고 유양 또한 왕자가 걸었던 길을 따르지 않는다. 완핑의 진술로 과거가 알려져 간첩의 혐의를 쓰고 체포되기 직전 유양은 정원의 나뭇가지에 붉은 줄을 매달아 스스로 목숨을 끊는다. 유양의 남편인 류 장군은 체포된 후 군법회의에 회부된다. 류의 몰락은 유양의 과거 때문이지만 그가 군부의 고위장성이라는 점에서 의구심을 남긴다. 곧 고향으로 돌아갈 것이라며 사택의 정원조차 가꾸기를 허락하지 않고 대만으로 올 때 상하이에서 물건을 꾸려온 유양을 마뜩해 하지 않았던 이 강직한 늙은 장군은 장가이섹이 부르짖었던 바로 그 구호, 청천일촌의 벽에도 새겨져 있던 '반공대륙'(反攻大陸)의 상징과도 같다. 욘판은 유양의 감추어진 또 다른 과거, 완핑과의 동성애적 사랑을 더듬기는 하지만 류의 몰락에 대해서는 아무런 설명도 덧붙이지 않기 때문에 관객은 내막을 알 수 없다. 다만 마지막 즈음에 류가 정원에 서서 "이제 정원도 손을 좀 봐야 할까?"라고 독백하는 장면은 그의 몰락이 반공대륙의 현실적 무산과 관계함을 암시한다는 점에서 흥미롭다.

광포한 역사 앞에 무너지는 비참한 개인들을 「눈물의 왕자」는 이렇게 위안한다.

"가난한 자들이 스스로를 자책하자 왕자는 말한다. 그건 당신들의 선택이 아니라 사회가 그렇게 만든 것이오. 왕자는 불의의 세상 앞에서 눈물을 흘린다."

영화의 후반 완핑은 집으로 돌아온 죽은 남편 쑨한성과 동침한 가운데 지난 이야기들을 나눈다(물론 상상이다). 감옥에 갇힌 완핑에게 보낸 편지에서 딩커챵은 샤오저우의 가방에서 유양이 죽기 전 아이에게 선물했던『눈물의 왕자』를 발견했다며 "일본의 침략에도 살아남고 팔로군의 행진과 함께했던 책이 이제 이 외딴 마을에 있다"고 적는다. 그런 후 완핑은 유양과의 만남을 더듬는다. 유양은 완핑에게 "왕자의 눈물은 이야기의 시작이며 그런 후에 세상은 바뀐다"고 말한다.

세상이 바뀌기 위해서는 눈물이 먼저 필요하다. 세상을 바꾸는 대신 그 수레바퀴 밑에 짓밟혀 간 인간들에게 욘판의 러브스토리가 전하는 낮은 위안이다. 그러나 스러져 간 영혼들과 살아남은 이들에게 필요한 것이 과연 위안인 것일까.

신과 개, 인간
그리고 집

- 일석지지 | 一席之地 A Place of One's Own, 2009
- 신 인간 개 | 流浪神狗人, God Man Dog, 2007

지극히 동북아시아적인 것 중의 하나를 들자면 풍수(風水)가 있다. 죽은 사람을 두고 좋은 자리를 찾아 안장함으로써 후대의 복을 구하는 것이니 죽은 자와 산 자가 풍수에 따라 쓴 무덤으로 소통하는 셈이다. 이렇게 쓰는 무덤자리를 혈(穴)이라고도 말하는데 루이안(楼一安) 감독의 2009년 영화 「일석지지」의 제목은 바로 그 무덤자리를 가리킨다.

　풍수에 따른 묏자리를 찾는 일이 후대, 결국은 산 자를 위한 것이라면 장례는 죽은 자에 중점이 두어져 있다. 저승 갈 노잣돈인 종이돈(紙錢)을 태우거나 저승에서 살 집인 종이집(紙靈厝)을 태우는 일은 후자에 해당한다. 한국과 일본이 이 일에 큰 성의를 기울이지 않는 것에 반해 중국인들은 꽤나 열심인 것처럼 보인다. 결국은 태워져 재와 연기로 흩어질 종이집이 단적인 예이다. 죽은 자를 위해 가능하면 크고 정교한 집을 만들어 태우는 일은 한국과 일본에서는 행해지지 않는다. 「일석지지」는 풍수

풍수(風水)는 죽은 사람을 두고 좋은 자리를 찾아 안장함으로써 후대
의 복을 구하는 것이니 죽은 자와 산 자가 풍수에 따라 쓴 무덤으로 소
통하는 셈이다. 이렇게 쓰는 무덤자리를 혈(穴)이라고도 말하는데 루
이안의 「일석지지」의 제목은 바로 그 무덤자리를 가리킨다.

와 장례의 관습을 통해 죽은 자와 산 자, 죽은 자의 자리와 집, 산 자의 터
전과 집, 나아가 그것들이 인간의 삶에 어떤 의미가 있는지 대만식으로
말한다.

  젊은 인디 록 싱어 모찌는 한때 잘 나갔지만 해시시에 손을 댄 탓에
경찰에 체포된 후로는 내리막길을 달리고 있다. 새 앨범을 발표했지만
언론은 무관심 일색이고 공연장에서도 관중은 무덤덤할 뿐이다. 빚 때문
에 아파트는 차압되고 법원의 퇴거명령이 전달된다. 그런 모찌와 동거하

는 애인 케이시는 차트의 상위를 다투는 팝 가수로 부상하고 있다. 자존심을 버릴 수 없는 모찌와 케이시의 사이는 시간이 갈수록 멀어져 간다.

린시촨은 타이베이 근교의 공동묘지가 들어선 산 한편의 무허가 건물에서 대를 이어 살며 장례용 지찰(紙紮)을 만드는 일에 평생을 바친 인물이다. 암에 걸려 수술을 받아야 하지만 의료보험이 수술 후 치료에 필요한 약가를 부담해 주지 않는다는 사실에, 가난한 린시촨은 아내인 아웨와 아들인 샤오강의 만류에도 불구하고 수술을 받지 않고 죽기를 고집한다. 린시촨은 자신의 사후를 위해 웅장하고 화려한 종이집을 짓기 시작한다. 한편 부유한 쑨은 풍수로 볼 때 명당자리인 린시촨의 집터에 아버지의 묘를 만들기로 하고 집을 팔 것을 제안하지만 그곳에 자신이 묻힐 생각을 하고 있던 린시촨에게 거절당한다.

아웨와 샤오강은 린시촨의 치료를 위해 절치부심한다. 온라인 시뮬레이션 게임에 탁월한 재능을 가진 샤오강은 자신이 만든 가상의 땅과 레벨을 친구에게 팔아 제법 큰돈을 구하지만 아버지를 구하기에는 턱없이 부족하다. 호랑이옷을 입고 부동산 회사의 홍보전단을 나누어 주는 아르바이트를 하고 있던 샤오강은 회사에 사정해 한 달 안에 한 건을 올리기로 하고 세일즈맨으로 임시고용된다. 아내인 아웨는 린시촨이 자신을 위해 만드는 종이집을 탐내는 대부업자이자 납골당 판매업자에게 사채를 융통해 결국 린이 수술을 받게 하지만 갚을 방법이 없다.

쑨은 동생인 인테리어 디자이너 옌쉬에게 린시촨의 집을 손에 넣도록 해줄 것을 부탁한다. 풍수에 따라 아버지의 묏자리를 마련하려는 형의 계획을 미신으로 생각하는 옌쉬는 마뜩치 않지만 아버지 또한 사후세계에 관심을 기울이고 있는 것을 알고는 나서기로 마음을 먹는다. 옌쉬는 고집불통인 린시촨 대신에 아들인 샤오강을 만나 설득한다. 낡은 아파트를 구해 실내를 고친 후 다시 되파는 방법으로 샤오강의 실적을 올려 주는 한편, 린시촨의 집을 보상해 주는 것으로 새 집을 마련할 수 있도록 제안하고 샤오강은 그 제안을 받아들인다.

한편 일 년에 3,000위안을 고인의 가족들에게 받고 무덤을 돌보는 일을 하고 있는 아웨는 죽은 자와 소통할 수 있는 비범한 능력을 갖고 있다. 은행금고 탈취를 준비하다 불의의 교통사고로 객사한 원주민 망령 하나는 남은 가족에 대한 걱정으로 아웨에게 늘 한탄을 늘어놓는다. 3,000위안을 수금하기 위해 돌보는 무덤의 가족들 집을 돌던 아웨는 늘 자신을 성가시게 하던 망령의 아내 판나이가 사는 원주민 부락이 통째로 철거될 지경이고 그녀는 빚 독촉에 시달린다는 것을 알게 된다. 망령은 자신이 준비해 놓은 은행금고 탈취 계획을 알려 주고 돈을 구해 아내와 나눌 것을 제안한다. 사채를 갚지 못하면 세계 최고의 종이집을 빼앗길 처지에 있던 아웨는 결국 은행금고를 털어 300만 위안을 손에 쥔 후 망령 아내 몫의 돈을 전하기 위해 원주민 부락을 찾아간다. 철거에 반대하는 노래 공연이 벌어지고 있는 그곳에서 아웨는 원주민 부락의 안타까운 처지에 동감한다. 100만 위안을 두고 오기로 작정했던 유에는 망설이던 끝에 결국 300만 위안 전부를 판나이의 집에 몰래 두고 온다(판나이가 살고 있는 원주민 부락 장면은 실제로 같은 처지에 있던 타이베이 근교의 아미스족河美族 거주지인 산잉부락三鶯部落에서 촬영되었다).

모찌와 케이시, 린시촨의 가족 그리고 쑨과 옌쉬으로 나누어 진행되

린시촨은 대를 이어 그곳에 살면서 장례용 종이집(紙紮)을 만드는 일에 평생을 바쳤다. 암에 걸려 수술을 받아야 하지만 의료보험이 수술 후 치료에 필요한 약가를 부담해 주지 않는다는 사실에 그는 수술을 거부하고, 대신 웅장하고 화려한 자신의 종이집을 짓기로 한다.

었던 이야기는 이제 하나로 만난다. 샤오강은 마침내 가족들이 이사할 집을 마련한다. 옌쉬가 멋지게 실내를 꾸며 주는 그 집은 모찌의 아파트이다. 케이시는 떠나고 노숙자 처지가 된 모찌에게 린시촨은 당분간 그 집에서 머무는 것을 허락한다. 케이시가 만나러 오던 밤, 아파트 옥상에서 노래 가사를 적던 모찌는 바람에 종이가 날아가자 그걸 잡으려다 추락사한다. 쑨의 아버지도 그날 밤 위독한 상태에 빠지고 쑨은 장례택일과 분묘의 공사를 준비한다.

일석지지. 모찌는 화장되어 납골당의 한 칸에 자리를 마련한다. 요절한 록 가수 모찌는 순식간에 인기가 치솟고 추모공연까지 마련된다. 모찌의 아파트로 이사한 후 대를 이어 내려온 린시촨의 집은 철거된다. 쑨의 아버지는 린시촨의 집터에 자리를 마련하고 호화로운 묘지가 지어진다. 린시촨은 그곳에 자리를 마련할 수 없게 되었을뿐더러 텔레비전에까지 방송되었던 세계 최고의 종이집마저 사채업자에게로 넘어가 모찌의 유해가 안치된 바로 그 납골당 앞에 홍보용으로 세워지게 된다.

일석지지에 대한 루이안의 이야기는 끝났다. 쑨의 아버지는 명당자리를 얻었지만 린시촨은 그 자리를 빼앗겼고, 아내인 아웨가 철거될 위기에 직면한 원주민 부락에 보금자리를 갖고 있던 망령의 아내에게 금고에서 턴 돈 300만 위안 전부를 두고 온 탓에 세계 최고의 화려하고 웅장한 사후의 집마저 빼앗겼다. 납골당에 자리를 마련한 모찌는 사후에 이전의 화려했던 자리를 되찾는다. 영화는 그렇게 산 자의 자리와 죽은 자의 자리에 대해 말한다. 그 자리들 각각에는 철거와 퇴거, 부유와 빈곤, 대만의 원주민 문제와 같은 사회적 소재들과 함께 생과 사와 같은 철학적이거나 종교적인 문제도 배어 있다. 「일석지지」는 메시지에 힘을 싣는 대신 인물을 내세우고 독특한 캐릭터들의 힘으로 이 무거운 주제를 때로는 유머스럽게 때로는 경쾌하게 끌고 나간다. 이런 영화의 미덕은 관객이 저마다의 자리에서 저마다의 시선으로 결국은 정치적이거나 사회적인 사고를 할 수 있게 해준다는 점이다.

루이안의 첫번째 장편인 「일석지지」는 많은 면에서 첸싱잉(陳芯宜, Singing Chen)의 「신 인간 개」(流浪神狗人, 2007)와 닮은꼴을 이룬다. 「신 인간 개」에서 루이안은 첸싱잉과 함께 시나리오를 썼고 「일석지지」에서는 첸싱잉이 제작에 참여하기도 했다.

첸싱잉의 「신 인간 개」는 종교를 말한다. 민감한 주제이지만 1974년 타이베이산(産)의 이 젊은 대만 여감독은 '신'을 불가침의 영역에 두지 않는다. 어쩌면 대만이라는 섬에서는 신이 불가침의 영역에 은거하고 있지 않는 것인지도 모른다. 그렇다고 해서 신을 가혹하게 배척하는 것도 아니다. 그저 신이 인간에게 좀더 가까이 있는 존재일 뿐이다.

「일석지지」처럼 「신 인간 개」 또한 세 개의 다른 이야기들을 갖고 있다. 손 모델인 징징은 산후 우울증에 시달린다. 건축디자이너인 남편 아슝은 그런 아내를 이해하지 못하고 징징의 증상은 더욱 심해진다. 아슝 또한 사랑하는 아내와 소통하지 못함으로써 괴로움을 겪는다. 징징은 우발적으로 가스를 틀어 놓고 자살을 시도하지만 아이만 죽게 된다. 부눈족 원주민인 비웅은 한때 유능한 산다(散打; 킥복싱과 유사한 중국무술) 선수였지만 지금은 알코올중독에 시달리고 있다. 술에 취해 아들을 구하지 못한 과거를 갖고 있는 비웅은 그 일로 자신을 원망하며 집을 떠난 큰딸 사비 때문에 더욱 고통받고 있다. 아이가 죽은 후 징징은 기독교에 귀의한다. 교회 사람들은 아슝이 수집한 골동품인 불상의 머리를 내다 버리도록 한다. 알코올중독에서 벗어나고 사비가 집으로 돌아오기를 바라는 비웅 또한 교회와 십자가에 매달린다.

신이 그들을 구원할 수 있을까. 징징은 십자가를 목에 걸고 아슝은 불교도인 어머니를 따라 불상 앞에서 절을 한다. 비웅은 교회의 목사를 아버지처럼 여기며 그의 가르침에 따르며 알코올중독에서 벗어나고자 한다. 「신 인간 개」는 그들 사이에 대형 트럭에 거대한 불상과 관음상 등의 크고 작은 불교상들을 싣고 불교 행사장을 찾아 유랑하며 생활하는 황뉴자오의 이야기를 중심에 놓는다. 뉴자오는 20년을 쓴 탓에 낡아 불편해진 의족을 새것으로 바꾸기 위해 돈을 모으고 있다. 뉴자오의 트럭 한편에는 오랫동안 모아 온 크고 작은 불상과 도교상들이 보관되어 있다. 그

것들은 모두 버려졌던 것들이다. 「일석지지」의 아웨처럼 뉴자오 또한 버려진 불상들과 대화할 수 있는 능력을 갖고 있어 그들을 찾을 수 있다. 사실은 아슝의 버려진 불상의 머리도 뉴자오의 트럭에 모셔져 있다. 그렇게 버려진 불교상들을 보듬는 일 외에 뉴자오는 틈틈이 거리의 떠돌이 개들에게도 먹을 것을 주고 있다.

집을 떠나 도시로 간 비웅의 딸 사비는 모델을 꿈꾸는 친구 샤오한의 집에서 살고 있다. 사비는 산다 선수가 되기 위해 도장에서 훈련하고 있다. 사비는 동생의 생일에 집에 내려갈 작정이지만 선물로 주고 싶은 '킬라' 캐릭터 인형을 살 돈이 없다. 둘은 마조히스트들의 콜걸이 되어 변태들의 주머니를 털고 뉴자오의 트럭을 얻어 탄다. 샤오한은 트럭의 의자 밑에서 뉴자오가 의족을 사기 위해 모아 놓은 3만 위안을 훔친다. 사비는 3만 위안을 돌려주기 위해 뉴자오를 찾는다. 그 사이 뉴자오는 떠돌이 소년 아셴(阿仙)을 만난다. 생긴 것과 달리 대식의 재능이 있는 아셴은 먹는 행사를 찾아다니며 끼니를 때우고 상금을 얻거나 지갑을 훔치는 것으로 생활하며 버스의 짐칸에 숨어 섬의 전역을 떠돈다.

좀처럼 그들의 신이 그들을 고통에서 구원해 줄 기색을 보이지 않는 가운데 이야기들은 차츰 접점을 향해 달려간다. 아슝은 휴가를 얻어 징징과 함께 여행에 나선다. 아셴을 거둔 뉴자오는 음력 7월에 열리는 걸신(乞神)축제를 향해 트럭을 몰고, 돈을 돌려준 사비 또한 동승한다. 사건은 비웅이 사는 마을의 근처에서 벌어진다. 한동안 술도 끊고 아내인 아미와 함께 복숭아를 운반하는 일을 하고 있던 비웅의 트럭은 길에 튀어나온 개를 피하기 위해 중앙선을 넘어 마주 오던 승용차와 충돌하고 사람을 죽이게 된다. 비웅의 트럭과 충돌한 차 뒤에서 운전하고 있던 아슝과 징징은 가까스로 위기를 모면한다. 비웅의 변호사는 자신의 과오를 인정하지 말라는 충고를 건넨다. 교회의 목사는 비웅에게 사실을 말할 것을 추궁한다. 술까지 끊었음에도 불구하고 궁지에 몰리게 되자 비웅은 하나님을 믿지 않게 된다. 사비가 돌아오고 오랜만에 온 가족이 모두 모였음에도 불구하고 번뇌에 빠진 비웅은 다시 술을 마신다.

아슝과 징징의 차와 뉴자오의 트럭은 주유소가 문을 닫는 바람에 예정에 없던 일을 겪는다. 아슝과 징징은 비웅이 다니는 교회에서 하룻밤을 묵게 되고 뉴자오의 트럭은 한밤중에 산길에서 멈추어 버려 걸신축제에 가지 못한다. 뉴자오는 도움을 찾아 길을 내려가고 홀로 남은 무서움에 아셴은 트럭 짐칸의 불상들을 밝히는 네온을 모두 켠다. 교회에 묵게 된 아슝과 징징은 십자가가 벽에 걸린 교회의 방에서 오랜만에 서로의 살결을 보듬는다. 징징이 신에게 죄가 되지 않을까 물을 때 아슝은 "난 기독교인이 아니니까"라고 답한다. 둘은 운명과 생사에 대해서 이야기를 나누며 화해를 도모한다.

한편 술에 만취한 비웅은 술병을 깨뜨려 피투성이가 된 손으로 방의 벽에서 떼어 낸 십자가와 마리아상을 뒷주머니에 넣고 집을 나선다. 자신을 구해 줄 신은 없다며 휘발유통을 들고 거리에 나선 비웅은 죽기로 결심한다. 도로로 나선 비웅은 휘황하게 불을 밝힌 불상을 본다. 놀라 그 앞에 주저앉은 비웅의 뒷주머니에서 떨어진 피묻은 십자가와 부서진 마리아상을 주은 아셴은 뉴자오가 고쳐 줄 것이니 걱정하지 말라고 비웅에게 말한다. 비웅이 묻는다. "그럼 구원 받을 수 있을까?" 그런 후에 비웅

징징은 십자가를 목에 걸고 아슝은 불교도인 어머니를 따라 불상 앞에서 절을 한다. 비웅은 교회의 목사를 아버지처럼 여기며 그의 가르침에 따르며 알코올중독에서 벗어나고자 한다. 신은 그들을 구원할 수 있을까.

은 불상이 왜 이곳에 있는지를 아셴에게 묻는다. 기름이 떨어져 이곳에서 있다고 답한 아셴에게 비웅은 불상이 원한다면 기름을 주겠다며 들고 있던 휘발유통을 놓고 다시 비틀거리며 길을 따라 내려간다. 기름은 채웠지만 아셴이 불을 밝혀 둔 탓에 배터리가 방전되어 트럭의 시동을 걸지 못한다. 다음 날 아침 뉴자오는 길 아래의 계곡에서 버려진 불상 하나를 찾는다. 징징이 내다 버린 바로 그 불상이다. 영화는 개들이 떼를 지어 내리막길을 달려 내려오는 것으로 끝난다.

결론을 말한다면 어떤 종류의 신이건 누구도 구원하지 못한다. 징징과 아슝은 화해의 실마리를 쥐기는 했지만 둘의 관계가 새롭게 발전할 수 있을 것인지는 유보적이다. 술에 취한 비웅은 필리핀 이주노동자들과 함께 경찰서에서 수갑이 채워진 채 곯아떨어진다. 신과 인간 사이에서 구원은 역전된 관계로 나타난다. 비웅의 피문은 십자가와 부서진 마리아상은 뉴자오의 손에서 씻겨지고 고쳐진 후 버려진 신들을 모아 둔 트럭의 짐칸에 놓일 것이다. 트럭에 불상을 싣고 유랑하는 뉴자오가 버림받은 불교와 도교의 신들에 대해 베풀어 왔던 일이 기독교의 신에게도 동일하게 베풀어진다. 뉴자오의 눈에는 종교의 이름과 상관없이 신은 신일 뿐이다. 그들 모두는 호혜평등하고 버림받았을 때에는 공평하게 보살핌을 받아야 할 존재이다. 종교와 종교의 차이는 무화된다. 또한 버려진 신뿐만 아니라 거리의 굶주린 개들까지 보살피는 뉴자오는 그 이타성으로 신에 가장 가까운 인물이다. 인간에 의해 보살펴지는 버려진 신과 이타적인 인간을 통해 신은 인간에게, 인간은 신에게 가까워짐으로써 인격과 신격의 간극은 좁혀지고 신과 종교는 땅 위에 인간과 벗삼아 존재할 수 있게 된다. 그런데 신은 누구에게 왜 버림받는 것일까. 징징은 자신의 고통에서 벗어나기 위해 아슝의 신을 버린다. 비웅은 알코올중독에서 벗어나기 위해 매달린 신에게 구원받지 못하자 자신의 신을 내버리고 다른 신에게 기름을 바친다. 신은 구원과 이타를 설교하거나 설법하지만 인간이 찾는 것은 기복(起福)일 뿐이다. 신의 처지가 그처럼 딱하다면 신(들)은 뉴자오와 같은 인간에게 매달릴 수밖에 없는 것이다. 그러니 이렇게 말할 수 있는 것일까. 가장 위대한 존재는 이타적인 인간이라고.

「신 인간 개」에는 어쩌면 또 다른 신이 등장한다. 엄청난 대식가이며 버스의 짐칸에 숨어들어 섬 전역을 떠도는 소년 아셴. "얼마나 떠돌아다녔고 집은 어디냐?"고 묻는 뉴자오에게 아셴은 "태어난 후로부터 줄곧"이라고 답한 후 농담처럼 자신은 귀신이라고 말한다. 흠. 걸신축제의 날에 뉴자오 앞에 나타난 걸신 소년이라니. 뉴자오는 아셴을 거두고 둘은 함께 걸신축제가 열릴 장소로 떠난다. 음력 7월 걸신축제가 열리는 때는 지옥의 문이 열리는 때이다. 이승을 떠돌아다니던 걸신들은 문이 열릴 때에 지옥으로 돌아간다. 그러나 걸신들은 소득 없이 홀로 지옥에 돌아가지 않는다. 사람을 정해 사고로 죽게 한 후에 그의 혼과 함께 돌아간다. 걸신축제란 이런 걸신을 배부르게 먹여 위로함으로써 고약한 짓을 하지 않도록 하는 축제이기도 하다. 바로 그 걸신을 연상케 하는 소년 아셴은 아마도 뉴자오를 지옥으로의 동반자로 정해 돌아가려고 했을지도 모른다. 기름이 떨어지고 배터리가 방전되어 결국 뉴자오는 축제장소로 가지 못하고 손해배상을 해야 할 처지가 된다. 뉴자오와 아셴은 짐칸에 걸터앉아 길에서 주은 복숭아(비웅의 트럭에서 떨어진 복숭아)를 먹는다. 뉴자오가 "이렇게 잘 먹여 주니 아버지 같지 않느냐"고 묻자 아셴은 "충분치 않다"고 말한다. 뉴자오는 다시 말한다. "재수가 없었던 것도 그리 나쁘지는 않은 일이야. 까짓, 배상금이야 복숭아 값을 주었다고 생각하면 되니까." 뉴자오의 이 말에 아셴이 묻는다. "그럼 다리(의족)는 어쩌고요?" 뉴자오가 웃으면서 말한다. "돈이야 또 벌면 되는 것이지."

당신이 걸신이라면 뉴자오를 지옥으로 데려갈 동반자로 삼았을까. 축제가 끝나고 지옥의 문이 닫히면 다시 열릴 때까지 일 년을 기다려야 한다고 해도 아마 당신은 기다리는 편을 택했을 것이다. 걸신을 기다리게 하는 힘. 그게 이타의 돌봄이고 신이며 인간이고 또 개다.

「신 인간 개」와 「일석지지」에는 허우샤오시엔의 영화에 도맡아 출연해 이름을 알렸던 가오지에(高捷, 잭 카오)가 주연으로 출연한다. 허우샤오시엔의 페르소나로 여겨졌던 가오지에가 그동안 자신의 트레이드마크로 삼았던 불량한 건달 이미지는 이 두 영화에서 찾아볼 수 없다. 대신 온화하거나 선량하며 이타적인 황뉴자오와 고집스럽지만 역시 선량한 하층민 린시촨의 역할을 맡아 펼치는 유머스러운 연기로 가오지에는 두 번째 전성기를 누리고 있는 것처럼 여겨진다. 가오지에의 변모는 허우샤오시엔과 양더창, 차이밍량 등의 뉴웨이브 감독들 이후를 좀처럼 메우지 못하고 오랫동안 공백기로 두었던 대만영화가 2000년대 후반에 들어 다시 새로운 자리를 잡고 있는 것과 때를 같이하고 있어 공교롭다.

중국공산당의 혁명 후(後)를 엿보다

• 푸른 연 | 藍風箏, The Blue Kite, 1993
• 인생 | 活着, Lifetimes, 1994
• 여름궁전 | 頤和園, Summer Palce, 2006

烏鴉烏鴉在樹上	까마귀가 까마귀가 나무에 앉아 있네
烏鴉烏鴉真能飛	까마귀는 까마귀는 높이 날지만
烏鴉老了飛不動	늙은 까마귀는 날지 못하네
對著小鳥叫	작은 새는 울지
小鳥每天打食回	작은 새는 매일 먹을 것을 구해 와
打食回來先喂母	어미를 먼저 먹이고
自己不吃忍耐著	자기는 참는다
母親從前喂過我	이전엔 어미가 자기를 먹였지

1953년 3월 5일 소련의 스탈린이 죽는 바람에 티에터우는 열흘 늦게 태어난다. 예정되었던 부모의 혼인식이 열흘 연기되었기 때문이다. 톈좡좡(田壯壯)의 영화「푸른 연」은 티에터우의 내레이션을 빌려 그렇게 시작한

다. 이건 일종의 가벼운 농담처럼 들리지만 그보다는 중국 현대사의 정치적 또는 역사적 격랑 속에 몸을 싣고 결코 벗어날 수 없었던 개인에 대한 알레고리이기도 하다.

「푸른 연」은 1953년에서 1968년까지의 15년을 배경으로 하는 티에터우의 가족사를 '아빠'(爸爸), '아저씨'(叔叔), '계부'(繼父)의 3부로 다룬다. 스탈린의 죽음으로 시작하는 15년의 그 시간은 '자산계급개조'(資産階級改造), '백화제방, 백가쟁명'(쌍백운동)과 '정풍운동'(整風運動), '대명대방'(大鳴大放)에서 '반우파운동'(反右運動), '대약진' 그리고 '문화혁명'의 초반에 이르는 중국 현대사에서 가장 숨 가쁘고 가장 격렬했던 특별한 시기를 담고 있다. 그 시대를 관통해 왔던 중국인들에게 또는 중국에게 이 시기는 어떤 의미를 갖고 있을까.

도서관 직원인 린샤오롱과 초등학교 교사인 천수좐은 스탈린의 죽음으로 연기된 혼인식을 치른다. 이제 막 식을 치른 신혼부부는 하객들 앞에서 장기자랑으로 혁명가를 부른다. 마오쩌둥의 초상화를 배경으로 "중국의 평화로운 땅에서 모두 풍족하게 살아가니"로 시작하는 군가풍의 혁명가를 부르는 이 장면은 의미심장할뿐더러 앞으로 벌어질 모든 일들을 예단하게 한다. 노래가 절정에 달할 때 카메라는 신랑인 린샤오롱의 도서관 동료인 리궈둥이 선물로 가져온 탁자 위의 도기 말인형을 비추는데 이윽고 말의 목은 부러져 떨어진다. 불안한 기운 속에서 이듬해 태어난 아이에게 샤오롱과 수좐은 머리가 단단하다고 해서 티에터우(鐵頭)라는 이름을 붙여 준다. 이제 영화는 티에터우와 함께 그 모든 역사적 사건들을 차례로 따라가기 시작한다.

「푸른 연」은 린샤오룽이 죽고 난 후 대약진 시대의 풍경을 공동
식당을 통해 보여 준다.

1956년 4월 마오쩌둥은 중앙확대회의 강화에서 "예술에서는 백화
제방(百花齊放; 온갖 꽃이 일시에 핀다는 뜻으로, 누구든 자기 의견을 피력할 수
있음을 의미), 학술에서는 백가쟁명(百家爭鳴; 학자들이 자기 주장을 자유롭게
펼치고 토론한다는 뜻)을 우리(공산당)의 방침으로 해야 한다"며 이른바 쌍
백(雙百)을 제시했다. 같은 해 9월, 11년 만에 열린 중국공산당 제8기 전
국대표대회는 공산당 차원에서 쌍백을 선언했다. 이 대회에서는 소유제
의 사회주의적 개조가 기본적으로 완료되었고, 생산관계의 변혁이 급속
한 진보에서 완만한 단계에 이르렀으며, 생산력의 충실한 발전과 사회주

의 건설을 위한 물질적 기초가 확립되었음을 천명했다. 1949년 혁명 이후 정치적·경제적 사회주의 건설을 일차적으로 마무리한 중국공산당이 일반 지식분자에게 처음으로 따뜻한 손을 내미는 순간이었다. 마오쩌둥은 "맑스주의에 대한 비판을 가해도 좋다. 맑스주의는 과학적 진리이고, 비판을 두려워하지 않는다. 맑스주의가 비판을 두려워하고 비판에 의해서 무너진다면, 맑스주의는 아무런 역할도 할 수 없다. 관념론자, 소부르주아 사상, 부르주아 사상과의 투쟁 가운데 사상계에 있어서 맑스주의의 지도적 지위는 강화되어 갈 것이다"는 말로 문학·예술·과학·사상의 자유를 보장하고 자유로운 비판과 논쟁을 촉구했다. 반응은 즉각적이지 않았다. 혁명 직후부터 진행된 사상개조운동은 공산당에 대한 일체의 비판을 허용하지 않았으며 오직 침묵만을 강요했다. 쌍백이 그런 분위기를 역전시키기에는 역부족이었다. 1957년 1월 마오쩌둥은 "(인민대중은) 알고 있는 것은 모두 말하라. 말하는 자는 죄가 없다. 듣는 자에게 교훈을 준다"라며 거듭 쌍백을 호소했고 공산당 선전부가 쌍백의 확산을 조직하도록 했다. 같은 해 4월 27일에는 공산당 주도의 '정풍운동'이 시작되었다. 혁명 후 확고한 공산당 일당지배체제 아래에서 비판과 논쟁의 자유를 보장한다는, 어쩌면 지극히 당연하면서도 파격적인 정책 앞에서 마침내 닫혔던 입이 열리기 시작했다. 중국공산당 중앙위원회는 "당내에 관료주의, 종파주의, 주관주의가 새롭게 성장하고 있다"라고 지적하고 "때문에 이것에 반대하는 정풍운동을 행한다"라고 했으며 마오쩌둥은 특별히 "교육, 위생 등의 부문에 있어서 관료주의를 지적할 것"을 중점적으로 호소했다.

일은 어떻게 시작되었고 어떻게 종결되었을까. 「푸른 연」의 1부인 '아빠'는 티에터우의 생부인 린샤오롱의 운명을 통해 그 끝과 시작을 보여 준다. 명방(鳴放)과 정풍이 시작되었을 때 린샤오롱의 직장인 도서관 내에 걸리던 "대명대방방당정풍"(大鳴大放幇黨整風)의 붉은 플래카드가 그 아래를 지나던 린샤오롱과 그의 절친한 동료 리궈동을 덮치는 장면은 앞으로 벌어질 사건들의 결과를 암시한다.

린샤오롱의 동료인 린웨이는 솔직한 의견을 말하라는 관장의 발언에 샤오롱과 궈동도 같은 의견임을 들어 관장의 관료주의를 비판한다. 물론 린샤오롱의 도서관뿐이 아니었다. 1957년 4월 공산당이 촉구한 명방운동이 본격적으로 시작되었을 때 전 중국은 공산당에 대한 비판의 열기로 가득했다. 민주당파는 공산당의 특권의식을 맹렬하게 비판했고 대학교수들은 공산당원들이 마치 국민당 특무와 같다며 통렬히 조롱했다. 대학생들은 대자보와 토론을 통해 "마오 주석의 말이라고 해서 금과옥조는 아니다. 왜 반대하면 안 되는 것인가?"라고 말하기 시작했다. 혁명 후 8년 동안의 공산당 독재에 대한 불만이 봇물처럼 터져 나오는 순간이었다. 불과 한 달 만에 '명방'은 전국을 뜨겁게 달구었다. 그 바람 아래에서 공산당에 대한 비판은 물론 마오쩌둥에 대한 권위도 도전받고 있었다. 공산당은 자신들의 목을 옥죌 이 바람을 묵과할 수 없었다. 1957년 6월 8일 『인민일보』가 「공산당의 정풍을 원조하라」는 제목 아래 "소수의 우파분자가 공산당과 노동자계급의 지도권에 도전하고 거리낌 없이 공산당에게 퇴장하라고 외치고 있다. 그들은 이 기회에 편승하여 공산당과 노동자계급을 전복시키고 사회주의의 위대한 사업을 전복시키려고 하고 있다"라는 사설을 내보낸 것이 '반우파투쟁'의 신호탄이었다. 같은 날 공산당 중앙위원회는 「힘을 조직하여 우파분자의 공격에 반격을 준비할 것에 관한 지시」를 각 성(省) 위원회 앞으로 보냈다.

관장의 관료주의를 비판했던 린웨이와 린샤오룽은 우파로 지목당하고 동북지방의 노동개조수용소의 벌목공으로 전출되어 가족과 헤어지게 된다. 멀고 먼 곳으로 쫓겨난 티에터우의 아버지 린샤오룽은 그곳에서 나무를 베다 깔려 목숨을 잃었음이 편지로 전해진다. 린샤오룽이 어디에 묻혔는지도 알 수 없다. 티에터우 가족의 비극은 그것으로 끝나지 않는다. 작은외삼촌인 천수옌은 미술을 전공하는 대학생이었지만 명방 당시에 앞장섰음을 이유로 역시 샤오룽과 같은 처지를 피하지 못한다. 인민해방군 공군 조종사인 큰외삼촌 천수성은 부대의 문공단(文工團; 인민해방군 산하 문예선전부)원인 주잉을 사랑하지만, 주잉은 장군과의 댄스를 거부했다는 이유로 공장 노동자로 하방(下放)된 후 반우파투쟁의 시기에 체포되어 감옥에 갇히게 된다. 연극배우인 주잉이 하방되고 우파로 체포되는 이유는 직설적으로 설명되는 대신 부대의 정치장교가 장군과의 댄스를 강요하는 장면으로 암시될 뿐이다. 주잉의 비극적인 운명은 공산당원의 부패를 암시한다. 공산당의 부정은 당원인 도서관장이 리궈둥에게 고발을 강요하는 장면에서도 되풀이된다. 궈둥은 샤오룽을 고발하는 자술서를 관장에게 전달하고 곤경에서 벗어나지만 자책감에 시달린다. 1957년 반우파투쟁으로 린샤오룽과 같은 운명을 피하지 못한 수는 50만 명으로 추산된다.

마오쩌둥은 결국은 좌초시킬 쌍백을 왜 그토록 집요하게 제창한 것일까. 본격적으로 생산력을 발전시킬 단계에 있어서, 특히 과학·기술 분야에 있어서 지식인들의 동참이 필요했기 때문이라고 말하지만 아마도 그건 이론적인 배경을 설명해 줄 뿐이다. 그보다는 티에터우가 열흘 늦게 태어난 이유를 제공했던 인물, 이오시프 스탈린에게 이유를 묻는 편이 낫다. 1956년 2월 소련공산당 전당대회는 니키타 흐루쇼프가 장황한 연설을 통해 스탈린 격하를 본격화한 장소이다. 레닌의 죽음 직전부터 소련의 권력을 장악한 이후 30년 이상 철권통치자였던 스탈린의 권위가 붕괴되기 시작하자, 여파는 소련뿐 아니라 사회주의권 전체로 파급되었다. 1956년 헝가리와 폴란드에서 벌어진 자유화 시위는 스탈린주의 유제(遺制)의 청산이거나 반스탈린주의의 성격을 띠고 있었다. 마오쩌둥과 중국공산당에게 1956년 소련에서 벌어진 일련의 사건들은 충격 이상이었다. 제2차 세계대전을 전후해서는 물론 혁명이 승리하기 직전까지 중국공산당이 아니라 국민당을 지원했던 것이 스탈린의 소련이었지만, 그럼에도 불구하고 소련공산당은 세계 공산주의 운동의 어버이이자 스승이었고 단지 이념뿐 아니라 코민테른을 통한 조직적인 지도성도 확보하고 있었다. 소련공산당과 스탈린주의는 공산주의와 같은 의미였으며 중국공산당 또한 그 절대적인 지도성을 받아들이고 있었다. 혁명 후 중국은 또 소련의 원조에 절대적으로 의존하고 있었다. 스탈린의 죽음은 모든 것을 바꾸었다. 더욱이 흐루쇼프의 스탈린 격하는 개인숭배에 대한 비난에 초점이 맞추어져 있었다. '마오쩌둥사상(Maoism)을 당의 최고 방침으로 한다'라거나 '마오쩌둥사상을 학습하는 것은 당원의 의무다'라는 조항을 당 규약에 넣어 두고 있었던 중국공산당이었다.

금기가 붕괴하고 우상이 파괴되었을 때 중국공산당의 선택은 두 가지 길 중의 하나였다. 하나는 스탈린주의의 폐해를 극복하는 것이고 다른 하나는 넘어진 스탈린의 동상을 다시 세우는 것이었다. 쌍백은 전자에 해당했다. 비판과 논쟁을 불허하고 대신 개인숭배와 관료주의를 통치의 근간으로 했던 스탈린주의의 폐해는 아마도 백화제방과 백가쟁명의 촉구로 극복의 실마리를 마련할 수 있었다. 더욱이 중국은 이제 막 혁명을 승리로 이끈 젊은 사회주의 국가였다. 그 주역인 중국공산당에게는 스탈린주의가 아닌 새로운 공산주의를 제창하고 실현할 것을 포함해 모든 가능성이 넓게 열려 있었지만, 역사는 마오쩌둥과 중국공산당이 그러는 대신 결국은 스탈린의 동상을 다시 세우는 길을 택했음을 알려 준다. 반우파투쟁으로 명방이 소멸함으로써 원래의 의미에서 인민민주주의는 싹이 트기 전에 뿌리가 뽑혔고 뒤이어 1959년 8월의 루산(廬山)회의는 공산당원들마저 침묵하게 함으로써 당내 민주주의까지 수렁에 빠졌다.

정치적 격변에도 숨 돌릴 틈 없이 중국은 경제적 재앙의 늪으로 빠져들어 갔다. 이제는 누구도 막을 수 없게 된 마오쩌둥 주도의 제2차 경제개발 5개년 계획은 '대약진'으로 불렸으며 1958년에 시작되었다. 혁명 후 점진적으로 진행된 농업집산화의 전면화와 농업생산성 향상, 철강생산 증대로 요약되는 중공업의 '대약진'은 1년 만에 1천만 가구를 2만 5천 개의 인민공사로 밀어 넣었다. 대약진이 시작될 무렵 마오쩌둥은 15년 내 영국의 철강생산량을 앞지르겠다고 호언장담했다.

「푸른 연」은 린샤오롱이 죽고 난 후 대약진 시대의 풍경을 공동식당으로, 「인생」은 전 인민의 철강대생산(全民大煉鋼) 현장을 통해 보여 준다. 농촌은 물론 도시에서도 마찬가지로 이루어진 공동취사는 고도화된 집산화의 상징이었다. 마오쩌둥이 전 인민에게 독려한 철강생산은 농촌에서 촌락단위의 소규모 연강로(煉鋼爐)의 탄생으로 이어졌다. 솥이나 주전자, 수저, 심지어는 농기구 등 녹일 수 있는 철은 모두 공출되었고 고로(高爐)의 연료로는 책장과 식탁 심지어는 관까지 등장했으며 산들은 민둥산이 되었다. 그러나 그 결과 얻어진 것은 아무짝에도 쓸모없는 저질의 폐철이었다.

마을사람들이 모두 모여 음식을 나누는 공동식당의 풍경은 흥겹고 풍성하기까지 하다. 그러나 티에터우의 외삼촌인 수성에게는 그렇지 않다. "전국이 대약진하고 있다"며 틀에 박힌 선전문구를 늘어놓는 누이는 비판적 입장을 취하는 수성을 다그친다.

"(대약진은) 정말 대단해. 너도 들어 보기는 했지."

이때 수성은 담배를 빨며 씁쓸한 어조로 말한다.

"들어 봤지. 공동식당들이 얼마나 많은 식량을 은밀히 낭비하고 있는지, 연강로에서는 어떤 식으로 폐철을 생산하고 있는지."

현실은 수성의 말과 같았다. 보신주의와 관료주의가 만연한 가운데 마오쩌둥과 공산당의 생산성 향상 독려는 허위보고를 남발하게 했다. 곡물생산은 실제보다 부풀려졌고 촌락의 연강로에서는 쓸데없는 폐철만 양산되었다. 마오쩌둥이 직접 제창한 참새잡기운동(消滅麻雀運動)은 농업분야에서의 철강생산이었다. 추수철에 참새가 곡물을 축낸다는 것에 착안한 이 운동은 생태계를 뒤흔들었고 결국 메뚜기의 창궐로 이어져 곡물생산량의 감소로 이어졌다. 이는 또 기왕의 기근을 악화시켰다. 「푸른 연」에서 티에터우네 마을의 아이들이 참새잡기에 나서는 장면은 이 운동을 묘사한 것이다.

농민들에게 대약진은 재앙이었다. 국영창고에는 곡물이 채워졌지만 농촌의 인민공사 창고는 서류상으로 날조된 생산량 때문에 곡물이 남아 있을 수가 없었다. 도시 중심의 곡물 분배로 도시의 인민들은 끼니를 이을 수 있었지만 농사를 짓는 농촌에서는 아사자가 속출했다. 철강생산의 독려로 노동력을 빼앗긴 탓에 농업노동력의 부족 사태도 빚어졌다. 때마침 밀어닥친 가뭄은 사태를 극악하게 만들었다. 대약진 기간 동안 2,000만에서 4,300만으로 추산되는 중국 인민이 목숨을 잃었고, 그 대부분은 기아에 시달리다 사망한 농민이었다. 또한 대규모 토목사업에 집단노동력을 투입해 적잖은 인명이 희생되었다. 농촌의 농민들이 배를 움켜쥐고 기아에 신음하고 있을 때, 국영 창고에 쌓인 곡물은 대약진의 위대한 승리를 세계적으로 과시하기 위해 수출용으로 포장되어 부두로 향하고 있었다. 대약진은 중국 전역을 도탄의 지경에 몰아넣은 대재앙이었다.

대약진의 참상은 티에터우의 생부인 린샤오룽을 고발해 결국은 죽음에 이르게 한 리궈동의 운명을 통해 느슨하게 전달된다. 동료를 고발해 결국은 죽게 만든 리궈동은 린샤오룽을 대신해 티에터우와 그의 어머니의 생활을 돕는다. 리궈동은 도서관의 노동경쟁대회에서 우수노동자로 뽑히는 등 대약진 시대의 모범적 노동자이다. 덕분에 몸은 말이 아니다. 그런 리궈둥은 어느 날 천수촨에게 자신이 린샤오룽을 고발한 일을 고백하고 "여기가 내 집이었으면 좋겠소"라는 말로 청혼한다. 동료였던 린샤오룽이 남긴 가족들을 돌보는 것으로 속죄를 대신하려 했던 리궈동의 바

티에터우는 그렇게 두번째 아버지를 잃는다. 영양실조에 중노동으로 휘청거리는 노동자가 대약진 시대의 초상인 것이다.

람은 그가 결혼한 직후 두 달 만에 요절하다시피 세상을 떠나면서 덧없게 되어 버린다. 의사는 리궈동이 영양실조에도 불구하고 심하게 중노동을 한 탓에 간을 상해 죽었노라고 말한다. 티에터우는 그렇게 두번째 아버지를 잃는다. 영양실조에 중노동으로 휘청거리는 노동자가 대약진 시대의 초상인 것이다.

대약진은 누구의 눈에도 참혹한 실패였다. 이 실패의 주범인 마오쩌둥은 1959년 8월의 루산회의에서 대약진을 '소부르주아의 환상주의'로 비판한 국방부장인 펑더화이(彭德懷)를 숙청함으로써 위기를 수습하고 대약진 실패의 책임을 모면했다. 이후 중국공산당 내에서는 반우파투쟁이 전개되어 무려 365만 명이 우익으로 몰려 직무가 해임되었다. 그러나 마오쩌둥도 그 책임을 완전히 모면할 수는 없었다. 루산회의 이후 마오쩌둥은 당주석 이외의 자리에서 사임하는 것으로 한발 뒤로 물러섰다. 류샤오치(劉少奇)와 저우언라이, 덩샤오핑이 마오쩌둥이 차지하고 있던 국가주석과 총리, 당총서기직을 나누었다. 중국공산당은 노선을 집산화의 해체와 부분적 자유시장제도의 도입 등 실용노선으로 전환했다. 정치적 긴장이 고조되는 가운데 1966년 8월 8일 「사령부를 폭격하라: 나의 대자보」(炮打司令部—我的一張大字報)라는 마오쩌둥의 논평이 『인민일보』에 실리고, 같은 날 공산당 중앙위원회가 「프롤레타리아 문화대혁명에 관한 중국공산당 중앙위원회의 결정」(문혁 16조)을 발표하는 것을 시작으로 본격적인 문화혁명의 신호탄이 올랐다. 문화혁명은 마오쩌둥을 후광으로 한 린뱌오(林彪)와 장칭(江靑) 등 이른바 '4인방'이 주도했지만 주역은 공산당이 아니었다. 주역은 처음에는 대학에서 출발해 이윽고 각급 학교와 노동자, 농민 계층의 젊은이들로까지 확대된 대중조직인 홍위병(紅衛兵)이었다. 조반유리(造反有理; 반항·반란에는 이유가 있다)를 내건 이들에게 마오쩌둥은 전적인 지지를 표시해 힘을 실어 주었다. 이윽고 홍위병을 주축으로 한 반자본주의·반우파 투쟁이 중국 전역을 휩쓸었다. 문화혁명은 격렬한 대중운동이었다. 표현과 언론, 결사의 자유가 보장된 가운데 '4구(四舊; 낡은 사상·문화·풍속·관습) 척결'을 내건 이 대중운동은 아래로부터의 혁명이었으며, 그 대상에는 관료와 공산당원도 예외가 아니었다. 사실상 문화혁명의 가장 큰 피해자는 지식인과 관료, 공산당원 등 혁명 후 중국의 명실상부한 지배층들이었다.

「푸른 연」의 마지막 3부 '계부'는 그런 문화혁명의 격랑 속에 휘말려든 티에터우 모자를 정면으로 응시한다. 리궈동의 죽음으로 다시 미망인

이 된 천수촨은 어린 티에터우의 미래를 위해, 누이의 소개로 노년의 공산당 간부를 만나 재가한다. 티에터우의 세번째 아버지가 된 계부는 혁명 후 중국의 전형적인 중산층 수준의 생활을 영위하고 있다. 문화혁명은 그의 이층집을 덮쳐 쑥밭으로 만든다. 직장의 대자보에서 비판을 받기 시작하자 계부는 수촨과 티에터우에게 예금통장을 내밀며 이혼하는 것이 모자를 위해서 좋겠다고 말한다. 결국 홍위병들이 들이닥친다. 계부를 돕기 위해 집으로 달려간 수촨과 티에터우는 홍위병들에게 폭행당하고 수촨은 계부와 함께 끌려가고 티에터우는 길 위에 쓰러진다. 쓰러진 티에터우의 시선에는 푸른 하늘과 나뭇가지, 그리고 그 가지에 얹힌 찢어진 푸른 연이 걸린다. 그 화면 위로 흐르는 티에터우의 내레이션은 1968년 11월 7일 계부가 감옥에서 심장마비로 숨을 거두고 수촨은 우파로 몰려 감옥에 갇혔음을 알려 준다.

1967년 2월 인민해방군이 홍위병을 공격하기 시작했을 때 두 세력 간에는 무장투쟁에 가까운 충돌이 벌어진다. 1967년 11월 5일 마오쩌둥은 인민해방군에게 질서 회복을 명령한다. 인민해방군에 대한 홍위병의 격렬한 저항은 1968년 여름, 베이징을 마지막으로 막을 내렸다. 권력은 다시 공산당의 손으로 넘어가고 홍위병은 역사의 무대에서 사라졌다. 영화가 막을 내리는 것은 이와 때를 같이한다. 문화혁명은 마오쩌둥이 사망하고 장칭을 비롯한 4인방이 체포된 1976년 공식적으로 막을 내렸지만, 사실상 이때 이미 종장을 맞은 것이나 마찬가지이다. 마오쩌둥의 사망 이후 권력은 화궈펑(華國鋒)에게 잠시 머물렀다가 1980년 덩샤오핑에게로 완전히 넘어갔다.

문화혁명에 대한 중국공산당의 입장은 1981년 6월 27일 중앙위원회가 「건국 이래의 몇 가지 역사적 문제에 대한 당의 결의」를 밝힌 이래, 그것은 좌편향의 오류이며 그 책임은 마오쩌둥의 잘못된 지도에 있다는 것으로 요약된다. 그러나 다른 모든 사안이 그렇듯 문화혁명에 대해서도 중국공산당은 일체의 공개적 논의를 불허하고 있다. 영화도 마찬가지이다. 1990년대 초 5세대 감독들은 약속이라도 한 것처럼 문화혁명을 배경으로 하는 영화를 선보였다. 톈좡좡의 「푸른 연」(1993), 장이머우의 「인생」(1994), 천카이거의 「패왕별희」(1993)는 모두 이 시대를 중요한 또는 부분적인 배경으로 하고 있다. 이 중 「푸른 연」과 「인생」은 중국혁명 후 문화혁명까지의 시기를 직접적으로 다루고 있는 아마도 최초의 영화였다. 그 두 영화에 대한 중국공산당의 회신은 톈좡좡에게는 7년 동안, 장이머우에게는 2년 동안의 영화제작 금지처분이었다. 톈좡좡에게 이 조치는 의심할 바 없이 가혹한 것으로, 그는 2002년에야 「푸른 연」의 다음 영화가 된 「작은 마을의 봄」(小城之春)을 만들 수 있었다. 전성기가 모두 지난 다음이었으며 별다른 주목도 받지 못했다. 2009년에는 부쩍 해외나들이가 잦아진 일본의 오다기리 조를 출연시킨 사극 블록버스터 「낭재기」(狼災記)를 선보였지만 흥행에서나 작품성에서나 모두 역부족이었다. 물론 장이머우는 그렇지 않았다. 이듬해에 홍콩자본을 동원해 「트라이어드」(Shanghai Triad, 1995)를 제작했고 뒤에도 승승장구, 중국을 대표하는 5세대 감독의 대표주자로 활동할 수 있었다.

톈좡좡과 장이머우 사이, 또는 7년과 2년의 금지처분 사이, 아니 「푸른 연」과 「인생」 사이에는 어떤 차이가 있었던 것일까. 이건 단순히 두 영화의 차이일 뿐 아니라 중국혁명의 한 시대를 바라보는 현재의 중국공산당의 시선이 배어 있다는 점에서 흥미롭다.

장이머우의 「인생」은 「푸른 연」보다 시대의 외연을 확장해 혁명 전야에서부터 출발한다. 도박판에서 밤을 새우며 세월을 낚는 전형적인 자산계급 출신 수푸구이는 결국 집을 날린다. 늙은 아버지는 분을 참지 못하고 집을 날린 푸구이를 향해 "때려죽일 테다!"라며 노구를 이끌고 덤벼들지만 그 통에 쓰러져 숨을 거둔다. 그러나 푸구이나 아버지나 막상막하의 인물이다. 물려받은 재산의 절반은 아버지가 한량 노릇으로 날렸고 나머지 절반을 푸구이가 날린 것뿐이다. 도박을 끊지 못하는 남편을 떠났던 푸구이의 아내는 푸구이가 빈털터리가 되자 그에게로 돌아온다. 자산계급에서 무산계급으로 신분이 수직으로 하강한 푸구이는 대오각성하고, 한량 시설의 소질을 살려 전통 그림자극으로 가계를 꾸려나간다.

그러곤 국공내전. 지방을 떠돌며 그림자극을 하던 푸구이의 공연패는 국민당군에게 잡혀, 푸구이는 동료인 춘성과 함께 강제노역을 당하는 신세가 된다. 국민당군이 패주한 후에 군복을 입고 있던 푸구이는 인민해방군의 포로가 되지만, 그림자극을 공연하며 복무(?)한 끝에 인민해방군 복무증명서를 지참하고 무사히 고향으로 돌아오게 된다. 뒤이어 벌어지는 혁명 후 개혁의 와중에, 도박빚으로 푸구이의 집을 가져간 롱웨이가 재산몰수에 반항해 불을 지른 이유로 처형당하게 될 것을 알게 된다. 이 소식을 전하며 마을이장이 말한다.

"며칠 동안이나 탔어. 네 집 목재는 질이 무척 좋았지."

이 말을 듣던 푸구이는 잠시 눈을 껌뻑이다 이렇게 대구한다.

"그 집은 우리 집이 아니에요. 반동의 집이지요."

그러곤 롱웨이가 처형당하는 장면을 제대로 보지도 못하고 총소리만 듣고는 겁에 질려 집으로 뛰어온 푸구이가 아내에게 말한다.

"집을 잃지 않았다면 지금 죽은 사람은 나였어."

전화위복이거나 새옹지마. 혁명 후 역사의 격랑은 푸구이의 가족 또한 휘청거리게 만든다. 대약진의 와중에 푸구이의 아들 유칭은 공동식당에서 귀머거리인 누이 펑샤를 괴롭힌 아이의 머리 위에 음식을 끼얹는다. 일을 당한 아이의 부모가 화를 내자 "애들 사이의 일"이라며 아들을 옹호하던 푸구이는 상대가 "반동적인 소행"이라고 공격하자 지레 움츠러들어 오히려 자신의 아들에게 매를 댄다. 일은 그쯤에서 끝나지 않는다. 대약진의 철강생산은 푸구이의 개인적 비극으로 이어진다. 학교에서의 철강생산 현장에 구장(區長)이 참석한다는 말에 푸구이는 아내의 만류에도 불구하고 잠이 든 아들을 등에 업고 학교에 데려다 준다. 그날 유칭은 구장의 차가 부딪혀 무너진 담에 깔려 그만 죽고 만다. 구장은 한때의 동료인 춘성이었다. 춘성은 용서를 빌지만 푸구이와 아내는 그의 용서를 받아들이지 못한다. 한편 귀머거리인 딸 펑샤는 모범적인 노동자이지만 절름발이인 얼시와 혼인한다. 귀머거리에 절름발이지만 둘은 누구의 눈에도 행복한 신혼을 꾸려 가고 마침내 펑샤는 아이를 가진다. 그러나 문화혁명의 광포한 그림자는 이 작은 행복도 그냥 지나치지 않는다. 아이를 출산하는 병원의 의사들은 모두 반동으로 몰려 감옥에 갇혀 있다. 병원에는 신출내기 의사이거나 간호원들만이 있을 뿐이다. 이에 아내와 아이를 위한 얼시와 동료들의 작은 모반이 이루어진다. 감옥에

중국공산당은 문화혁명에 대한 일체의 기억을 거부한다. 그건 두려움의 소산일까. 말하자면 아래로부터의 혁명. 언론과 결사의 자유. 사상논쟁의 자유. 인민들에게 권력이 넘어가는 것 따위들에 대한.

갇힌 노의사를 꺼내 병원 복도에 앉혀 두고 펑샤는 출산을 위해 분만실에 들어간다. 사흘을 굶은 노의사에게 푸구이는 큼직한 찐빵 일곱 개를 안겨 준다. 펑샤는 아들을 낳은 후 산후출혈로 생명이 위급해지지만 신출내기 여의사는 겁에 질려 아무 조치도 취하지 못한 채 허둥대고, 펑샤를 구해 줄 노의사는 급하게 우겨 넣은 찐빵에 체한 데에다 푸구이가 가져다준 뜨거운 물 때문에 몸조차 가누지 못한다. 펑샤는 결국 목숨을 잃는다. 영화의 마지막 장면에서 사위인 얼시, 손자인 만터우(饅頭)와 함께 펑샤의 무덤을 찾은 후 집에 돌아온 푸구이는 만터우에게 사준 병아리를 그림자극 도구를 담아 두던, 이제는 비어 버린 나무상자에 집어넣으며 "병아리가 자라면 뭐가 되나요?"라는 만터우의 질문에 이렇게 대답한다.

"병아리가 자라면, 거위가 되지. 거위가 자라면 양이 되고, 양 다음엔 소가 될 거야."

"소 다음은?"

"소 다음엔…… 만터우도 다 자랐을 테지. 만터우가 다 자라면 기차를 탈 거야. 만터우는 행복하게 살 거야."

「인생」의 마지막 장면은 「푸른 연」과 극적으로 대비된다. 「푸른 연」에서 나무에 걸려 찢어진 푸른 연과 까마귀에 대한 노래로 표현되었던 티에터우의 절망과 일종의 저주가 「인생」에서는 "만터우는 행복하게 살 거야"라는 푸구이의 낙관적 희망으로 바뀐다. 「인생」의 원작인 위화(餘華) 소설 『인생』(活着)은 장이머우의 영화보다 훨씬 비극적이다. 푸구이의 아내는 병으로 죽고, 사위인 얼시는 노동 중에 수레에 깔려 죽는 데에다, 손자인 만터우는 콩을 먹다 죽는다. 푸구이는 늙은 소와 함께 살아가는 것으로 소설은 끝난다. 원작이 문화혁명보다는 대약진의 기근이 가져다준 참혹함에 무게를 싣는다면, 영화는 대약진보다는 문화혁명의 시대에 비중을 둔다. 또 소설에서 푸구이는 늙은 소와 함께 농사를 짓는 농민이었지만 영화에서는 뜬금없이 그림자극을 공연하는 문공인이다. 영화 「인생」이 원작보다 턱없이 긍정적으로 각색되었음은 의심할 나위가 없다.

자, 이제 중국공산당의 심중을 헤아리는 일은 턱없이 난해해진다. 중국공산당은 문화혁명을 참혹한 것으로 다루기를 원치 않는 것일까. 톈좡좡에게 가혹한 형벌을 내린 것으로 보아서는 그렇게 여겨지지는 않는다. 중국공산당은 문화혁명을 참혹했지만 필요했고 가치 있었던 추억으로 간직하기를 원하는 것일까. 이건 불가능한 일이다. 현재의 중국공산당을 지배하고 있는 자들과 그 후계자들, 이른바 '중국 특색의 사회주의'를 운영하고 있는 자들에게 있어 문화혁명은 악몽에 다름이 아니었다. 「건국

이래의 몇 가지 역사적 문제에 대한 당의 결의」는 단호하게 문화혁명을 과오로 결의하고 있다.

중국공산당은 뭘 원하는 것일까. 아마도 그건 어떤 식으로건 문화혁명의 시대를 되살리지 않는 것이다. 오늘의 중국공산당은 그 시대를 망각의 무덤 속에 파묻어 버리고 인민들의 기억 속에서 지워 버릴 것을 소망하고 있다. 혹자는 그 이유를 그 시대의 과오가 결국은 마오쩌둥을 부정할 수 없는 자신들의 정통성과 이념적 기반을 위협할 것이기 때문에 그렇다고 말하고 있다. 그러나 과연 그런 것일까. 그보다는 문혁이 남긴 고통스러운 상처에도 불구하고 문화혁명이 동시에 상기시킬 어떤 것들에 대한 두려움 때문이 아닐까. 말하자면 아래로부터의 혁명, 언론과 결사의 자유, 사상논쟁의 자유, 인민들에게 권력이 넘어가는 것 따위가 주는 공포를 억누를 수 없는 것은 아닐까. 1989년의 톈안먼 민주시위에 중국공산당이 결국은 탱크를 동원할 수밖에 없었던 이유는, 톈안먼의 마오쩌둥 초상화 아래에서 마오쩌둥 본인도 결국은 두려워할 수밖에 없었던 문화혁명의 그 공포스러운 그림자를 보았기 때문이 아닐까.

중국공산당의 검열이 항상 좋은 영화를 추천해 주지는 않는다

2006년 중국 6세대 감독 중의 하나인 러우예(婁燁)의 「여름궁전」은 1986년의 톈안먼 민주운동을 직설적으로 필름에 담은 아마도 첫번째 중국영화였고 동시에 노골적인 섹스 신이 범람한 영화로서 검열 당국의 양대 금기인 정치와 섹스를 모두 무시한 영화였다. 더불어 사전검열과 허가 없이 2006년 칸영화제에 출품함으로써 검열 당국의 신경을 한껏 자극하기도 했다. 결과는 상영금지는 물론 감독과 제작자에 대한 5년간의 영화제작 금지처분이었다. 이런 스캔들에도 불구하고 러우예의 「여름궁전」은 칸에서 아무런 성과도 거두지 못했다. 이건 좀 의아한 일이다. 1989년의 톈안먼에 대해 항상 열렬한 성원을 보냈던 서방 또는 칸의 성의가 고작 이 정도에 그칠 수밖에 없었던 것일까? 「여름궁전」은 그 어쩔 수 없었던 무성의를 스스로 설명한다.

중국의 동북부 변방 투먼(圖們) 출신의 유홍은 남자친구인 샤오준과 첫번째 섹스를 나눈 후 베이징으로 와 대학생활을 시작한다. 기숙사에서 가장 친한 친구가 될 리티를 만나고 그녀의 애인인 루오궈를 알게 된다. 루오궈는 유홍에게 주웨이를 소개하고 둘은 연인이 된다. 톈안먼 사건은 이때 벌어진다. 캠퍼스와 톈안먼 광장이 시위의 열기에 휩싸이던 어느 날 루오궈는 기숙사 방에서 리티와 섹스를 나누다 경비에게 발각된다. 소문은 유홍의 귀에까지 들어간다. 때마침 베이징에서 벌어진 대학생들의 시위 때문에 유홍이 걱정된 샤오준이 베이징에 나타난다. 유홍은 학교를 자퇴하고 투먼으로 돌아간다. 그 뒤 다시 고향을 떠난 유홍은 선전과 우한(武漢)을 떠돌며…… 섹스(!)에 의탁하고 중절도 경험한 후 충칭(重慶)으로 가 그곳에서 결혼한다. 그러는 사이 루오궈가 베를린으로 떠나고, 뒤이어 리티와 주웨이도 베를린으로 떠난다. 소련의 페레스트로이카와 독일의 베를린장벽 붕괴, 홍콩반환과 같은 세계사적인 사건들을 비추는 다큐멘터리 필름을 통해 시간은 흐르고 2천년대의 어느 날, 리티는 베를린의 어떤 건물 옥상에서 갑자기 몸을 던져…… 죽는다. 주웨이는 중국으로 돌아와 충칭에서 직장을 얻는다. 유홍과 주웨이는 거의 20

「여름궁전」은 1986년의 톈안먼 민주운동을 직설적으로 필름
에 담은 아마도 첫번째 중국영화일 것이다.

년 만에 충칭에서 멀리도 떨어진 베이징 북부의 바닷가 행락지 베이다이
허(北戴河)에서 마침내 재회한다. 바로 그 바닷가 호텔에서 유홍이 음료
수를 사러 나간 후 결코 그녀와 함께할 수 없음을 알게 된 주웨이는 차를
몰고 호텔을 떠난다. 주웨이의 차는 도로변의 유홍을 스쳐 지나간다. 맙
소사…….

　설익은 섹스가 시종일관 난무하는 이 영화에는 톈안먼시위는 물론
온갖 굵직한 세계사적인 사건들이 삽입되지만 무의미할 뿐이다. 리티는
건물 옥상에서 몸을 던지지만 그녀가 왜 몸을 던졌는지는 결코 설명되지
않는다. 주웨이를 잊지 못하는 유홍이 섹스에 탐닉하면서 그 이유를 "편

안해지기 때문"이라고 말하는 것 정도가 이 영화에서 가장 제정신인 것처럼 여겨지는 설명이다.

이걸 성의 혁명과 정치적 혁명의 교차라고 하거나, 세계화라거나 청춘의 방황이라거나 시대를 이겨내는 미칠 듯한 사랑이라는 따위의 현학적 수사를 동원한 영화평을 볼 기회를 가진다면, 정말이지 미칠 듯한 적의를 느끼는 경험을 하게 될지도 모를 일이다.

모든 영화가 올바르건 올바르지 않건 역사의식을 갖출 의무는 없으며, 심지어는 몰역사적이거나 반역사적인 영화를 만들 자유도 마땅히 보장되어야겠지만, 어떤 경우에도 그 교호의 접점을 설명해 주는 최소한의 예의는 갖추어야 한다. 감독 자신이 아니라 관객에 대한 의무에 대해 말하는 것이다.

라고 쓴 후 생각해 보니 역시 잘못된 생각이다. 이런 영화라도 만들 자유는 물론 예의를 지키지 않아도 될 권리는 엄연히 존중되어야 하는 것이다. 볼테르의 관용을 떠올리면 마땅히 그렇다.

산사나무 아래의 상산하향(上山下鄕)

• 산사나무 아래 | 山楂樹之戀, Under the Hawthorn Tree, 2010

2010년 장이머우는 「영웅」(英雄, 2002) 이후의 블록버스터 행진을 멈추고 청춘남녀의 러브스토리를 그린 「산사나무 아래」를 내놓았다. 이 영화는 재미 중국계 여류작가인 아이미(艾米)의 같은 제목의 2005년 소설을 원작으로 하고 있다. 『산사나무 아래』는 온라인 소설로 등장해 중국어권의 인터넷에서 뜨거운 반응을 얻었다. 성공을 확신한 출판사는 80만 부의 초판을 인쇄했고, 판매부수는 300만 부 이상으로 『아시아위크』(Asia Week)가 집계한 2007년 중국어소설 순위 7위를 차지했다. 문화혁명의 끝 무렵인 1974년을 배경으로 하고 있는 「산사나무 아래」는 장이머우가 「인생」 이후 16년 만에 문화혁명으로 돌아온 영화이기도 하다. 장이머우 자신은 '문화혁명이라는 소재를 멀리하고 두 연인의 사랑 이야기에 집중했다'고 말하고 있지만 그런 바람이 영화에서 성과를 거둔 것처럼 보이지는 않는다. 원작도 그렇지만 영화 또한 문화혁명이라는 소재가 아니었다면 태어날 수 없는 (사랑)이야기이기 때문이다.

　영화는 앞으로 전개될 이야기가 실화이며 "1970년대 초 마오 주석의 '개문판학'(開門辦學)이란 구호에 호응해 전국의 학교는 교사와 학생을 농촌으로 보내 학습하도록 하였다"란 자막을 보여 준 후 시작한다. 원작은 작가인 아이미가, 친구가 겪은 이야기를 전해 듣고 소설화한 것으로 알려져 있다. 1974년 이른 봄 허베이성(省)의 대도시 스자좡(石家庄)의 고중(高中: 고등학교) 학생들 한 무리가 농촌마을인 시핑촌(西坪村)으로 향한다. 1968년 말 마오쩌둥의 "지식청년들은 농촌에서 다시 배우자"라는 명령으로 시작된 상산하향(上山下鄕)운동 대열 중 하나이다. 문화혁명이 종장을 찍은 후에도 1979년까지 10년 동안 계속된 상산하향은 '도시의 지식청년들이 농촌으로 가 농업생산에 참가해 육체노동을 체험하면서 대자연으로부터 다시 배운다'는 대의에서 시작되었다. 그러나 상산하향이 등장한 것은 중국혁명 직후이며 1956년 중국공산당 중앙위가 작성한 「1956년부터 1967년까지의 전국 농업발전 요강(초안)」(1956年到1967年全國農業發展綱要[草案])에 그 뿌리를 두고 있다. 그 출발이 우선은 경제적 필요에 의한 것이었음을 의미한다. 중국이 전적으로 산업화전 단계인 농업사회였고 도시에서 충분한 일자리를 찾을 수 없었으므로 도시 청년들의 농촌으로의 하향은 자연스럽게 이루어졌다. 다른 한편으로는 혁명 이후 일반교육이 확대되면서 급격하게 증가한 소학교와 중학교 졸업자들의 진학이 현실적으로 난관에 부딪혔기 때문이기도 하다. 상급학교로의 진학이 병목현상을 빚게 되자 그와 함께 취업 문제도 불거졌다. 현실적으로 진학과 취업에 어려움을 겪고 있는 도시 청년들의 하향

「산사나무 아래」는 문화혁명에 깊이 뿌리를 박은 영화이다. 그리고 그 점이 「산사나무 아래」가 백혈병으로 죽어가는 주인공이라는 고전적 모티프를 차용하면서도 「러브스토리」 아류작들과 달리 특별해지는 이유이다. 노장 장이머우가 아침 드라마를 만들어 주부들의 누선을 자극할 감독은 아니지 않은가.

은 정책적 대안이기도 했다. 이념적으로는 몸을 쓰는 자(농민, 노동자)를 하대하고 글을 읽는 자(인텔리)를 우대하던 봉건적 관념의 타파를 목적으로 했으며, 도시와 농촌의 차별, 공업과 농업의 차별 등 3대 차별의 타파를 중요한 목표로 했다.

문화혁명이 시작하기 전까지 철저하게 자원(自願)을 원칙으로 했던 상산하향은 인민해방군이 홍위병을 축출한 직후인 1968년 말부터 정치운동의 성격을 띠며 동원 체계를 갖추게 되었다. 그 일차적 대상이 1966년에서 1968년까지 3년 동안 대개는 초중, 고중 학생으로서 홍위병운동을 주도했던 라오싼제(老三屆)였다. 3년에 걸친 홍위병 운동기간에 초중과 고중의 졸업생 적체현상이 더욱 심화된 것과 조반유리를 내걸고 극렬한 정치운동을 벌였던 라오싼제들을 농촌으로 하방시킴으로써 정치적 불안요소를 제거할 필요가 생겨난 것이 상산하향을 대대적인 정치운동으로 발전시킨 동력이었다. '학교의 문을 열고 배우자'는 개문판학은 1970년 마오쩌둥이 상산하향운동에 내건 구호였다. 상산하향운동은 중국 전역의 각급 학교에서 한층 조직적으로 전개되었다.

　영화가 배경으로 하고 있는 1974년은 라오싼제의 후세대가 상산하향에 나선 때이며 문화혁명이 종장으로 치닫고 있던 때이다. 스자좡의 8중고에 재학 중인 징추(靜秋)는 상산하향의 현장인 시핑촌에서 노동체험 외에 마을 어귀에 세워진 산사나무를 소재로 한 교재의 원고를 작성할 임무도 갖고 있다. 설명에 따르면 이 산사나무는 항일투쟁과 해방투쟁의 기간 동안 전사들이 투쟁을 지켜보았고 또 처형당한 장소였다. 그 피를 먹은 산사나무는 원래의 하얀 꽃이 아닌 붉은 꽃을 피우게 되었다는 특별한 나무이다. 학생들은 저마다 짝을 지어 마을의 촌민들 집에 묵게 되고 짝을 짓지 못한 징추는 촌장의 집에 홀로 묵게 된다. 시핑촌에는 또 지질탐사대가 내려와 있다. 징추는 지질탐사대원인 라오싼(老三)을 만나게 되어 마음이 끌린다. 라오싼 또한 징추에게 끌리고, 잉크가 새는 만년필로 원고를 쓰는 징추에게 새 만년필을 선물하는 것으로 사랑을 표현한다. 이미 움튼 둘의 사랑은 봄바람과 함께 피어나 향기를 뿜기 시작한다.

　크고 작은 갈등이 두 청춘남녀의 사랑을 방해한다. 징추가 라오싼에게 애인이 있다고 오해하면서 벌어지는 갈등은 사적이고 소소하지만 계급문제는 그렇지 않다. 징추는 지주집안의 후대로 계급성분이 좋지 않다. 문화혁명이 시작된 이후 지주 출신인 아버지는 사상개조의 대상이 되어 집을 떠나 있고, 어머니 역시 노동개조의 대상이 되어 자신이 교사로 아이들을 가르쳤던 학교에서 청소부로 전락해 일하고 있다. 건강이 좋지 않은 어머니는 빈곤에 시달리는 데에다 학교에서는 늘 비판을 받는 처지이지만, 부업으로 봉투를 접으며 큰딸인 징추가 조신하게 굴어 교사로 임용되기만을 학수고대한다. 우파로 낙인찍힌 집안인 만큼 징추가 매사에 조심해야 한다는 것이 어머니의 확고한 판단이다. 징추가 라오싼과 연애한다는 사실을 알았을 때 어머니는 공연히 연애 문제로 딸이 당성을 의심받아 학교에 남아 있을 수 없게 될까 염려한다. 어머니는 라오싼 앞에서 노골적으로 징추와 헤어질 것을 요구한다. 반면 라오싼의 아버지는 하방(下放)된 적은 있지만 복귀한 인민해방군 고급 간부로, 계급성분을 의심할 바 없는 집안이다.

그런 「산사나무 아래」에서 문화혁명이 사랑에 개입하는 방식은 통속적이지 않다. 갈등은 등장인물을 통해 사적으로 발현되지 않고 체제적으로 발현한다. 때문에 등장인물들은 모두 문화혁명의 크고 작은 피해자이다. 라오싼은 인민해방군 간부의 아들이지만 주자파(走資派; 중국공산당 내에서 자본주의 노선을 주장하는 파)로 비난받던 끝에 스스로 목숨을 끊은 어머니를 갖고 있다. 계급성분이 좋지 않은 징추와 마찬가지로 라오싼 또한 문화혁명의 피해자인 것이다. 징추의 어머니는 큰딸과 라오싼의 연애를 탐탁하게 생각하지 않고 막아서지만, 그건 둘 사이의 신분 차이 때문이 아니라 연애 문제로 징추의 평판(당성)이 훼손될 것을 두려워하기 때문이다. 말하자면 징추와 라오싼의 순애보를 방해하는 장애물은 문화혁명으로 귀결된 체제의 폭압성이다. 영화는 백혈병이라는 고전적인 소품을 등장시켜 비극적으로 종결된 순애보를 연출하는데, 라오쌘이 백혈병에 걸린 이유조차도 「러브스토리」(Love Story, 1970)의 제니와 달리 자연적이지 않다. 영화는 라오쌘의 백혈병이 그의 직업인 지질탐사와 연관 있음을 암시함으로써 산업재해로 만들어 버린다. 라오쌘의 고용주는 국가이므로 그의 죽음에는 부득이 당시의 체제를 개입시키지 않을 수 없다. 문화혁명은 그렇게 (암묵적으로) 청춘남녀의 지고지순한 사랑마저 무산시키는 존재로 설정된다. 「산사나무 아래」는 장이머우의 희망과는 달리 그렇게 문화혁명에 뿌리를 박은 영화인 것이다. 물론 그 점이 「산사나무 아래」가 백혈병으로 죽어 가는 주인공이라는 고전적 모티프를 차용하면서도 「러브스토리」이거나 그 아류작들과 달리 특별해지는 이유이다. 중국을 대표하는 노장의 지위를 차지한 장이머우가 백혈병에 걸린 남자 주인공을 내세운 텔레비전 아침 드라마를 만들어 주부들의 누선을 자극할 감독은 아니지 않은가.

그런데도 「산사나무 아래」는 16년 전에 만들어진 「인생」이 문화혁명에 대해 취하는 태도에서 기이하게도 한 걸음도 나아가지 않는다. 극 중의 어떤 인물도 문화혁명에 대해 딱히 긍정적인 태도를 취하지 않지만, 부정적 묘사라고 해도 힘들여 에둘러 표현하는 식이다. 영화 전반에 걸쳐 등장인물 중 누구도 공산당을 비난하지 않는다는 사실은 오히려 보는 이를 조마조마하게 만들 정도이다. 가장 큰 피해자로 묘사되는 징추의 어머니는 비난은커녕 자신을 그 지경으로 만든 공산당으로부터 딸이 인정받게 만들기 위해 안간힘을 쓴다. 체념하고 침묵하는 것으로 받아들여질 수도 있지만, 2010년에 만들어진 영화가 45년 전에 벌어진 일에 대해 부정적 설정은 그득하면서도 정작 단 한마디도 못한다면 자연스럽지 않다. 열애에 빠진 라오싼이 징추가 우파 집안 출신이기 때문에 겪고 있는 고난을 자신의 고통 이상으로 안타까워하면서도 정작 그 원인에 대해서는 함구하고 있는 것도 마찬가지이다. 애인을 곤경에 빠뜨린 원흉에 대해 아무리 그래도 단 한마디의 불평도 늘어놓지 못한단 말인가. 그나마 달라진 점이 있다면 「인생」이 푸구이의 턱없이 낙관적인 태도로 막을 내렸다면, 「산사나무 아래」에서는 붉은 꽃이 아니라 평범하게 흰 꽃을 피운 시핑촌 산사나무를 비추면서 이념의 허구성을 느슨하게 드러낸 정도이다. 그럼에도 불구하고 문화혁명을 직시하지 못하는 영화의 모호한 태도는 16년 전의 「인생」에서와 달라진 점이 없다. 문화혁명이라는 소재에서 거리를 두겠다는 장이머우의 의중이 힘을 발휘했다면 바로 이 지점에서일 것이다. 다른 면에서는 문화혁명에 관한 한 그 16년 동안 중국공산당의 태도에 아무런 변화도 없었음을 엿볼 수 있다. 백혈병으로 죽은 라오싼이 시핑촌의 산사나무 아래에 묻히고 그 뒤 싼샤댐의 등장으로 수몰되었다는 회고가, 이 드라마가 진행되었던 그 시대 또한 라오싼과 함께 수장함으로써 등장인물들에게 강퍅했던 문화혁명의 시대를 지워 버리고 싶은 욕망의 표현으로 읽히는 이유도 그 때문이다. 그러나 이는 가능하지 않은 일이다. 장이머우는 이 영화를 만들었고, 징추는 매년 산사나무 아래를 찾았으며, 그곳이 수장된 후에도 주변을 얼쩡거릴 수밖에 없는 이유는 그게 그 누구도 지워 버릴 수 없는 역사이기 때문이다.

애정소설로서 아이미의 『산사나무 아래』는 교과서적인 요건들을 갖추고 여성독자들의 누선을 자극하고 있지만, 원작의 성공은 아무래도 그 중 '땅 위에 존재하지 않는 인물'을 만들라는 애정소설의 일원칙이 징추에게 맹목적으로 헌신하는 라오싼을 통해 효과적으로 실현된 덕분일 것이다. 1년 1개월을 기다려야 한다면 기다릴 것이고, 스물여섯이 될 때까지 기다려야 한다면 기다릴 것이고, 평생이라도 기다리겠다는 라오싼이 2000년대 중국 젊은 여성들의 이상이자 꿈으로 등극함으로써 소설 역시 베스트셀러에 오를 수 있었다. 장이머우의 「산사나무 아래」 또한 원작의 성공에 힘입어 구식 문예물 냄새를 피운 영화였지만 흥행에 성공한 것으로 평가받았다. 치열한 오디션 경쟁을 뚫고 라오싼 역을 맡게 된 듀오샤오(竇驍)는 182센티미터의 훤칠한 키에 미국 출신이라는 후광을 업고, 아낌없이 주다 백혈병으로 죽는 연기를 훌륭하게 소화해 흥행에 결정적인 역할을 했다. 그런데 문화혁명기를 배경으로 하는 「산사나무 아래」가 애정영화로 성공한 이면에는 2000년대적 요소도 숨겨져 있다. 사실 이건 이 영화에서 가장 불편한 부분으로, 라오싼이 징추에게 표현하는 애정이 몹시 물질적이라는 점이다. 라오싼은 최초로는 징추에게 만년필을 선물하고 다음으로는 돈을 보내고 그 다음엔 운동복을 보내더니 장화까지 보내고 수영복을 준다. 덧붙여 농구장 보수공사에서 석회를 맨발로 개느라 화상을 입은 징추의 발을 치료하기 위해 자신의 특권을 이용해 인민해방군 병원으로 데려간다. 아마도 라오싼이 백혈병에 걸려 죽지 않았다면 징추가 몇 캐럿짜리 다이아몬드를 받았다고 해도 놀랄 일은 아니다. 더욱 중요한 설정은 라오싼이 고급 간부의 아들로 그럴 능력이 있는 남자라는 점이다. 작금의 중국 여성들이 꿈꾸는 백마를 탄 자본주의적 왕자의 모습과 부합한다. 이렇게 물화된 애정이라면 문화혁명기가 아

치열한 경쟁을 뚫고 라오싼 역을 맡게 된 듀오샤오. 그는 훤칠한 키에 미국 출신이라는 후광을 업고, 아낌없이 주다 백혈병으로 죽는 연기를 훌륭하게 소화해 흥행에 결정적인 역할을 했다.

닌 당대 중국의 세태를 반영하는 것인데, 원작이 2005년에 출간되었고 영화가 2010년에 만들어진 것과 무관하지 않을 것이다.

뿐만 아니라 등장인물들은 농촌을 별로 달갑게 생각하지 않는다. 농촌활동에서 아이를 밴 미혼모가 되어 버린 징추의 친구 웨이홍이 낙태수술을 받은 병원에 나타난 어머니는 그 일이 알려지면 "평생 농촌 아낙네로 살아야 한다"며 위협한다. 그 이유도 "우리 집은 배경이 좋지 않기" 때문이다. 웨이홍은 물론 농촌의 지질탐사대로 내려와 있는 라오싼도 당의 파견정책이 바뀌어 도시로 돌아갈 수 있을 것으로 기대하고 있다. 어머니가 징추의 교사임용에 안간힘을 쓰는 건 징추의 앞길 때문이지만 그 앞길이란 도시에 남아 있는 길이기도 하다. 징추의 백치미와 라오싼의 헌신적 사랑이 나머지 부잡스러운 풍경들에 관객들의 시선을 머물지 못하게 하지만, 약간의 주의를 기울이는 것만으로 등장인물들은 예외랄 것도 없이 신분상승과 자신의 안위만을 꿈꾸는 속물 인텔리 계층의 행태를 보이고 있는 것을 알 수 있다. 물론 속물 인텔리 계층도 지고지순한 사랑을 할 수 있다. 다만 10년에 걸친 상산하향이 이념적으로 지향했던 육체노동과 지식노동 간의 차별, 도시와 농촌 간의 차별, 공업과 농업 간의 차별 타파에 대한 지식청년들의 호응이 이 영화에서처럼 극도로 무력했다고는 생각할 수 없다.

상산하향운동은 문화혁명이 끝난 후에도 3년 동안 이어졌고 1979년 종장을 맞을 때까지 10년을 계속되었다. 3년이 늦어진 것은 농촌에서 일시에 도시로 쏟아져 들어올 청년 인구를 감당하기에 역부족이기 때문이었지만, 1979년에도 760만 명이 넘는 청년들이 도시로 돌아와 심각한 사회문제를 야기했다. 도시에서의 취업난과 실업률은 최고조에 달했고 경제부문은 다양한 어려움에 처했다. 상산하양운동에 동원되었던 지식청년들, 특히 초기의 라오싼제들은 홍위병운동에 뒤이은 상산하향운동으로 제대로 공부할 기회를 얻지 못했다. 학교 안의 정규교육은 제대로 받지 못했지만 학교 밖의 광활한 농촌과 대자연이 베푸는 교육은 폭넓게 접할 수 있었던 라오싼제는 수학, 물리에 극도로 취약한 대신 문학 등의 예술분야에서는 뛰어난 재능을 보였다(장이머우 자신도 라오싼제에 속하는 인물이다). 상산하향운동이 종지부를 찍은 1979년은 덩샤오핑의 흑묘백묘론이 등장한 해이다. 이후의 중국이 어떻게 변했는지는 우리가 아는 바와 같다. 이 해에 폐지되었던 대학입학시험이 부활했고 중국의 80년대는 덩샤오핑의 영도 아래 빠르게 경쟁사회로 진입했다. 라오싼제를 비롯해 상산하향 세대는 치명타를 입었다. 덩샤오핑의 중국은 시장사회주의적 경쟁력이 떨어지는 이들에게 인정사정을 두지 않았다. 상산하향 세대의 다수는 대책 없이 사회의 낙오자로 전락해야 했다. 공산당과 사회주의에 대한 불신과 증오가 그 세대의 가슴 한편에 상흔으로 자리 잡은 것은 필연이었다. 한편 그들을 대신해 시장사회주의 중국에서 기득권을 움켜쥔 계층 중의 한 무리가 그 와중에 미국으로 떠나 후일 다시 돌아온 유학파였다. 「산사나무 아래」의 주인공 징추의 모델이 된 실존인물이나 소설의 원작자인 아이미는 중국으로 돌아오지 않고 미국에 눌러앉았지만 여하튼 그들 중의 하나였다. 오늘의 중국이 고작 그들의 눈을 통해 문화혁명을 바라보고 있는 것은 아이러니일 텐데, 중국으로서는 라오싼과 징추의 애련보다 어쩌면 이게 더 애틋한 일인지도 모른다.

원제는 「산사나무 사랑」(山楂樹之戀)이지만 한국어 제목과 영어 제목은 「산사나무 아래」(Under the hawthorn tree)로 혁명 후 중국에서 80년대에 이르기까지 내내 친근하게 불렸던 러시아(소련) 민요의 제목과 같다. 영화에서는 여러 곡이 등장하지만 그 중 '산사나무'(山楂樹)가 이 곡과 같은 노래로 영화의 마지막에 흘러나오는데, 관심을 기울이면 제법 큰 차이가 있다. 무곡(舞曲)인 이 노래는 듣는 것만으로도 러시아 민요라는 느낌을 준다.

지아장커의 남순강화(南巡講話)

- 소무 | 小武, Xiao Wu, 1997
- 플랫폼 | 站台, Platform, 2000
- 임소요 | 任逍遙, Unknown Pleasures, 2002

스크린을 중국제 크레용으로 물들이며 해외영화제용 영화를 만들어 내던 중국 5세대 영화감독들이 할리우드와 손을 잡거나 상업적 블록버스터를 만들어 내며 주류로 변절하는 극과 극을 오가는 동안, 중국영화에서 당대의 중국은 물론 실종되어 있었다. 1993년 장위안(張元)의 「북경녀석들」(北京雜種), 그리고 마침내 1997년 지아장커(賈樟柯)의 「소무」가 등장하면서 본격화된 새로운 지하전영(地下電影)운동에 6세대란 이름을 붙였을 때 차이란 바로 그 '당대의 중국'에 있었다. 세계는 이 거대한 국가가 1949년 혁명 이후 처음으로 진정한 사실주의 영화를 탄생시킨 역사적인 순간을 목격할 수 있었다.

　　중국의 지하전영이란 독립영화를 뜻하지만 한편으로는 중국에서 상영될 수 없는 영화를 뜻하기도 한다. 시장개방 이후 중국은 세계의 자본을 향해 두 팔을 활짝 펼쳤지만 나머지 것들에 대해서는 철저하게 등을

1978년 12월의 개혁·개방 선언 이후 20년 뒤의 중국을 복을 비는 부적으로 전락한 마오쩌둥과 주머니를 털리고 있는 인민으로 압축해 선언한 카메라는 이윽고 샤오우의 뒤를 쫓아 흙먼지 날리는 편양의 거리를 배회한다.

돌렸다. 중국의 시장사회주의라는 이름의 자본주의가 원시적이며 야만적일 수밖에 없는 이유는, 자본주의가 지구상에 등장한 이후 자본과 노동의 치열한 다툼을 통해 다중이 확보한 민주주의의 일반적 성취가 전면적으로 부정되고 있기 때문이다. 중국의 자본주의는 초기 자본주의의 악마적 비열함과 후기 자본주의적 발달이 혼재되어 있으며, 사회주의이거나 공산주의를 포기한 정체불명의 공산당 일당독재가 무력으로 이 혼돈에 질서를 부여하고 있다. 사상의 자유를 엄격하게 통제하는 검열제도는 무력과 함께 그 통치의 수단 중의 하나로 자리 잡고 있다. 중국의 언론은 사실상 정부, 즉 공산당의 수중에 있으며 인터넷조차도 그 벽을 넘지 못하고 있다. 중국이 8억 달러를 들여 구축한 '진둔'(金盾)은 인터넷 검열시스템에 붙여진 이름이다. 예술 또한 자유로울 수 없다. 작가를 포함한 모든 예술가들이 표현의 자유를 누리지 못하고 있다. 영화 또한 예외일 수 없다. 상영허가를 받지 못한 영화는 극장에서 대중과 만날 수 없다. 지하전영은 검열의 벽 앞에서 대중과 만날 공식적인 기회를 포기한 채 제작되는 영화를 말하며 그것이 지하의 의미이다.

지아장커의 고향 삼부작은 1979년에서 출발해 아마도 2001년에 이르는 당대의 중국, 이른바 시장사회주의가 탄생하고 또 급격하게 성장해 가는 시기의 중국을 내부의 시선으로, 지하전영을 통해 성찰한다. 지아장커는 1997년을 배경으로 한 「소무」를 내놓은 뒤 「플랫폼」에서 시간을 거슬러 올라가 1979년에서 시작해 1990년대 말이 되어서야 끝나는 긴 시간을 되돌아보고, 「임소요」에서 다시 2000년대로 돌아오는 행로를 취한다. 그건 아마도 모든 일의 근원이 1979년에 있음을 의미한다.

1976년 마오쩌둥이 사망한 후, 권력은 불굴의 오뚝이로 불린 덩샤오핑의 수중에 쥐어졌다. 1978년 12월에 열린 중국공산당 제11기 3중전회(중앙위원회)는 같은 해 정치협상회의 전국위원회 주석의 자리에 오른 덩샤오핑의 원대한 야심이 공개적으로 출발하는 순간이었으며 마오쩌둥 이후의 중국이 탄생하는 순간이었다. 1979년 1월 29일, 미국을 방문하고 돌아온 후 귀국성명에서 덩샤오핑은 그 유명한 '흑묘백묘론'을 꺼내 들었다. "흰 고양이이거나 검은 고양이이거나 쥐만 잘 잡으면 된다"(不管白猫黑猫, 会捉老鼠, 就是好猫)는 덩샤오핑식 개방정책의 출범이었고 1979년은 그 원년이었다.

덩샤오핑의 개방은 1980년대의 중국을 뿌리째 흔들었다. 사회주의를 고수한다는 언변은 요설이었고 오직 외국자본을 끌어들이기 위해 혈안이 되었다. 가장 먼저 타격을 받은 것은 농촌이었다. 1979년부터 1983년까지의 이른바 농촌개혁은 마오쩌둥이 남긴 사회주의 농촌의 모든 것을 붕괴시키는 시작이었다. 인민공사 해체와 향진기업(향진[鄕鎭; 읍면]

단위의 집체소유제 기업. 향진 소속의 주민들이 경영하며 이윤은 주민들에게 분배되지만 국영기업과는 달리 차등임금 등 자본주의적 요소를 도입했다)의 등장은 농민들이 땅을 잃는 시작이었으며, 농촌의 거대한 인구가 땅을 버리고 도시와 산업지역으로 향해 농민공(農民工)으로 전락하게 된 인구 대이동의 시작이었다.

한편 개방정책의 요체는 경제특구였다. 홍콩에 인접한 선전에서 시작해 연해(沿海)를 따라 퍼져 나간 경제특구는 이른바 사회주의 시장경제의 상징이자 본거지가 되었다. 경제특구에 사활을 걸면서 중국은 경제특구와 경제특구가 아닌 지역으로 나뉘어졌다. 또한 경제특구는 시장경제의 교두보였으며 사회주의 중국의 근본을 무너뜨리는 진앙지였다. 사회복지는 붕괴되었고 중국공산당과 인민해방군을 필두로 한 부정부패는 극에 달하기 시작했다. 경제특구를 통한 밀수가 성행했고 연해 지역을 중심으로 벼락부자들이 탄생했다. 국영기업은 헐값으로 외국자본에 넘어갔고 노동자들은 대책 없이 해고되었으며, 공장은 무너지고 기계는 고철로 뜯겨 나갔다. 야만적 자본주의 앞에 벌거벗겨진 중국 내부의 저항은 1989년 톈안먼 민주항쟁과 탱크를 동원한 무력진압으로 불거졌다. 덩샤오핑이 최고권력자의 자리에 오른 1978년에 일어난 베이징의 서단 민주장사건(西單民主墻事件) 무력진압의 2탄이었다. 1992년 덩샤오핑은 내부의 저항에 맞서 개방의 심장이자 상징인 연해지역의 경제특구를 순방하는 자리에서 이른바 '남순강화'란 것을 내놓았다. 이 담화에는 이런 구절이 눈에 띤다.

"개혁·개방이 발걸음을 제대로 내딛지 못하고 돌파도 못하며 설왕설래 하는 것은 자본주의의 요소가 많을까 봐, 또 자본주의의 길을 갈까 봐 두려워하기 때문이다. 정곡은 '자'[資本主義] 씨이냐 '사'[社會主義] 씨이냐의 문제이다. …… 특구는 '사' 씨이지 절대 '자' 씨가 아니다."

1992년 11월 중국공산당 제14기 3중전회는 이 끔찍하게 정신분열적인 덩샤오핑의 남순강화를 받들어 「사회주의 시장경제 건설에 관한 결정」을 통과시키고, 사회주의라는 미명 아래 모든 저항을 묵살했으며 중국의 야만적 자본주의화에 다시금 박차를 가했다. 덩샤오핑은 '자' 씨이지 '사' 씨가 아니었으며, 중국은 '자' 씨의 국가이지 '사' 씨의 국가가 아니었다.

지아장커의 고향 삼부작은 중국혁명에 못지않은 그 역사적 격동기의 현대 중국을 변방인 산시성(山西省) 펀양(汾陽)과 다퉁(大同)의 소외된 인간들을 통해 바라본다. 그 시작이 되는 「소무」의 첫 장면은 투박하지만 충격적이다. 1997년 산시성 펀양의 한 도로에서 샤오우(小武)가 버스에 오른다. 경찰이라는 허탈한 거짓말로 차비조차 사기를 친 소매치기 샤오우가 옆자리 승객의 주머니를 더듬어 지갑을 빼내는 손을 보여 주던 화면은 다음 장면에서 버스 앞창에 걸려 있는 마오쩌둥의 사진을 점프컷으로 보여 준다. 버스는 흔들리고 마오쩌둥의 사진 또한 뒤뚱거리며 흔들린다.

1978년 12월의 개혁·개방 선언 이후 20년 뒤의 중국을, 복을 비는 부적으로 전락한 마오쩌둥과 주머니를 털리고 있는 인민으로 압축해 선언한 카메라는 샤오우의 뒤를 쫓는다. 펀양 시내의 거리에는 말하자면 '치안강화' 공고문이 붙어 있다. 치안 당국이 이런 공고문을 공포하면 중국이건 어디건 범죄자들은 두더지처럼 당분간 은둔하는 것이 상례지만 샤오우는 그럴 수 없다. 첫번째 이유는 같은 문신을 새기며 우정을 맹세했던 친구 샤오잉이 결혼을 하기 때문이다. 샤오우와 샤오잉은 서로 결혼을 할 때에는 3킬로그램의 돈을 선물하기로 약속까지 한 터이다. 그러나 젊은 사업가로 출세한 친구 샤오잉은 소매치기인 샤오우에게는 청첩장조차 보내지 않았다. 그 사실을 알고도 샤오우는 소매치기로 돈을 마련한 후 붉은 종이에 싸서 들고 샤오잉을 만난다. 지역 텔레비전 방송까지 결혼 소식을 전할 만큼 젊은 사업가로 출세한 샤오잉은 샤오우를 괄시하는 기색이 역력하다. 그는 "더러운 돈은 받고 싶지 않다"며 친구를 통해 샤오우의 돈을 돌려 보낸다. 화가 치민 샤오우는 샤오잉에게 전하라며 말한다.

"잘 들어. 가서 이렇게 전해. 그놈이 불법으로 담배 팔아서 번 돈, 그리고 여자 팔아서 번 돈도 더럽기는 마찬가지라고."

심부름을 맡은 친구는 말한다. "오케이. 전해 주지." 그리고 바로 돌아와 말한다. "샤오잉이 전하래. 담배 파는 건 불법이 아니라 합법적으로 하고 있다고. 여자들은 절대 착취 안 한다고. 그냥 사업이라고."

샤오우가 버럭 고함을 지른다.

"꺼져!"

쥐를 잡는 데에는 흰 고양이와 검은 고양이가 모두 덤벼들었다. 덩샤오핑의 시장개방 후 가장 먼저 단맛을 본 것은 인민해방군이었다. 4대 총부, 사령부, 군구(軍區), 무장경찰, 공안이 뛰어들었고, 자회사에 자회사가 새끼에 새끼를 쳐 인민해방군 산하에는 3천 개가 넘는 회사가 탄생했다. 인민해방군의 회사들 중 가장 노른자위가 경제특구를 긴 인민해방군 부대 산하의 회사였다. 이 회사들이나 이 회사들의 실력자들과 '관시'(關係)를 맺은 회사들에 의해 휘발유에서 가전제품, 담배, 승용차에 이르기까지 거의 모든 것들이 밀수되었다. 한때 중국 전역에서 유통되는 휘발유의 절반 이상은 이렇게 밀수된 휘발유였다. 담배라고 다를 것이 없었다. 경제특구를 통해 밀수된 담배는 중국 전역으로 유통되었으니 변방인 산시성 펀양이라고 다를 이유가, 샤오잉이라고 다를 이유가 전혀 없었다. "꺼져!"라고 말할 수밖에 없는 일이었다.

눈먼 돈이 흘러 다니면서 유흥산업은 빛의 속도로 발전했다. 부정부패의 필수요건인 관시가 이루어지는 곳은 유흥업소였다. 경제특구의 하나였던 샤먼(廈門)에서는 밀수업자인 라이창싱이라는 작자가 공안에게 7층 건물을 임대해 증기탕과 룸살롱, 최고급 침실을 갖추고 관시를 위한 접대용으로 쓰기도 했다. 이 건물에는 '홍루'(紅樓)라는 별명이 붙었다. 라이창싱은 뒤에 중국 최대의 탈세범으로 기소됐지만 캐나다로 도주한 후였다.

이농으로 급증한 농민공들 틈에는 순전히 몸을 팔기 위해 농촌에서 도시로 온 여자들이 들끓었다. 대도시는 대도시대로 소도시는 소도시대로 읍은 읍대로 크고 작은 유흥업소들이 우후죽순으로 난무하기 시작했고, 유흥업은 곧 매춘을 겸한 수지맞는 사업으로 발달했다. 이런 사업에는 중국다운 이름이 붙여졌는데, '색정업'(色情業)이었다.

그러니 다시 한 번. "꺼져!"랄밖에.

샤먼이나 상하이가 아닌 펀양과 같은 변방의 읍에서는 가끔 '별들의 고향'류의 순애보가 펼쳐지기도 한다. 샤오잉이 입힌 마음의 상처를 어쩌지 못하고 방황하던 샤오우는 가라오케 '다이상하이'의 메이메이에게 마음이 끌린다. 가라오케의 메이메이를 보려면 돈이 필요하다. 치안강화 기간임에도 샤오우는 소매치기를 계속한다. 그러나 돈만으로 순정을 살수는 없다. 몸이 아파 꼼짝하지 못하고 앓아누운 메이메이의 집을 찾아간 샤오우는 그녀를 간호하고 순정을 얻어 마침내 메이메이의 남자가 된다. 매일 저녁 가라오케로 찾아가겠다는 샤오우에게 메이메이는 매일 저녁 실속없이 돈을 털리는 대신 삐삐를 사라고 조언한다. 그러던 어느 날 샤오우가 선물로 반지를 준비했음에도 불구하고, 메이메이는 대만에서 온 웬 놈팽이의 차를 타고 사라진다. '다이상하이'의 마담도 같은 집에 살던 동료들도 메이메이가 어디로 갔는지 알지 못한다. 메이메이로부터의 삐삐 호출만을 기다리던 샤오우는 형의 결혼사로 고향에 가게 된다. 메이메이에게 줄 반지를 어머니에게 준 샤오우는 어머니가 반지를 형의 약혼녀에게 준 것을 알자 심통을 부리고 그 통에 집에서 쫓겨난다. 산시성에서 아들을 집에서 내쫓을 때 내뱉는 말은 험하기가 보통이 아니다.

어머니가 호통을 친다.

"난 너 같은 놈 낳은 적이 없다."

부창부수(婦唱夫隨)로 아버지가 몽둥이를 휘두르며 내뱉는다.

"너 태어났을 때 변소에 버렸어야 했어. 몽둥이에 맞아 죽어 볼 테냐."

속절없이 집에서 쫓겨나 펀양으로 돌아온 샤오우는 거리에서 다시 소매치기를 하다 느닷없이 삐삐가 울리는 통에 사람들에게 잡혀 메시지는 확인도 못하고 파출소에 끌려온다. 경찰서에서 확인한 삐삐에는 일기예보 메시지가 찍혀 있다. 수갑을 차고 허탈하게 앉아 있는 샤오우의 삐삐에 마침내 메이메이로부터의 메시지가 도착한다.

"좋은 일만 있길 바라요."

샤오우는 메이메이의 메시지를 뒤로하고 5년 만에 다시 감옥 신세를 지기 위해 수갑을 찬 채 끌려간다.

도대체 중화인민공화국 산시성 펀양에서는 그동안 무슨 일이 벌어진 것일까. 지아장커는 「플랫폼」에서 1997년 샤오우가 겪은 모든 일의 근원을 탐색한다. 홍콩, 일본, 프랑스가 제작비를 댄 탓에 화면에는 「소무」와는 비교할 수 없는 금전의 윤기가 흐르지만, 「소무」에 뒤이어 주연으로 발탁된 왕훙웨이(王宏偉)는 전작에서처럼 고개를 내려깐 채 끊임없이 담배연기를 뿜어 대며 화면을 뿌옇게 만들고 다른 등장인물들 역시 「소무」에서처럼 비전문 배우들이거나 못지않은 수준이다.

영화는 1979년 문공단의 공연이 벌어지는 펀양현의 농촌에서 시작한다. 마오쩌둥 동지와 혁명을 찬양하는 혁명가를 부르며 등장하는 배우들의 무대에는 문화혁명의 여운이 여전히 남아 있다. 그곳에는 언젠가 장이머우가 화사한 붉은 빛으로 슬쩍 묘사했던 '가난한 농부들이 혁명의 깃발을 올리던 그곳', 중화인민공화국의 흔적 또한 남아 있다. 베이징에선 이른바 개혁개방의 깃발이 이제 막 올랐지만, 중국의 산시성 편양은 문화혁명 이후의 시침이 여전히 똑같은 소리를 내며 똑같은 속도로 움직이는 곳이다. 문예노동자라며 집안일에 꾀를 피우는 추이밍량에게 어머니는 "좀 쓸모 있는 인간이 될 순 없니?"라며, 동생을 먼저 낳았다면 넌 낳지 않았을거라고 산시성의 여인네답게 출생을 거론하며 험한 잔소리를 늘어놓는다. 농민으로서 혁명 1세대인 밍량의 아버지는 한겨울에 솜바지도 아니고 허벅지에 꽉 끼는 나팔바지를 입고 집을 나서는 밍량을 적발하고 "그런 바지를 입고 일할 수 있겠느냐"며 쪼그려 앉기를 시킨다. 입이 부은 민량은 "난 단순 노동자가 아니라 문예노동자예요"라며 항변하지만 아버지는 "꼭 자본가계급처럼 말하는구나"라며 한심해한다.

한겨울의 삭풍이 거리에 흙먼지를 날리는 중국 내륙 서부의 황막한 편양에서도 청춘의 사랑은 시들지 않는다. 밍량은 같은 문공단원인 루이쫜에게 연심을 품고 있다. 열차 역장인 루이쫜의 아버지는 딴따라 밍량을 시답지 않게 생각한다. 홍위병들이 문화혁명의 광풍을 일으키며 앞장서던 시대의 문공단이 아닌 것이다. 밍량의 문공단은 여전히 무대에서 혁명극을 연기하고 혁명가를 부르지만, 공연을 마친 후 단장이 머릿수를 세는 어두컴컴한 버스 안이 이미 시들어 버린 혁명의 열정과 함께 문공단에 드리워진 그늘을 암시한다.

밍량과 루이쫜의 영화관 데이트는 루이쫜 아버지의 호출에 산통이 깨진다. 루이쫜 아버지는 밍량에 대해서 말한다.

"나는 그 녀석 믿을 수 없다. 안경을 썼다고 해서 모두 글을 읽을 수 있는 건 아니야. 그저 멍청히 남들을 따라가기만 하지. 물론 겉만 보고 판단하는 거다. 난 매일 역에서 사람들을 보잖아. 딱 보면 안다. 나쁜 놈인지 좋은 놈인지."

겉모습으로 인간을 판단할 수 있다고 당당하게 믿어 의심치 않는 역장 아버지의 일갈에 청춘의 사랑에는 먹구름이 드리운다. 밍량의 안타까운 심정은 장준의 집에서 울란바토르가 어디에 있는지를 두고 다투는 친구들과의 대화에서 여실히 드러난다.

"울란바토르가 어디 있냐?"

"외몽골의 수도야."

"외몽골은 어디 있냐?"

"북쪽에. 내몽골을 지나서."

"그 북쪽에는 뭐가 있냐?"

"소련."

"더 북쪽에는?"

"아마도 바다가 있겠지."

"그 바다의 북쪽에는?"

"씨발. 대체 뭐가 알고 싶은 건데?"

버럭 화를 내는 장준에게 담배만 빨고 있던 밍량이 침울하게 말한다.

"그 북쪽은 여기, 펀양이다. 우지아 거리 18번지 장준의 집."

동토의 소련. 그 북쪽. 존재하지도 않는 바다의 북쪽에 위치한 펀양의 우지아 거리를 배회하고 있는 밍량의 영혼은 루이쫜이 문공단 연습장에서 유장하게 부르는 「풍류가」(風流歌)의 화답에 무너진다.

"풍류…… 풍류. 풍류란 무엇인가. 내 영혼은 3월의 버드나무와 같다.

"나는 그 녀석 믿을 수 없다. 안경을 썼다고 해서 모두 글을 읽을 수 있는 건 아니야. 그저 멍청히 남들을 따라가기만 하지. 물론 겉만 보고 판단하는 거다. 난 매일 역에서 사람들을 보잖아. 딱 보면 안다. 나쁜 놈인지 좋은 놈인지."

풍류…… 풍류. 풍류란 무엇인가. 그 누가 풍류를 사랑하지 않는가. 내 생각은 8월의 과일처럼 영근다."

3월의 버드나무와 같이 봄바람에 화려하게 늘어지는 싹을 틔운 가지들. 붉은색으로, 노란색으로, 녹색으로 영그는 8월의 과일들. 그 가을이 지나면 겨울이 찾아온다.

밍량의 집에서는 얻어터져 머리에 붕대를 감고 들어온 형을 혼내던 아버지가 가방을 뒤지다 나온 만화책을 보곤 그 한 대목을 읽는다.

"마거릿의 슬픈 죽음을 통해서 이 책은 자본주의의 추악한 얼굴과 도덕적 위선을 사실적으로 드러내 준다. 마거릿은 선한 본성을 지니고 있지만 생존을 위해서 그녀는 파리의 거리에서 매춘을 한다……. 파리? 매춘? 이 우라질 놈."

연속으로 이어지는 일련의 시퀀스들은 이루어질 수 없는 사랑의 먹먹함과 매춘을 그리기 위해 자본주의를 빌미로 삼는, '타락한' 중국의 사회주의 리얼리즘을 통해 밍량의 문공단이 곧 봉착할 암울한 미래를 암시한다.

1980년대가 찾아왔다. 문공단은 덩샤오핑의 개혁개방을 선전한다. 단장은 무대에서 직접 "우리는 20년 안에 다시 만날 거예요. 20년이면 우리의 위대한 조국은 얼마나 아름다워져 있을까요. 하늘도 새롭고, 땅도 새롭고 도시와 농촌이 다 함께 빛날 거예요"라는 노래를 부르고 거리에는 개혁개방의 구호가 흘러 다닌다. 그러나 개혁개방은 그 허망한 노래와 구호가 아니라, 선전에 다녀온 장준이 입은 일본어가 적힌 셔츠와 그가 가져온 카세트 플레이어에 담긴 노래 '칭기즈칸'에 묻어 편양으로 흘러 들어온다.

1984년 중국혁명 35주년의 해. 문공단은 민영화를 의논한다. 단장은 좋은 조건이라며 문공단의 인수를 의논하지만 단장도 단원들도 금전적 능력이 없다.

"이건 마치 난징조약 같네요."

단원 중 누군가 말한다. 사적 소유란 난징조약의 불평등과 다름없다. 그러나 결국 문공단은 인수되고 새로운 단장이 탄생한다. 문공단의 민영화는 문화의 자본주의에 대한 투항이며, 문화가 사회의 정치와 경제의 반영인 동시에 커다란 영향을 미친다고 말했던 마오의 시대가 붕괴되어 버렸음을 의미한다. 떠날 자와 남을 자가 나뉘어진다. 루이쫜은 문공단을 떠나 우체국 직원이 된다. 밍량과 장준, 중펑의 문공단은 변방을 떠도는 순회공연을 시작한다. 이제 밍량의 문공단은 트럭과 버스를 타고 산시의 변방을 떠돌며 관객들을 모을 수 있는 춤과 노래를 무대에 올리는 떠돌이 가극단으로 변한다.

존재는 변했지만 당분간 공연은 변하지 않는다. 단원들은 위대한 조국과 개혁개방의 밝은 미래에 대한 선전을 노래하고 연주한다. 그러나 민영화된 가극단의 거부할 수 없는 운명은 수익의 논리를 좇는다. 밍량은 파마머리에 쫄바지를 입고 가설무대를 뛰어다니며 어설픈 록을 토해 내고, 무대에서 뛰어내려가 관객들의 손을 잡는 퍼포먼스까지 연출한다. 장준은 가슴까지 머리털을 기르고, 단장은 자신들을 펀양이 아닌 개방특구 선전에서 온 악단으로 소개한다. 시골 열차역 앞마당을 공연 장소로 얻기 위해 단장은 단원인 쌍둥이 자매에게 역장 앞에서 춤을 추게 하지만 역장은 집에 있다. 트럭을 세우고 공연을 홍보 중이던 도로변 옆의 강에는 텔레비전을 잔뜩 실은 배가 지나간다. 1990년대 시장사회주의가 완숙의 단계에 접어들었을 때, 문공단은 그렇게 숨통이 끊긴다. 카메라는 산시의 황량한 사막을 모래먼지를 날리며 털털 달리는 트럭을 롱테이크로 잡는다.

마침내 돌아온 한겨울의 펀양. 루이쫜은 세무서 직원이 되어 있고 한때 동료였던 친구는 시멘트로 돈을 벌어 버젓한 사업가가 되어 있으며, 펀양에는 끝도 없이 공사판의 삽질이 계속된다. 그렇게 모든 것은 변했지만 루이쫜은 밍량에게 자신은 변하지 않았다고 말해 준다. 밍량은 인민복 외투를 입고 거리를 지나 루이쫜의 집을 찾는다. 한마디 말도 없이 훌쩍 떠난 밍량을 기다려 준 루이쫜. 영화는 40대에 접어든 밍량이 초라한 루이쫜의 집에서 올백머리를 하고 의자에 걸터앉아 잠을 자고 있는 모습과 그 옆으로 아이를 안은 루이촨의 모습을 길게 비추면서 끝난다. 졸고 있는 밍량의 늘어진 몸 위로는 어쩔 수 없이 「소무」의 샤오우의 모습이 겹쳐지고, 물이 끓기 시작한 주전자의 주둥이가 열차 기적처럼 날카로운 소음을 토해 내며 화면은 어둠으로 바뀐다. 그 소리는 플랫폼을 연상시킨다. 언젠가 그곳을 떠났다가 다시 그곳으로 돌아온 밍량의 기운 없이 늘어진 몸은, 그가 다시는 플랫폼을 떠나지 못하리라는 걸 알려 준다. 그러나 아이는? 다시 그 플랫폼을 떠날, 루이촨의 품 안에서 옹알이를 하고 있는 아이의 미래는? 지아장커가 던지는 마지막 물음은 바로 그 아이의 플랫폼과 미래에 관한 질문이다.

영화의 초반 화면을 허허하게 메웠던, 산시성 중부 평원에 자리 잡은 핑야오(平遙)의 고성은, 청의 금융기관이었던 일승창표호(리성창퍄오하오, 日升昌票號)가 탄생한 곳이다. 한때 중국 전역의 표호 중 절반 이상을 장악했던 핑야오의 모습은 6.4킬로미터의 성벽과 화려했던 고가들의 흔적으로 남아 있다. 장가이섹의 국민당 재정부장을 지냈던 쿵샹시(孔祥熙) 또한 핑야오 출신이다. 금융과 부의 중심으로 수많은 부호들을 탄생시켰던 핑야오는 중국혁명과 문화대혁명을 거치면서 쇠락의 길을 걸어, 마침내 폐허에 가까운 모습이 되었다. 그 핑야오의 성벽 위에서 쇠락한 성읍을 내려다보던 밍량의 쓸쓸한 뒷모습은 기묘하게도 몰락한 핑야오의 부활이 이제 막 시작될 것을 암시하는 것처럼 보인다.

시장사회주의 중국에 2000년대가 찾아왔다. 지아장커는 펀양의 감옥에 갇힌 「소무」의 샤오우를 대신해 산시성 제2의 도시인 다퉁을 찾아간다. 열차역의 어두운 대합실. 러닝셔츠를 입은 사내가 비제의 오페라

「카르멘」 중에서 '투우사의 노래'를 부르는 대합실의 다른 한구석. 햇볕이 새어 들어오는 창문 밑의 벤치에 껄렁하게 보이는 열아홉 살의 두 백수 빈빈과 샤오지가 앉아 있다. 지극히 서민적 용모의 빈빈과 다퉁에까지 흘러들어 온 한류스타 H.O.T의 헤어스타일을 흉내 내 앞머리를 길러 이마와 눈을 가린 샤오지는 함께 담배를 빨며 구인광고지를 뒤적인다. 대합실 밖 스피커에서는 복권 광고가 흘러나오고, 방금 두 젊은이에게 사기를 치려던 선글라스를 쓴 사내는 공중전화기 앞에서 경찰에게 팔이 꺾여 수갑이 채워진다. 산시성 제2의 도시이며 정치와 경제의 중심지인 다퉁의 소란한 역전 소묘는 신상품 몽고왕주(蒙古王酒)를 홍보하기 위한 전속악단의 오디션 무대로 옮겨진다. 무대에서는 고장 제일의 모델이자 가수로 소개된 차오차오가 '임소요'에 맞추어 자극적인 춤을 춘다. 빈빈은 이 무대에서 차오차오에게 말하자면 '빽'이 가고 영화는 그렇게 본론을 더듬기 시작한다.

「소무」와 「플랫폼」과 달리 「임소요」에는 이제 더 이상 인민복을 입은 인물 따위는 등장하지 않는다. 2000년대의 중국은 베이징이나 상하이, 선전과 같은 대도시뿐 아니라 다퉁과 같은 소도시조차도 세계의 다른 도시들과 다르지 않은 속살을 갖추고 완전하게 소통한다. 빈빈과 샤오지는 방콕이나 서울, 자카르타의 청소년들과 마찬가지로 길을 잃고 세계화의 어둠 속을 헤맨다. 지아장커가 「임소요」에서 그리는 그 어둠은 샤강(下崗; 정리해고)과 실업, 의료민영화(醫療産業化), 입시(高考), 징병(參軍), 유흥업(色情業)과 개발지상의 서부대개발(西部大開發)로 파헤쳐진 산시의 산야로 그려진다.

자유가 절대적으로 속박되었을 때 인간은 비참해지며, 비참한 인간은 언제나 절대적 자유를 꿈꾼다.
영화는 그 허망한 꿈이 어떻게 파멸에 이르는지를 말한다.

빈빈은 국영기업인 방적공장에서 샤강당해 실업자가 된다. 대학에 들어가 국제무역을 전공하겠다는 빈빈의 여자친구는 입시에 골몰한다. 빈빈은 군에 들어가기로 하고 병역을 지원한다. 2천 위안의 병원비를 내지 못해 병실에서 복도로 밀려 나온 차오차오의 아버지는 흐느끼고, 차오차오는 달랑 2천 위안이 예금된 통장을 접수대에 내던지며 발악을 한 후에 아버지에게 당신을 버리지 않겠다고 위로한다. 그러곤 몸을 판다. 그런 차오차오에게 샤오지의 아버지는 술병에서 경품으로 나온 1달러짜리 미화를 내민다. 한편 20년 동안 일한 대가로 4만 위안을 받은 빈빈의 어머니는 빈빈 앞에서 허허한 시선으로 그 돈을 바라본다.

이건 어떤 세상일까. 우리에겐 이미 익숙한 세상이다. 시장사회주의의 깃발을 내건 중국은 불과 20년 만에 다른 나라들이 짧게는 반세기에서 길게는 수백 년에 걸쳐 도달한 지옥에 '중국식 사회주의'(中國特色的社會主義)란 이름의 중국제 특급열차를 타고 도착한다. 이제 막 낯설고 생경한 플랫폼에 내린 승객들은 불안한 눈초리로 자신들이 도착한 자본주의 역사(驛舍)를 둘러보며 자신들의 앞에 놓인 운명을 예단해 보려 애를 쓴다. 그러나 동무들, 당신들은 이미 도착했고 운명도 이미 결정되었다.

간염 판정으로 군대조차 들어갈 수 없게 된 빈빈은 입시를 치른 여자친구에게 사채를 빌려 휴대폰을 선물하고, 그 돈을 갚기 위해 길거리에서 비디오 CD를 팔다가 샤오지와 함께 은행을 털기로 한다. 그러나 목에 다이너마이트를 두르고 은행을 습격한 빈빈의 머리통을 후려치면서 경비는 말한다.

"라이터에 불이나 붙이고 지랄을 떨든지."

지아장커 특유의 유머조차도 그저 서글프게 느껴진다. 은행 앞에 대기 중이던 샤오지는 비가 추적이는 서부공로를 질주하다 기름이 떨어져 아마도 자신의 전재산일 오토바이를 버리고, 지나가던 차를 집어타고 도주한다. 수갑을 차고 경찰서에 끌려온 빈빈은 노래나 부르라는 경찰의 추궁에 벽 앞에 서 유행가인 '임소요'를 부른다.

至人無己　　지인은 자기가 없고

神人無功　　신인은 공을 세우지 않으며

聖人無名　　성인은 이름을 구하지 않는다

2000년대 초 중국 대도시에 유행했던 '임소요'는 장자의 「소요유」(逍遙遊)에서 제목을 빌려 온 노래이다. 샤오지와 함께 호텔방에 들어온 차오차오는 뜬금없이 "공자와 노자를 아느냐"고 묻는다. 샤오지가 고개를 흔들자 "장자(莊子)는 아느냐"고 묻는다. 샤오지는 고개를 끄덕인다. 그런 후에야 차오차오는 '임소요'에 대해 말한다.

"임소요의 가사가 장자의 어록에서 빌려 온 거야. 네가 하고 싶은 대로 행동할 자유가 있다는 뜻이지."

차오차오는 화장대 거울에 종이를 붙여 두고 나비를 그린다. 샤오지가 묻는다.

"저 나비는 뭐야?"

차오차오는 샤오지를 품에 안고 "스스로 날아왔다"고 대답한다.

자아장커의 고향 삼부작의 세번째 영화는 장자로부터 두 개의 이야기를 빌려 온다. 하나는 내편(內篇) 「소요유」의 여섯번째 대목에 등장하는 '초월'에 관한 이야기이고, 다른 하나는 「제물론」(齊物論)의 나비가 등장하는 호접몽(胡蝶夢)에 관한 이야기이다. 호접몽 역시 초월에 관한 이야기이며 장자의 이 두 이야기는 절대적인 자유에 대한 비유이다.

지아장커는 자유가 절대적으로 속박되었을 때 인간은 비참해지며, 비참한 인간은 언제나 절대적 자유를 꿈꾸지만 그 허망한 꿈이 어떻게 파멸에 이르는지를 통해 오늘의 중국을 말한다.

그대 살아서는 고향으로 돌아가지 못하리

• 낙엽귀근 │ 落葉歸根, Getting Home, 2007

「멜키아데스 에스트라다의 세 번의 장례식」(The Three Burials of Melquia-
des Estrada, 2005)은 멕시코의 코아우일라에서 미국 텍사스로 밀입국한
후 목장에서 일하는 멕시코인 불법 이주노동자 멜키아데스에 대한 이야
기이다. 멜키아데스는 국경수비대원인 노튼의 우발적인 총격을 받고 사
망한 후 암매장당한다. 시체가 발견된 후 보안관은 공동묘지에 그를 묻
고, 멜키아데스의 절친한 동료 피트는 생전의 약속에 따라 그를 고향에
묻어 주기 위해 노튼에게 시체를 짊어지게 하고 길을 떠나 국경을 넘는
다. 시체와 함께하는 로드무비로 미국과 멕시코의 역사적 연원을 더듬은
이 영화는 토미 리 존스가 감독하고 또 극 중의 피트 역을 맡았다.
　　2007년 중국의 장양(張揚)은 동료의 시체를 어깨에 짊어지고 길을
걷는 늙은 노동자의 로드무비를 통해 오늘의 중국을 말한다. 자신의 시
대를 살아가는 평범한 사람들의 평범한 삶 속에서 하고 싶은 말을 찾아

내기에 능한 이 감독은, 전작인 「샤워」(洗澡, 1999)에서 그 재능을 유감없이 발휘했다. 그러나 「샤워」의 성공이 준 부담에 짓눌렸던 탓인지 뒤이은 두 편의 작품——「어제」(昨天, 2001)와 「해바라기」(向日葵, 2005)——는 진지하고 무거운 소재와 주제에 짓눌린 기색이 역력했다. 「낙엽귀근」에서 장양은 블랙코미디 형식의 로드무비로 오늘을 살아가는 중국인들을 그리면서 예전의 기력을 유감없이 회복했다.

모든 로드무비가 그렇듯이 길은 곧 인생이다. 2007년 장양의 손에 이끌려 떠나는 길은 개혁개방의 연안도시 선전의 버스터미널 앞 한 술집에서 시작한다. 진즉 나이 오십 줄에 접어들었을 자오와 류는 탁자 하나를 차지하고 술잔을 기울이고 있다. 아마도 혁명 전후에 태어났을 둘은 농민공(농민 출신 노동자)으로 흐르고 흐르며 선전의 공사판을 전전해 온 노가다 동료이다. 어느 날 류는 공사판이 아니라 술집에서 붕어처럼 술을 먹다 불귀의 객이 된다. 자오는 생전에 둘이 맺은 약속, 누구라도 먼저 죽으면 고향으로 데려가 묻어 주리란 약속을 지킬 참이다. 영화의 제목으로 쓰인 '낙엽귀근'은 잎이 떨어지면 뿌리로 돌아간다는 뜻으로 '나 죽으면 고향으로 돌아가리'와 같다. 동료인 류를 고향으로 데려가는 길은 멀고도 멀다. 충칭 근처의 싼샤(三峽) 어느 언저리가 류의 고향이다. 자오에게는 사장이 (류가 술을 먹다 죽었음에도 불구하고) 호쾌하게 투척한 위로금 5천 위안이 있고 제 주머니에는 5백 위안이 있다. 류의 가족들을 선전으로 불러 장례를 치르고 화장을 한 후에 고향으로 돌려 보내려고 해도, 그들에게는 돌아갈 돈이 없다. 그건 아마도 류가 바라는 바가 아닐 것이다. 자오는 류를 고향으로 데려다 주기로 한다.

오늘을 살아가는 평범한 중국인들의 지친 마음은 이 영화를 보는 내내 조금이나마 따뜻해졌을 것이 분명하다. 110분에 그칠지라도. 그대 살아서는 다시 고향으로 돌아갈 수 없을지라도 그 고향을 마음에 품으며.

늙은 농민공 자오와 류는 그렇게 길을 떠난다. 죽은 류를 술에 취한 것으로 가장하고 함께 몸을 실은 쿤밍행 버스는 도중에 노상강도단을 만난다. 금속탐지기를 들고 승객들의 금품을 털던 두목에게 자오는 자신의 5백 위안을 내밀면서 류의 5천 위안은 줄 수 없노라고 말한다. 두목은 "당신은 우리 업종 전체를 모욕하고 있어. 위로는 하늘을 아래로는 땅을, 가운데로는 공기를 강도질하는 우리들이다"라며 자오를 일축하지만 자초지종을 듣고 난 후에는 크게 감동한다.

"의리(仗義), 의리."

자오 앞에서 등을 돌린 두목은 웃옷을 열어젖히고 자신의 등판을 보여 준다. 그곳엔 조악한 글씨로 '거짓의리'(假仗義)라는 문신이 새겨 있다. 오래전 친구를 배신한 대가로 새김당했다는 그 문신을 지우지 않고 평생 간직할 작정이라는 두목은 자오의 의리를 크게 치하한 후 갈취한 금품을 모두 그에게 털어 주고 물러선다.

강도단이 물러간 후 비로소 류가 시체라는 걸 알게 된 승객들은 입을 모아 불평을 늘어놓는다. 강도단 두목을 감동시키고 금품을 되찾도록 했지만 자오와 류는 의리라곤 손톱 끝의 때만큼도 알아 주지 않는 승객들에 의해 버스에서 쫓겨난다. 사고를 가장해 지나가는 차를 얻어 타려고 노력하지만 멈추는 차가 없다. 각박한 세상에서는 없는 자들이 없는 자들을 위하는 법이다. 털털털 지나가던 허름한 경운기가 멈추고 농부는 극구 마다하는 자오의 사정도 헤아리지 못한 채 그 옆 병원 앞까지 둘을 태워 준다. 병원 앞에서 류를 등에 짊어지고 줄행랑을 친 자오는 트럭기사들이 묵는 유숙소를 찾아 류를 침대에 누이고 충칭으로 갈 기사를 찾지만, 기사를 구하기는커녕 야심한 밤에 주머니에 두었던 5백 위안을 털린다. 아침이 되어 돈을 도둑맞은 것을 알게 되지만 시체 때문에 경찰에 신고도 하지 못하고 속절없이 빈털터리로 류를 짊어지고 다시 길을 나선다. 전날 밤에 까닭없이 패악을 부리던 트럭운전사가 그런 자오 앞에 멈추어 선다.

「낙엽귀근」의 두번째 에피소드는 3년 전 길 위에서 만난 여자에게 마음을 빼앗긴 트럭운전사의 이야기이다. 아마도 술을 팔거나 몸을 파는 업종에 종사하는 여자에게 그는 30만 킬로미터를 달린 후에 돈을 벌

「낙엽귀근」은 길 위의 모든 사람들에게 따뜻한 애정을 보이며 그들을 고통스럽게 하는 현실과 모순 그리고 삶의 지혜를 희극에 실어 전달함으로써 중국인들의 잔잔한 감동을 이끌어 내는 데에 성공했다.

어 청혼을 하겠노라고 다짐한다. 30만 킬로미터. 과연 대륙은 넓은 땅이라 트럭 운전 또한 사이즈가 다르다. 그리하여 30만 킬로미터를 채우고 돈도 벌만큼 벌었지만 정작 사내의 진심을 눈치챈 여자는 어디론가 튀어 버린 후 휴대폰 번호까지 없애 버렸다. 세상이 무너져 버린 사내는 자오 앞에서 운전대에 머리를 박고 펑펑 눈물을 쏟는다. 그런 그에게 자오가 묻는다.

"사랑. 그게 사랑 아니오. 사랑이란 원래 사람을 힘들게 하고 목숨까지 걸게 하는 것이오. 그녀를 사랑하오?"

그가 고개를 끄덕이자 자오는 말한다.

"그럼 다시 그 여자를 찾기 위해 30만 킬로미터를 달리시오."

자오의 충고에 트럭 기사는 다시 희망을 찾고 액셀을 밟는다.

"빌어먹을. 그래. 30만 더 뛴다!"

갈림길에서 트럭운전사와 헤어진 자오는 다시 류를 어깨에 메고 길을 걷는다. 이제 서북의 언저리로 접어들었을까. 푸른 논이 펼쳐진 사이로 석회암 산들이 우뚝우뚝 서 있는 카르스트 지형의 길에서 자오는 장례식 행렬을 만난다. 끼니와 하룻밤을 때울 생각으로 자오는 류를 허수아비로 만들어 논 한가운데에 세워 두고는 상가를 찾아 포식을 한다. 그런 그에게 한 노인이 다가와 옆에 앉는다. 노인은 자오가 문상을 할 때 관에 누워 있던 바로 그 노인이다. 아내도 자식들도 모두 일찍 떠나 버려 가족이 없는 노인은, 자신이 죽은 후에 장례식이 너무 쓸쓸할까 봐 돈을 주고 사람을 사 미리 떠들썩한 장례식을 치르는 중이다. 노인은 자오에게 그만이 진심으로 눈물을 흘려 주었노라고 감사한다. 「낙엽귀근」의 세번째 에피소드는 외로움과 죽음, 진심과 눈물에 관한 이야기이다.

의심할 바 없이, 돈으로 많은 사람들을 고용해 자신의 장례식을 앞질러 치르고 있는 노인은 물질적으로는 부유한 인간이다. 노인은 부유가 외로움을 달랠 수 없다는 진실에 안간힘을 쓰며 맞서고 있는 중이다. 농촌 마을에서 벌어지는 일이긴 하지만 노인의 쓸쓸한 모습에는 자본주의의 폭력적 발전과 함께 그 혜택을 누리고 있는 중국 대도시 신흥계급의 소외감이 배어 있다. 노인은 자오에게 말한다.

"사람이 정말로 배가 고파지면 진실되고 정직해지는 법이지. 그렇지 않은가?"

노인이 자신의 가짜 장례식에 대해서 자오에게 털어놓는 것은 이 말을 전한 다음이다. 배가 불러지면 거짓되고 부정직해진다는 고백인 셈이다. 배가 부른 대가로 거짓되고 부정직해진 데에다 외로워지기까지 하니 측은함이야 어쩔 수 없는 일이다. 물론 그 허망함을 뼈저리게 느끼면서도 그들 모두는 여전히 앞을 향해 전진하고 부를 독점해 나갈 테니, 이 에 피소드는 그저 없는 자들을 위한 공허한 위안에 지나지 않는다.

자오의 사정을 알게 된 노인은 부패가 시작된 류를 위해 시체 썩지 않는 약을 처방해 주고 나무 수레도 하나 내준다. 자오는 이제 수레에 리우를 싣고 길을 떠난다. 류를 어깨에 짊어지고 가쁜 숨을 몰아쉬며 무거운 걸음을 옮길 때보다 길은 훨씬 수월해졌다. 그 길에서 자오는 우마차를 끌고 가는 농부와 실없는 경쟁을 벌인다. 자오가 경쟁에 열을 올리는 이 장면은 기묘한데, 결국은 뒤처질 즈음에 자전거를 탄 젊은이가 나타나 등을 밀어 줘서 우마차를 앞서게 되고 둘은 한동안 동행한다. 길은 산악 지대로 접어들었다. 시짱(西藏, 티베트)에서 스물여덟 번째 생일을 맞기로 작심한 청년은 앞에 버티고 있는 험준한 준령들을 자전거를 타고 돌파할 참이다. 이 청년의 등장의 의미는 그의 시짱행 자전거 여행의 동기가 설명해 준다.

"지금까지 전 무슨 일을 하건 작심삼일이었습니다. 이번 여행에서는 끝까지 해낼 수 있을지 (나 자신을) 시험해 볼 참입니다."

등장인물 중에 유일하게 젊은 세대에 속하는 청년에게 자오는 커피 잔을 들어 격려한다.

"성공을 기원하네. 건배."

청년과 헤어진 후 자오의 수레는 급한 비탈의 굽잇길에서 곤두박질쳐 산산조각이 난다. 이 같은 곤경에 빠진 것은 자오의 수레뿐이 아니다. 길가에는 먼저 변을 당한 트랙터도 널브러져 있다. 넋을 잃은 자오는 상처투성이의 얼굴로 담배를 빨고 있던 운전사에게 트랙터에서 떨어져 나온 큼직한 바퀴를 얻는다. 류의 시체를 바퀴 안에 넣은 자오는 바퀴를 굴리며 길을 재촉한다.

영화를 통틀어 가장 발랄하고 생기 넘치는 이 장면은 말 그대로 행진 풍이다. 자오는 행진가를 부르며 자신보다 큰 바퀴를 앞세우고 전진한다. 류의 시체를 어깨에 짊어지는 대신 수레를 끌거나 바퀴를 굴릴 때, 농민공 자오의 씩씩한 모습은 개발독재의 전형적인 체제적 인민상에 부합된다. 그 시작이 우마차와의 경쟁인 것도 그렇고, 도중에 만난 청년과의 대화가 목표를 향해 달리는 불굴의 인간을 미화한다는 점에서 다른 모습이라고 할 수 없다. 바퀴를 굴리면서 자오가 부르는 행진가가 인민해방군가인 것도 무관하지 않다.

자오의 행진은 바퀴가 내리막길에서 빠르게 구르면서 길에서 벗어나 산등성이 아래로 떨어지는 걸로 끝난다. 이제 다시 류를 짊어져야 할 처지가 되었을 때 자오는 류가 신발 안창 밑에 숨겨 두었던 비상금 430위안을 발견한다. 자오는 이 돈으로 차를 구해 길을 떠나기로 죽은 리우에게 양해를 구한다. 그러나 인근의 마을 어귀로 내려가 트럭 운전사와 7백 위안에 흥정을 끝낸 후 끼니를 때운 음식점에서 6백 위안의 바가지를 쓰게 된 자오. 마지못해 그 돈을 치른 뒤에 사장이 준 5천 위안이 위조지폐라는 걸 알게 된다. 자오는 다시 엄혹한 현실과 마주하게 된다. 길 옆의 류에게 돌아온 자오는 용서를 빌고 시체를 고향으로 데려가는 대신 그곳에 묻기로 하고 5천 위안을 태운 후 구덩이를 판다. 그러곤 구덩이의 크기를 짐작하기 위해 자신이 먼저 누워 본다. 나뭇가지 사이로 푸른 하늘이 보이고 둥실 뜬 흰 구름은 더없이 평화롭다. 땅 위의 현실이 참기 어려울 만큼 고통스러울 때 하늘은 유혹이 된다. 구덩이를 두 배의 크기로 넓힌 자오는 리우를 누이고 충분히 자신의 머리를 깨뜨릴 만한 큼직한 돌을 나뭇가지에 줄로 매단다. 그렇게 자살 장치를 만든 후에 자오는 리우의 옆에 앉아 힘껏 돌을 민다.

그러나 산 사람은 살아야 하는 법. 허공을 가르는 돌덩어리를 자신도 모르게 피하다 등을 얻어맞고 기절한 자오는 다음 날 아침 벌을 치는 부부의 초막 옆에서 깨어난다. 자오의 이야기를 들은 벌 치는 사내는 "이겨내지 못할 일은 없다"며 자신들의 이야기를 털어놓는다. 3년 전 공장에서 일할 때 보일러가 폭발해 심한 화상을 입은 후 아이조차 외면할 흉한 얼굴을 갖게 된 아내는 자살을 생각했고, 남편은 그런 아내를 걱정해 하던 일을 그만두고 마침내는 사람들을 피해 벌을 치는 일을 시작했다고. 떠돌다 인적이 없는 그곳에서 정주하고 있노라고. 산 사람은 살아야 하는 법이다. 벌 치는 사내는 자오와 류를 자신의 트럭에 태워 인근의 소도시까지 데려다 준다.

자오의 길은 이제 농촌을 벗어나 도시의 자장 속으로 이어진다. 야심한 밤에 도시에 도착한 자오는 길거리의 미장원에서 자신의 고향인 둥베이(東北) 지방의 사투리를 듣고는 동향 여자 미용사에게 류의 분장을 부탁한다. 시체를 보고 질겁하던 미용사는 경찰의 등장으로 벌어진 소동 끝에 결국은 리우를 분장해 주고 자오를 배웅한다. 자오와 죽은 류, 미용사를 이어 주는 소통의 줄은 물론 '고향'이다. 자오는 미용사에게 연정을 품은 경찰의 차를 얻어 타고 대도시인 충칭에 도착한다.

장양은 그런 자오를 따라 대도시의 북적임과 생동감 밑에 깔린 그늘을 비춘다. 류를 토관 안에 넣어 두고 아침 한 끼를 때울 생각에 헌혈을 자청한 자오는 간염 판정을 받지만 빵을 얻는 데에는 성공한다. 헌혈차 앞에서 그는 "한번에 5백 위안. 에이즈만 아니면 상관없다"는 매혈조직의 호객꾼에게 끌려 음침한 매혈소로 가게 된다. 그곳에서 자오는 3개월에 한 번씩 어김없이 매혈을 하는 프로 매혈꾼 여인을 만난다. 마침 경찰이 매혈소를 덮치는 바람에 둘은 구조센터로 오게 된다. 여자는 도시에서 노숙자로 생활하면서 고물을 줍고 피를 팔아 대학생인 아들의 학비를 대고 있다. 아들은 창피하다는 이유로 어머니더러 학비를 주기 위해 학교에 오는 대신 우편으로 부치라는 고약한 놈이지만, 그녀는 '아들의 성공을 위해서라면 무엇이든' 마다치 않겠다는 맹목적인 모성애의 주인공이다. 구조센터에서 장기자랑을 함께하기까지 한 그녀와 미래를 다짐하고 다시 돌아올 것을 약속한 후, 자오는 류의 고향으로 향한다. 트럭을 얻어 타며 순조롭게 이어지던 길은 산사태로 끊긴 도로 앞에서 멈춘다. 자오는 다시 류의 시체를 업고 무너진 길을 걷던 중에 그만 실신한다. 병실의 침대 위에서 눈을 뜬 자오 옆에는 경찰이 앉아 있다. 그의 말에 따르면 개인의 시체운반은 불법이다. 하지만 친절한 경찰은 주머니를 털어 류의 화장을 도와주고 둘은 유골과 함께 류의 고향으로 향한다.

마침내 도착한 류의 고향은 싼샤댐의 건설로 수몰 예정지가 되어 있다. 마을은 이미 폐허가 되었다. 무너진 류의 고향 집 쓰러진 대문에는 오랫동안 소식이 끊긴 아버지에게 아들이 남긴 글이 이주한 새 주소와 함께 적혀 있다. 류의 유골함을 들고 자오는 다시 양쯔강 상류의 이창(宜昌)으로 향한다. 영화는 그렇게 막을 내린다.

매혈, 노상강도, 지폐위조 등 중국사회의 민감한 그늘에 카메라를 비추면서도 「낙엽귀근」이 검열을 통과하고 결국은 중국 전역에서 흥행에 큰 성공을 거둘 수 있었던 것은 이 영화가 코미디인 것과도 무관하지 않고 민감한 현실을 필요(?) 이상으로 자극하지 않으면서 우회하는 솜씨를 발휘했기 때문이기도 하다. 또 중국영화에서는 흔한 수법이지만 권력의 말단인 경찰을 지극히 선하게 그리는 등으로 체제 옹호를 도모했기 때문이다. 그럼에도 불구하고 「낙엽귀근」은 길 위의 모든 사람들에게 따뜻한 애정을 보이며 그들을 고통스럽게 하는 현실과 모순 그리고 삶의 지혜를 희극에 실어 전달함으로써 중국인들의 잔잔한 감동을 이끌어 내는 데에 성공했다. 아마도 오늘을 살아가는 평범한 중국인들의 지친 마음은 이 영화를 보는 내내 고향을 돌아보게 하는 장양의 위무 속에 조금이나마 따듯해졌을 것이 분명하다. 중국인이 아닌 당신의 마음도 온기를 느낄 것이다. 다만 110분에 그칠지라도. 그대 살아서 다시는 고향에 돌아갈 수 없을지라도 그 고향을 마음에 품으며.

_중국

신분상승의 욕망에 대한 끔찍한 경고

• 호기심이 고양이를 죽인다 | 好奇害死貓, Curiosity Kills the Cat, 2006

장이바이(張一白)의 「호기심이 고양이를 죽인다」를 두고 덩샤오핑의 흑묘백묘(黑描白描)를 떠올리는 것은 확실히 강박관념의 소산이다. 결론부터 말한다면 장이바이의 고양이는 덩샤오핑은 물론 다른 어떤 중국인(또는 중국적인 것)의 고양이와도 무관하다. "호기심이 고양이를 죽인다"는 서양속담이며, 장이바이는 그것을 자신의 영화에 빌려와 중국어로 번역해 사용했을 뿐이다. 말하자면 수입산 제목이다.

　「호기심이 고양이를 죽인다」는 스릴러라는 장르영화의 관습에 충실한, 말하자면 특별하지는 않은 영화이다. 2006년에 등장한 이 영화를 두고 미국의 영화잡지 『버라이어티』(Variety)의 데릭 엘리(Derek Elley)는 '중국도 이제 이런 스타일의 영화를 매끄럽게 만들기 시작했'는 취지의 평을 남긴 적이 있다. 그가 말한 스타일이란 결국은 할리우드 스타일의 스릴러를 말하는 것이다. 스타일에 대해서 말하자면 이 말이 옳다. 할

사장의 딸과 결혼한 하층 출신의 쩽충, 그를 사랑한 미용사 량샤오샤, 아파트 경비원인 펀두. 그들 모두는 상류층 자제인 치엔이의 복수극에 휘말려 몰락한다. 이건 신분상승의 욕망이 결코 이루어질 수 없다는 계급적 경고이다. 그런데 좀 이상하다…….

리우드 스릴러에 익숙한 관객이라면 이 영화쯤은 손바닥 위에 올려 두고 손쉽게 요리할 수 있다. 그럼에도 불구하고 이 영화에는 지극히 중국적인 그 무엇이 내밀하게 숨어 있다. 그걸 곱씹어 보는 것이 이 영화의 숨겨진 매력이다.

무대는 충칭의 어느 고급 아파트. 그 아파트에서 유리온실이 갖추어진 유일한 세대의 여주인인 치엔이는 부유한 사업가의 딸이다. 전문가 수준으로 장미 가꾸기에 열심인 그녀에게는 남편과 어린 아들이 있다. 치엔이에게 끔찍한 일이 벌어지기 시작하는 것은 아파트 1층의 상가에 미용실이 들어서고부터이다. 영화는 이 사건을 네 개의 시선으로 나누어 반복한다. 동일한 사건을 두고 시선이 바뀔 때마다 하나 둘씩 감추었던 복선을 드러내는 것은 스릴러의 고전적인 수법 중의 하나이다.

영화의 1막은 미용실 맞은편의 사진관 주인인 모모의 시선을 빌려 시작한다. 치엔이의 고급 승용차에 붉은 페인트가 끼얹어진다. 한편 모모는 주인을 알 수 없는 필름 하나를 인화한다. 그 사진 속에는 치엔이의 남편인 젱충과 미용실 주인인 량샤오샤가 차 안에서 연정을 나누는 장면이 담겨 있다. 2막은 젱충과 량샤오샤의 관계를 추적한다. 모모는 갑작스럽게 미용실을 나서는 샤오샤를 미행하고 멀리 고층 아파트들이 보이는 강가의 오래되고 남루한 동네에 이르러 젱충과 샤오샤가 계단 위 집으로 사라지는 것을 목격하곤 발길을 돌린다. 돌아가는 길에서 모모는 예기치 않게 치엔이를 만난다. 이때 모모와 치엔이가 나누는 대화에서 부부의 과거가 밝혀진다. 치엔이는 남편이 한때 자신의 얼굴을 감히 바라보지도 못했던 아버지 회사의 직원이었는데 자신과 사랑에 빠졌노라고 고백한다. 그러곤 말한다.

"그인 자신이 한 여자를 사랑한 건지 사장의 딸을 사랑한 건지 구분하지도 못했을 거야. 남자가 결혼을 통해 인생을 바꾸어 보겠다면 안 될 것도 없지."

사건은 그쯤에서 끝나지 않는다. 치엔이와 모모가 함께 있던 유리온실 위로 또 다시 붉은 페인트가 끼얹어진다.

영화의 2막은 유력한 혐의자인 젱충과 샤오샤의 관계를 밝힌다. 반년 전 미용실에서 샤오샤를 만난 젱충은 그녀와 뜨거운 사랑에 빠진다. 그러나 자신이 일구어 놓은 모든 것들을 떠받치는 가정을 버릴 수 없는 젱충은 샤오샤에게 20만 위안이 예금된 통장을 건네고 관계를 청산한다. 샤오샤는 선선히 젱충의 요구를 받아들인다. 그런 그녀가 마음을 바꾸고 젱충의 아파트 1층에 미용실을 차렸을 때, 치엔이에게 일어난 모든 끔찍한 일들은 모두 그녀의 소행으로 비추어진다. 젱충은 그녀에게 호소하지만 샤오샤는 그를 잊을 수 없다고 말한다. 그런 후에 치엔이가 온몸에 붉은 페인트를 덮어쓴 채 로비에 나타난다. 다시 샤오샤를 찾아간 젱충은 눈물로 읍소하지만 그녀는 사랑을 호소할 뿐이다. 그러곤 젱충의 아들이 유괴된다. 젱충은 미용실로 가 샤오샤를 살해하고 경찰에 체포된다.

3막은 아파트 경비원인 펜두를 비춘다. 젱충의 아들을 유괴한 것은 펜두이다. 모모에게 그 사실을 발각당한 펜두는 아이를 안고 아파트 옥상으로 올라가고 경찰과 대치하게 된다. 막다른 골목에 몰려 눈물을 흘리는 펜두는 다가온 치엔이에게 묻는다.

"이제 우린 어떻게 하지요?"

"미안해. 이젠 할 수 있는 일이 없어."

이제 관객들의 혐의는 자연스럽게 치엔이에게 옮겨진다.

4막은 치엔이의 시점에서 모든 사건을 복기한다. 모든 일은 치엔이의 자작극이며 바람을 핀 젱충에 대한 복수극임이 드러난다. 펜두를 끌어들인 것도 치엔이의 소행이다. 치엔이가 스스로 자신의 차에 붉은 페인트를 끼얹는 것을 목격한 펜두는 1,000위안을 대가로 페인트를 유리온실 위에 끼얹는다. 아이를 유괴한 것은 펜두이지만 그건 남편과 정부를 궁지에 몰아넣으려던 치엔이의 청탁에 의한 것이다. 젱충의 우발적인 살인으로 유괴를 둘러싼 사실을 은폐하기 곤란해진 치엔이는 10만 위안을 대가로 펜두에게 10년의 감옥살이를 감수하고 입을 다물 것을 요구하고 펜두는 그 제안을 받아들인다. 옥상에서 펜두는 은행금고의 열쇠를 치엔이에게 주고 돈을 그곳에 넣어 줄 것을 요구한 후 아이를 건네준다.

자, 사건을 다시 복기해 보자. 하층 출신으로 사장의 딸과 결혼함으로써 신분상승의 욕망을 실현한 젱충과 역시 하층 출신으로 사랑을 잊지 못한 량샤오샤, 역시 보잘것없는 신분으로 아파트 경비원일 뿐인 펜두는 상류층 자제인 치엔이의 복수극에 휘말려 모두 몰락하고, 정작 그 모든 일의 범인인 치엔이는 아들과 함께 유리온실이 딸린 안락한 고급 아파트로 돌아간다. 젱충의 아들이 이 비정한 복수극에서 희생되지 않았다는 것을 상기할 필요가 있는데 그건 상류계급의 자식은 태생적으로 이미 상류계급에 속하기 때문이다, 모계이건 부계이건. 따라서 「호기심이 고양이를 죽인다」는 하층으로부터 상층을 향한 신분상승의 욕망이 결코 이루어질 수 없다는 일종의 계급적 경고를 떠올리게 한다.

그런데 이건 좀 이상한 일이다. 시장개방 이후 우리는 중국에서 벼락부자가 된 인물들에 대한 이야기를 수도 없이 들어 왔다. 그건 마치 남한에서 부동산 투기의 역사가 시작된 이후 하루아침에 거부가 되어 버린 강남의 빈한한 농민의 팔자가 중국에서 동일하게 반복되는 것처럼 여겨졌으므로 남한인에게는 아주 익숙한 스토리의 반복이었다. 물론 우리는 70년대부터 시작된 그 신분상승의 상대적으로 폭넓은 가능성이 지금은 철옹성처럼 완고하게 닫혀 있다는 것도 알고 있다. 그렇다면 1990년대 이후 본격적으로 맹렬하게 원시적 자본주의를 발달시켜 오면서 거부들을 양산해 온 중국은 벌써 그 단계에 이른 것일까. 또는 중국공산당과 인민해방군, 지식인 상류층들과 같이 처음부터 중국을 지배했던 지배계층들이 그 모든 부들을 손에 넣었을 뿐이며, 농민과 노동자들에게는 처음부터 그런 기회 따위가 주어지지 않았던 것일까. 만약 그렇다면 그 이유는 모든 일들이 시작될 때 생산수단과 생산관계가 자본주의적이 아니라 사회주의적이었기 때문이었을 것이다. 생각이 이쯤에 미치면 정말이지 역설적이거니와 누군가에게는 참으로 고통스러운 일일 텐데, 이 평범한 중국산 스릴러 영화에는 바로 그 역설과 고통을 상기시키는 무엇인가가 있다. 음……(신음).

초원의 게르 너머에는 무엇이 있을까

- 사냥터에서 | 獵場劄撒, 1984
- 우르가 | Close to Eden, 1992
- 카닥 | The Colour of Water, 2006
- 투야의 결혼 | 圖雅的婚事, Tuya's Marrige, 2006

한때 태평양에서 지중해 사이를 제패했던 몽골제국의 영화는 몽골 초원
에서 살아가는 유목민들의 게르(Ger; 몽골인들의 이동식 천막집) 안에 모셔
진 칭기즈칸의 빛바랜 초상화로 남아 있지만, 러시아는 물론이고 동유럽
까지를 초토화시켰던 몽골의 존재는 유럽인들의 무의식에 역사적 상흔
으로 남아 있다고 전해진다. 예컨대 찢어진 눈을 무서워한다거나 검은색
을 두려워한다거나 등등……. 그 때문인지 유럽의 자장 아래 제작된 몽
골 관련 영화들은 몽골인을 다분히 목가적으로 또는 '내셔널지오그래
픽'적으로 그리고 있다. 말하자면 평화스럽기 짝이 없다. 칭기즈칸이 거
세된 몽골인들을 보는 것 같다. 하지만 오랜 세월이 지났고 만사는 변하
는 법이므로 칭기즈칸의 후예들이 칭기즈칸과 전혀 다른 족속들이 되
었다고 해서 딱히 반론을 제기할 일은 아니다. 독일 펀드로 제작되긴 했
지만 울란바토르 출생의 몽골 감독인 비암바수렌 다바아(Byambasuren

사냥터의 생생함과 함께 우르가를 들고 말을 다루는 사내들, 양을 도축하는 장면의 디테일한 묘사, 바와 늑대와의 대결이 뿜어내는 긴장감. 「사냥터에서」에는 몽골을 다룬 (유럽산) 영화들에서는 결코 찾아볼 수 없는 '거세되지 않은 본연의 힘'이 솟구친다.

Davaa)의 영화 두 편을 보면 그쪽으로 생각이 기울기도 한다. 「낙타의 눈물」(The Story of Weeping Camel, 2003)과 「동굴에서 나온 누렁개」(The Cave of The Yellow Dog, 2005)는 몽골 초원에서의 유목생활을 담은 비암바수렌의 다큐드라마인데, 두 편 모두 이국적인 몽골 초원의 풍광 속에 살아가는, 역시 이국적인 유목민들의 삶을 그리고 있다. 영화에 등장하는 낙타는 물론 개조차 무척 이국적이다. 물론 인간이나 동물이나 모두 모두 평화스럽게 살아간다.

그러나 몽골에 관한 모든 영화들이 '내셔널지오그래픽'을 답습한 것은 아니다. 중국 5세대 감독의 대표주자이며 「푸른 연」의 감독인 톈좡좡은 장편 데뷔작인 「사냥터에서」에서 우리가 알고 있는 몽골을 다룬 대부분의 영화들과는 전혀 다른 모습으로 오늘의 몽골인들을 비춘다.

영화는 "13세기 초 칭기즈칸은 '자싸'(割撒)라고 불린 법령을 내렸다……"라는 자막으로 시작한다. '자싸'는 칭기즈칸이 몽골의 초원을 통일한 후 포고한 대법령(예케 자사크, Yeke Jasag)의 한자 음역이다. "간통한 자는 사형에 처한다"로 시작하는 칭기즈칸의 자사크는 칭기즈칸 자신을 포함해 지위고하를 막론하고 지켜야 할 법이었다. 영화의 원제인 '엽장차살'(獵場割撒)은 자사크 중 사냥에 관한 조항을 일컫는 것이다.

「사냥터에서」는 첫 시퀀스에서 그 조항을 소개한다. 초원의 언덕에 총을 든 몽골 사내들이 말을 타고 늘어서 있다. 우두머리에 해당하는 바가 목청을 높여 무리에게 말한다.

"오늘은 사냥하는 날이다. 첫째, 누구라도 다른 사람이 사냥한 짐승을 훔쳐서는 안 된다. 누가 쏘아 맞추었건 사냥개가 짐승을 잡으면 그 주인의 것이다. 둘째, 사냥이 금지된 짐승을 해쳐서는 안 된다. 셋째, 사냥한 첫번째 짐승은 가장 연장자에게 돌아간다. 누구라도 이 법에 동의하지 않으면 채찍을 들어라."

이게 '엽장차살'이다. 이의가 제기되지 않자 바가 왼쪽, 지에가 오른쪽의 우두머리를 맡는 것이 고지된 후 사냥은 시작된다. 말들은 쏜살같이 초원 위를 내달리고 그 뒤를 사냥개들이 쫓는 가운데 한때 세계의 절반을 제패했던 몽골 사내들의 말달리기와 사냥 솜씨가 유감없이 화면을 수놓는다. 전속력으로 달리며 쏘아대는 총 앞에 초원 위에서는 영양과 노루와 토끼들이, 하늘에서는 독수리가 피를 흘리며 무릎을 꿇거나 허공을 휘돌며 떨어진다. 여과 없이 스크린을 메우는 사냥 장면은 총알에 다리가 잘리는 사슴의 모습을 비추거나 치명상에 다리를 하늘로 향하고 떠는 짐승을 비추고, 달리는 말 등 위에서 날린 손도끼에 맞아 죽는 토끼의 절명(絶命)을 비춘다.

사냥을 끝내고 사내들이 말을 달려 돌아오자 아이들은 누구의 아버지가 가장 많은 사냥감을 잡았는지를 놓고 다툰다. 아낙들도 점잖지 않다. 양털을 깎던 젊은 아낙은 허리춤에서 담배를 꺼내 처억 입에 물고 연기를 푸욱푸욱 뿜으며 털을 깎는다. 이날의 사냥에서 완이란 이름의 청년이 자신의 것이 아닌 노루를 가져갔다고 고발당한다. 완은 벌을 받는다. 지에는 노루의 목을 잘라 그 머리를 완의 집 앞 나무기둥에 매달고 완의 어머니를 부른다. 어머니는 부끄러운 짓을 한 아들의 등을 채찍으로 후려친다. 완은 노루의 머리가 걸린 나무기둥 아래에서 지에가 그 머리를 기둥에서 떼어 낼 때까지 무릎을 꿇고 있어야 한다. 사냥의 법이 정한 벌칙은 무릇 이렇다.

그렇게 첫 에피소드를 소개한 영화는 사냥에서 각각 왼쪽과 오른쪽의 우두머리를 맡았던 바와 지에를 중심으로 이야기를 펼친다. 사냥의 우두머리를 함께 맡을 만큼 절친했던 둘의 사이는, 공동축사의 울타리가 무너지면서 달아난 소들 중 일부를 바가 훔친 것으로 오해한 지에가 그를 신고함으로써 크게 벌어진다. 바는 이 일로 10일 동안 우리에 갇히는 벌을 받는다. 막역했던 둘의 관계는 소원해지고, 이듬해 봄이 돌아오고 초원에 야생화들이 만발하는 사냥철이 돌아왔을 때 바가 지에와 함께 우두머리로 나서지 않을 만큼 악화된다. 이 사냥에서 바는 지에의 사냥개가 잡은 노루를 자신이 가져간다. 한편 바의 아내는 지에의 집에서 불이 나자 그의 어머니를 구해 주고, 지에는 감사의 뜻을 표하기 위해 바의 집을 찾는다. 바는 그를 냉대하지만 지에는 지난해 바의 양 우리에 늑대를 넣은 것이 자신이었음을 고백하고 진심으로 사과한다. 바는 노루의 머리를 잘라 초원의 나무기둥에 걸고 무릎을 꿇는다. 뒤따라온 지에가 노루의 머리를 떼어 낸 후 바의 뒤에 무릎을 꿇고, 소를 훔친 두 사내도 함께 무릎을 꿇는다. 사냥의 법을 둘러싸고 벌어지는 사내들의 갈등과 화해가 만드는 드라마를 압도하는 것은 천 년에 가까운 세월 동안 변함없는 자사크의 힘이다.

「사냥터에서」는 자사크만큼이나 원시적 힘이 영상에 배어 있다. 사냥터의 생생함과 함께 우르가를 들고 말을 다루는 사내들, 양을 도축하는 장면의 디테일한 묘사, 바와 늑대와의 대결이 뿜어내는 긴장감 따위는 몽골을 다룬 다른 영화에서는 쉽게 찾아볼 수 없는 장면들이다. 톈좡좡의 데뷔작인 「사냥터에서」는 그 때문에 서구에서 혹독한 비판을 감수해야 했다. 톈좡좡이 명성을 얻은 것은 티베트를 배경으로 한 두번째 영화 「말도둑」(盜馬賊, The Horse Thief, 1986)에 이르러서였다. 그 뒤 「푸른 연」에 이르기까지 국제적 명성을 쌓아 왔지만 톈좡좡의 필모그래피에서 「사냥터에서」는 매장된 것이나 다름없다. 이 영화가 그처럼 특별한(?) 대우를 받고 있는 이유는 동물에 대한 잔인한 장면을 노골적으로 묘사했다는 것이다(영화로 국제적 명성을 얻길 원하는 감독은 동물보호주의를 먼저 터득해야 한다).

칭기즈칸은 한때 유럽을 정벌하고 두려움에 떨게 했지만, 제국이 멸망한 후 후예들은 영화에서까지 복수를 감내하고 있다. 몽골제국의 후예들은 초원의 게르에 살며 양이나 낙타를 치고 사내들은 고작해야 양젖을 홀짝거린다. 심지어 말을 타고 초원을 달릴 때조차도 술에 취해 비틀거린다. 대개 몽골을 다룬 영화들은 이걸 현대 산업문명에 오염되지 않은 목가적 평화로 그려 내고, 위성 안테나와 텔레비전 따위에 오염되는 몽골 초원에 연민을 표시한다. 이건 전형적인 오리엔탈리즘의 산물이긴 하지만 여전히 남아 있는 의문은 영화들을 예외없이 지배하고 있는 과도한 여성성과 거세된 남성성이다. 몽골의 스텝이나 사막과 같은 혹독한 자연 환경에서 생존하기 위해 인간은 그만큼 강해져야 한다. 천 년의 세월이 흘렀어도 같은 환경에서 생존하려면 그것만큼은 변함이 없을 텐데, 서구의 자장 아래 만들어진 영화들은 초원의 게르에서 살아가는 인물들을 양만큼이나 순하게 그린다. 오래전 몽골인들의 말발굽 아래 짓밟혔던 역사에 대한 공포가 무의식 속에 잠재해 있는 것인지도 모른다. 말하자면 「사냥터에서」와 같은 영화는 유럽인들에게는 공포영화의 장르에 포함되는 영화일지도 모른다.

소련(이 영화를 만들 때에는 소련이었다)의 노장 감독 니키타 미할코프(Nikita Mikhalkov)는 꽤 특별한 몽골영화를 만들었다. 제목인 '우르가'(Urga)는 몽골인들이 주로 말을 다룰 때 쓰는, 긴 막대 끝에 올가미를 매단 도구를 가리킨다. 또 미할코프에 따른다면 우르가는 남녀가 사랑을 나눌 때에 방해받저 않도록 땅에 꽂아 표시하는 물건이기도 하다.

영화는 말을 타고 우르가를 든 몽골 사내가 역시 말을 탄 여자를 쫓는 장면으로 시작한다. 사내는 여자를 잡는 데에 성공하고 풀밭에서 덮치지만 여자는 사내의 손아귀에서 벗어나 말을 타고 도망친다. 사내의 이름은 곰보, 여자의 이름은 파그마이다. 몽골 초원의 게르에서 살아가는 둘은 부부이고 갓 낳은 아이를 포함해 세 명의 아이를 두고 있다. 문제는 이 부부의 몽골이 중화인민공화국 자치구인 네이멍구(내몽골, 內蒙古)라는 것이다. 중국의 산아제한정책은 소수민족에 대해서는 한결 관대하지만 그것도 세 명까지이다. 초원의 게르에 살면서 까짓 산아제한이 무슨 대수일까 싶지만 아이들을 도시의 학교에 보내려 하는 파그마의 생각은 다르다. 파그마는 곰보와의 섹스를 거부하고 곰보는 밤마다 몸이 단다.

그런 곰보와 파그마의 초원에 생뚱맞게 소련인 트럭 운전사 세르게이가 나타난다. 네이멍구의 도로공사에 일자리를 얻어 국경을 넘어온 이주노동자 세르게이는 졸음 탓에 길에서 벗어나 트럭을 몰다 가까스로 강앞에 멈추지만, 조장(鳥葬)으로 버려진 시체를 보고 놀라 도망치다 트럭을 강에 빠뜨린다. 곤경에 빠진 세르게이 앞에 곰보가 나타난다. 몽골의 초원에 나타난 백인 세르게이와 몽골인 곰보의 관계는 인종적 차이와 상관없이 대등하게 그려진다. 세르게이는 곰보가 손님을 접대하기 위해 양을 도축하는 꼴을 눈앞에서 보고는 저녁식사에 동참하기를 꺼리지만, 이내 먹고 마시고 기분 좋게 어울리며 곰보와 친구가 된다. 조장이나 양의 도축 따위는 간단하게 문화적 차이일 뿐이다. 노동자 세르게이가 나이에 어울리지 않게 천진하고 단순하며 심지어는 무식하게까지 그려지는 이 영화에서는 인종적 차이에 대한 서구적 편견 따위는 원천적으로 봉쇄되어 있다.

그날 밤 다시 또 몸이 단 곰보에게 파그마는 도회지 사람들은 콘돔이라는 물건을 사용해 문제를 해결하고 있음을 알려 주고 텔레비전을 보면 모두 알 수 있다고 알려 준다. 다음 날 곰보는 세르게이의 트럭에 말을 싣고 콘돔을 구하기 위해 도시로 나가지만, 국영 약국의 여자 약사 앞에서 차마 콘돔을 요구하지 못한다. 그날 저녁 도시의 친구를 만난 곰보는 말한다. "칭기즈칸도 넷째 아이였어. 난 우리집에서 일곱째였다구." 그런 곰보에게 도시의 친구는 "지금도 새로운 칭기즈칸을 기다려? 시간이 흐르면 법도 바뀌는 법이야"라고 훈계한다. 다음 날 곰보는 텔레비전과 자전거를 사 말에 싣고 돌아간다.

초원에서 곰보는 칭기즈칸과 그의 부하들을 만난다. 칭기즈칸 옆에는 황후처럼 치장한 파그마가 말을 타고 있다. 자전거와 텔레비전을 본 칭기즈칸은 대노하고 그것들을 부숴 없애라고 부하들에게 명령한다. 곰보는 파그마에게 "야만인으로 지내지 않으려면 텔레비전이 필요하다고 했던 건 당신"이라고 항변하지만 무시당하고 때마침 나타난 세르게이와 함께 담요에 싸여 말에 끌려간다. 판타지이기도 한 이 장면은 초원에서 잠이 든 곰보의 꿈으로 처리된다. 돌아온 곰보는 안테나를 세우고 게르 안에 텔레비전을 설치한다. 텔레비전의 화면에는 미국을 방문한 소련의 고르바초프와 (아버지) 조지 부시, 중국인들의 모습이 번갈아 비춰진다. 파그마가 묻는다. "그것(콘돔) 사왔어요?" 곰보는 고개를 흔든다. 파그마는 게르의 문을 열고 나간다. 텔레비전의 화면 속에는 초원이 비춰지고 말고삐를 잡은 파그마가 미소를 지으며 곰보에게 눈짓을 한다. 곰보가 게르를 나선 후 텔레비전 화면에는 우르가를 든 곰보가 말을 타고 초원의 구릉을 가로지르는 모습이 나타난다. 그런 후 구릉의 능선 위에서 곰보는 땅에 우르가를 꽂고 구릉 너머로 사라진다.

영화는 미래의 어느 시점, 장성한 곰보의 넷째 아들의 이런 내레이션과 함께 막을 내린다.

"나는 그렇게 아버지의 넷째 아들로 태어났다. 부모님의 뜻에 따라 난 칭기즈칸이 어릴 적 불렸던 테무진이란 이름을 가졌다. 언젠가 내 아버지가 우르가를 꽂았던 그곳에는 지금 굴뚝이 세워져 있다. 근처에는 내가 일하는 가스유전이 있다……."

몽골 초원에 판타지로 펼쳐졌던 칭기즈칸의 기백은 곰보와 파그마가 생산한 넷째 아들로 소박하게나마 배반당하지 않지만, 이제 우르가 꽂혔던 땅에서는 공장 굴뚝이 연기를 뿜고 곰보의 넷째 아들 테무진은 가스유전의 노동자가 되어 자신의 (탄생의) 기원을 말한다. 이게 미할코프가 말하는 몽골의 미래이고 현실이다. 세르게이의 트럭과 트럭이 달리는 초원의 길, 현대화된 도시의 풍경, 콘돔으로 상징되는 현대적 풍습, 전통적 삶을 버린 도시의 몽골인의 모습은 중국의 산아제한과 함께 수천 년을 이어 온 몽골의 전통을 억압하는 현대적 가치를 상징한다. 판타지는 그런 현실에 저항하는 수단이지만 판타지는 판타지일 뿐이다. 미할코프는 그런 현실을 배반하지 않고 곰보의 넷째아들 테무진에게 세르게이와 같은 공장노동자의 미래를 안겨 준다. 더불어 라스트 신의 내레이션에는 슬쩍 소련과 미국의 미래도 끼어 있다.

"난 여행을 좋아한다. 작년에는 아내와 함께 바이칼에 다녀왔다. 예전에 그곳에는 호수가 있었고 러시아인들이 살고 있었다……. 이번 여름에는 일본인들을 보러 로스앤젤레스에 다녀올 생각이다. 쉴 겸해서."

바이칼 호수는 사라져 버렸고 러시아의 것도 아니며 로스앤젤레스는 일본인의 손에 넘어갔다. 소련의 붕괴 이듬해에 선보인 미할코프의 「우르가」에는 그 시대의 분위기가 배어 있다. 도시의 카바레에서 만취한 세르게이는 붉은 별의 배지를 들고 "이것 봐. 여기 우리 영혼이 있어. 하나에 2위안. 2위안에 영혼 하나. 빌어먹을!"이라고 절규한다. 그런 후에 비틀거리며 무대로 걸어 나간 세르게이는 군인이었던 젊은 시절 등판에 문

광활한 몽골 초원에서 판타지로 펼쳐진 칭기즈칸의 기백은 소박하게라도 배반당하지 않지만 곰보가 우르가를 꽂았던 그 땅에는 공장 굴뚝이 세워지고 테무진은 공장 노동자가 된다. 미할코프의 쓸쓸하지만 따뜻한 미래.

신으로 새긴 악보를 밴드에게 내밀고 연주하게 한 후 "만주의 언덕……"으로 시작하는 노래를 부른다. 소련을 위해 싸우다 죽어 간 병사들을 위로하는 그 노래는 공허하기 짝이 없다. 소련의 꿈과 칭기즈칸의 꿈, 소련의 몰락과 몽골제국의 몰락이 오버랩되는 가운데, 소련과 몽골 초원의 미래는 세르게이의 노래 속으로 침잠한다.

초원의 땅에 우르가가 꽂히고 곰보와 파그마가 넷째 아이를 가질 것이란 암시에 그치는 대신 미래의 넷째 아들인 테무진의 내레이션으로 이어지는 미할코프의 라스트 신은 조금은 쓸쓸하기도 하고 체념이 묻어 있는 것처럼 보이지만 그 언저리 어딘가에 현실과 미래에 대한 낙관을 숨겨두고 있다. 가스유전 노동자인 곰보의 넷째 아들은 테무진인 것이다.

벨기에 영화인 페터르 브로센(Peter Brosens)의 「카닥」(The Colour of Water, 2006)은 몽골의 현재와 미래를 마술적 사실주의와 초현실적 영상에 실어 애도한다. 미할코프가 중국의 네이멍구를 택한 반면 브로센은 몽골인민공화국의 혹독한 겨울을 배경으로 선택했다. 바기는 아버지 없이 할아버지와 어머니와 함께 초원의 게르에서 양을 치며 살아가는 젊은 이이다. 간질병을 앓고 있는 바기는 실신하면 영혼이 빠져나와 홀로 낯선 스텝을 헤매곤 한다. 실신한 바기의 영혼이 헤매는 세계를 찾아가 그를 데려올 수 있는 유일한 존재는 마을의 샤먼이다. 샤먼은 바기가 조상들과 연결되어 있다고 말한다. 그는 할아버지에게 바기가 샤먼이 될 운명이니 자신에게 보내라고 이른다. 할아버지는 바기에게 오직 샤먼이 너를 도울 수 있으며 우주의 법칙을 지키지 않는다면 위험이 따르고 죽게 될 것이라고, 바기의 아버지도 그 때문에 죽었다고 말한다. 바기는 거부한다. 이윽고 초원의 유목민들에게 재앙이 닥친다. 가축에 대한 치명적인 전염병이 돌고 있다는 이유로 정부는 바기의 가족들을 비롯해 유목민들을 탄광마을로 이주시킨다. 바와 어머니는 아파트에 살면서 광산에서 일하고 할아버지는 감자 껍질을 깎으며 집에서 소일한다. 이 이주는 강제이주에 가깝다. 현대화된 권력의 힘 아래 수천 년을 이어 온 초원의 유목생활은 간단하게 붕괴된다. 초원에서 도시로 추방된 그들의 삶은 아파트에서 투신해 목숨을 끊은 노인과 그 노인을 고층 아파트의 창문 너머로 바라보는 바기 할아버지의 어두운 뒷모습이 증언하는 바와 같다. 바기는 탄광의 석탄수송열차에서 석탄을 훔치던 소녀 졸자야를 구해 준다. 그러다 군인에게 붙잡힌 둘은 수용소에 갇히고 도시의 노역에 동원된다.

영화의 후반부 초원에서 이주당한 유목민들의 봉기는 몽골의 구체제를 종식시켰던 민주혁명을 연상시킨다. 그런데 그 혁명이 샤머니즘에 의해 인솔되고 또 샤머니즘이 지배하는 초원으로 돌아가는 것이라면 이건 또 어떤 혁명일까.

노역에서 돌아오는 길에 양들이 소각되는 환상을 보고 혼절한 바기는 병원에 실려 간다. 의사는 간질이라며 치료될 수 있다고 말하지만 바기는 부정한다. 바기는 초원에서 들려 오는 가축들의 소리를 듣고 뛰쳐나가 사람들에게 초원으로 돌아가야 한다고 절규하다 독방에 갇힌 후 다시 혼절한다. 영화는 신들린 바기를 좇는다. 초원과 게르를 거쳐 도시의 폐허를 방황하던 바기는 샤먼을 만나 거울을 받는다. 바기의 영혼이 인도하는 가운데 졸자야는 사람들을 이끌고 군인들이 지키고 있는 장소를 습격한다. 도축된 양들과 갇힌 말들은 전염병이 유목민들을 이주시키기 위해 조작된 핑계임을 알려 준다. 하늘에서는 카닥들이 떨어지고 사람들은 봉기한다. 한편 독방에서 물과 싸우는 것으로 묘사되던 바기는 돌아오지 못한다. 그는 목숨을 잃고 아마도 조상이거나 다른 세상으로 돌아간다.

영화의 마지막 장면은 그 아래에서 바기와 할아버지가 운명에 관한 대화를 나누던 나무에 졸자야가 카닥을 묶는 것으로 끝난다. 나무의 뒤편으로는 양들이 풀을 뜯고 있다. 푸른 비단 조각인 카닥(Khadak)은 몽골인들에게 성물(聖物)이다. 나무에 카닥을 매다는 행위는 나무에 정령이 살고 있다는 샤머니즘적인 믿음에서 이루어진다. 졸자야가 카닥을 묶는 나무에는 바기의 영혼이 머물러 있다.

페터르 브로센은 몽골에 대해서 확실히 격이 다른 오리엔탈리즘을 선보였다. 영화는 몽골의 초원을 헤매는 대신 더 많은 시간을 도시와 탄광 그리고 소련이 남긴 군사 기지의 폐허를 비추는 데에 할애한다. 또한 초원과 초원의 유목적 전통을 파괴하는 주범이 막연히 개발과 산업화라기보다 권력의 부정과 부패라는 점에서 영화의 메시지는 다분히 정치적이다. 영화의 후반부 초원에서 이주당한 유목민들의 봉기는 그런 부정과 부패에 대한 혁명의 상징이며, 어쩌면 1989년 12월 몽골의 구체제를 종식시켰던 민주혁명이거나 그 연속선상에 놓여 있는 혁명에 대한 메타포이기도 하다. 그런데 그 혁명이 샤머니즘에 의해 인솔되고 또 샤머니즘이 지배하는 초원으로 돌아가는 것이라면 이건 또 어떤 혁명일까. 그건 유럽이 상상하는 몽골, 초원과 게르, 양과 소 그리고 양젖으로 상징되는, 초침이 멈추어 버린 또는 거꾸로 흘러가는 기괴한 보존의 논리만이 존재하는 그 무엇일 뿐이다. 어떤 사람들은 그걸 반동이라 부른다.

톈좡좡의 「사냥터에서」 이후 중국도 몽골(이 경우엔 네이멍구)에 관한 영화들을 만들어 왔다. 닝하오(宁浩)의 「몽골리안 핑퐁」(綠草地,

Mongolian Ping Pong, 2005)은 몽골의 초원을 가로지르는 강물을 타고 흘러 들어온 탁구공 하나를 둘러싸고 벌어지는 소동을 일곱 살 몽골 소년 빌리케를 중심으로 그리고 있다. 전형적인 유럽 취향의 영화제용 영화인데, 그 시선이 서구가 아닌 중국의 주류라는 점에서 이른바 '오리엔트 오리엔탈리즘'을 반영하고 있다. 하늘에서 떨어진 콜라병을 두고 소동을 벌이는 「부시맨」을 연상시키는 이 영화는 톈안먼이 전사된 배경막을 뒤에 두고 빌리케의 가족들이 모여 사진을 찍는 오프닝 신이 꽤나 인상적이다.

초원에서 살아가는 몽골 여인의 강인한 삶을 그린 왕취엔안(王全安)의 「투야의 결혼」은 중국 5세대 감독의 초기작들을 떠올리게 한다. 톈좡좡이 초기작 둘을 모두 네이멍구와 시짱에서 만들었던 것처럼 5세대 감독들의 초기작들은 예외없이 베이징이나 상하이와 같은 중국의 중원이 아닌 변방에서 만들어졌다. 그건 자신들이 원했다기보다도 상황과 처지가 그랬기 때문이다. 물론 지금은 모든 것이 변했다. 「커커시리」의 루추안(陸川)과 「투야의 결혼」의 왕취엔안은 제 발로 카메라를 들고 변방을 찾아간다. 그런데 이미 그곳은 변방처럼 보이지 않는다.

몽골 초원에서 양을 치며 살아가는 투야는 우물을 파다 다리를 다쳐 운신이 불편한 바리얼의 아내이며 두 아이의 어머니로 가장의 역할을 떠맡고 있다. 그런 투야가 허리를 다치면서 가족들을 부양할 수 없는 형편이 되자, 시누이는 바리얼은 자신이 맡을 테니 재혼을 해 아이들을 키우라고 권유한다. 이에 투야는 바리얼과 함께 살 수 있는 새 남편을 구하겠다고 선언한다. 투야는 그렇게 사실상의 일처이부를 고집하지만 그건 몽

「투야의 결혼」에는 몽골 초원과 게르, 양들이 등장하지만 그곳은 이미 변방으로서의 낯선 공간이 아니라 중국의 한 부분으로서 중화적 공간으로 존재한다. 그에 걸맞게 배우들은 모두 푸둥화로 말을 한다.

골의 고유한 풍습도 아니므로 투야의 이야기는 몽골에서만 펼쳐질 수 있는 것은 아니다. 말하자면 「투야의 결혼」에는 몽골 초원과 게르, 양들이 등장하지만 그곳은 이미 변방으로서의 낯선 공간이 아니라 중국의 한 부분으로서 중화적(中華的) 공간으로 존재한다. 그에 걸맞게 배우들은 모두 푸둥화(普通話)로 말을 한다. 그건 투야의 역을 맡은 유난(餘男)이 몽골어를 구사할 수 없는 처지에 있기 때문은 아니다. 왕취엔안의 이 영화가 자연스럽게 장이머우의 「귀주 이야기」와 비교되는 것은 주역을 맡은 캐릭터의 유사성 때문이기도 하겠지만, 한편으로는 「투야의 결혼」에 배어 있는 변방성이 「사냥터에서」나 「말도둑」의 마이너로서의 변방성이 아니라 「귀주 이야기」의 배경이 된 (도시에 대한) 농촌의 변방성쯤에 머문다는 것을 반증한다. 투야가 병실에서 재혼을 결심할 때 벽에 걸려 있는 마오쩌둥과 덩샤오핑의 초상화는 단지 초상화일 뿐 아니라, 투야의 이 특별한 이야기가 몽골의 초원이 아니라 중국의 그 어느 곳에서도 펼쳐질 수 있으며 그로써 중화성에 포섭되어 있음을 암시한다. 투야가 재혼을 위해 법적으로 필요한 이혼절차를 밟는 과정에서 빚어지는 제도적 개입에 지극히 순응적이며 충실하기까지 한 것은 「우르가」에서 곰보가 산아제한정책을 무시하거나 「사냥터에서」의 인물들이 자신들의 법인 자사크에 충실한 것과 선명하게 대비된다. 투야의 제도적 순응은 중화성에 대한 제도적 포섭의 강인함을 상징한다. 이 순응은 투야에 그치지 않는다. 허구한날 바람을 피우는 마누라 때문에 골치를 썩고 있는 투야의 오랜 친구 썬거는 사실 투야를 마음에 두고 있다. 투야가 재혼을 결심한 후 썬거는 투야의 집 앞에 우물을 파기 시작하고 어느 날 청혼한다. 그런 후에 갑자기 사라졌던 썬거는 투야가 다른 사람과 혼인을 결정한 다음에야 나타나 한바탕 소동을 벌인다. 이때 썬거가 투야에게 들이미는 것이 이혼증명서이다. 썬거는 투야와 결혼하기 위해 도망간 아내를 찾아 이혼절차를 마치려고 했던 것이다. 마침내 둘은 혼인식을 치르게 된다. 그렇게 투야의 결혼에는 제도적 조건의 완비가 절대적인 요건이 됨으로써 몽골의 변방성은 거세되는 대신 네이멍구자치구로서의 중화성이 그 자리를 대신한다.

네이멍구의 인구에서 한족이 차지하는 비율이 80퍼센트를 육박하고 있고 몽골족은 16퍼센트를 간신히 웃도는 지금, 「투야의 결혼」은 어쩌면 현실을 가장 잘 드러내고 있는지도 모를 일이다.

티베트 또는 중국의 서부

- 티벳에서의 7년 | Seven Years in Tibet, 1997
- 농노 | 農奴, 1963
- 커커시리 | 可可西里, Mountain Patrol, 2004

제임스 힐턴의 1933년 소설 『잃어버린 지평선』(*Lost Horizon*)은 모든 이
들이 늙지도 병들지도 않으며 고통을 모르고 행복하게 살고 있는 낙원,
샹그릴라를 소개한다. 그런데 이 낙원이 좀 기괴하다. 힐턴의 상상력에
따른다면 샹그릴라는 18세기 초 룩셈부르크에서 온 가톨릭 수사가 히말
라야의 깊은 산중 어딘가, '푸른 달'이란 이름을 가진 8천 5백 미터의 고
봉 아래 사원을 세운 이래 비로소 낙원이 되었다. 비행기 추락으로 샹그
릴라에 들어오게 된 영국인 콘웨이의 기록을 옮기는 형식을 취한 소설
은, 샹그릴라의 기원인 이 사원에는 오하이오 아콘에서 만든 미국제 욕
조와 그랜드피아노가 있고 큼직한 도서관이 마련되어 있는 것으로 묘사
하고 있다. 인간이 늙지 않고 병들지 않는다는 것을 제외한다면 히말라
야의 어딘지도 알 수 없는 오지에 자리 잡은 이 낙원은, 오하이오의 평원
이거나 로키산맥의 어느 구석, 그도 아니면 알프스 어딘가에 자리 잡고

「티벳에서의 7년」에서 장 자크 아노는 티베트에서의 중국을 조지 부시
의 악의 축에 맞먹을 정도로 그리기로 작정한 사람처럼 보인다.

있어도 딱히 이상할 것도 없는 낙원이라는 점에서, 서양인들을 위한 안
락한 리조트가 마련되어 있는 푸켓이거나 발리이거나 바라데로이거나
아카풀코이거나 코파카바나와 다를 바가 없다. 아니 어쩌면 전쟁의 와중
에 미군의 휴양지로 개발된 태국의 파타야가 가장 가까운 모습일지도 모
르겠다. 300년을 넘게 산 샹그릴라의 대승정이, 비행기가 추락한 이유
는 영국인 콘웨이를 자신의 후계자로 삼기 위한 것이었다고 말하는 대목
에 이르러서는 유능한 의료진이 배치된 호화판 노인병원이 마련된 파타
야라는 확신이 강해지는 것을 어쩔 수 없다. 『잃어버린 지평선』은 그렇게

동양에 대한 신비주의를 서양의 우월함으로 요리함으로써 오리엔탈리즘에 대한 소설적 텍스트 중의 하나가 되었다.

여하튼 소설가의 상상력임에도 불구하고 샹그릴라의 소재지는 소설 밖에서 심심치 않게 갑론을박이 되어 왔다. 중국은 각지에서 참여한 전문가들과 학자들이 장장 9개월 동안을 연구·조사한 끝에 윈난성의 짱족(藏族; 티베트족) 자치주인 중뎬(中甸)이 샹그릴라임을 확신하고 2001년 현의 이름을 샹그릴라(香格里拉, Shagri-La)로 바꾸었다. 이 점에 이견을 제시하는 학자들은 파키스탄 국경지대에 위치한 훈자계곡이 샹그릴라의 소재지라고 주장하기도 하는 등 또 다른 이설들이 회자된다. 물론 대부분은 관광상품의 개발과 밀접하게 관련되어 있으며, 뒤늦게 밝혀진 샹그릴라에는 티베트 전통의 라마 사원들이 버티고 있지만 그곳에 사는 사람들은 예외 없이 늙고 병들고 번민하고 다른 모든 인간들처럼 평균수명을 전후해 죽어 간다.

『잃어버린 지평선』이 발표된 지 20년 뒤, 히말라야의 낭가파르바트 봉을 등정하기 위해 인도로 떠난 오스트리아 출신의 산악인 하인리히 하러(Heinrich Harrer)가 제2차 세계대전의 와중에 겪은 흥미진진한 모험담이 등장했다. 1939년 하러는 등정을 위해 인도에 도착하지만 때맞추어 제2차 세계대전이 발발하는 통에 영국군에게 체포되어 적국인 억류 수용소에 갇히게 된다. 호시탐탐 탈출을 시도하던 하러는 1944년 5월 동료들과 함께 인도 국경을 넘어 티베트에 발을 딛는 데 성공했다. 티베트의 이곳저곳을 전전하다 1946년 5월 순례자들 틈에 끼어 라싸(Lahsa, 拉薩)에 도착한 하러는 열한 살 어린아이였던 14대 달라이 라마의 눈에 띄어 그의 선생이 된다. 1950년 라싸를 떠나 오스트리아로 돌아온 하러는 1953년 자신의 경험을 담아 『티벳에서의 7년』(*Seven Years in Tibet*)이란 제목의 책을 펴냈다.

서구적 편견이 전혀 없다고는 할 수 없지만 하러의 책은 그동안 서구에 밝혀진 바가 드물었던 티벳에 대한 실상을 전달하는 최초의 또한 신뢰할 만한 자전적 기록문학이었다. 젊은 산악인 하러가 이국땅에서 수용소에 갇히고 탈출에 성공한 후 거칠고 이국적인 풍광을 모험적으로 가로질러 라싸에까지 진입하는 모험담은 독자들의 흥미를 소설 이상으로 자극시켰을 것이다. 그러나 하러의 책이 거둔 성공은 이 책이 모험담 이상이었기 때문이었다. 독자들은 그동안 서구에게는 금단의 땅으로 남아 있던 티벳의 도시 라싸와 포탈라궁, 달라이 라마와 티벳 사람들에 대해 국외자로서 냉정하고 세심한 관찰이 배어든 하러의 사실적 르포르타주에 찬사를 보내지 않을 수 없었다.

45년 뒤인 1997년 장 자크 아노가 하러의 원작을 토대로 같은 제목의 영화를 내놓았을 때 하러는 여전히 생존해 있었다. 그런 하러가 영화를 보고 어떤 반응을 보였을지 무척 궁금해지는 이유는 영화가 하러의 기록을 심각할 정도로 훼손하고 있기 때문이다. 라싸의 재봉사인 페마 라키를 두고 하러와 아우프슈나이터가 벌이는 애정의 삼각관계는 없었던 일이고, 극 중에서 하러를 괴롭히는 아들 그리고 전처에 대해서라면 하러는 자신의 책에서 한 번도 언급한 적이 없다. 아우프슈나이터와 페마 라키의 결혼 또한 사실무근이다. 하러의 원작에는 티베트 여인과 결혼하고 네 명의 자녀를 가졌던 레지널드 폭스라는 영국인이 등장하지만,

그는 무선기사로 하러가 도착하기 전 이미 라싸에서 여러 해를 거주했던 인물이었다. 허구적 인물이거나 허구적 사건이거나 이쯤에서 그친다면 영화적 각색으로 여기면 그만이다. 그런데 장 자크 아노는 심각할 정도로 더 나아가기로 작정한다.

「티벳에서의 7년」에서 장 자크 아노는 티베트에서의 중국을 조지 부시의 악의 축에 맞먹을 정도로 그리기로 작정한 사람처럼 보인다. 1949년 이전 라싸의 중국대표부 영사란 작자는 고압적이기 짝이 없다. 이때의 중국은 중화민국이고 이건 대표부 영사 사무실의 벽에 걸린 큼직한 장가이섹의 사진이 알려 준다. 그래도 중화민국은 중화인민공화국보다는 월등히 나은 대우를 받고 있는 편이다. 1949년 혁명 후 비행기를 타고 라싸에 나타난 중화인민공화국 대표단은 포탈라궁의 달라이 라마를 접견하는 자리에서 승려들이 중국 대표를 환영하기 위해 며칠을 걸려 수놓은 만다라를 군화로 짓밟아 뭉개며 지나간다. 또한 고압적이고 건방진 태도로 달라이 라마를 옥좌에서 끌어내리는 것도 인민해방군 군인의 임무(?)이다. 어린 달라이 라마의 총기 어린 설법에도 불구하고 궁을 나서며 인민해방군 장군이란 작자는 "종교는 독약이야"라는 고답적인 말을 던진다. 그런데 하러의 책에는 이 모든 것들이 등장하지 않거나 또는 등장할 수 없었다.

1956년 이전까지 라싸에는 활주로가 없었기 때문에 그게 누구라도 비행기를 타고 나타날 수는 없었다. 1954년 달라이 라마가 베이징으로 갈 때에도 육로를 이용해야 했다. 중국 대표단을 환영하기 위해 '만다라'를 수놓았다는 사실 자체가 허구이거니와 그걸 짓밟고 지나갔다는 것 또한 날조일 뿐이다. 그보다 텐진 갸초(Tenzin Gyatso)가 14대 달라이 라마에 즉위한 것이 1950년 11월이었으니 중국 대표가 아직 정치적 최고권력자로 볼 수 없는 달라이 라마를 접견하겠다고 찾았을 리도 없다. 또한 중국 대표를 맞은 자리에서 달라이 라마는 부처의 말씀에 따른 평화와 생명 존중, 살생하지 않음이 티베트인의 본성이라고 말하지만, 하러가 머물고 있던 1947년 라싸에서 벌어진 전임 섭정 레팅 린포체에 의한 쿠데타는 총격은 물론 박격포까지 동원한 내전이라고밖에는 달리 표현할 수 없는 사건이었다. 레팅이 그의 사원에서 체포되자 그를 지지하는 승려들이 병력을 조직해 반란을 일으켜 라싸를 향해 진군하면서, 이 신성한 도시는 대혼란에 휩싸여야 했다. 승려들의 반란이 진압된 후 라싸는 온통 총탄과 포탄 자욱 그리고 시체들이 널려 있었다고 하러는 적고 있다. 그렇다면 이것이 달라이 라마가 아니 장 자크 아노가 말하는 티베트인의 본성에 더욱 가까운 것이 아닐까.

1950년 10월 중국 인민해방군이 티베트 동부의 관문인 참도를 침공했을 때, 참도의 주지사이며 티베트군 총사령관이었던 나왕 직메는 인민해방군의 압도적인 우세에 무릎을 꿇고 항복한 것은 물론 무기고까지 폭파한 인물로 묘사된다. 귀족 출신이며 영국 유학까지 다녀온 나왕이 인민해방군의 침공 직전 참도의 주지사와 총사령관에 임명된 것은 사실이지만 하러는 자신의 책에서 그에 대해 이름조차 직접적으로 언급한 바가 없다. 다만 동일한 사건에 대해서 나왕으로 짐작되는 인물이 인민해방군에 포위된 후 승산이 없음을 깨닫고 라싸의 카샥(Kashag; 행정부)에 항복을 허락해 달라는 전문을 보내왔지만 카샥이 이를 거부한 후 무기와 탄

왜곡이거나 날조이거나 장 자크 아노가 원작을 무시하면서까지 영화를 반중·티베트독립 선전영화의 수준으로 만든 것에 대해서는 의심할 나위가 없다. 그런데 이게 장 자크 아노의 문제일까. 그건 그렇지 않다.

약을 파괴하고 라싸로 탈주하다 잡혀 포로가 된 일은 적고 있다.

나왕과 함께 포로가 된 티베트 병사들은 인민해방군의 사회주의에 대한 교육을 받은 후에 모두 석방되었다. 그건 인민해방군이 국민당군 병사들에 대해 늘 했던 일의 반복이어서 새로운 사실도 아니다. 하러 또한 자신의 책에서 이때 포로가 된 티베트 병사들을 인민해방군이 잘 대우했다고 적고 있다. 인민해방군은 또 라싸로 곧바로 진군하지 않고 2백 킬로미터 전에서 멈추었다. 당시 중국의 정책은 '티베트의 평화적 해방'(和平解放西藏)으로, 협상을 위해 군사적 진공을 멈춘 것이 사실이다. 중국이 티베트에 제안한 것은 중화인민공화국에의 귀속과 티베트의 현상유지 및 자치의 보장이었다. 인민해방군은 또 점령지에서 썩 훌륭하게 행동해 인심을 얻었다. 죄수들을 석방하고 도로를 닦았으며 음식과 기타 모든 물품에 대해서는 비용을 지불했다. 또 사회주의적 선전도 잊지 않았다. 이 또한 중국공산당이 혁명 당시 늘 해오던 일이었다. 결국 유엔에 개입을 호소하는 등의 노력이 수포로 돌아가자 라싸의 카샥은 중국과의 협의에 응했다. 1951년 5월 양측 대표는 중국의 제안을 골간으로 작성된 '17개조 협의'에 서명했다. 이때 베이징으로 파견된 대표단을 이끌었던 인물이 나왕 직메이다.

인민해방군이 라싸를 침공해 점령군처럼 거만하고 고압적으로 행동한 것으로 묘사하고 있는 이 영화는 역사적 사실을 날조하고 있는 셈이다. 또 하러에 대해서 말한다면 그가 1950년 11월 라싸를 떠나기 전까지 인민해방군은 단 한 명도 라싸에 모습을 드러내지 않았다. 영화에서 인민해방군의 점령 치하가 된 라싸의 상황에 대해 분개하는 하러는 실존인물인 하러와는 무관하다.

왜곡이거나 날조이거나 장 자크 아노가 원작을 무시하면서까지 영화를 반중·티베트독립 선전영화의 수준으로 만든 것에 대해서는 의심할 나위가 없다. 그런데 이게 장 자크 아노의 문제일까. 그건 그렇지 않다. 영화 「티벳에서의 7년」은 서구를 중심으로 한 이른바 국제사회에 공고하게 뿌리박고 있는 티베트에 대한 고정관념, 중국이 평화와 독립을 원하는 티베트를 무력으로 침공하고 삼켜 버렸다는 인식을 환기시키는 동시에 재생산하고 있을 뿐이다. 그런 영화가 전하는 이런 메시지는 고답적이기 짝이 없다. 평화와 사랑을 신봉하는 달라이 라마는 다행스럽게도 공산주의의 침략을 피해 인도의 다람살라(Dharamshala)로 망명했고 여전히 티베트의 평화적 해방을 위해 불철주야 노력하고 있다. 양심적 국제사회는 그런 달라이 라마와 티베트의 독립을 지지하고 후원해야 할 것이다.

중국은 폭동 이후 그 책임을 외부세력에게 돌리고 적극적인 홍보에 나섰다. 오죽하면 1963년 영화인 리준의 「농노」도 유튜브에서 볼 수 있다.

물론 중국의 생각은 다르다. 1963년 리준(李俊)의 영화 「농노」(農奴)는 중화인민공화국의 전형적인 선전영화로 티베트를 무대로 하고 있다. 인민해방군 81전영제편창(영화제작소)이 제작한 이 영화는 시점으로 본다면 1959년 티베트에서의 무장봉기와 달라이 라마의 망명이라는 정치적 사건에 대한 응답으로 볼 수 있다. 한편 문화혁명 기간인 점도 이 영화의 배경이 된다.

농노의 자식으로 태어난 잠파는 주인인 지주의 횡포로 아버지를 잃는다. 농노들은 사슬에 묶여 짐승만도 못한 처지에서 굶주림에 시달린다. 배를 곯던 어린 잠파는 사원의 불상 밑 제단에서 음식을 훔쳐 먹다 승려에게 발각되어 혼쭐이 난다. 잠파는 주인의 아들을 등에 업고 다니는 말이 된다. 노예의 고통을 견디다 못해 절벽에서 강물로 몸을 던지려고도 하지만 같은 처지인 여자친구 때문에 포기한다. 성인이 된 잠파는 어느 날 인민해방군을 만나러 가는 주인과 동행한다. 주인을 업고 자갈이 깔린 여울목을 힘겹게 걷던 잠파는 발을 헛디뎌 쓰러지고 주인의 발길질 세례를 받는다. 혼절에서 깨어난 잠파는 어여쁜 인민해방군 간호사들과 의사가 자신의 몸을 세심하게 치료해 주고 있는 것을 알게 된다. 정신을 차린 후 발을 다친 잠파가 걷지 못할 것을 알고 인민해방군 군인은 말을 내준다. 처음에는 말 밑에 엎드렸던 잠파가 군인의 뜻을 알고는 감동에 겨워 눈물을 흘린다. 그러나 인민해방군의 시야에서 벗어나자 주인의 마름은 잠파를 말 등에서 내치고는 밧줄에 묶어 말이 끌게 한다. 잠파는 정신을 잃는다. 영화는 인민해방군의 등장으로 계급해방의 의식을 고취시킨 잠파가 동료와 함께 발에 묶인 쇠사슬을 끊는 장면으로 점프한다. 총을 들고 사원에서 승려에게 대항한 후 의식을 잃은 잠파는 군중들의 해방을 외치는 함성 소리에 깨어 일어난다. 잠파가 벽에 걸린 마오쩌둥의 사진을 보고 울먹이며 "마오쩌둥 동지"를 부르는 것으로 영화는 대단원의 막을 내린다.

45년 전의 영화인 것을 고려하면 「농노」는 극악하게 만들어진 선전 또는 계몽영화는 아니라고 할 수 있다. 도식적이고 상투적인 계급관계가 갈등의 뼈대를 이루지만 티베트 현지에서의 촬영으로 리얼리티를 살리고 있고, 배우들의 연기는 지나치게 상투적이지 않은 대신 감정을 살리고 있다. 공산당원 또는 인민해방군이 직접 나서지 않는 것도 선전영화가 주는 거부감을 줄이고 있다. 마지막 장면에서 뜬금없이 마오쩌둥이 등장하고 잠파가 마오쩌둥을 읊조리는 꼴이 (지금으로서는 더더욱) 눈에 거슬리지만 영화가 만들어진 시기가 문화혁명의 와중이었으므로 양호한 편이다. 당연히 티베트에서 열심히 상영되었던 이 영화는 관객들이 눈 밑에 호랑이연고를 바르고 눈물을 흘리는 식으로 성의를 보여야 했다고 전해지는데, 티베트에서 촬영되었고 티베트 배우들을 동원했음에도 불구하고 현지에 대한 연구가 불철저했던 탓인지 정작 티베트인들에게는 리얼리티를 인정받지 못했다고 한다.

티베트가 봉건적 농노제 사회였는지에 대해서는 이견이 존재한다. '농노'라는 개념 자체가 유럽 중세의 산물인 탓에 학술적으로는 더욱 그렇다. 그러나 티베트가 라마승과 귀족계급이 지배하는 봉건사회였던 것은 의심할 여지가 없다. 무소유에 개인적 자유를 박탈당한 노예의 일종인 계층이 존재했던 것도 마찬가지이다. 신정정치하에서 농민과 유목민, 농노 등 피지배계층에 대한 억압이 혹심했던 것도 사실이다. 티베트의 형벌체제는 잔혹한 고문과 처형으로 명성을 얻고 있다. 라마승과 귀족계급의 사형(私刑)은 빈번하게 이루어졌고 신체의 일부분을 자르거나 눈알을 뽑는 일도 드문 일이 아니었다. 새로운 일도 아니지만 부처가 계급사회를 바로잡지는 못한다. 라마승들은 살생을 금하라는 교리를 명분으로 인간의 눈알을 뽑고 두 팔을 자른 후에 얼어붙은 벌판으로 내몰아 죽게 했다. 하러가 기록한 1947년 라싸에서 벌어진 권력투쟁에서 무기를 들고 반란에 나선 것은 라마승의 한 분파였다.

1951년 '17개조 협의'가 성사된 후, 티베트는 원래의 신정체제를 그대로 유지할 수 있었다. 계급체제도 유지되었다. 그러나 중화인민공화국의 우산 아래에서 승려와 귀족계급들은 자신들의 기득권과 안위를 보장받을 수 있다고 생각하지는 않았다. 결국 직면하게 될 토지개혁은 기존의 지배체제를 근본에서부터 허물 것이 분명했다. 장 자크 아노의 「티벳에서의 7년」에서는 섭정인 차롱이 (이전에 나왕이) 무기와 탄약을 없애 버리지 않았다면 게릴라들이 계속 싸울 수 있었을 것이라며 푸념을 토하는 장면이 나오는데, 차롱의 말 그대로 티베트의 지배계급들은 은밀하게 무장투쟁을 준비했다. 무기와 탄약은 심각한 문제가 아니었다. 중국혁명 후 중국에 대한 사보타주에 나선 미국의 CIA는 윈난에서 패주한 국민당군 잔당과 함께 티베트의 지배계급에게 자금과 군수물자를 제공했다. 1959년의 무장봉기는 그런 가운데에서 가능했다. CIA와 연락을 책임진 것은 14대 달라이 라마의 형인 갈로 통굽과 투탄 노부였다. 무장봉기가 실패로 돌아간 후 달라이 라마의 인도로의 망명을 주선한 것 역시 CIA였다. CIA의 지원과 망명정부의 게릴라 투쟁은 그쯤에서 끝나지 않았고 미국의 지원이 완전히 끊긴 1969년까지 네팔과의 접경인 무스탕과 왈랄충-골라 지역에서 계속되었다.

티베트는 다중이 고통받는 봉건적 계급사회였다. 중국의 주장은 그런 티베트를 평화적으로 해방했음에 기반하고 있다. 알려진 것처럼 공산주의 이데올로기는 계급해방과 관련된 이데올로기이므로 여건이 허락한다면 국경은 무시하는 대신 계급을 존중하는 성향이 강하다. 러시아혁명으로 탄생했던 소비에트연방도 동일한 태도를 취해 다민족 국가가 된 바 있다. 그러나 민족 문제에 대해서 소련과 중국이 같은 정책을 펴지는 않았다. 스탈린 시대의 소련은 민족 문제에 있어서 최악이었다. 고려인들을 시작으로 한 소수민족의 강제이주정책은 스탈린의 민족정책이 얼마나 야만적이었는지를 증명한다. 1990년대에 들어 소련이 빛의 속도로 붕괴한 이면에는 소련의 저열한 민족정책도 한몫을 했다. 중국은 소련과 같은 길을 걷지는 않았다. 혁명 후 민족정책은 각 민족의 자치와 언어와 문자, 문화 보존 및 우대로 특징지어졌다. 민족별 자치는 5개의 성(省)급 자치구를 비롯해 자치주와 자치현 등을 단위로 이루어졌다. 한족 이외의 민족에 대한 우대는 전국인민대표대회(전인대)에서의 인구비율보다 높은 비중이라거나 산아제한에서 소수민족에 대한 예외를 적용한다거나 하는 식으로 나타났다. 중국은 다민족 국가로서 민족 문제를 가장 잘 해결한 나라 중의 하나였다. 문화혁명 기간 동안 민족자치구에서의 민족문화의 파괴 등을 들기도 하지만 그건 한족을 포함해 중국의 모든 민족이 겪어야 했던 갈등이었다.

그런 중국에서 2008년의 라싸, 2009년 우루무치에서 연이어 벌어진 민족 소요 사태는 중국의 전통적 민족정책이 파열음을 내고 있음을 의미했다. 중국은 달라이 라마와 같은 외부세력에 화살을 겨누지만 다람살라의 달라이 라마는 60년 동안 그곳에 있었다. 그보다는 중국 내부로 시선을 돌리는 편이 문제를 이해하는 데에 도움이 된다. 1980년대 중반 덩샤오핑의 시장개방 이래 시장사회주의의 이름 아래 급속하게 진행된 원시적 자본주의화는 빈부격차, 도농격차의 심화, 농민의 토지박탈, 사회보장제도의 붕괴, 공산당과 관료의 부정부패 심화 등으로 이어졌다. 라싸와 우루무치뿐 아니라 중국 전역에서는 노동자와 농민에 의한 폭동이 그치지 않고 있다. 동부 연안의 개방지역을 중심으로 진행된 변화는 2000년대에 들어서 서부대개발(西部大開發)의 기치 아래 미개발 지역인 서부를 향했다. 시닝(西寧)과 라싸 간의 칭짱철도(青藏鐵路)의 완공으로 상징되는 서부대개발은 중앙정부의 막대한 예산이 투하되면서 자본의 이동과 개발을 촉진했다. 중국 국내자본은 물론 홍콩과 마카오 등의 화교자본이 서부를 향했다. 이윽고 동부에서 벌어졌던 일들이 서부에서도 벌어지기 시작했다. 그러나 이번에는 또 다른 문제, 민족갈등이 더해졌다. 토착자본이 부재한 가운데 외부자본은 일찍 자본을 축적한 한족의 자본이었고, 자본의 이동과 함께 한족 인구의 이동도 급속하게 이루어졌다. 개발의 과실은 자본이 거두어 가고 토지의 몰수, 지가와 물가의 상승, 실업, 빈곤 등의 고통은 유입된 한족이 아니라 토착 티베트인들이 감당해야 했다. 사회갈등에 민족 또는 종족이란 변수가 개입되면 민족 문제로 발전하면서 계급과 계층의 모순 또한 민족모순으로 비추어지게 된다. 혁명 후 중국의 민족정책은 형식은 여전히 남아 있지만 내용은 이미 붕괴되기 시작했다. 라싸와 우루무치에서의 (민족)폭동은 당연한 귀결이다. 다민족 통합을 상징하는 중화민족(中華民族)은 이제 허상이 되고 있다.

중국은 폭동 이후 그 책임을 외부세력에게 돌리고 적극적인 홍보에 나섰다. 오죽하면 1963년 영화인 리쥔의 「농노」도 유튜브(Youtube.com)에서 볼 수 있다. 티베트의 평화적 해방에 대한 최신의 선전 다큐멘터리가 홍수를 이루었고 이 또한 유튜브에 선보이고 있다. 메시지는 간명하다. 봉건적 농노제에 신음하던 티베트 인민을 중국공산당이 해방시켰으며, 티베트 인민들은 기꺼이 중화민족의 구성원으로 참여했다는 것이다. 문제는 중국공산당이 끊임없이 1951년과 1959년의 오래전 스토리를 고장난 카세트의 테이프처럼 돌려 대고 있다는 것이다. 그게 무슨 소용이 있을까. 서부의 인민들이 오성홍기 대신 시장사회주의의 깃발과 인민해방군가 대신 자본의 탐욕스러운 개발행진가 아래 농노보다 나을 것도 없는 처지에 빠져들기 시작했다면 60년 전의 이야기가 무슨 의미가 있겠는가. 더욱이 중국공산당도 60년 전의 공산당이 아니지 않은가.

칭짱고원으로 간 중국산 홍콩영화

첫 영화인 「사라진 총」(尋槍, The Missing Gun, 2002)에서부터 주목을 받았던 루추안은 군인 출신이라는 색다른 이력을 가진 중국 영화감독이다. 루추안의 두번째 영화인 「커커시리」(可可西里, 2004)는 해발 4,000~5,000 미터의 칭짱고원(青藏高原)에서 멸종의 위기를 겪고 있는 티베트영양(Chiru)들을 지키기 위해 조직된 짱족 사설 보호대원들의 고군분투에 관한 이야기이다. 영화의 제목이 티베트어인 「커커시리」이고 칭짱고원의 이국적 풍광과 조장(鳥葬)과 같은 특이한 장면이 등장하지만, 이 영화는 그밖에는 티베트라는 지리적·역사적·정치적 공간에 대해서 별다른 관심을 기울이지 않는다. 환경보존이란 명분을 소재로 하고 있지만, 그보다는 극한의 자연환경에서 목숨을 걸고 추격에 나선 짱족 사내들의 마초적인 비장함에 줄곧 초점을 맞추고 있다는 점에서 「커커시리」는 어쩌면 홍콩느와르의 연장선상에 위치해 있는 영화이다. 멸종위

환경보존이란 명분을 소재로 하고 있지만 그보다는 극한의 자연환경에서 목숨을 걸고 추격에 나선 짱족 사내들의 마초적 비장함에 줄곧 초점을 맞추고 있다는 점에서 「커커시리」는 어쩌면 홍콩느와르의 연장선상에 위치해 있다.

기에 처한 티베트영양을 보호하기 위해 밀렵꾼들과 대결하는 사내들의 명분은 '의리'와 별로 다를 것이 없다. 대원들이 하나 둘씩 희생되는 끝에 결국 홀로 남아 밀렵꾼과 대적하게 된 대장 르타이가 고집을 굽히지 않고 사살됨을 마다하지 않는 마지막 장면은 홍콩느와르의 영웅주의적 허무주의를 떠올리게 한다. 칭짱고원의 숨막힐 듯한 이국적 풍광은 마초들의 비장함과 추격의 긴박함, 영웅주의적 허무주의를 극대화하는 힘을 유감없이 발휘한다. 루추안이 살인적인 고산병이 인간의 무릎을 꿇게 만드는 혹독한 칭짱고원에 군인(?)의 정신으로 카메라를 끌어들인 이유는 그 때문일 것이다. 할리우드에서 홍콩까지. 확실히 최근의 중국영화는 모든 것을 빨아들이기 시작했다. 모방은 창조의 어머니라고는 하지만 그 와중에 정작 중국영화가 사라지고 있다면 지나친 해석일까.

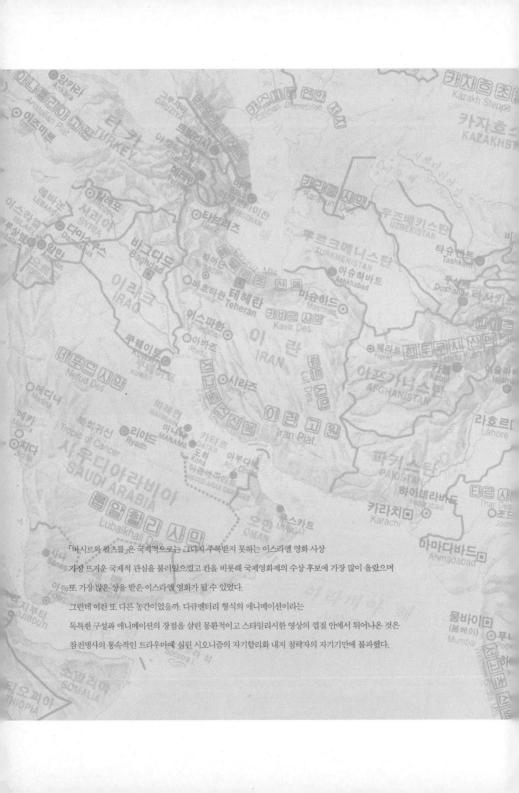

「바시르와 왈츠를」은 국제적으로는 그다지 주목받지 못하는 이스라엘 영화 사상

가장 뜨거운 국제적 관심을 불러일으켰고 칸을 비롯해 국제영화제의 수상 후보에 가장 많이 올랐으며

또 가장 많은 상을 받은 이스라엘 영화가 될 수 있었다.

그런데 이건 또 다른 농간이었을까. 다큐멘터리 형식의 애니메이션이라는

독특한 구성과 애니메이션의 장점을 살린 몽환적이고 스타일리시한 영상의 껍질 안에서 튀어나온 것은

참전병사의 통속적인 트라우마에 실린 시오니즘의 자기합리화 내지 침략자의 자기기만에 불과했다.

4부

올리브 나무 아래

천국을 향하여

바시르와 왈츠를

연을 쫓는 아이

제임스의 예루살렘 기행

소련의 자식들

천국과 지옥

• 천국을 향하여 | Paradise Now, 2005

나블루스. 팔레스타인 서안지구(West Bank)의 북부에 위치해 있지만 가장 큰 도시이다. 외부인들에게 마치 서안의 수도처럼 느껴지곤 하는 라말라의 상주인구가 2만 3천여 명에 불과한 반면 나블루스의 인구가 13만 5천에 달한다는 사실은 서안에서 나블루스의 비중을 말해 준다. 그리심산(山)과 에발산 사이의 구릉지에 길게 뻗어 있는 이 오래된 도시는 로마 시대에 세워졌다. 유서 깊은 건축물들과 올리브 기름, 크나페(Knafe)와 치즈, 비누로 유명했던 이 도시는 제2차 인티파다(Intifada)가 시작된 이후 세워진 이래 그보다 더 나쁠 수 없는 처지에 놓여 있다. 이스라엘은 나블루스가 테러조직들의 거점이라는 이유로 서안의 어느 도시보다 봉쇄와 침탈의 강도를 높였다. 나블루스와 외부를 잇는 가장 중요한 도로에 설치된 후아라 검문소(Huwara checkpoint)는 언제나 수많은 팔레스타인인들로 붐비지만 나가는 것도 들어가는 것도 쉽지 않다. 물류는 말

「천국을 향하여」는 자살폭탄테러에 나선 젊은이들이라는 민감한 소재를 건드린다. 영화는 바로 그들의 천국을 향하여 허공에 드리워진 줄 위를 위태롭게 걸어간다.

할 것도 없어 만성적인 물자부족에 시달리고 있다. 제2차 인티파다 후 나블루스의 실업률은 천정부지로 치솟아 45~50%에 달하고 있다는 귀띔이었다. 테러리스트의 검거라는 명분으로 이루어지는 이스라엘의 군사작전은 나블루스에 이르면 어느 지역보다 일상적인 활동이 되고 있다. 나블루스는 서안이라는 감옥 안에 만들어진 가장 튼튼한 감옥인 셈이다.

인티파다 당시 폭격으로 붕괴된 건물들이 대로변에 흉물스러운 모습을 그대로 드러내고 있는 나블루스의 구릉을 넘나드는 도로와 시 중심의 광장과 시장은 라말라와 흡사했지만 신흥 주택가와 고급 승용차들은 눈에 띄지 않았다. 라말라에서 볼 수 있었던 신흥 중산층의 모습도 쉽게 찾아볼 수 없었다. 대신 라말라보다 더욱 무거운 빈곤과 무력, 고단함이 나블루스를 무겁게 짓누르고 있었다. 사람들은 어지간해서는 실수로라도 웃지 않았다. 도시로 말한다면 내가 경험했던 서안의 어느 도시보다도 우울한 도시였다.

하니 아부 아사드(Hany Abu-Assad)의 영화 「천국을 향하여」는 나블루스를 배경으로 하고 있고 실제로 나블루스에서 촬영한 영화였다. 조직에 의해 순교자로 선택되어 폭탄을 몸에 두르고 텔아비브로 떠나야 할 두 젊은이를 그린 이 영화는 이스라엘에서도 팔레스타인에서도 환영받지 못했지만 해외에서는 호평을 받았다. 2004년쯤에 촬영했을 이 영화는 시나리오의 시간과 장소가 촬영의 시간과 장소와 일치한다는 점에서 무척 특이한 영화이다. 제2차 인티파다의 여진이 계속되고 있던 즈음의 나블루스에서 영화는 순교에 나선 나블루스의 두 청년을 배우들의 연기로 촬영하고 있었지만, 그 일은 실제로 직전에 벌어졌던 일이고 어쩌면 바로 그 순간 그 도시의 어느 한구석에서 벌어지고 있을 일이었다. 나블루스의 투쟁조직들이 민감하게 반응하고 촬영이 더 이상 나블루스에서 이루어지지 못하고 나사렛으로 장소를 옮겨야 했던 이유도 아마 그 때문이었을 것이다.

「천국을 향하여」는 팔레스타인과 관련한 가장 민감한 주제를 건드린다. 이 영화는 알라의 이름으로 몸에 폭탄을 두르고 이스라엘의 어느 한구석에서 기폭장치의 스위치를 누르는 젊은이들에 대한 이야기이다. 말하자면 이 영화는 이른바 테러, 그 중에서도 가장 극단적인 것으로 일컬어지는 자살폭탄테러에 관한 이야기이다. 영화는 이 민감한 주제를 향해 허공에 드리워진 줄 위를 위태롭게 걸어간다.

제2차 인티파다 시기의 나블루스. 자동차 정비소에서 일하는 사이드와 할레드는 어느 날 어느 조직으로부터(아마도 이슬라믹 지하드이거나 알 아크사 순교여단이거나, 알 카삼 순교여단이거나) 순교자로 선택되었음을 하루 전 날에 통고받는다.

"내일 텔아비브에서 결행할 텐데 할레드와 자네가 선택되었어. 자네가 하길 원한다면 함께 가세."

"내일요?"

"그래, 준비되었지?"

"예. 물론이죠. 알라신의 뜻인데."

한 인간의 죽음을 놓고 이루어지는 대화로 보기에는 섬뜩할 만큼 담백하고 짧은 대화이다. 물론 영화는 복선을 깔고 있다. 사이드는 제1차 인티파다 시기에 변절한 후 반역자로 지목되어 조직에 의해 처형된 아버지를 두고 있다. 순교의 선택은 가족이 짊어진 반역의 불명예를 씻을 수 있는 기회이기도 하며, 동시에 그 선택을 거부한다면 사이드의 집안은 대를 이어 불명예를 짊어지게 되는 셈이다. 반면 할레드에게는 다리를 저는 아버지가 있다.

"이봐, 할레드. 자네 아버님은 왜 절뚝거리시지?"

"인티파다 때 이스라엘 놈들이 집으로 몰려와서 한쪽 다리를 선택하게 했지. 나였으면 놈들에게 모욕당하기 전에 내 스스로 두 다리를 모두 잘랐을 거야."

영화는 둘 모두 순교를 받아들일 나름대로의 이유를 갖고 있음을 시사한다. 둘은 순교 비디오를 촬영한 후 머리털과 수염을 깎고 몸을 씻은 후 폭탄과 기폭장치를 두른다. 그러나 순조롭게 진행되는 것처럼 보였던 일은 서안의 철조망을 넘은 후부터 어그러지기 시작한다. 접선책은 도망치고 사이드와 할레드는 다시 나블루스로 돌아오던 중 헤어진다. 일이 예기치 않게 돌아가면서 둘은 각각 주저할 수 있는 시간적인 여유를 갖는다. 사이드는 하루 전 나블루스에 도착했지만 조직의 은신처로 돌아오는 대신 한눈에 자신의 마음을 사로잡았던 순교자 아부 살림의 딸 수하를 만나고 아버지의 무덤을 찾아간다. 수하는 모든 것을 눈치채고 폭력은 폭력을 낳을 뿐이라며 사이드를 설득하지만 막을 수는 없다. 사이드와 할레드는 다시 철조망을 넘어가고 이번에는 무사히 텔아비브에 도착한다. 할레드는 마지막 순간에 겁에 질려 말한다.

"돌아가자. 수하 말이 옳았어. 이 방법으로는 이길 수 없어."

사이드는 그런 할레드를 돌려보내고 홀로 남아 버스에 오른다. 영화는 마지막 장면에서 이스라엘 병사들과 시민들이 탄 버스에 앉아 있는 사이드의 얼굴을 클로즈업하는 것으로 사이드가 기폭장치의 스위치를 눌렀음을 암시한 후 막을 내린다.

거두절미한다면 수하와 할레드가 옳다. 자살폭탄의 방법으로 팔레스타인은 해방될 수 없다. 그러나 본질적인 문제는 다른 어떤 방법으로도 이스라엘을 이길 수 없다는 데에 있다. 자살폭탄은 힘의 절대적인 불균형과 일방적인 억압에 직면한 약자가 선택할 수 있는 방법 중의 극단에 위치한다. 이 방법은 확실한 죽음을 담보로 한다는 점에서 비인간적이다. 또한 무고한 인간이 희생될 수 있다는 점에서 참혹하다.

폭력에 맞서는 폭력이 불가항력적이고 필연적이라고 해도 자살폭탄에 퍼부어지는 비난은 타당하다. 그건 종교의 이름으로 미화될 수 없거

도덕적인 전쟁이란 근원적으로 존재하지 않는다. 수하의 말이 공허하게 들리는 것도, 사이드가 결국 폭탄을 몸에 두르고 버스에 오르는 것도 그 때문이다. 막을 수 있는 방법이란 좀처럼 존재하지 않는다.

니와 사실 종교적인 문제도 아니다. 사이드와 할레드 그리고 조직은 모든 일의 명분에 알라를 앞세우고 등장인물들의 대사에는 끊임없이 알라가 등장한다. 그러나 그들의 대사에서, 아니 그들의 역사와 기억에서 알라를 지워 버린다고 해도 달라질 것은 없다. 사이드와 할레드를 텔아비브로 떼미는 것은 알라가 아니기 때문이다. 알라는 인간을 죽음으로 인도하는 비인간적이고 비정한 일을 인간의 이름으로 수행할 수 없기 때문이거나 아니면 관습적으로 등장하고 있을 뿐이다.

영화에 등장하는 모든 인물들은 지극히 세속적인 삶을 살아가고 있는 인간들이다. 그건 사이드를 자살폭탄의 길로 이끄는 학교 선생인 자말의 경우에도 마찬가지이다. 그 누구도 특별히 돈독한 신심을 갖고 있는 것으로 묘사되지 않는다. 진실을 말한다면 그들 모두에게 천국은 비장한 농담에 불과하다. 할레드는 자살폭탄에 부정적인 수하에게 "난 지옥에 사느니 천국을 믿는 편을 택했어"라고 말한다. 천국을 향해서가 아니라 지옥을 벗어나기 위해서이다. 사이드도 수하도 할레드도 다른 누구도 천국은 존재하지 않으며 설령 존재한다고 할지라도 인간에게 있어서는 땅 위의 지옥이 하늘의 천국보다 낫다는 것을 안다. 사이드와 할레드는 그저 부조리한 세상에서 부조리한 방법으로 부조리하게 죽음을 향해 등을 떼밀리고 있을 뿐이다.

그러나 자살폭탄에 대해서는 수하의 말이 옳을지 몰라도 현실에 대해서는 그렇지 않다. 수하는 아니라고 말하지만 대안을 제시할 수 없다. 그건 이 방법이 벼랑 끝에서 유일하게 거머쥔 나무뿌리와 같기 때문이다. 전투기도 헬리콥터도 미사일도 탱크도 최신의 무기도 병력도 없는 현실에서 자살은 적이 갖지 못한 유일하게 효과적인 무기와도 같다. 거머쥔 벼랑의 나무뿌리를 놓으라고 말하려면 대신 잡을 수 있는 무엇인가를, 벼랑에서 기어오를 수 있는 그 무엇인가를 내놓아야 하지만 현실에서 그런 건 존재하지 않는다. 그러므로 수하의 이 말은 몽상이거나 식민지 부르주아지의 기만에 불과하다.

"우린 전쟁을 바꿀 수 있어요. 도덕적인 전쟁으로."

수하가 할레드에게 그 말을 하는 순간 차는 마주오는 트럭을 피해 요동치고, 간신히 위기를 모면했을 때 할레드와 수하의 차는 이스라엘 병사들이 진을 치고 있는 검문소와 마주한다. 그들은 결코 바꿀 수 없다. 도덕적인 전쟁이란 근원적으로 존재하지 않는 것이다. 수하의 말이 공허하게 들리는 것도, 사이드가 결국 버스에 오르는 것도 그 때문이다. 막을 수 있는 방법은 존재하지 않는다.

감독인 하니 아부 아사드는 영화 밖에서 결국은 같은 말을 반복한다.

"나는 살인을 반대한다. 또 자살공격이 중단되기를 바란다. 하지만 난 자살폭탄공격을 수행하는 이들을 비난하지 않는다. 내게 그것은 극단적인 상황에 대한 지극히 인간적인 반응이다."

반대하지만 비난할 수 없는 이 부조리한 현실 속에서 폭탄을 몸에 두르고 적지를 향해 떠나는 이유를 하니 아부 아사드는 조직의 지도자와 마주한 사이드의 입을 통해 이렇게 말한다. 이 대사는 사이드가 알라의 힘을 빌리지 않고 토해 내는 정치적 대사라는 점에서 의미심장하며 이 영화에서 자살폭탄을 설명하는 가장 진지한 목소리이다.

"우리가 안전할 수 없다면 그들 또한 안전할 수 없다는 걸 그들은 알아야 해요. 그건 힘의 문제가 아니지요. 그들의 힘은 그들을 도울 수 없어요. 난 이 메시지를 그들에게 전할 겁니다. 다른 방법은 없어요. 끔찍한 건 그들이 자신들을 피해자라고 스스로 믿고 있고 세계를 향해 주장하고 있다는 것이지요. 어떻게 그럴 수 있지요? 어떻게 점령자가 피해자가 될 수 있는 거지요? 그들이 점령자이면서 피해자라고 주장한다면 나 또한 피해자이면서 살인자가 되는 길을 피할 수 없는 거지요."

영화의 초반 사이드와 할레드가 물담배를 피우고 아랍커피를 마시던 나블루스의 그 언덕이라고 생각되는 구릉의 어느 지점에 올랐을 때 나는 사이드의 이 말을 반복해 반추하고 있었는데 끔찍하게도 슬픈 감정이 몰려왔다. 그건 시시포스이거나 프로메테우스의 비극을 감내하고 있는 인간들에 대한 피할 수 없는 연민이었다.

문명과 야만 그리고
조작된 트라우마

- 바시르와 왈츠를 | Waltz with Bsashir, 2008
- 레바논 | Lebanon, 2009

나치에 의한 유대인 인종학살인 홀로코스트는 시오니즘의 무기이며 국가적 실체인 이스라엘의 존립근거로 이용되었다. 「영광의 탈출」(Exodus, 1960)에서 「애덤 레저렉티드」(Adam Resurrected, 2008)에 이르기까지, 할리우드는 오랫동안 이 학살에 신성을 부여하고 불가침의 영역에 가두는 시오니즘적 홀로코스트 영화의 생산기지였다. 그 결과 우리는 괴로울 만큼 홀로코스트에 대해 익숙하게 되었다. 반면 1945년 이후 이스라엘이 팔레스타인의 아랍인들에게 저질렀고 저지르고 있는 인종범죄에 대해서는 어떨까. 이스라엘이 장벽과 철조망으로 둘러 거대한 팔레스타인 게토로 만든 서안과 가자에 비교한다면 아마도 나치의 유대인 게토는 5성급 호텔로 비교해도 좋을 것이다. 적어도 나치는 게토를 폭격연습장으로 만들지는 않았지만 가자는 전투기의 폭격과 포격 아래 주기적으로 쑥밭이 되고 있으며 봉쇄된 가운데 굶주림과 폐소공포증으로 유대인들의 수

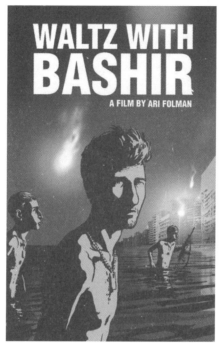

그런데 이건 또 다른 농간이었을까. 이 몽환적이고 스타일리시한 애니메이션의 껍질 안에서 튀어 나온 것은 트라우마에 실린 시오니즘의 자기합리화이거나 자기기만이었다.

년이 아니라 수십 년을 매일처럼 신음하고 있다.

할리우드가 마치 보름달처럼 홀로코스트를 밝게 비추고 있는 동안 팔레스타인인들의 고통은 달의 뒤편처럼 무겁고 어두운 암흑 속에 갇혀 있었다. 물론 팔레스타인인들 역시 카메라를 들고 (주로는 다큐멘터리)영화들을 만들어 왔고 소규모 영화제들에서 선물하는 상들도 받아 왔다. 그러나 나치 치하 폴란드의 바르샤바 게토보다 못한 곳에서 만들 수 있는 영화의 힘은 미약하기 짝이 없었다. 그런 까닭에 이스라엘의 아리 폴만(Ari Folman)이 이스라엘군이 레바논의 팔레스타인 난민촌에서 벌인 인류 역사상 가장 끔직한 학살 중의 하나인 사브라와 샤틸라 학살을 다룬 애니메이션을 내놓았다는 소식을 접했을 때 누군가는 지옥에서도 좋은 친구는 찾을 수 있는 법이라는 믿음을 환기시킬 수 있었을 것이다.

「바시르와 왈츠를」은 국제적으로는 그다지 주목받지 못하는 이스라엘 영화 사상 가장 뜨거운 국제적 관심을 불러일으켰고 칸을 비롯해 국제영화제의 수상 후보에 가장 많이 올랐으며 또 가장 많은 상을 받은 이스라엘 영화가 될 수 있었다. 그런데 이건 또 다른 농간이었을까. 다큐멘터리 형식의 애니메이션이라는 독특한 구성과 애니메이션의 장점을 살린 몽환적이고 스타일리시한 영상의 껍질 안에서 튀어나온 것은 참전병사의 통속적인 트라우마에 실린 시오니즘의 자기합리화 내지 침략자의 자기기만에 불과했다.

영화는 아리 자신과 그의 과거 동료 부대원들을 차례로 등장시켜 전쟁 당시를 회상하는 다큐멘터리 구조로 짜여져 있다. 1982년의 이스라엘의 레바논 침공 후 20년이 지난 어느 날 아리는 악몽에 시달리는 친구 보아즈를 만난다. 스물여섯 마리의 개가 나타나는 보아즈의 꿈은 레바논 침공 당시 마을을 수색하는 도중에 나타난 스물여섯 마리의 개들을 사살했던 그의 경험과 관련되어 있다. 아리는 전쟁과 관련된 모든 것을 잊어버린 자신을 발견한다. 그는 전쟁 당시의 전우들을 하나씩 찾아다니면서 기억을 되살린다. 증언이 계속되면서 기억의 수면 위로 떠오른 전쟁은 하나 둘씩 구체적인 모습으로 직조되기 시작한다.

애니메이션이기는 하지만 그 장면들이 무척이나 익숙한 이유는 하나 하나가 모두 베트남전쟁에서의 미군을 연상시키기 때문이다. 탱크를 몰고 레바논 국경을 넘어간 그들에게 적은 베트콩과 다를 바가 없었다. 그건 1982년 레바논에서의 전쟁이 군사적으로 베트남에서의 전쟁과 같다는 걸 의미하지 않는다. 이스라엘군은 육군과 해군, 공군을 동원해 베이루트를 향해 진격전을 벌였다. PLO(팔레스타인해방기구)의 거점들은 그 과정에서 분쇄되었고 베이루트를 점령했을 때에는 시가전의 양상이었다. 그런데 아리의 다큐멘터리 애니메이션에서 전투의 양상이 마치 게릴라전에 맞선 정규군의 전투처럼 묘사되는 이유는 이 전투에 대한 묘사가 전적으로 이스라엘 병사에 대한 피해로만 일관되어 있기 때문이다. 그러므로 소풍처럼 레바논 남부 국경을 넘어간 병사들에게 모든 일들이 지옥처럼 변하는 것은 단지 시간문제일 뿐이다. 아리와 동료들의 경우에도 다를 것이 없다. 그들은 죽음의 경계를 넘나든다.

거듭 꿈이거나 초현실적으로 묘사되는 장면들, 바다에서 벌거벗은 군인들이 땅으로 올라와 군복을 입고 병사가 되는 실루엣이나 역시 벌거벗은 채 소총을 든 병사들이 부서진 고층 건물이 보이는 베이루트 해변을 향해 걷는 모습들, 상륙정에 탄 병사들을 향해 다가오는 거대한 나체의 여인과 바다 위에 떠 있는 여인의 사타구니에 안긴 병사와 같은 영상들은 태중의 순수함이거나 무죄함을 상징한다. 군복과 전쟁은 순수한 그들을 타락시키는 불가항력의 억압이다. 병사들은 개를 죽이거나 미친 듯이 적을 향해 총을 쏘고 마을과 도시를 파괴하고 또 스스로 전쟁의 공포에 전율한다. 그런데 영화에서 이스라엘 병사들이 살해하는 것은 (인간이 아닌) 스물여섯 마리의 개뿐이다. 그나마 개들은 광견이나 다름없는 것처럼 묘사된다. 그런 후에 그들은 어디선가 날아오는 총탄에 연이어 사살될 뿐이다. 기억은 그렇게 편의적으로 왜곡되고 조작된다. 전쟁이 편파적으로 묘사될수록 공포와 피해의식은 편파적으로 확대되면서 태중의 또는 나체의 순수함은 오직 이스라엘 병사들만의 독점적 전유물로 전락한다.

사실을 말하자면 1982년 이스라엘의 침공으로 촉발된 전쟁과 내전의 격화 과정에서 1만 8천여 명의 인간들이 목숨을 잃었다. 그들 중 대부분은 비무장의 레바논 민간인들과 팔레스타인 난민들, PLO의 전사들이었다. 이스라엘은 675명의 병사들이 전사했을 뿐이다. 그럼에도 불구하고 영화가 자신들의 비극에만 카메라를 돌리고 총체적 비극에 대해서는 함구하기로 작정하면서 전쟁은 자기연민과 자기합리화의 참호 속으로 숨어 버린다. 동시에 이스라엘 병사의 트라우마는 필요 이상으로 심화되고 마침내 조작된다.

1982년 이스라엘의 레바논 침공으로 시작한 전쟁에서 비극의 정점은 베이루트를 점령한 후에 벌어졌다. 6월 6일 국경을 넘은 이스라엘군은 6월 15일 베이루트의 외곽에 진지를 꾸리고 PLO를 공격할 만반의 태세를 갖추었다. 베이루트에 대한 포격은 PLO의 저항이 분쇄되는 8월에 이를 때까지 계속되었다. PLO는 베이루트에서 뿌리가 뽑혔고 이스라엘은 소기의 목적을 달성했다. 군사적 승리는 정치적으로 완결될 필요가 있었다. 친이스라엘 세력인 기독교 팔랑헤(Falange)당의 바시르 제마엘(Bashir Gemayel)이 대통령 선거 출마를 선언했다. 미국 또한 그를 지원하는 가운데 단독 후보가 된 바시르는 8월 23일 대통령에 당선되었다. 9

월 14일로 예정된 취임식을 9일 앞두고 바시르는 팔랑헤당 본부에 설치된 폭탄이 터지면서 다른 스물여섯 명과 함께 목숨을 잃었다. 폭탄을 설치한 것은 시리아의 후원을 받은 테러리스트였고 그는 이틀 뒤에 체포되었다. 그러나 이스라엘은 이 암살사건을 이용해 레바논에서 PLO뿐 아니라 팔레스타인의 뿌리를 뽑고 싶어했다.

다음 날인 15일, 철수했던 서(西)베이루트를 재점령한 이스라엘군은 정오 무렵 사브라와 샤틸라 팔레스타인 난민캠프를 포위한 후 모든 출입구를 봉쇄하고 탱크 포격을 가하기 시작했다. 팔랑헤 민병대 지도부를 만난 자리에서 당시 이스라엘 국방장관이었던 아리엘 샤론은 바시르의 암살에 PLO가 관련되었으며 샤브라와 샤틸라 난민캠프에 2천여 명의 PLO 조직원들이 있다는 정보를 제공하고 팔랑헤 민병대가 캠프에 진입할 것을 요청했다. 사실상의 병력동원이었다. 1982년 9월 16일 이스라엘군이 장악하고 있던 베이루트국제공항에 집결한 1천 5백여 명의 팔랑헤 민병대원들은 이스라엘군의 군용 지프 등을 이용해 난민캠프로 이동했다. 오후 6시, 150명의 무장한 팔랑헤 민병대원의 진입을 시작으로 학살은 시작되었다. 이스라엘군은 조명탄을 쏘고 서치라이트로 캠프를 대낮처럼 밝혔다. 두 난민캠프는 지옥의 불길에 휩싸이기 시작했다. 아비규환 속에서도 팔레스타인 난민들은 이스라엘군이 철통처럼 봉쇄하고 있는 캠프를 빠져나갈 수 없었다. 살육은 이틀 동안 계속되었다. 800~2,000명의 난민들이 부녀자와 아이를 가리지 않고 목숨을 잃었다.

「바시르와 왈츠를」은 살육의 책임을 팔랑헤 민병대에게 돌린다. 이스라엘의 실책이라면 학살이 벌어지고 있는 것을 알았음에도 불구하고 막

트라우마는 고통이 아니라 전리품이 되어 버리고 나아가 면죄부가 되어 버린다. 휴머니즘을 앞세운 할리우드의 저급 베트남 전쟁영화와 마찬가지로 이 팬시한 이스라엘영화는 트라우마를 오직 자기만의 상처로 조작한다.

지 않았다는 것이다. 기억을 되살린 아리의 되살아난 트라우마는 이스라엘군이 학살을 막지 못했다는 죄책감에서 비롯된다. 영화는 죄의식에 비틀거리는 아리를 보여 주며 관객에게 사정이 이렇다면 이스라엘은 무죄라고 항변한다. 소름 끼치는 자기기만이다.

사브라와 샤틸라의 학살에서 이스라엘의 역할은 방조가 아니라 주도였다. 이 학살이 이스라엘이 저지른 추악한 만행들 중에서 가장 악마적이라고 일컬어지는 이유는, 그들이 마름의 손을 더럽히는 것으로 자신들의 손에 피를 묻히기를 피하기로 작정했기 때문이다. 사브라와 샤틸라에서의 학살은 이스라엘군에 의해 계획되고 실행된 군사작전이었으며 어떤 면에서는 팔랑헤 민병대 역시 그들의 희생양이었다. 프랑스의 식민지 시절에는 프랑스인들이, 이스라엘의 점령 시에는 이스라엘인들이 자신들의 목적을 위해 수단으로 이용했을 뿐이다.

　악마적인 학살의 책임이 팔랑헤를 상징하는 바시르에게 전가되는 이유는 그의 죄가 클수록 이스라엘의 죄는 가벼워지기 때문이다. 이건 마치 양쪽에 접시를 얹은 저울과도 같다. 학살의 기억을 더듬으면서 아리의 동료 부대원이었던 카미는 팔랑헤 민병대의 악마적 잔인함에 대해서 자신은 일찍부터 알고 있었다고 말한다. 그는 베이루트의 도살장에 대해 설명한다. 팔랑헤 민병대원들은 팔레스타인인들을 잡아 고문한 후 처형하고 그 몸을 찢어 포름알데히드 병에 담가 놓는 인간들이다. 실제로 그들이 그처럼 잔인한 인간들이었을까. 그럴지도 모른다. 전쟁은 인간을 잔혹의 수렁에 빠뜨리는 법이니까. 그런데 「바시르와 왈츠를」에서 잔인한 인간은 PLO 전사들과 팔랑헤 민병대와 같은 아랍인들뿐이다. 아리를 비롯한 모든 이스라엘 병사들은 이런 종류의 비인간성으로부터 퍽이나 멀리 떨어져 있다. 전쟁이라는 극단적인 상황에 개입한 병사들은 상흔을 입게 마련이고 점령과 피점령의 차이를 두지 않는다. 하지만 이 스타일리시한 전쟁·다큐멘터리·애니메이션 영화는 야만적인 아랍과 문명화된 이스라엘 사이에 장벽을 세우고 전쟁의 트라우마조차 야만과 문명의 척도로 취급한다. 인간의 몸을 찢어 포름알데히드 병에 담아 수집하는 괴물들에게는 전쟁이 아닌 그 무엇도 트라우마를 입힐 수 없을 것임이 자명하다. 트라우마는 죄책감을 느끼는 인간만이 가질 수 있는 전유물인 것이다. 그로써 트라우마는 고통이 아닌 전쟁의 전리품이 되어 버리고 나아가 면죄부가 되어 버린다. 그게 이 영화가 트라우마를 다루는 방식이다.

이스라엘은 바시르의 손을 잡고 왈츠를 춘 것이 아니라 바시르의 목덜미를 끌어 팔레스타인 난민캠프에 처넣고 그들을 학살하도록 했다. 자신의 손에 직접 피를 묻히는 일보다 더 큰 죄악이다. 어쩌면 바시르에게도 트라우마를 입혔을 테니까. 그런 점에서 이스라엘은 유대인을 제 손으로 끌고 가 가스실에 처넣은 나치보다도 비열하고 잔인한 자들이다. 거듭 말하지만 이스라엘은 바시르와 왈츠를 춘 적이 없다. 바시르는 투견처럼 목에 줄이 걸려 끌려갔을 뿐이다. 「바시르와 왈츠를」은 진실과 함께 그 비열함을 은폐하고 트라우마라는 이름의 몽환 속으로 묻어 버리는 재능을 발휘한다. 재기는 넘치지만 특별히 새로운 재능이라고 할 수는 없다.

레바논에 대한 이스라엘의 전쟁은 1982년의 침공으로 시작한 것도 아니고 그것으로 끝난 것도 아니다. 1978년 이스라엘군은 국경을 넘어 남부 레바논을 침공한 이래 이른바 안보지대라는 이름으로 줄곧 점령하고 있었다. 1982년 침공 후에도 레바논내전은 계속되었고 이스라엘이 그 일익을 담당했다. 2006년 이스라엘은 다시 레바논을 침공했고 베이루트는 이스라엘 전투기의 공습으로 쑥대밭이 되어야 했다. 다른 점이 있다면 이번엔 헤즈볼라가 굴복하지 않았고 이스라엘은 소기의 목적을 달성하지 못했다는 것이다.

같은 전쟁을 소재로 한 또 다른 이스라엘영화인 「레바논」은 애니메이션이 아닌 실사영화이다. 정통 전쟁영화로 구분할 수 있는 「레바논」의 특이함은 전쟁이 한 대의 탱크를 떠나지 않는다는 점이다. 카메라는 시종일관 탱크 안을 떠나지 않고 외부를 비출 때조차도 잠망경의 렌즈를

"탱크는 철로 만들어졌다. (그러나) 인간은 강철로 만들어졌다." 혹여 인간이 강철이 될 수 있다고 해서 그 강철이 인간인 것은 아니다. 인간은 결코 강철로 단련될 수 없으며 강철은 인간이 될 수 없다. 그게 인간이고 강철이다. 물론 철도 마찬가지이다.

통해서이다. 포격을 받아 잠망경의 렌즈에 금이 갔을 때조차도 시점은 변하지 않으므로 관객은 탱크병들과 마찬가지로 시종일관 극도로 폐쇄된 공간을 벗어날 수 없다. 영화는 잠수함과 마찬가지로 특별하고 낯선 경험을 관객들에게 제공하지만, 잠수함과 달리 동적이고 즉자적인 긴장감을 부여한다는 점에서 탱크병과 관객들의 거리를 더욱 좁힌 일체감을 부여한다. 충분히 짐작하겠지만 관객은 마치 탱크 시뮬레이션 게임의 게이머가 된 듯한 착각에 빠지는데 이것도 잠시뿐이다. 이건 게임이 아니라 전쟁이기 때문이다. 1982년의 레바논전쟁에서 탱크병으로 참전하기도 했던 감독 사무엘 마오즈(Samuel Maoz)가 초대하는 「레바논」의 탱크 속은 죽음의 공포 앞에 시종일관 몸을 떨어야 하는 전쟁터의 레바논이며 탱크 안이라는 폐소감이 그 공포를 점증시킨다.

　「레바논」의 미덕은 탱크병에게 닥친 전쟁의 공포와 참혹함, 그것에 즉자적으로 반응하는 병사들을 묘사할 뿐이지 그 이상의 군더더기를 붙이려 딱히 노력하지 않는다는 점이다. 「레바논」이 같은 전쟁을 다루고 있지만 「바시르와 왈츠를」과 대비되는 것은 그 때문이다. 사무엘 마오즈는 전쟁을 전쟁 그대로 두고 그 이면에 대해서는 별다른 해석을 하지 않기로 작정한 것처럼 보인다. 전투 장면에서 이스라엘군은 적들보다 특별히 인간적이지 않으며 이스라엘 지휘관들은 병사들을 맹목적으로 사지에 몰아넣는 데 주저하지 않는다. 영화의 전반부에 화면에 비추어지는 탱크 안에 전사된 문구, "탱크는 철로 만들어졌다. (그러나) 인간은 강철로 만들어졌다"는 문구는 전쟁의 비인간성에 대한 선언이기도 하다. 「레바논」은 인간이 강철로 만들어진 존재가 아니라 피와 살로 만들어졌다는 점을 증명하고자 노력한다.

그러나 그렇다고 해서 그들의 적들까지 인간임을 증명하는 데에 힘을 기울이진 않는다. 시가전에서 탱크의 잠망경은 레바논 민간인들을 인질로 삼고 심지어는 사살을 주저하지 않는 적(아마도 PLO 전사)들을 비추고, 그 때문에 포격을 주저하는 탱크병들의 인간적인 모습과 대비시킨다. 시가전 끝에 포로로 잡은 시리아군 병사와 팔랑헤 조직원 사이에 벌어지는 탱크 안에서의 대화는, 「바시르와 왈츠를」에서 보였던 그대로 팔랑헤에게 전쟁의 책임을 미루는 데 일조한다는 점에서 한계를 벗어나지 않는다.

영화의 오프닝 신에서와 마찬가지로 라스트 신은 해바라기가 끝없이 만발한 들판을 보여 준다. 오프닝 신과 달리 라스트 신에서는 해바라기 들판의 한가운데에 탱크가 서 있다. 비토리오 데시카(Vittorio De Sica)의

「해바라기」(I Girasoli, 1970)가 보여 주었던 우크라이나의 해바라기 들판을 연상케 하는 이 장면은 그러나 푸른 하늘이 보이는 데도 모든 해바라기들은 고개를 숙이고 바람에 흔들리고 있다. 평화에 대한 클리셰로 보이는 해바라기 들판에서 해바라기들이 고개를 숙이고 있다면 전쟁은 끝나지 않은 것이다. 아니, 전쟁은 끝날 수 없다. 이스라엘이 자신의 자식들이 피와 살이 아닌 강철로 만들어져 있기를 원하는 한 해바라기는 들판에서 결코 고개를 들지 못할 것이다.

예루살렘과 이스라엘 드림

- 제임스의 예루살렘 기행 | James' Journey to Jerusalem, 2003
- 소련의 자식들 | The Children of CCCP, 2008

남아프리카공화국(남아공)의 시온교회(Zionist Church) 마을인 엔총궤니
의 신심이 두터운 줄루족 청년 제임스는 성지인 예루살렘을 순례할 대
표가 되어 이스라엘을 방문하게 된다. 시온교회는 남아공 흑인 인구의
40%를 차지하는 기독교 종파이지만 이스라엘의 시온주의와는 아무런
관련이 없다. 남아공 시온교회의 유래 또한 유대교와는 무관해서 그 뿌
리는 오히려 미국의 크리스천 가톨릭 성도교회에 두고 있다. 시온교회란
이름은 크리스천 가톨릭 성도교회를 이끈 미국인 존 알렉산더 도위(John
Alexander Dowi)가 일리노이에 유토피아를 추구하는 공동체를 만들고
'시온'이라 이름 붙인 까닭에 등장했다. 말하자면 미국산 기독교 종파이
지만 남아공에 정착한 후 흑인들의 영향력이 커지고 토착화하면서 그들
의 기독교가 되었다. 기독교이니만큼 예루살렘은 그들에게도 성지이다.
  이스라엘 태생의 영화감독 라난 알렉산드로비치(Ra'anan Alexandro-

엔총궤니 마을을 대표해 성지인 예루살렘 순례에 나선 남아프리카공화국의 신실한 기독교 신자 제임스는 텔아비브에서 뜻하지 않게 이주노동자가 된다. 제임스는 예루살렘에 갈 수 있을까. 아니, 예루살렘은 존재하는 것일까.

wicz)의 「제임스의 예루살렘 기행」은 텔아비브 공항에 도착한 제임스가 이민국에 억류되는 것으로 시작한다. 제임스는 예루살렘 성지순례를 목적으로 이스라엘을 방문했음을 누누이 설명하지만 이민국 관리는 흑인인 그를 불법 이주노동자로 취급해 수용소로 보낸다. 마을을 대표해 예루살렘 순례에 나선 제임스는 예루살렘은커녕 텔아비브 공항을 빠져나가지도 못하고 이민국 철창 안에 갇혀 추방될 딱한 처지에 빠진다. 제임스는 기도하고 그의 신은 외면하지 않는다. 성경을 손에 들고 있던 제임스는 이민국 관리와 내통해 억류된 입국자들을 빼내는 인력 브로커인 쉬미의 눈에 띄어 철창을 빠져나갈 수 있게 된다. 쉬미는 제임스를 불법 이주노동자들의 숙소인 텔아비브의 아파트로 데려간다. 제임스는 예루살렘으로 가려 하지만 여권을 쥐고 있는 쉬미는 이미 돈을 지불했다며 일을 하거나 수용소로 돌아가거나 양자택일을 강요한다. 제임스는 일을 해

돈을 갚는 대로 여권을 돌려받아 예루살렘으로 가기로 한다. 숙소에서 그는 줄루족 말을 쓰는 아프리카 출신 스콤보즈와 친구가 된다.

자, 남아공의 흑인 순례자가 불법 이주노동자가 되었다. 그것도 이스라엘의 텔아비브에서. 그러나 이 영화는 이주노동에 초점을 맞추는 대신 꿈에 그리던 성도를 찾아온 신실한 기독교인 제임스와 텔아비브라는 도시의 만남과 갈등, 그리고 변화에 주목한다. 제임스는 쉬미의 용역에 동원되어 접시를 닦거나 청소를 하고 물건을 나르면서도 토요일마다 텔아비브의 시온교회에 나가기를 빠뜨리지 않는다. 그리고 급여를 받는 날이 되었을 때 그는 쉬미가 내미는 돈을 마다하며 "부자가 천국에 가기는 낙타가 바늘구멍에 들어가는 것보다 어려우니"를 읊조린다. 어처구니가 없어진 쉬미는 억지로 돈을 안겨 주고 스콤보즈는 그날 저녁 제임스를 시내의 백화점으로 데려간다. 물욕을 경험한 제임스는 월급을 마다하지 않게 된다. 일은 그쯤에서 끝나지 않는다. 쉬미의 집에 청소를 간 제임스에게 쉬미 부인의 친구는 쉬미 몰래 토요일에 자기 집에서 일해 줄 것을 부탁한다. 직거래가 보장하는 후한 보수에 제임스는 제안을 받아들인다. 물론 토요일의 예배는 포기해야 한다. 그러나 교회의 목사는 한술 더 뜬다. 오랜만에 나간 교회에서 목사는 성가대원들의 유니폼을 살 돈이 필요하다며 600셰켈의 헌금을 요구한다. 헌금을 하려면 더욱 열심히 일을 해야 하고 그러면 예루살렘에 가는 것도 미루어질 것이라는 제임스에게 목사는 "예루살렘은 3천 년 동안 그곳에 있었으니 없어질 일도 없다"며 "늦어도 하나님은 이해할 것"이라는 진리를 설파한다. 아멘.

제임스는 또 괴팍하기 짝이 없는 노인인 쉬미의 아버지 살라를 돌보는 일도 하게 된다. 아파트가 들어설 부지의 집에서 살고 있는 살라는 땅을 팔라는 아들의 성화에도 불구하고 아내에 대한 기억이 남아 있는 집을 팔지 않겠다고 고집을 부린다. 오히려 살라는 제임스가 고향에서 농사를 지었다는 것을 알고 정원을 가꾸게 한다. 제임스는 성실하게 일을 하지만 살라는 늘 심통을 부린다. 어느 날 주사위 놀이인 백가몬이 취미인 살라는 제임스가 주사위를 굴리면 언제나 만점이 나오는 걸 알게 된다. 살라는 팔이 다친 것처럼 속이고 친구와의 게임에서 주사위를 제임스가 굴리게 한다. 정당하지 못한 일이라고 생각한 제임스는 살라의 명령을 거부하지만 토요일의 부업을 눈감아 주는 조건으로 거래한다. 쉬미 부부는 살라를 찾아와 땅값으로 백만 셰켈이란 거금을 받기로 했다며 계약서에 서명할 것을 강요하지만 살라는 역시 거부한다. 제임스는 큰돈을 벌 수 있는 일을 살라가 마다하는 걸 이해하지 못하고 땅을 팔 것을 권한다. 살라는 제임스의 권유에는 대꾸도 없이 돈을 버는 방법에 대해 충고한다.

"노동으로는 돈을 벌 수 없어. 머리를 써 봐. 일을 하지 말고 다른 사람이 일을 하게 해. 그럼 돈을 벌 수 있어."

살라로부터 탈무드에나 나옴직한 지혜를 얻은 제임스는 토요일마다 동료들을 용역에 동원한다. 제임스는 쉬미처럼 보스가 되어 결과적으로 동료들의 노동을 착취한다. 교회에서 목사는 제임스가 임대료를 헌금했다며 그를 능력있는 사업가로 소개한다. 제임스는 더욱 바빠지고 더 많은 돈을 번다.

파국은 쉬미가 제임스를 가족들의 파티에 초대했을 때 벌어진다. 제임스는 살라가 결국 계약서에 서명했고 파티가 그걸 축하하는 자리인 것을 안다. 살라 앞에서 제임스는 "이젠 정말 예루살렘에 가야겠다"고 중얼거린다. 살라는 "자넨 결코 예루살렘에 가지 못할 거야"라고 대답한다. 결국 돈이 자신의 예루살렘행을 가로막고 있다는 사실을 깨달은 제임스는 주머니의 돈을 쉬미와 그의 아내 앞에서 모두 뿌려 버린다. 제임스가 자기 몰래 용역사업을 한 것을 알게 된 쉬미는 화를 내고 제임스를 수용소로 돌려보낸다. 그러나 호송차는 이민국 수용소가 있는 텔아비브 공항을 지나쳐 예루살렘으로 향한다. 경찰의 말인즉 공항의 수용소가 만원이기 때문에 예루살렘의 수용소로 가야 한다는 것. 제임스는 마침내 예루살렘에 가게 된다. 할렐루야.

자본주의 사회에서 돈은 만능이며 모든 인간들을 유혹하고 인간은 그 앞에서 무릎을 꿇는다. 「제임스의 예루살렘 기행」에서는 돈의 유혹을 거부하는 두 인물이 등장한다. 쉬미의 아버지 살라는 아내의 추억이 담긴 집을 포기할 수 없어서 백만 셰켈의 계약을 거부하지만 이유는 그뿐이 아니다. 살라는 집을 팔면 돈을 챙긴 아들이 더 이상 자신을 찾지 않을까 두렵다. 또한 인생의 말년을 보내고 있는 노인으로서는 백만 셰켈이 별다른 가치가 없음을 알고 있다. 그러나 살라는 고집을 꺾고 쉬미가 내민 계약서에 서명한다. 쉬미가 마련한 파티에서 살라는 제임스에게 예루살렘에 가지 못할 것이라고 말한다. 살라의 예단은 돈이 인간을 개별적으로 물화시키지 않음을 깨우치고 있는 노인의 지혜에서 비롯된다. 돈은 사회화된 힘이며 시스템을 통해 인간을 지배한다. 살라를 굴복시키는 것은 백만 셰켈의 돈이 아니라 아들인 쉬미이다. 살라는 아들과의 파국을

"지금은 우리가 엿을 먹지만 나중엔 우리가 엿을 먹일 수 있게 될 거야." 결국은 모두 프라이어가 되기 마련이다.

피하기 위해 계약서에 서명한다. 쉬미를 매개로 하지만 결국 돈은 살라를 지배한다. 살라가 제임스에게 예루살렘에 가지 못할 것이라 단정하는 것은 돈의 위력이 그처럼 강대하기 때문이다. 한편 돈 때문에 스콤보즈와의 사이가 벌어지고 보스가 되면서 자신과 자신의 신을 물화시키고 예루살렘으로의 순례까지 잊어버렸던 제임스는 마지막에 돈으로부터 벗어나고 돈의 위력으로 잃어버린 신심을 되찾는다. 살라에게 작별인사를 건네면서 제임스는 이렇게 말한다.

"고향마을에 돌아가 사람들에게 이곳 이야길 하면 사람들은 믿지 못하고 내게 화를 내겠지요."

그런데 잠깐. 남아공은 이스라엘과 다른 것일까. 요하네스버그와 케이프타운은 텔아비브와 다른 것일까. 그렇지 않을 것이다. 텔아비브를 지배하는 힘은 요하네스버그와 케이프타운을 지배하고 남아공의 모든 흑인마을들을 지배한다. 그러므로 제임스의 고향인 엔총궤니는 존재하지 않는 '시온'이다. 같은 이유로 예루살렘 또한 존재하지 않는다. 결국은 살라가 옳다. 영화 속에서 제임스는 수갑을 찬 채 예루살렘의 언덕을 배경으로 사진을 찍을 수는 있었지만 현실의 제임스는 존재하지 않는 예루살렘에 도착할 수 없다. 돈의 힘 아래 우린 모두 '프라이어'일 뿐이다.

영화 속에서 자주 등장하는 '프라이어'(frayer)라는 말은 히브리어로 '속는 사람'이나 '당하는 사람'을 의미한다. 쉬미가 불같이 화를 내는 이유는 제임스가 자신을 프라이어로 만들었기 때문이다. 살라는 집을 팔기를 집요하게 강요하는 아들인 쉬미가 자신을 프라이어로 만든다고 생각한다. 1964년 이스라엘 감독인 에브라임 키숀의 「살라 샤바티」(Salla Shabati, 1964)는 알렉산드로비치의 말에 따르면 「제임스의 예루살렘 기행」에 영감을 준 영화이다. 쉬미의 아버지인 살라는 「살라 샤바티」의 주인공 이름을 빌린 것이다. 「살라 샤바티」에는 프라이어의 본질을 이야기하는 대목이 등장한다.

살라는 1950년대에 모로코에서 이스라엘로 이주한 유대인이다. 비가 쏟아지는 난민캠프에서 살라와 아들의 대화는 이렇게 이어진다.

"(아버지,) 이 사람들은 우릴 왜 이런 식으로 취급하지요?"

"(아들아,) 걱정하지 말거라. 지금 우린 이곳에서 신참이기 때문에 그들이 엿을 먹이는 것이지. 그러나 언젠가 또 신참들이 생기게 마련이야. 그럼 우리가 엿을 먹일 수 있게 된단다."

결국 모두들 프라이어가 되게 마련이다. 이건 일종의 체제적 순환이기 때문이다.

이스라엘을 유대인의 돌아가야 할 성스러운 땅으로 만든 시온주의자들은 제2차 세계대전 이전부터 전 세계 각지에서 유대인들의 이주를 조직했다. 이주를 선택한 유대인들은 가난한 농민이거나 노동자였다. 시온주의자들은 그들에게 이주비를 지원하고 토지를 제공하면서 이주를 부추겼다. 이스라엘은 그렇게 탄생했다. 말하자면 이스라엘은 미국과 마찬가지로 이주자들로 만들어진 국가였다. 아메리칸 드림이 그랬던 것처럼 그들에게도 이스라엘 드림이 주어졌다. 빈곤과 인종차별의 속박에서의 해방, 땅의 소유, 자신들의 국가 건설이 그 꿈의 실체였고 시오니즘은 그 꿈을 가능하게 하는 이념이었다.

「제임스의 예루살렘 기행」은 유대인의 이주에 관한 영화는 아니지만 이스라엘 드림의 허상을 은유한 영화이기는 하다. 펠릭스 게르치코프(Felix Gerchikov)의 「소련의 자식들」은 소련이 몰락한 1990년대 이후 이스라엘로 이주한 구소련의 유대인들을 통해 그 꿈의 붕괴를 정면으로 응시한다.

슬라바는 소련이 몰락한 후 이스라엘로 이주한 유대인 청년으로 남부의 네게브사막 어딘가의 작은 도시에서 살고 있다. 그는 아내인 스베타와 갓난아이인 딸이 있지만 직업도 없이 처가의 도움으로 살아가며 밤거리를 배회하다 경찰서 신세를 지기도 하는 한심한 가장이다. 슬라바의 부모는 이스라엘에서 정착하지 못하고 러시아로 되돌아갔다. 슬라바 또한 아내와 딸을 데리고 돌아가고 싶지만 비행기 티켓을 살 돈조차 없다. 현실은 더없이 비참하지만 슬라바에게도 화려한 추억이 있다. 그는 소련에서 재능이 넘치는 청소년 축구선수였던 추억을 간직하고 있다. 그런

슬라바에게 전직 축구코치였던 우크라이나 출신의 상점 주인 빅터는 지역 축구 토너먼트에 출전할 것을 제안한다. 스베타에게까지 외면당하고 집에서 쫓겨난 슬라바는 빅터의 상점에 머물면서 친구들을 모아 축구팀을 만든다. 범죄조직의 두목을 형으로 두고 벌써 감옥에까지 다녀온 무카와 마약중독자 바누치카, 우크라이나 출신의 노동자인 비탈리, 그리고 카스틸이 동참한다. 슬라바는 팀의 이름을 'CCCP'(소비에트연방사회주의 공화국의 약자. 영문으로는 USSR)로 정한다.

슬라바는 자신이 러시아인이며 이스라엘은 자신의 나라가 아니라고 여긴다. 영화에 등장하는 슬라바의 친구들과 주변인물들은 모두 러시아어로 말하고 심지어는 히브리어를 하지 못하거나 서툴기 짝이 없다. 이들이 유대인인지도 회의적이다. 축구팀을 구성한 후 식당에 모여 파티를 벌이는 이들의 식탁 위에는 돼지머리가 올려져 있는데 무슬림처럼 유대인들에게도 돼지고기는 금기시되는 음식이다. 러시아계 유대인은 돼지고기에 대해서 관용적이었기 때문에 이스라엘의 러시아 이주민들이 거주하는 지역에서의 돼지고기 및 돈육가공제품 판매를 둘러싸고 말썽을 빚기도 했다. 그러나 러시아계 유대인들도 돼지머리가 등장할 정도로 막무가내는 아니었다.

1990년대 소련의 몰락 이후 구소련과 동유럽에서는 이스라엘로의 이주가 봇물 터진 것처럼 이루어졌다. 1980년대 이후 유대인 인구 불리기에 적극적으로 나섰던 이스라엘은 소련과 동구권으로부터의 이주를 두 팔을 벌려 환영했고 장려했다. 그 이면에는 이스라엘의 아랍인 인구 비중이 날로 높아지는 현실이 버티고 있었다. 이스라엘은 에티오피아의

이스라엘 드림은 그렇게 파탄한다. 빅터의 붉은 셔츠에 새겨진 소련(CCCP)처럼.

'베타이스라엘'(Beta Israel)이라 불리는 흑인들을 유대인으로 인정해 이민을 받아들이기도 했다. 이는 시오니즘의 유대적 정체성이란 종교적이거나 인종적이기에 앞서 정치적이라는 사실을 반증한다. 그 한편에서 이스라엘의 정체성은 날로 취약해져 가고 있다. 가장 최근 이주 붐의 주역이었던 러시아 및 동유럽계의 이주민들은 이스라엘이 단지 소득 수준이 높은 나라라는 경제적 동기를 이유로 이주를 결심하는 성향이 강했다. 시오니즘의 외형적 이념인 종교적·인종적 정체성이 약화되는 가운데 국가적 통합성은 그만큼 떨어지고 있다. 더욱이 후발 이주민들은 유대인들 중에서도 하층을 구성하는 경우가 많으며 대표적인 경우가 흑인인 에티오피아 이주민들이다. 「소련의 자식들」은 유대인으로 이스라엘에 이주했으면서도 본국에서보다 못한 처지에 빠진 이민자들을 통해 이스라엘의 이주정책이 안고 있는 한계의 단면을 보여 준다. 이스라엘은 이주를 통해 다민족 국가를 형성하고 있는 다른 나라들과 동일한 문제에 시달리고 있다. 어쩌면 지극히 당연한 현상이지만 이스라엘과 같이 종교와 인종주의에 기반해 탄생한 독특한 나라에게는 이게 더욱 치명적일 수밖에 없다.

무카가 다시 감옥으로 가는 등 시련에도 불구하고 슬라바의 축구팀 'CCCP'는 토너먼트에 출전한다. 영화는 그쯤에서 보여 주기를 멈추고 마지막 장면을 자막과 함께 내레이션으로 처리한다.

"슬라바의 뛰어난 선방에도 불구하고 팀은 결승전에서 2:1로 패배한다. 빅터는 스포츠용품점을 차렸다. 무카는 애인인 빅터의 딸 옥산나와 감옥에서 결혼을 올리기로 예정되어 있다. 슬라바는 현실을 직시하고 앞으로 전진하고 있다."

그리고 그 다음.

"이건 모두 상상이다. 슬픔은 끝났다고? 천만에 모두 거짓말이다. 하지만 사적인 거짓말이다……."

이스라엘 드림은 그렇게 파탄한다. 마치 소련(CCCP)처럼.

연을 쫓는 난민문학

• 연을 쫓는 아이 | The Kite Runner, 2007

아프가니스탄 출신의 작가 할레드 호세이니(Khaled Hosseini)의 영문 소설인 『연을 쫓는 아이』(*The Kite Runner*)는 전형적인 난민문학에 포함된다. 20세기 이후 특히 북미와 유럽에는 난민문학이 번성해 왔다. 그건 난민의 최종적인 정착지가 북미와 유럽이었던 데에 기인한다. 정치적 난민이거나 경제적 난민이거나 난민이란 난폭하고 불우한 환경에서 탈출해 좀더 나은 곳으로 이주한 사람들이다. 난민의 후진국으로부터 선진국으로, 저개발국으로부터 개발국으로, 남에서 북으로의 이주 현상은 그로써 판박힌 듯 나타나는 현상이다. 난민문학은 바로 그 난민들에 의해 탄생한 문학이다. 특이한 것은 난민문학이 사용하는 언어가 자신들의 모국어가 아니라 정착지의 언어라는 점이다. 예컨대 1975년을 전후해 캄보디아를 탈출한 난민들은 프랑스나 미국에 정착했다. 그후 크메르 난민문학에 속하는 작품들은 예외 없이 프랑스어나 영어를 사용해 발표되었다.

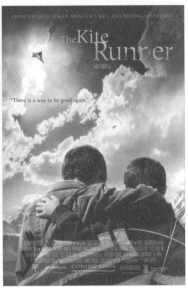

영화 「연을 쫓는 아이」는 그런 난민문학의 특성을 스크린을 통해서 살펴볼 수 있다는 점에서 흥미롭지만 동시에 괴로운 영화이다.

문학이 곧 언어라는 숙명에 동의한다면 난민문학이 태생적으로 안고 있
는 언어적 불일치가 심각한 내적 모순에 직면한다는 사실을 쉽게 짐작할
수 있다.

   영어로 쓰인 할레드 호세이니의 『연을 쫓는 아이』는 아프가니스탄의
가까운 현대사를 배경으로 한 전형적인 성장소설이다. 아프가니스탄인
이 아니면 쓸 수 없는 이 소설은 그로써 아프가니스탄문학에 소속될 것
이지만 정작 아프가니스탄인은 읽을 수 없는 소설이다. 동시에 이 소설
은 영어권, 일차적으로는 미국인들에게 읽힐 수 있도록 쓴 작품이라는
점에서 미국문학에 소속된다. 이 문학적 혼란이 난민문학의 정체성의 근

간을 이루지만 그 내면은 더욱 복잡하다.

「킬링필드」가 센세이션을 일으킨 1980년대 이후 미국에서는 영어로 쓰인 크메르 난민들의 자전적 소설이 봇물을 이루었다. 그것들 모두가 천편일률적으로 크메르루주의 잔학성을 고발하고 있다는 점에서 모든 작품들은 「킬링필드」의 아류이다. 이 점은 난민문학의 정치적 정체성에 대한 실마리를 던져 준다. 난민문학은 떠난 자들이 떠나온 곳에 대해 발언하는 문학이다. 난민에게 떠나온 곳이 의미하는 바는 자신이 정착한 지역과 밀접한 상호관련을 맺고 있다. 말하자면 할레드에게 아프가니스탄이 무엇인지를 묻는 질문은 그에게 미국이 어떤 존재인지를 묻는 질문과 일맥상통한다. 『연을 쫓는 아이』가 정치적으로 미국의 입장을 대변하고 있는 것은 놀라운 사실이 아니다. 자신의 정착지를 비호하지 않는다면 난민에게는 자신의 행동을 합리화할 어떤 정당성도 찾을 수 없는 것이다. 떠나온 곳에 대한 부정은 정착지에 대한 긍정과 동전의 양면을 이룬다.

「연을 쫓는 아이」는 그런 난민문학의 특성을 스크린을 통해서 살펴볼 수 있다는 점에서 흥미롭지만 동시에 괴로운 영화이다.

천형의 땅 아프가니스탄. 카불의 상류계급 집안의 유약한 외동아들 아미르는 하인의 아들인 하산과 친구이다. 둘의 우정은 마치 형제처럼 돈독하지만 그 관계는 하산의 아미르에 대한 하인적 충성에서 비롯되는 것이다. 인텔리인 아미르의 아버지 오마르 또한 하인인 하산의 아버지 알리를 인간적으로 배려한다. 두 대에 걸쳐 동일하게 재현되는 주인과 하인의 관계는 오마르의 선의와 아들들인 아미르와 하산의 우정으로 계

카불에서 아미르는 연을 날리고 하산은 쫓는다. 날리고 쫓던 불평등의 관계는 화해의 실마리를 찾지만 카불이 아닌 샌프란시스코에서이다.

급성을 거세하고 있지만 부득이 위선적일 수밖에 없다. 오마르의 알리에 대한 이런 말은 그 위선을 직설적으로 나타낸다.

"난 알리와 자랐다. 아버지가 그를 데려와서 자식처럼 사랑하셨지. 40년 동안 그는 내 가족이었어. 40년 동안!"

40년 동안 가족처럼 지냈고 아버지가 자식처럼 사랑했는데도 오마르는 주인이고 알리는 여전히 하인이다. 자식처럼 또는 형제처럼 사랑했다면 주인과 하인의 관계 또한 해체되었어야 마땅했던 것 아닌가. 알리에 대한 오마르의 옹호는 실체 없는 수사이며 공염불이고, 사실은 기만이자 허위의식에 불과하다.

소수민족인 하자라족 출신의 알리를 짓누르고 있는 억압은 중층적이다. 몽골의 후예인 하자라족은 이란과 파키스탄, 아프가니스탄을 떠도는 쿠르드족과 같은 처지의 존재이다. 칭기즈칸의 영광이 사라진 중앙아시아와 그 언저리에서 하자라에게 남은 것은 멸시와 천대뿐이다. 오마르의 호의와 아미르의 우정이 알리와 하산 부자에게 피난처를 제공하지만 그건 머슴에게 주어진 피난처일 뿐이다.

카불의 연날리기 대회에서 아미르는 아버지인 오마르가 그랬던 것처럼 최후의 승자가 된다. 하산은 늘 그랬던 것처럼 아미르를 위해 떨어진 연을 쫓는다. 연을 쫓는 아이(The Kite Runner)란 연싸움에서 연을 떨어뜨린 아이를 위해 떨어진 연을 쫓는 아이를 말한다. 연을 찾은 하산에게 불한당인 아세프 패거리가 연을 요구하고 하산은 이를 거부한다. 아세프는 동성인 그를 겁탈한다. 숨어서 이를 지켜보고 있던 아미르는 죄책감에 시달리고 결국 하산을 시계 도둑으로 몰아 집에서 쫓아낸다. 쫓아낼 수 있는 자와 쫓겨나야 하는 자의 관계란 어차피 자식도 형제도 친구도 아닌 것이다. 연을 날리는 것은 아미르이고 연을 쫓는 것은 하산이다. 하산이 충심으로 연을 쫓는다고 해서 둘의 관계가 평등해지지는 않는다.

시계를 훔쳤느냐고 묻는 오마르의 물음에 무죄한 하산이 고개를 숙이고 "예"라고 대답하는 장면에서 관객은 가슴이 저릿할 것이다. 하산의 아미르에 대한 깊은 우정을 나타내는 장면이다. 산통을 깨고 싶진 않지만 솔직히 말하자. 이건 우정이 아니라 노예근성이다. 오히려 감동적인 것은 떠날 것을 결심한 알리를 만류하는 오마르에게 던지는 알리의 마지막 말이다.

"이제 (우린) 더 이상 주인님의 하인이 아닙니다."

어수선한 정국에 소련이 아프가니스탄을 침공한다. 평소 공산주의자의 심기를 거슬렀다는 이유로 아프가니스탄을 탈출한 오마르 부자는 파키스탄을 거쳐 미국 캘리포니아에 정착한다. 대학을 졸업한 아미르는 작가가 되기로 결심하고 그 길에 매진해 타이프라이터를 두드린다. 그러던 중 동족인 전직 장군의 딸 소라야를 만나 사랑에 빠지고 장군의 반대로 갈등을 겪지만 결국 결혼에 성공한다. 오마르는 아들의 결혼 직후 숨을 거둔다. 아미르가 선택한 작가의 길은 성공을 거두어 그의 책도 출판되는데, 아프가니스탄에 남은 아버지의 친구 라힘칸에게 연락이 온 것은 바로 그때이다. 라힘칸은 아미르에게 파키스탄으로 와 줄 것을 부탁한다.

라힘칸에게 아미르는 하산의 소식을 듣는다. 자기 아버지의 집을 지키다 탈레반의 손에 하산과 그의 아내가 사살되었다는 소식이다. 더불어 라힘칸은 하산이 아미르의 동생이라는 충격적인 사실을 함께 전하고, 하산의 아들이자 그의 조카인 소라브를 카불에서 구해 올 것을 권한다. 오마르가 하인인 알리의 아내를 범했고 하산은 그의 아이였던 셈이다. 라힘칸은 아미르에게 하산이 남긴 편지를 함께 전해 준다. 하산은 편지에서 여전히 변함없는 우정을 전한다.

온갖 위험을 무릅쓰고 아미르는 탈레반이 지배하는 공포의 카불에서 소라브를 구해 내 미국으로 데려온다. 영화는 샌프란시스코의 언덕에서 연을 날리는 첫 장면으로 돌아간다. 영화에서 가장 극적인 장면은 이 라스트 신이다. 아미르는 연을 사고 소라브와 함께 카불에서처럼 연을 날린다. 어린 시절 하산과 함께 연을 날리던 그때처럼 아미르는 연 하나의 실을 끊는다. 연이 하늘거리며 떨어질 때 아미르는 얼레를 소라브에게 맡기고 하산이 아미르에게 했던 말을 던지면서 언덕을 향해 뛰어간다.

"널 위해서는 천 번도 넘게 할 거야."

하산이 아미르가 되고 아미르가 하산이 되는 이 마지막 장면은 카불에서의 관계를 전도시킴으로써 아미르가 하산에게 구하는 화해이자 용서이다. 그러나 카불이 아닌 샌프란시스코에서 이루어지는 화해와 용서가 과연 완전한 것일까. 카불의 부유한 상류계층에 속해 있던 오마르가 주유소의 잡화점에서 담배를 파는 무기력한 노인으로 전락하는 미국에서 아미르와 하산 사이에 존재했던 장벽을 허무는 화해가 근본적으로 가능한 것일까. 장벽은 연을 날리고 연을 쫓던 카불의 그 거리에 그대로 남아 있는데.

난민문학에 던져지는 고통스러운 물음이자 뿌리 없는 난민문학에 대한 저주이다.

소련 침공 이전과 탈레반 시대의 카불을 재현한 로케 장소는 중국의 신장(新疆)위구르자치구의 파미르고원과 카스(喀什, 카쉬가르)이다. 신장 자치구가 중국에게 얼마나 이질적인 지역인지 새삼 느낄 수 있다.